喬木長篇小說

那個年代的台北中華路

喬木著

自序

本書原名秋實，一九八〇年四月二十日至一九八〇年十月十三日於中央日報副刊連載。後經該報整理出版。由於中副當年在文藝界，可說是金字招牌，連載期間特別引人注意。曾接獲國內外數十件讚譽或指正的信件，由於數量太多，中副只選擇性的刊出數件。現仍收集在作著的剪報冊內。如今中央日報已經停刊，僅國家圖書館及中山文化基金會（該書曾獲七十一年度（一九八二）中山文藝創作獎）保有此書。為使該書不至失傳，特重新增刪剪輯，把許多謬誤之處，更正過來，得以一種新風貌面世。

說起台北中華路的滄桑，可說是大陸來台難民的血淚史。在一九四八與一九四九大陸大撤退之際，許多社會賢達與名流以及一些叱咤風雲的人物，都曾寄寓斯地。一時風起雲湧，貧富咸集，有的人一瞬間便展翅高飛，另謀高就；多數的人就地紮根，搭個竹棚子做起小生意來，謀求糊口之資。使整個中華路從北門到小南門一帶，變成一個花花世界。他們勤勤墾墾，篳路襤褸，居然也能圖個溫飽，或打下深厚的根基。而書裡描述的人物與店舖，有的確有其人其事，但多數是按當時的情況虛構與模擬出來的，一時難以細述。

作者在此，非常感謝 秀威資訊科技股份有限公司出版，能把本書印輯出來。讓這段歷程，使長者能再度回味，年少者能夠了解那個年代的中華路，是一種什麼樣景象。

喬木　敬啟

二〇一一年十二月

一

還記得剛來臺灣時候那段艱苦的日子。那是三十八年的夏天，我們一家四口由青島乘船來臺，其時我們三個小蘿蔔頭，都是啥事不懂的毛孩子，姐姐趙徵鳳，十一歲。我叫趙徵龍，九歲。弟弟趙徵麟，七歲。像三隻失掉窩的鳥兒，由母親翼護著出來逃難。

船在基隆外海的時候，我們便遠遠看到這個可愛的綠色島嶼，在海天一色的汪洋中，突然湧現那蓬萊仙境般的景色。在金黃的沙灘環繞中，映現眼裡是那麼青蔥，那麼油綠；閃著翡翠般的光澤。當時船上曾引起一陣極大的震動，大家一齊湧到船舷上眺望。

「臺灣到了。」

「這就是臺灣哪？」

在人聲鼎沸中，有的是興奮，有的是喟然，有的是低沉的感嘆。也難怪大家對這綠色的島，有那麼多不同的感觸。那是這群歷經戰亂的人們，在喪失他們可愛的家園之後，都有一股四顧茫茫的栖皇，來臺灣就成了大家共同的目標。現在大家在茫茫的海上，看到這塊心目中嚮往的土地，一方面固然歡騰雀躍，一方面更勾起故土情深的悲愴。產生一種孤臣孽子的情懷。

可是在基隆下船的時候，我們碰到夏季的大雷雨。祇見黑墨一般的烏雲緊壓在頭頂，閃電像飛蛇般在半空亂飛亂舞，隆隆的雷聲便挾著傾盆似的大雨潑了下來，沒頭沒腦打在我們這群逃難的人身上。

當時母親帶著我們坐在碼頭外面路邊休息，研究投奔何處。在臺灣我們是舉目無親，所以何去何從，對我們來說，也是十分茫然。這時大雨一來，聚集在碼頭附近的難民，一時秩序大亂，淋得東奔西跑，各自想辦法找地方避雨。母親帶著我們姐弟三人躲到一間騎樓底下，它後面是一家很大的店舖。大門原是開著的，當我們奔到那裡的時候，他們便把大門關上。

母親的身體一向就很弱。再加上這陣急促的奔跑，累的她一到騎樓底下，也不管地上如何濕，便一下子靠著牆腳坐下。一面喘息著吩咐我：

「徵龍，快去叫開門，找杯水給我喝。」

我走到門前，敲著門大聲叫喊。可是任憑我叫的聲音怎麼大，裡面的人好像都是聾子，一聲都不回答。但從門縫裡瞧瞧屋裡也有人，都用疑懼的目光向外張望。氣得我一面喊著，一面用腳去踢大門。

母親立刻喝道：「不要踢人家的門，我不喝了。」

「我們也不是強盜，他們幹嘛把門關的這樣緊。」

「年頭亂嘛，人家怎麼能不怕。」

我還是氣不過的又踢了大門幾腳。

其實不但母親口渴得要命，我們三個小蘿蔔頭也同樣急巴巴的想喝水。我們乘的那條船，在來臺灣途中漂了七八天，才到基隆。最初上船時，船上並不缺水，可以隨時去鍋爐處取用。那是許多乘船有經驗的人，在上船時都自己帶了足夠的飲水，便不用船上的水。誰也沒料到船會在海上漂那麼久，把很多人的計畫打破。大家把自己帶的水吃光，便在船上排隊取水。

無奈船上的人太多，祇有兩個燒水的鍋爐，供應量不夠充足。加上夏日炎炎，太陽沒遮攔的從天空射下來，把甲板曬得滾燙，躲都沒處躲。人們在烈火般的太陽烘烤下，都渴得什麼似的，排隊取水的長龍便七彎八轉弄不清頭尾。於是也亂了秩序，變成弱肉強食的局面。誰的力氣大，誰能搶能擠，就能夠弄到水。

這情形對於我們，並未造成多大的悲慘。是我們得到一位王伯伯的幫助，可以經常取到水。這位王伯伯是一個身材高大的人，壯壯的，兩臂特別有力。他帶我們去取水的時候，是讓我們走在他的前面，他伸出兩臂左右護衛著，一路叫著，一路猛往前擠。

「老鄉！讓讓！讓這位小弟弟接杯水喝。」

在那當口，也不會有幾個好心人肯自動讓路。但不讓也不成，祇聽他一疊聲的叫道：

「嗨！嗨！嗨！讓一下！讓一下！」

同時兩手不停的用力往外分，兩邊的人便紛紛不由己的往後退。雖然取到的水，不過一陶瓷茶缸。由兩家八九個人分，每人分到的，僅夠潤濕喉嚨而已。

二

我們能遇到王伯伯，可以說是一樁緣分。原來在青島撤退前夕，父親不幸在前方作戰陣亡。這根家庭支柱突然傾倒，對母親的打擊是像天塌了一般。由於我們成了遺眷，軍方便適時向我們伸出援手，主動替我們安排離開青島的事。預先把我們送到船上，並用油漆在甲板上劃出一塊地界，寫上「軍眷乘船區，嚴禁他人侵佔」的標識。後來上船的難民多了，甲板上擠得連插腳的地方都沒有，衹有我們這塊地面還十分寬敞。就在我們旁邊，有一個身體高大的男人，帶著太太跟四個孩子，站在那兒朝我們這塊地面目不轉睛的打量。在大陸時期，軍事機構在人們心目中，是極其威武霸道的所在，大家都心存敬畏。見是軍方劃分的疆界，不敢侵佔一分一毫。無奈整個船上，除了我們這個地方，還算空外，他們已找不到容身的角落。

母親見他們連坐的地方都沒有，十分同情，自動把地方讓給他們一半，使那位先生不住口的向母親道謝。並向母親自我介紹他叫王百富，接著又介紹他的太太跟孩子，拿出四個大饅頭送我們吃。

我極少見到那樣的大饅頭，圓圓的，起碼有排球那般大。母親便拿出一些滷味回敬。

那些滷味，是祖母給我們做的，準備在船上吃。本來照母親的意思，是希望祖父母都一道出來。可是兩位老人家，甫遭喪子之痛，心情壞極。並且上了年紀的人，安土重遷，對他們也是一樁痛苦。加上不願扔下祖宗的基業不管，便堅決不肯離開青島。祖父並語重心長的對母親說：

「你儘管帶著孩子們走，我們這兩副老骨頭，就丟在家鄉好了。不論怎樣，我們都不能丟下祖宗的基業不管。你帶他們出去以後，衹要好好的看待他們，教導孩子們長大成人，能有出息，我們也就放心了。」

於是兩位老人家哭了，母親也哭了。

然後祖父請出祖宗牌位，擺起香案，點上蠟燭。他先跟祖母向祖宗磕了頭，祈禱祖宗保佑我們母子在外平安。接著母親也上前拈了香，率領我們姐弟下拜，然後又給兩位老人家磕頭，請他們珍重。

當我們站起來的時候，祖母便一把將我們三姐弟緊緊摟在懷裡，老淚縱橫的說：

「聽奶奶對你們說話，你們都是乖孩子，到了臺灣以後，要好好聽媽媽的話，好好的孝順媽媽。爺爺跟奶奶的年紀大了，不能跟你們一道出去，也無法照應你們。等年頭太平了，你們可要早早回來看爺爺奶奶。」

我們都望著祖母，無言的點點頭。

祖母仍不放心，又一個一個問我們。

「徵鳳，我說的話你聽到嗎？」

「聽到了，奶奶。」

「你呢？徵龍。」

我也連忙點點頭。

還沒等祖母問到徵麟，他便搶著開口了：

「你放心，奶奶，我一定會聽媽媽的話，等我長大了，就會回來看爺爺奶奶。」

「你真是個可愛的乖孩子，徵麟。」祖母淚痕斑斑的臉上咧出了笑容，她摸摸弟弟的頭說：「可是我最不放心的人，就是你。你太調皮了，又太愛鬧；以後可不准再那樣不聽話。你們這次出去，媽媽身上也沒帶多少錢。本來照爺爺的意思，想多籌一點錢給你們帶去。可是年頭一亂，房子田地都沒有人要。」

「我不會亂花錢，奶奶。」

「那就好，奶奶就放心了。」

於是祖母又拍拍弟弟的頭，顯得十分欣慰。在我們家裡，祖母最寵的人，就是弟弟。他的年紀又小，嘴巴又甜，最能討祖母的歡心。每逢他向祖母討零用錢時，祖母雖一面輕輕打著他的小手，責備他亂花錢；一面卻慌不迭的伸手朝她的藍布大褂口袋掏。

當弟弟買了糖或什麼東西回來，他也不管祖母是不是喜歡吃，總是先塞一顆到祖母嘴裡。祖母便樂得合不攏嘴，逢人便得意的訴說：

「你們都說我太疼小麟，可是他做的事兒，就比別人孝順些，我怎麼能不疼他？」

那天家裡的空氣整天都悽悽慘慘，祖母一面給我們整治食物，一面幫母親打點行裝。可是兩人在一起時，好像彼此連互看一眼的勇氣都沒有；都把臉轉到一邊，偷偷的抹淚。但在神態上，心頭又似有千言萬語。斷斷續續用一些不相干的話，遮掩內心的悲痛。母親望著窗外說：

「媽，今年院裡這些桃子長得好大呀。」

「是嘛，今年的雨水勤，它長得比往年大些。」

「嗨！不知道什麼時候，才能再吃這種桃子。」

「聽說臺灣是個四季長春的地方，一定有桃子吃。這裡賣的香蕉，好像就是從那裡來的。

「那裡的桃子再好，也不及家裡的好吃呀。」

祖母默然了，忙著給我們包紮東西。

「媽，你跟爸爸要珍重啊。」母親抓住祖母的手。

「你也要好好照應孩子。」

「我會的，媽媽。」

三

吉普車來了，祖父幫我們把行李搬上車，便木然的站在門口。嘴巴張動了兩下，卻沒說出話來。祖父是一個不喜歡嘮叨的人，他的話說過一遍後，就不會再重複。但他那張滿是皺紋的臉，像驟然蒼老了許多。

祖母臉上的淚水卻刷的一下流出來，順著臉腮汩汩的往下滾。母親又上前向兩位老人家顫巍巍的拜下去；祇見祖母一把摟住母親，兩人便哭在一起。

「孩子們，聽話呀。」

「爺爺！」

「奶奶！」

吉普車風一般的開走，把祖母的聲音拉成斷斷續續的碎片。當轉過街口時，兀自在耳畔繞繚。

青島別了，我們就這樣離開那個山明水秀的地方。年頭什麼時候能太平呢？我祈禱這一天早日到來。

王百富先生接過母親送給他們的滷菜，又把他們帶的醬牛肉切給我們兩大塊。看到他那個魁梧身材，和一雙大手大腳，吃的又是大個的饅頭，大塊的肉，給我的感覺，他的什麼東西都是大的。他為人也很爽，古道熱腸，母親便著我們喊他王伯伯。本來兩家約好了，下船後走在一道，好有個照應。那知下船時一亂，兩家竟分開了，落得母親帶著我們走投無路。

雨仍猛然的下著，從屋簷上瀉下來的雨水，變成粗大的流，瀑布般撲落地面。弟弟也不管雨水乾不乾淨，跑到簷流下面，張開兩手便接雨水喝，展現在他臉上那種舒暢的神態，彷彿瓊漿玉液一般。姐姐跟我也忍不住了，忙從籃子裡拿出碗來接著喝。當涼沁沁的雨水流過口腔時候，喉嚨裡面那股焦渴，立刻被滋潤的無比清爽。

「小心哪！徵鳳。讓弟弟少喝一點，雨水不乾淨，喝了會生病的。」母親也曉得我們渴的受不了，所以她不說不准我們喝，祇警告我們少喝。

「好好喝呀！媽媽。」弟弟喝足水，也有精神了。

母親咂咂嘴，望著我們說：

「你也接一碗我嚐嚐，徵鳳。」

弟弟的動作比姐姐快，他一把奪過姐姐手裡的碗，很快便接滿一碗雨水送給母親。母親接到手裡，卻沒有馬上喝下去，她先輕輕啜了一口，抿著舌尖舔了一下，然後才把碗裡的水一口氣喝光。

「這水好甜啊！」

那陣雨來得快，去得也快，頃刻間便雲收雨歇。太陽照著雨後的海港與山林，那樹越發的綠，山越發的青。顯出一派鮮明的光澤。

四

「我們到那裡呢？」

「我們到那裡才好呢？」

母親坐在潮濕的水泥地上，一直在喃喃的唸叨，憂傷的臉上浮現著一股絕望神色。她是問誰呢？問蒼天？還是問我們三個小蘿蔔頭？這時騎樓下躲雨的人已經全部走光，母親卻仍一動不動的坐著。她一手抓著裝日用什物的籃子，一手抓緊放細軟的小皮箱。弟弟偎在她懷裡，我和姐姐默默靠在她身後的牆上，一動都不動。

我們就那樣呆呆的望著街頭往來的人群，海港裡有好幾艘大輪船，冒出的黑煙在市區上空結成一層霧，使我們的視線變成一片朦朧，起碼有半個鐘頭沒人開口講話，祇有從騎樓頂上流下來的斷續簷滴，一聲聲打著牆腳的土地，充滿了淒涼的味況。據母親後來告訴我們，她當時那種四顧茫茫的情形，要不是我們這三個小蘿蔔頭拖累她，使她不忍心丟下。她自己是一點生趣都沒有了，一定會到碼頭上跳海。

一個賣包子的小販，騎著單車在前面的馬路上叫賣著過去，弟弟從母親懷裡仰起臉來。

「媽媽，我要吃包子。」

母親好像沒聽到弟弟的話，那個賣包子的小販很快就走遠了，但叫賣聲仍不斷的傳來。我朝那個方向看過去，見單車停在一大堆難民的前面，他們顯然都在買包子吃，我突然像聞到包子的香味一般，引起一種要流口水的感覺。

弟弟仍哼個不停。

「買包子嘛，媽媽。」

「別吵！徵麟！讓我靜一下。」

「我餓嘛！人家都買包子吃，你為什麼不買給我們吃？買嘛！媽媽。我好餓啊！」

母親瞥了弟弟一眼，像要說什麼，卻嘆了口氣沒有說出來。她把手裡那個小皮箱動了動，抓得更緊。那個小皮箱裡放的什麼東西，我們都十分清楚，有母親的一些金銀首飾，有父親在軍中任職時的各種證明文件。以及我們離開青島時，祖母給母親的一點銀元。

這時姐姐突然一拉我，貼耳問道：

「你餓不餓？徵龍。」

「餓呀！」我嚥了一下口水。

「我們可不能說餓啊，媽媽沒有錢。」

我連忙點點頭表示曉得，事實上，我對姐姐的話能理解多少，我自己也不清楚。固然戰亂加諸人類的壓力，可以使人快速的成長、早熟，增進對環境的適應與忍受能力。但我那時節並未成熟到這種程度，餓了，就要吃東西，對我來說乃是天經地義的事；吃不到，就會難過。祇是不願像弟弟那般哼個不停而已。

因此我雖然點了頭，心裡卻十分委曲。也許是心理作用，本來姐姐不提，我還可以忍得住。現在經她一說，好像肚裡突然被掏空似的，餓得腰都直不起來。

五

也不要以為姐姐這樣說，她就不餓，其實我們母子四人，那時刻沒有誰不飢腸轆轆。在青島上船時，祖母給我們準備的食物雖相當充足，甚至做零食的糖果餅干也帶了一大堆，盤算路程，不過四五天的光景就可以到達基隆；那麼到下船時，還有食物剩餘。因此開頭幾天，母親對食物就沒加管制，讓我們姐弟三人不住口的吃。而我們也「少年不識愁滋味」，看到海裡的游魚，競相把糖果餅干拋去餵牠們，使食物消耗得十分快。等到發覺航程並不如我們預期那樣快的時候，要想管制食物，已經遲了一步。祇有把餘下的一點東西，勻做幾天吃，每天都在半饑半飽的狀態。直到船進港後，在小船上買些糕餅充飢。

那個賣包子的小販，又叫賣著轉回來。弟弟見狀，也不管母親同不同意，老遠便吆喝道：

「買包子！買包子！」

小販騎著單車奔過來，在騎樓前面跳下車。他是個細高挑的男人，一張清瘦蒼白的臉，一雙沉靜的眼睛，顯出一副文質彬彬的神態。他的態度很和藹，講出來的話，竟不是我們聽不懂的閩南話：

「要買包子嗎？太太。」

「我要吃。」弟弟搶著說。

「你的包子多少錢一個？先生。」母親一面問，一面看看圍在她身邊的三個孩子。

「一千塊錢一個。」

「那麼貴呀？」母親浮起一臉驚訝。

「一點都不算貴啊，太太。」小販連忙分辯道：「現在的臺幣不值錢，又冒的那麼兇，一千塊錢算什麼。你們是剛從青島逃出來吧？你算算看？一塊大頭可以換幾萬塊臺幣，就是好幾十個包子。」

「你也是山東人吧？先生。口音好熟啊。」

「是啊。」小販點點頭。

「怎麼一到臺灣就做起生意來了？可是我看你這個樣子，一點都不像是生意人。」

「餬口吧！」小販抬起手揉揉臉，把那張疲倦蒼白的臉，揉出一層憂悒；然後長嘆一聲：「總不能『坐吃山空』啊！我在家鄉的時候，是一個中學教員；可是在臺灣，我是什麼？什麼都不是。『肩不能擔擔，手不能提籃』。言語又不通，做小工，人家都不要。家裡的老婆孩子都在張著口等飯吃，我總得弄給他們吃啊！才想出賣包子這個主意，能賺到就賺，賺不到就自己吃。」

他說完後又自我解嘲的苦笑一下，在那一笑時，眼角上竟擠出一絲辛酸的淚痕。這時對面港灣裡，有一條龐大的輪船在行駛，煙囪裡的黑煙，鼓突鼓突往上冒，把天空遮成一片黑。然後向市區飄過來。一陣簌簌聲，煤渣像雨一般撒下來。煤渣也撒到小販頭上，他連忙搖搖頭。

他那個搖頭的神情，好像也想把他臉上那層憂悒一起搖掉。他搖不掉的，那憂悒是屬於這個時代的。在這個戰亂的時代，每一個懷著孤臣孽子情懷的人，心靈上都懷著一種故國情深的悲愴與憂悒。

母親也跟著悽然一笑說：

「真是俗語說得好，先生。『在家千日好，出門時時難』，這話一點不假。我們從下了船，就不曉得怎麼辦才好，也不曉得該往那裡走。你能不能幫我們出個主意？告訴我們應該到那裡去？」

「我看你們還是到臺北看看，很多人都去了那裡。」

「快買包子吃嘛！不要講了。」弟弟叫道。

「別吵！徵麟。我問問這位老鄉怎麼個走法。」

這時那位先生已打開箱子，拿出一個包子給弟弟說：

「先拿去吃吧，塞住你的嘴。」

「那就再給我們兩個吧，老鄉。」母親見狀，便從口袋裡掏出小錢包，數錢給那位先生。

「我不餓，媽媽。」姐姐急忙說。

「我知道你們都餓了，每人先買一個吃吃。」

「我真的不餓呀！我不吃包子。」姐姐說得很堅決。她一面又用手推我低聲的說：「快說！徵龍！快說你不餓。我們不能像弟弟，弟弟不懂事。」

我張張口，卻說不出話來。我看到那位先生把包子拿出來，就急著想吃。

「快說嘛！徵龍。」姐姐不停的催我

「媽媽！我……」我吞吐了一下，還是沒說出來。

「好了！不要急，一人一個。」這時母親已經把錢給了那位先生，接過來兩個包子，分給姐姐和我。

我接過包子，早把姐姐告訴的話，忘到九霄雲外，三口兩口就吃下肚裡。如同豬八戒吃人參果，連味道都不曉得。姐姐卻把那個包子藏在手裡不肯吃，等那位先生騎上單車走開，她立刻走到母親身邊，把包子塞到母親手裡。

「媽媽！這個包子給你吃，我不餓。」

「你怎麼會不餓？」

「我不想吃，我吃不下去。」姐姐像要哭，卻強忍著眼淚沒讓它流出來。只看看母親哽咽的說：「那我們兩人分開吃，一人吃一半。」接著把那個包子掰成兩半，拿著一半向母親嘴上塞去，不由母親不吃。這時弟弟又把目光投到姐姐身上，她便把另外半個包子，狠狠的塞到他手裡。

有許多難民經過前面的馬路向火車站走去。挑著擔子的，提著箱籠的，抱著孩子的。在火一樣的太陽下，身體壓得歪歪斜斜，顯得疲憊不堪。

吃完包子，母親扶著弟弟慢慢站起來。

「我們也走吧。」

「我們到那裡呢？媽媽。」姐姐關心的望望母親。

「人家都去臺北，我們也祇好去那裡看看。」

「到臺北好嗎？」

「誰知道呢，我們總不能呆在這兒呀！」母親說著抬手揩揩眼，眼裡凝聚了滿眶淚痕。

六

從那間騎樓到火車站，路不算太遠。我扛著一個大皮箱，姐姐扛著個大包袱，跟在母親後面。母親則一邊用臂腕拐著那個裝什物的籃子，一手拎著小皮箱，把身體壓得佝僂著，走不幾步就要歇一會。祇有弟弟什麼都沒拿。

雨洗過的街道，十分乾淨。太陽從馬路上爆起層熾烈的光，感到分外熱。我扛著那個沉重的大皮箱，很快便累得滿身大汗。有很多難民坐在三輪車上，揚著響亮的鈴聲，從我們身邊飛一般駛過去，神氣的不得了。好像對於出來逃難，並未放在心上。我也希望母親能雇一輛三輪車，我實在太累，腿都拿不動了。

母親卻沒有雇車的意思。雖然她自己也累得不住的喘氣，汗珠追波逐流往下淌，對空著駛過身旁的三輪車，看都不看一眼。任憑他們把鈴拉得怎樣響。

那煤煙兀自從天空往下落，我對姐姐說：

「媽媽為什麼不叫三輪車？」

「要省錢哪！」姐姐很快回答。

「幹嘛要省這幾個錢？」我聳聳肩，把上面那個皮箱扛好一點，又問姐姐：「我這個皮箱好重啊，壓得我快不能動了。你累不累？能不能背得動？」

「怎麼不累，你看我臉上這麼多汗。」姐姐伸手抹了一把汗，同時把包袱背高。

我知道姐姐那個包袱裡，全是一些被褥之類，鬆鬆垮垮的，怎麼都包不緊。儘管它不及我這個皮箱重，但圓乎乎的很難弄，扛著背著都不對勁。姐姐的身體又瘦，祇見她一面走著，身體跟包袱都不停的幌。不知是她搖的包袱幌，還是包袱壓的她步履不穩。

「媽媽不叫，你叫好不好？」我又商量的說。

「我不要叫，可是你也不准叫。我們背不動時，就放下來休息休息。」

「我看你快被壓倒了。」

「我背得動，祇是它不好背，老往下溜。」姐姐又把快掉到地上的包袱背高一點。

「叫輛三輪車，也不要多少錢嘛？」

「可是我們現在連家都沒有了，那裡還有錢雇車。今天晚上到了臺北，說不定連住的地方都找不到。」

「真的？」我愣了。

「怎麼不是真的，你講我們住那裡吧？」

姐姐這一問，我傻了。先前我還天真的想，以為到了臺北，就什麼問題都解決。如今一想，果然沒地方可去。豈不要露宿街頭嗎？在我的想像中，祇有乞丐才會露宿街頭；我們難道要淪落成乞丐不成？

於是我心頭湧起一陣悚懼，馬上想像到跟在母親身後沿街乞討的悲慘狀況。伸著一雙滿是污垢的小手，哭兮兮的望著人家的臉色，祈求可憐。

我絕不願變成可憐的乞丐。我把皮箱放到路邊，坐下休息。這時背上的衣服已全部濕透，但滾滾的汗水，仍順著脊樑流個不停。我看看面前的街道、屋宇、行人，都綻著喜悅的歡顏。家就這麼重要嗎？有家的人，就一切都有依恃似的，即使只是一席之地，一間狹隘的小屋，都可以遮風擋雨，居有定所，得到安慰與安全，不受飄泊的苦楚。可是一個失去家的人，就失去所有依靠，連立足之地都沒有，祇能在流浪飄零中渡日。於是我自然而然想到在青島的家，幾間瓦房，一個小小庭院，雖不算富裕，卻也不愁吃穿。這種無憂無慮的生活，像把我們包在一層幸福的厚絨裡，那麼軟，那麼柔，那麼暖，不曾受到一點傷害。所以母親每次帶我們出門時，姐姐總是不待吩咐，就會自做主張的開口叫車，母親從來也沒說過什麼。

就為了出來逃難，情況就變成這般模樣。從上船那天開始，母親便認真的計較每一件東西的價值，能不買，就不買。萬不得已要買時，也是揀最便宜的。

姐姐變得也最多，好像突然長大了。不再帶頭向母親要這要那。我們對母親有所要求的時候，她還要出面阻攔。

「不行！這個東西不准買。」

七

姐姐也把她背上的大包袱放下來，坐在我一旁。

我看看她，她也看看我，都疲倦的喘了口氣。

我轉頭望向海港，那艘冒黑煙的船，已經開出港口，黑煙拖得好長好長。面前的天空又晴朗起來，高空處浮著幾絡悠悠移動的白雲。這雲來自何處？將去何方？它是否來自我們隔海遠處的故鄉？在青島時，我們也經常看到這樣可愛的白雲。它那銀色的細縷，映著日光，是那麼瑩潔與透明，美得使人編出許多美麗的夢想。

如今那雲縷已引不起我的幻想。我摸摸口袋，抓出一把彈珠。這是我從青島帶出來的東西，在船上我們也曾玩過。此刻我對它竟沒有一點興趣，我看看它，摸摸它，隨手丟進路旁的水溝裡。

我們走得很慢，走走歇歇。那知快到火車站時，一直走在前面的弟弟，突然回身攔住母親，一定要她抱。母親不抱，他就蹲在地上不肯走。

「別跟媽媽作對，徵麟。我這時候那裡有力氣抱你。乖！快起來自己走。」母親像求他似的。

「我走不動嘛。」他大聲的叫道。

「聽媽媽的話，慢慢走，車站馬上就到了。你看姐姐和哥哥，還扛著皮箱和包袱，我也要拿這麼多東西。你什麼東西都不拿，就該自己走。」

「我不要嘛！我要你抱。」

「你看我現在怎麼個抱法？」

「我不管。」弟弟撒賴的扭著屁股。

「聽話！徵麟。你不是最聽話嗎？起來跟姐姐哥哥比比看；看誰先走到車站。」媽媽拿出激將法；在過去，這法子對弟弟最有效。為了做英雄，為了搶第一，再怎麼累，他都會鼓起勇氣爭先。

「我不要！我走不動。你不抱，我就不走了。」弟弟一屁股坐在地上。

「媽媽！不要理他了。」姐姐把包袱放下，在一旁氣乎乎的說：「他愛走就走，不走就拉倒。那有這種人，這時候還要媽媽抱。」姐姐本來很愛弟弟，自從這次在船上，他老是鬧著要東西吃，要水喝。稍不如意就哭。一點不體諒母親的困難。姐姐對他也煩了。

「我跟媽媽講話，要你管！」弟弟也是張硬嘴巴。

「大家都累成這樣子，你為什麼還要媽媽抱。」

「我小嘛！」這是弟弟最拿手的殺手鐧。在家裡的時候，他總是自恃老么的身份，動不動就撒嬌。由於有母親護著，我和姐姐凡事都讓他。

「你小就有理了？也得看什麼時候。」

「你大走得動，我小走不動嘛！」

「你到底走不走？」
「走不動。」
祇見姐姐繞過身前那個大包袱，走到弟弟跟前，一把抄起他的胳臂，不管三七二十一，扯著就往前拖。弟弟一面蹺著屁股不肯走，一面用拳頭去砸姐姐握他那隻手，並大聲的叫道：
「媽媽！你看姐姐呀！」
「徵鳳！」母親慌忙放下籃子，趕緊去拉姐姐：「放開手，不要那樣拖弟弟。」
「誰叫他賴皮。」
「你才賴皮呢！」弟弟有了母親撐腰，又嘴硬起來：「我走不走，你管得著，討厭！」
「好！我們就試試看，你到底走不走得動。」姐姐把兩臂插到弟弟的胳肢窩，兩手拉著往前拖。
「徵鳳！鬆手！鬆手！」母親急急的說。
「我非把他拖到車站不可。」
「好了！好了！你們不要再鬧了，我們也雇一輛三輪車！」母親無可奈何的在路邊停下來，把弟弟抱在懷裡給他揩淚：「你也太會鬧了！徵麟。你這麼大了，也該懂點事情才是。」
「我們不要坐三輪車，徵龍，我們走。」姐姐氣得跺跺腳，背起大包袱拉著我就走。
「徵鳳！回來！」母親叫道。
可是姐姐連理都不理，腳步拿得更快。
母親跟弟弟坐著三輪車，很快就追上我倆。雖然姐姐堅決不肯上車，仍禁不住母親三拉四拉，還是把我們拉上車。

八

那時節基隆火車站，可能是世界上最亂的地方。一群一群從大陸來的難民，都集中在那兒，盲無秩序的在站內鑽進鑽出。有的是想搭火車，有的卻毫無目的。祇因為心頭浮著一份栖皇，又無處可去，便在這裡窮盪。因為這兒有火車，便變成臨時難民集中地，有的人想在這裡聽聽消息，或看看能不能碰到熟人。我們不曉得在那裡排隊買票才對，事實上根本無法排隊。那湧來湧去的人潮，使我們連腳都站不穩。母親逢人就問，也問不出個所以然。

有人對我們這樣說：

「買什麼票啊！這麼多人怎麼買票，火車來了，爬上去就成了。」

「可是我們沒有車票。」母親不解的望望那人：「要是被人家查到了，那怎麼辦？」

「你怎麼那樣死心眼，這時候誰管你有票沒票。大家都是難民，他們查到你們沒有票，又能怎樣？難道把你們關起來，管你們飯吃。」

一支軍隊在廣場上集合，一列一列排得很整齊，秩序井然站在那兒，中間卻夾雜著很多眷屬。由於父親生前是一位軍官，我們在青島的時候，家中經常有當兵的來玩，對軍人就有一種親切感。尤其弟弟，更是一個「兵迷」，最喜歡跟他們打交道。要他們帶他出去玩、逛街、看電影、買東西吃，坐吉普車兜風。所以弟弟見到了軍人，就想跟他們親近。

當母親愁得不知如何是好，呆在那兒想不出絲毫辦法的時候。弟弟卻跟隊伍中間一位軍官搭上腔，一問一答聊起來。衹見弟弟指著那位軍官的領章說：

「我知道你是中尉。」

「你怎麼曉得的？」

「你的領章衹有兩條嘛！」

「誰告訴你兩條的是中尉？」

「我自己曉得的啊！」弟弟仰著臉，神氣的轉動著眼睛：「過去我們家裡也常常有官長來玩，一條的是少尉，兩條是中尉，三條是上尉，對吧？我爸爸也是一個軍官哪！他的階級比你大，是兩朵梅花的中校副團長。他下面管好多好多兩條槓的中尉啊！」

那位軍官笑了，摸摸弟弟的頭。

「你真可愛，小弟弟。你們到那裡？」

「我們到臺北去。」

「到臺北為什麼坐在這裡？」

「我們進不了車站啊！我媽媽擠不過人家，我和姐姐哥哥又太小。」弟弟說到這兒，突然翻了一下眼睛，望望中尉：「官長，你幫我們去買車票好不好？」

「我給你們買車票？我不能離開隊伍呀！」

「我們在青島時候，好多官長都願意幫我們呢！」

「你爸爸呢？你們為什麼不跟你爸爸一道走？那不就有人照應了？你們這樣自己跑，那怎麼成？」

「我爸爸作戰陣亡了。」

「什麼？你爸爸陣亡了？」中尉愣了一下，抬眼望望我們母子：「怎麼陣亡的？」

「在青島打仗陣亡了。」

中尉搔搔頭，臉上顯出一股悽楚。這時車站內外，還是像先前一般擁擠，小孩哭，大人叫，連站在旁邊維持秩序的警察，也在搖頭嘆息。太陽已經斜了下去，那位中尉又向我們看了一眼，突然朝我們招招手。

「來來！你們過來插在這裡，混過去算了。我們也要經過臺北，也有眷屬在臺北下車。」

「行嗎？官長。」母親疑惑的問。

「沒有關係，你們儘管站在這裡。」中尉向後退了兩步，讓我們擠到隊伍中間：「有人問的時候，你們不要講話，我會應付他們。」

果然沒有多久，一位上尉軍官帶著兩個背槍的戰士從排尾走過來，他們一面走著，一面檢查隊伍的陣容。那位戰士的儀容不整，那位官長的軍帽戴歪一點，都要當面糾正。並大聲的警告大家：

「注意啦！我們馬上就要上車了！趕緊把隊伍整理好，不要讓閑雜人等混進來。」

他們一路檢查過來，突然在母親面前停住。一雙眼睛盯在母親臉上轂轆轂轆轉，看得母親變了臉色。

「你這位太太是那裡來的？」

「他們是我們單位的眷屬。」中尉很快的回答。

「怎麼我剛才檢查的時候，沒見到他們。」上尉轉身問中尉：「他們是什麼時候到的。」

「他們是自己先來臺灣，現在才找到單位。」

「有證明嗎？太太。」上尉又看看母親。

還沒等母親開口，中尉卻把上尉拉到一邊，兩人唧咕了半天。祇聽上尉很驚訝的說：

「遺眷？」

「是的！她先生是一位中校副團長，在青島作戰陣亡了。她一個人帶著三個孩子跑到臺灣來，想到臺北去，又擠不進車站買票。我見他們太可憐，才叫他們插在這裡；反正我們也要經過臺北。」

「你也太多事了。」

「拿出點同情心吧！」

「好吧！好吧！」上尉點點頭，但又對母親說：「如果你們是遺眷？太太。我答應帶你們到臺北，可是我還是要看看你們的證件。」

母親急忙打開小皮箱，拿出一包文件遞給上尉。他祇翻了翻，又還給母親說：

「你們到臺北，一定要下車呀！不過我給你一個建議，太太。你最好還是找到你先生過去服務那個部隊；你先生是打仗陣亡的，他們就有義務照顧你們，替你想辦法。不然你一個女人家帶著三個小孩，在臺灣又無親無故，怎麼個生活法？總不能喝西北風啊！」

「聽說他們沒來臺灣，又開到前方了。」

上尉又囑咐我們姐弟一遍，在隊伍中間站好，不要亂動。過了沒有多久，隊伍便開始向前移動。同時也從排頭傳過話來，要分晚飯了，要大家預先準備裝飯的器具。母親便找出一個洋瓷罐拿在手上。

分飯的地點是在廣場的頭上，用木箱和桌椅隔成一條窄窄的過道。在過道的外面，放了好幾大籮筐饅頭，一大桶大鍋菜，有兩個戰士坐在那兒負責分。每人經過的時候，都會領到一個大饅頭，一瓢大鍋菜。我們四個人，照理該有四份才對，他們卻祇給三份飯菜。母親當然不會去爭那一份，這個部隊能把我們帶上車，她已經覺得十分幸運了。至於飯菜，人家是供應自己的士兵跟眷屬，給我們是情分，不給是本分。沒有爭的理由。

弟弟卻開口講話了：

「我們四個人哪！」

「你是小孩子，不算數。」打菜那個戰士揮動著杓子說，要弟弟快走。

「可是我能吃啊！」

「沒有關係了！」站在那兒監督分飯菜的一位軍官，笑了笑說：「飯菜多的是，就多給他們一份好了。小孩子能吃，也算一個大人。」

撲哧一聲，我們洋瓷罐裡又多了滿滿一大瓢菜，姐姐手裡也多了一個大饅頭。

那一餐我們吃得好飽。

九

我們分配的是一個載貨的敞篷車廂。本來在隊伍到達月台的時候，我們被剔到一邊，隊伍仍繼續前進。這一下母親慌了，以為不准我們上車，又不敢問。後來又有眷屬剔下來，等所有的眷屬全集中一起時，才有一位軍官來帶我們上車。那是部隊為了維持行車秩序，不准眷屬跟隊伍混在一起，特別撥出後面幾節車廂供眷屬搭乘。

車廂裡面很髒，滿處都是黑黑的煤渣。我們劃分的位置，是在一個角落上，勉勉強強可以坐下四個人。其實有五個六個人，也同樣坐得下。在那個戰亂時期，大家都習慣於擠車擠船，也能忍受那份擠。有一塊插腳地方，就是好的。

這時暮色已經圍籠到車站上空，坎在西邊山窩間那個金碧輝煌的太陽，還沒有全落下，東面天空已經飄出一彎細雕的月牙兒，那麼空靈靈的貼在灰色的天際，映出一道輕盈盈彷彿在流動的光。這是我第一次領會到臺灣的夜；這夜與故鄉的夜，有多大差別呢？我說不出來，卻有一種陌生的感受。

聽到母親喊下車，才曉得臺北到了。

原來我們搭的那班火車，在基隆停了很久。我跟弟弟還沒等到開車，就迷迷糊糊睡著了。對什麼時候開車，路上經過些什麼地方，有些什麼風光，絲毫不知道。現在被母親叫起來，仍有點懵懵懂懂，一時連方向都弄不清楚，祇糊裡糊塗跟在母親後面走。

車站好大好空，在朦朧中，我覺得那些巨大的房舍，四面八方向我逼過來，似要把我們吞下去般。守柵欄的人見我們那副狼狽樣子，也沒向我們要車票，揮揮手讓我們過去；同時發出一聲同情的感嘆。

可是一出車站，我們便在那兒愣住了。往那裡去呢？前面的廣場空蕩蕩的，什麼都沒有。水泥地面東殘西缺，縫裡長著很多參差野草。

天色已經很暗，祇在前面的馬路上，間間斷斷有幾輛汽車行駛。路邊零零落落的有幾盞路燈，發出昏昏暗暗的光。倒是一輛一輛三輪車，駛過我們面前時，都把鈴聲弄得很響。但很少有人坐，從車站出來的人，多數都是自己提著行李步行。

車站的走廊上，有人鋪著行李睡覺，或坐在暗中談話，看樣子多數是難民。

「我們也找個地方睡一夜吧！」母親環顧一眼說。

「就住這裡呀？媽媽。」姐姐疑慮的看著母親。

「這麼晚了，我們到那裡去？」

「那明天呢？我們不能老住車站呀！」

「明天再說吧！」母親疲倦的坐到地上。

「總得有個辦法呀？」姐姐不停的緊追著問。

「我累死了，徵鳳。」母親衰弱的對姐姐說：「你先別逼我，讓我歇一會，好好想想。你帶弟弟到走廊上看看，有沒有空地方，佔一塊我們睡覺。」

有一輛三輪車駛到我們面前剎住了，車伕從車上偏過頭來，用十分熟悉的鄉音問道：

「坐車嗎？太太。」

「請問先生。」母親聽出是老鄉，打起精神問：「從青島出來的難民，都在什麼地方？」

「你們也是從青島出來的嗎？那是同鄉了。可是你問青島出來的人都在什麼地方，那就難講了。有的人從基隆一下船，就到了南部，也有人就留在基隆。到臺北的人，也是各走各的路，分散得東的東，西的西。你要是想找熟人，這時候還真不容易找哩！」

「我祇是想問你，先生。我們到什麼地方好？」

「你們在臺灣沒有親友嗎？」

「那裡會有親友；要有，就不會這樣走投無路了。」

「那我就勸你們，先到中華路再說，政府允許難民暫時可以在那裡落腳。很多山東老鄉在那兒搭個窩棚，就做起小生意來了。賣賣包子、水餃、麵條、饅頭，生意還蠻好呢。你們也可以到那兒去佔一塊地方。」

「中華路在那裡？」

「就在那邊！」車伕伸手向北門的方向指去：「看到那個城樓子沒有？過去就到了。」

「沒有多遠嘛。」

「很近，幾步路就到了。」

「謝謝你，先生，我們自己走就好。」

「我看你們還是坐車吧，帶那麼多東西。」

「我們可以自己走的，先生。」

「你放心好了，太太。儘管把東西搬到車上，我送你們到中華路，決不會要車錢。」車伕說著又跟我們姐弟打個招呼：「小弟，小妹，快把東西搬到車上。」

「那怎麼好意思，先生。」

「老鄉嘛，又都是逃難出來的。」

還沒等母親答應，車伕便一陣風似的，把我們的行李扔上三輪車，不容我們母子不坐。於是車伕踏動車子，朝中華路駛去。當車子駛抵北門時，那古老凋零的城堡，在灰暗色的天光下，呈現著一種巍然的孤傲。大街兩邊有許多各式各樣的小販。他們都孤燈一盞，鵠候在攤子前。我們的車子經過時，便會舉目一瞥，露出一種我們無法瞭解的表情。也許他們那種目光，祇不過希望我們買他們一片西瓜，或喝一杯冰水，別無其他意義。可是對一個身受烽火災劫的人，卻有著特殊敏感。

城堡過去，便是一條空曠的大街。當中是鐵路，但兩邊的路基上卻長滿了萋萋的野草，張牙舞爪竄得很高，觸目處，盡是一片荒涼。就在那些七高八低的路基上，搭著許多低低趴趴的矮棚子。車伕告訴我們，這就是中華路，現在成了臺北市的一個難民集中地，那些棚子就是他們居住的地方。

車子顛簸的駛著。鋪在大街中央那條窄窄的柏油路面，由於年久失修，變得東缺一塊，西殘一塊。車子駛到上面便亂蹦亂跳的不穩。

「這地方怎麼住，這麼髒，這麼亂。」姐姐望著路軌兩邊一堆堆的垃圾，皺著眉頭說。

「小妹！」車伕回過頭來看了姐姐一眼：「我們是到臺灣來逃難的，不是來享福的。還管什麼髒不髒，祇要能有一個地方住，就是好的。」

姐姐也自知失言，便默不作聲。

今天這場雨，大概臺北也下得很大，馬路兩邊的水溝裡，都積滿了水，路面上也有一個一個大水坑。弟弟看到那些水坑，便迸出一句使人發笑的話：

「我喜歡這裡，可以捉魚。」

在衡陽路口下了車。那時節人們在中華路佔地盤，多數都沒有選擇，祇是弄塊地方，搭一個棚子遮風擋雨就好，根本不管地腳繁不繁華。可是如何才能把那個地腳保住呢？因為那時期從大陸來的難民，都是到處亂碰亂撞，設法找棲身之所。街頭屋角，祇要可以容身，就停留下來。大家都有樣學樣，在上面搭個竹棚，居住下來。

十

我們旁邊很快就圍攏一大堆人，七嘴八舌的問我們青島撤退時的情形。其實這些人當中，有的還跟我們乘同一條船，僅比我們早一步到這兒；有的也祇早來了幾天而已。因此大家所見所聞，也都大同小異；但他們仍十分關切的問個不停。人類對故土那種深厚感情，是根深蒂固的植在心靈深處啊！

母親還是把她曉得的，約略的說了一點給大家聽。於是又引起一陣浩嘆：

「慘哪！」

這時旁邊竟有人抬起槓來，起因是聽母親說，許多人為了逃難，把所有的財產都丟得光光的，如今景況落得十分慘。有位先生便在一旁不關痛癢的說：

「他們該早有準備才是，早把家產折變折變。」

「你老兄要有準備。」立刻有人頂上去：「把房子都搬到臺灣來，也不至於在這裡住竹棚子。」

「我的情形不同啊，逃的太急迫了。」

「什麼不同，別怨天尤人了，老老實實住在竹棚裡吧！」

「我住竹棚，你還不是照住。」

「對啊！大家都住竹棚子，還放什麼馬後砲。你有準備怎麼樣？就一定能把家產帶出來嗎？這是劫呀，在劫難逃。你沒見上海撤退呢？成箱的大頭扔在碼頭上，都沒有人要；要能扛一箱到臺灣來，不就可以過幾年好日子。為什麼會沒人要呢？逃命要緊哪！有的人為了顧全財產，捨不得丟，差一步就上不了船。」

「別抬了，這就是亂世啊！」又有人在旁邊嘆氣。

「好了！好了！」有人搬了張竹凳走過來：「你們省點精神，別講廢話了。這是劫數，逃不過的。俗語說得好：『寧做太平犬，不做亂世民。』我們既然生在這個亂世，還有什麼好怨的。這位太太累了吧？坐下休息休息。」隨手把竹凳放到母親面前。

「你們有沒有開水？先生。也給我們一點喝。」母親向那位先生道了謝，在竹凳子上坐下。其時我們姐弟三人，也不管地上髒不髒，早已經席地而坐了。夜是清明的，露很重，青草被浸得濕濕的。有陣陣蟲聲，在鐵路兩側草地上唧唧鳴唱。可是空氣中仍滯著一股燠熱，這就是南國氣候的特徵嗎？在故鄉的初夏季節，夜到這般時候，寒意還是很濃的。

「有！我馬上去拿。」搬凳子給母親的那位先生又轉回身，向一個竹棚走去。

這時候有人低聲告訴母親，這位又搬凳子又拿水的先生，在大陸的時候，曾經做過縣長。來臺灣後，一家人就在這兒搭個竹棚，做小生意維持生活，情況還不算壞。接著他又指指劃劃說：別瞧不起這些低低矮矮的小竹棚，卻是藏龍臥虎的地方，住了許多不簡單的人物。有大學教授、縣太爺、退伍的上校軍官、大經理、游擊隊司令、有名的交際花。現在大家到了這裡，都像虎落平陽似的。當年那些響噹噹的金字招牌，已經敲不出聲音了。

突然又有人插口調侃的說：

「還有你老兄呢！」

「我算什麼呀？」

「大小是個官啊！」

「如今是麻繩穿豆腐，提不得了。」

十一

忘記了母親怎樣把我們帶到一個走廊上，怎麼安排我們睡下。我也實在太睏，往地上一躺，便睡得很熟。可是我做了一個噩夢，夢見在作戰，一大群砲彈像蝗蟲般隆隆的響著向我追來，在我身上爆炸。

我想逃，又無路可逃。

兩腿拚命掙扎，卻一步都拿不動。

我急得大叫起來：

「救命啊！救命啊！」

突然我從地上爬起來，撒腿就跑。但一隻手很快的拉住我，把我按到地上不讓我動。

「弟弟！弟弟！」是姐姐的聲音，一面仍抓住我不放：「你怎麼了？你醒一醒。」

「打仗了，姐姐，快跑啊！」

「不要怕，弟弟。這裡不會打仗。」

「你聽嘛！」我指著遠處說。

「聽什麼？」

「大砲的聲音哪！」

「那裡有大砲的聲音？你是做夢。」

「我做夢？」我一怔的說，但揉揉眼睛仔細聽，隆隆的聲音還在耳畔響著：「你聽大砲的聲音好響啊，那不是打仗了？」

「那不是大砲，那是火車。」

「火車？」

「你好好聽聽嘛！」

我鎮靜一下，再揉揉眼，才曉得真是做夢。這時陣陣的隆隆火車聲也漸漸遠了。可是倏然一聲汽笛，又一班火車隆隆而來。我腦子一炸，差一點又跳起來。

姐姐斜靠在一床被子上，眨著眼，望著走廊外面那片漆黑的夜，神態十分靜。

我湊過去說：

「你還沒睡啊？姐姐。」

「我在等媽媽。」

「媽媽還沒回來啊？」

「沒有。」

「她到那裡去了？」

「我也不曉得。」姐姐轉臉看看我，她目光竟那麼怯：「媽媽說她很快就會回來。可是她走了這麼久，怎麼還不回來？叫人好急呀！」

「我們要不要去找媽媽？」

「我們也不曉得她到那裡去了，怎麼個找法？」姐姐抬頭向外望望，眉頭蹙得好緊。突然拍我一下說：「你快睡覺吧，不要怕。媽媽等會就會回來。」

「我也不要睡了，也要在這裡等媽媽。剛才我做那個夢好可怕呀，我要等媽媽回來再睡。」

「那就不要吵，小心吵醒徵麟。」

我也把身體靠到那床棉被上，瞪著眼睛向外望。媽媽不在，能靠到姐姐身邊也覺得安全些。

夜已經很深，夏日的炎熱到了這般時分，變得十分涼爽；並涼得有些使人發抖。天色很幽，有種冷冷漠漠的光景，壓在對面樓房的上空。街上有零落的路燈，光很暗淡。走廊外面不時有人經過，唧唧喳喳邊走邊談。一個警察慢慢踱過來，手裡拿著一根木棒子，隨手揮動著，嘴裡好像在哼一支小調，用以排遣靜夜的寂寞。他經過走廊時，向我們看了一眼，又慢慢向前踱去。在暗夜裡，使我感到很恐懼。

我把眼睛不停的朝街兩邊溜，多麼希望母親的影子能突然出現，然而越急越失望。

一個可怕的念頭泛起腦際，我抓住姐姐的手說：

「媽媽真會回來嗎？」

「她怎麼會不回來？」

「媽媽要不回來，我們怎麼辦？」

「那……」姐姐吞吐了大半天，也沒吞吐出一個所以然來：「你不要再胡思亂想了，徵龍。我想媽媽一定會回來，她怎麼會丟下我們不管？」

姐姐雖這般安慰我，卻也不安的站起來，不知所措的踏動著步子。半天才坐下來，臉上映著一層焦慮。

那個警察又踱回來，又向我們看一眼。

他看什麼？不會把我們抓走吧！

我仰臉望著姐姐惶惶的說：

「媽媽以前說過呀，誰要是不聽話，她就會把誰丟掉不管。你忘了在青島的時候，有一次弟弟在街上撒賴，媽媽就丟下他不管。今天他又不聽話過。」

「那是媽媽嚇唬我們。」姐姐想想說。

「我真害怕呀，姐姐。媽媽要不回來，你是不是也會把我和弟弟丟掉不管了？那我們會餓死呀！」

「不……不會的。徵龍。」姐姐猛然把我抱緊。

「那我們吃什麼呢？我們沒飯吃啊！」

「不要再說了，徵龍。好可怕呀！」

我望望姐姐，不敢再講話。但心頭一直都在叫喊：媽媽！你在那裡呀？快回來啊！媽媽！媽媽！不要丟掉我們啊！我們會餓死呀！這喊叫雖然無聲，可是我覺得出，它在我心頭像刀割的一般，割得心血肉模糊。

我很睏，卻睡不著。閉上眼，馬上又張開。

十二

行人漸漸少起來，夜變得愈靜。

突然街口的路燈下出現一個人影，踽踽的走著。那是母親，我一眼就認出來。

我跳起來狂奔過去。

「媽媽！」

「媽媽！」

警察驟然轉回身，驚愕的向我看看。我不理他，一個勁的叫喊著向前奔跳。

「媽媽！」

「媽媽！」

我一下子就撲到母親身上，兩手緊緊抱住她：「媽媽！你回來了！媽媽！你回來了！」

「你怎麼了？徵龍。」母親也抱住我。

我哭了，說不出話來。

回到走廊下，我才發覺母親兩隻手上全是血，姐姐急忙給母親包紮，她才告訴我們為什麼回來的這麼晚。

原來母親把我們安排在走廊下以後，便去買竹子跟繩索，圍我們那個地腳。在路上又聽說父親生前服務那個部隊，已經來了臺灣，便各處去打聽大半天。至於她手上的血，是因為圍那塊地腳時，不小心被竹片割破。她說那個地腳幸虧有位好心的先生幫我們看住，才沒被人佔走。因為又有兩家難民到了那裡，也看好我們那個地方。

母親說完那段話後，又關懷的問我。

「你怎麼還不睡？徵龍。」

「我要等媽媽回來。」

「等我做什麼？」

「他怕媽媽會把我們丟掉呢！」姐姐代替我回答。

「我的孩子，你怎麼會那麼想呢？」母親伸出兩手把我跟姐姐一邊一個抱在懷裡。她由於過分的激動，手跟嘴都不停的顫動：「你們是媽媽的親生骨肉，媽媽怎麼會捨得丟掉你們。我這般千里迢迢帶你們出來逃難，為的是什麼？還不是為了你們姐弟。要不然，媽媽一個人孤孤寡寡的，出來受這些罪做什麼。徵龍，以後可不准再這樣想。你們是媽媽的命根子，媽媽再怎麼狠心，也捨不得丟掉你們。」

「可是你那麼久不回來，把我們急死了。」

「傻孩子，怎麼又說這種傻話呢？」母親俯下身來不停的親我的臉，滿眼都是瑩瑩的淚光，卻強忍著不讓它流出來：「媽媽要丟掉你們，就什麼都沒有了。那媽媽活在這個世界上，還有什麼意思。」

十三

等我跟弟弟醒來時候，媽媽正同姐姐買米回來。說起來也好笑，我們從青島出來，好些重要的物件都沒有帶出來，鍋碗瓢盆卻帶得很齊全。

她倆拾了三塊破磚頭，在鐵路旁邊的空地上，把鍋架好，便開始淘米煮飯。我們兩個男生也分派了任務，去揀煮飯用的柴火。我們沿著鐵路走去，一面揀著地上的竹枝木片，一面流連鐵路兩邊的風光。這時中華路的景象，才清楚的展現在我們面前，祇見那些低低矮矮的攤棚，已經沿著鐵路連成一條線。在朝陽中，飛著縷縷炊煙。有的是用竹子搭的，有的不過用幾塊破膠布圍成一個圈圈。頂上蓋兩張鐵皮，就成了遮風擋雨，聊以維生的地方。

在那些攤棚的後身，卻是垃圾的集中地。大家把用過的破爛東西，都往鐵軌旁邊扔，因此竹枝木片特別多。我和弟弟找到一個破竹籠，把揀到的柴火放在裡面盛著，沒有多久便揀了滿滿一竹籠。由於夜裡露水太重，木片潮得很厲害，火怎麼都生不起來。不論母親用嘴吹，或拿破報紙當扇子搧，都不中用。

仲夏的太陽好熱，一升出地面，就像火一般熱辣辣的。母親臉上的汗，就像河水一樣往下淌，可是她並不灰心，依然不停的生火。

在鐵路的對面，有一個推著板車賣早點的小販。用一個玻璃櫥裝著米糕、炸麻花、蛋糕、麵包之類，在那兒直著嗓子對我們叫賣。弟弟蹲在地上玩石子，當他發現小販時，便目不轉睛盯著那輛板車。

「媽媽，賣蛋糕的來了。」

「乖，小麟。媽媽馬上煮好飯了。」

「還有油炸麻花呢！」

「你餓了嗎？小麟。」

「我好餓啊！」

「那就乖乖的在這兒等，我快點煮。麟麟餓了，我要快一點煮飯給麟麟吃。」母親笑著安慰弟弟。

「你不要急，媽媽。我會慢慢等你煮好了再吃。」弟弟很快的說。這就是弟弟的可愛處，他要乖巧起來，講出的話，總那麼善體人意。可是他望著玻璃櫥裡那些點心咂咂嘴，轉了一下眼睛又說：

「我不要買蛋糕或麵包吃。對不對？媽媽。我們家裡沒有錢，我不要亂買東西吃。」

「啊！徵麟！你真太乖了。」母親抬頭怔怔的望著弟弟，一時感動得也不顧得生火，走過去兩手抱住弟弟：「你最可愛了，小麟。媽媽最喜歡你。」接著給他一陣痛愛的親吻。結果母親手上的煙灰，也抹到弟弟臉上，使他變成一個小花臉。

火生不著，我們徒然在一邊焦急。這時順著鐵路走過來一位先生，我們認得出，就是昨晚拿水給我們喝的那位。

他走到母親面前說：

「還沒煮好飯嗎？趙太太。」

「是嘛，一直生不著火。」

「這個火是難生。」他用腳踢踢地上那堆木片：「這些木頭太潮了，不容易點著。那就不要煮了，我家裡還有大半盆稀飯，你們先拿來吃好了。」

「謝謝你，先生。我們自己煮就好了。」

「現成的嘛，我們早上煮了很多，也吃不完。」

「我們總是要自己煮飯吃的，先生。」母親仍固執的蹲在地上生火，冒出的祇是蓬蓬黑煙。

「別客氣囉，先拿來吃了再說。出門在外，客氣是要吃虧的。我看小弟小妹們也餓了；你們先把那盆稀飯拿來吃了，也好辦別的事情。」

母親經那位先生一說，嘆口氣向鍋裡看看。鍋裡的水，連一點熱氣都沒有。倒是水面上，漂浮著一層黑灰，隨著水面的漩渦在悠悠的打轉。

母親抬手攏攏頭髮，她也曉得飯是煮不成了。

「我們麻煩你太多了，先生。昨天晚上，還累你幫我圍這塊地方，還沒謝你哩！」

「那點小事情算什麼，老實說一句話，趙太太。大家都是逃難出來的，理應互相照應。再說句不好聽的話，逃到這裡的人，那一個有根？大家都沒有根啊。要是再不互相照應，在這裡還怎麼個混法？所以我家裡的稀飯，你們儘管放心的拿來吃。」

十四

當我們去拿稀飯的時候，才曉得了這位先生的名字叫李世屏。同時他又送給我們一碟醬菜。但母親沒立刻吃稀飯，她手端著飯碗對李先生說：

「我們住這裡成嗎？李先生。」

「你叫我怎麼講呢？」李先生也看看母親：「現在國家多難的時候，大家總得有個住的地方。政府既然允許我們在這裡落腳，祇有暫時呆下去。」

母親木然的點點頭，她手裡那碗稀飯，仍一動沒動。現在那個碗慢慢斜下去，稀飯也慢慢流出來。流到她手上的時候，她才悚然一驚。

「我再說一句，趙太太。」李先生又沉思的說：「你要是沒有親戚朋友可以投奔，也不必動了。我們逃難逃到臺灣來，可說已經逃到盡頭，再也沒處可逃；再逃，祇有跳太平洋了。所以你說那裡好，那裡都好，都可以成為發奮圖強的根基；要不能發奮圖強，那裡都不好。」

「說的也是，叫我再逃，我也逃不動了。」

這時那半盆稀飯，已被我們三個小蘿蔔頭吃光。李先生又建議母親，既然決定要在這裡住，就不能老是住走廊；人家不會讓你老住的。應該把佔的那塊地盤，設法搭個棚子才成。

這倒把母親難倒，她何嘗會做那種事情。如果請人幫我們搭，別看一個竹棚低低趴趴不起眼，也要花不少時間才能搭起來，光工錢就不是一個小數。她望著圍在繩索中間那塊空地呆了大半天，一面絮絮叨叨怨自己不中用；同時也怨家裡沒有一個男人，不能把這個家撐起來。

「我會搭呀，李伯伯。」弟弟吃了三大碗稀飯，精神也來了：「媽媽說我們家裡沒有男人，才不對！我跟哥哥不是男人嗎？，我們可以做啊！」

「你能做什麼？」李先生笑著看看他。

「挖洞啊，搭竹棚不是要挖洞支架子嗎？我最會挖洞啦，我可以挖得好深好深哪！」

「你是隻小耗子吧，生來就會打洞。」李先生笑著摸摸弟弟的頭：「你幾歲了？名堂這麼多。」

「七歲啊。」弟弟老氣橫秋般說。

「你調皮什麼，徵麟。」母親輕輕打了弟弟一下：「不准跟李伯伯皮，這裡沒有你們小孩子的事情。」

「你為什麼說我們家裡沒有男人。」

「好！有你這個大男人，你能幹，能吃飯。」

李先生了解我們的情形後，對我們的境況十分同情。可是「一旦被蛇咬，十年怕井繩」。他老實的對母親說：他經過一段宦海浮沉，什麼事情都看穿了，懶得再管別人的閑事。因為這年頭，多一事，不如少一事，管好了，倒好；管不好，反倒惹一身騷。可是看看我們的情形，他又無法不聞不問。像我們這幾個寡婦孤兒，不論於情於理，他都應該伸手拉一把，幫我們站起來；否則憑母親一個婦道人家，哭也不能把個竹棚子哭起來。於是他幫我們出了個主意，要我們祇出一點材料錢，買幾綑竹子、一些木料、幾包洋灰，外加一些零星用品就夠了。至於人工，由他出面找他過去手下的人幫幫忙，或請附近的鄰居們出點力。反正這又不是什麼大工程，一兩天的工夫就可以完成。

「人家真肯這樣幫我們嗎？」母親半信半疑的問。

「你儘管放一百二十個心，趙太太，沒有問題。」李先生十分有把握的說，同時伸手向左右指指，你看這些攤棚，不都是大家互相幫忙搭起來的。靠自己的力量，十天半月也搭不成。我還不是照樣幫人家搭過。」

「你會嗎？你是位縣太爺呢！」

「我這個縣太爺，現在是一文不值了。」李先生大聲笑起來，聲音中多少帶著幾許失意的蒼涼：「我們就這樣講定了，你先把費用準備好，我去幫你找人手。」
「這樣麻煩你，真不好意思。」
「叫你放心，你就放心，別的話不用說。」
「大家來幫忙的時候，我就做飯給大家吃。」
「我看你還是省一點吧。」李先生連連的搖搖手：「這三個小蘿蔔頭，就夠你拖累一輩子了。大家要是真心來幫你，也不會計較你那幾頓飯。」
「那我就聽你的吩咐了，李先生。」母親感動的說：「你真是我們的救命恩人，我叫孩子們給你磕頭，感謝你的大恩大德。徵鳳，你帶弟弟給李先生磕頭。」
我們姐弟便連忙向李先生跪下去，可是沒等我們跪到地上，李先生便急忙把我們攔住。
「使不得！使不得！那有這個道理。」李先生拉住我們，又感慨的對母親說：「你也不要太過意不去，趙太太。這是亂世，對大家來說也是劫數；在劫的人碰到一起，也是緣。」
他說完之後，便很快走開。
弟弟卻不管三七二十一，撲哧的跪到地上，朝李先生的背影磕了個頭，並大聲叫道：
「李伯伯，我給你磕頭啊！」
李先生轉回身，站在那兒怔了大半天。然後猛邁大步向前走去，同時傳來一聲長嘆。

十五

到了第四天早晨，李先生便帶了一大堆人，來幫我們搭竹棚。這些人多數是他過去的部下，祇有一兩位是附近的鄰居。他們度量好地形，決定搭建的方式以後，便動手整理地面。一時七手八腳的，忙得不亦樂乎，搬石頭的搬石頭、挖土的挖土，除草的除草。看他們那個亂糟糟的樣子，雖然曉得不是行家；可是那種又喊又叫的熱情，卻十分感人。有的人索性連上衣都不穿，打著赤膊幹。在火熱的太陽下，個個都滿身大汗。

母親拿了幾塊大頭給李先生，請他幫忙買材料。她也忙著到李先生家裡燒水給大家喝。

就在這時候，一個身材十分高大的先生遠遠走過來。他那寬闊的肩膀，走路時就像一根橫著的木樁子，兩邊一個勁的幌，一步一步拿得十分穩。禿得沒有幾根毛的大光頭，在大太陽底下，爆著一層油油的光。他的兩腮非常飽滿，臉色紅通通的。嘴巴特別寬；但那厚厚的嘴皮，卻笨得像兩片硬橡皮。有兩條很深皺紋從嘴角兩邊咧出來，現出像牛一般的倔勁兒。他手裡拎著一把大鐵鍬，那個輕巧的樣子，彷彿拎根樹枝那般不費力。

他邊走邊用大嗓門嚷道：

「對不起，我來晚了一步。」

我向那人仔細打量一眼，立刻大吃一驚。他不是王百富王伯伯嗎？他怎麼到了這裡？連忙上前叫道：

「王伯伯！王伯伯！」

他望著我霎霎眼，也馬上認出我來。

「哦！是你呀！徵龍！」他把手裡的大鐵鍬往地上一扔，緊緊拉住我的手。：「我的孩子！你怎麼也到這裡了？你媽媽呢？她在不在這裡？」

「也在這裡。」

「在那裡？」

「她在屋裡燒水。」

「快帶我去看你媽媽。」王伯伯興奮得把我的臂用力抓住，抓得我痛的不得了：「能找到你們，真好極了。我們下船時候還說得好好的，大家一道走。後來不知道怎麼就散了，那裡都找不到你們。」

「我們也找你們好久啊！」

「你姐姐弟弟都來了吧？」

「都來了，都在這兒。」

「那就好！沒丟掉就好。我還耽心你媽媽照應不過你們來。萬一丟掉一個孩子，那可急壞你媽媽囉！」

李先生那個竹棚，離我們那個地段很近，祇隔二三十步的光景，是那一帶搭得比較像樣的一間，佔地也大，用的材料也實在。祇是高矮仍跟其他竹棚一樣，門框緊接著屋頂。王伯伯的個子又特別高，又走得興沖沖的，腦殼子便咕咚一下撞到門框上，撞得他噢喲的叫了一聲。

弟弟沒認出王伯伯，在裡面笑起來。

「你笑什麼？小麟！有什麼好笑！」王伯伯一面不停的用手揉腦袋，一面對弟弟吹鬍子瞪眼：「怎麼？不認識王伯伯了？說！不說就打。」

母親聞聲從廚房裡趕出來。因為王伯伯一講話，她就聽出聲音來。她一見王伯伯，眼睛裡便閃出淚一樣的瑩光，彷彿看到多少年沒見面的親人一般。

「噯喲！王大哥！是你啊！」

「啊！趙家弟妹！我總算見到你了。」王伯伯向前急走了兩步，站在母親跟前說：「天可憐啊！你們都這樣好好的。那天下船以後，怎麼一轉眼就見不到你們了。我這兩天可耽心死了，你一個婦道人家，帶著三個孩子，又沒親沒靠的，該怎麼辦哪！我昨天還把那幾個小鬼罵了一頓，都是他們在碼頭上吵著喝水，我帶他們去找水喝，才把你們弄丟了。還有你嫂子，也被我好好數落一番。嗨！那個女人哪！別看她的個子那麼大，一點用處都沒有，看到個螞蟻就會嚇昏頭。我叫她在碼頭上等你們，她會等得連人影都不見了，你說叫人氣不氣？我這幾天正準備把家裡的事情安頓一下，再到基隆去找你們一趟，無論如何都要找到你們。出門在外不容易啊！弟妹。像你一個女人家，總得有個人幫忙照應；大家要能住一起，就方便多了。」

「我們當時在碼頭上也找你們好久。」母親對那天走投無路的情形，顯然記憶猶新：「可是怎麼也找不到你們，後來下大雨了，大家一亂，就沒再找。我想你們一大家子，也夠累的；何必再去累贅你們。」

母親這話一出口，王伯伯就急了。他那張大臉，馬上紅到耳朵根，變成一片醬紫色。

他把兩扇厚嘴唇張了半天才講出話來。

「啊呀呀！趙家弟妹。你要說這樣的話？就是抱怨你王大哥了，那怎麼能算累贅呢？我應該照應你們嘛！弟妹！

我這話絕對是真的，要有一點假，我就不是人，招雷打霹靂轟，死都不得好死。你王大哥這個人哪！弟妹，就就⋯⋯就⋯⋯這樣一個直⋯⋯心眼。」

王伯伯越說越急，急得兩手亂揮亂舞，額頭的青筋一根根暴得好高。在那青筋上，又冒著一層像豆粒般汗珠，一顆一顆順著臉頰轂轆轂轆往下淌。

看到王伯伯那個樣子，母親不曉得怎麼回事，眼淚竟順著眼角湧出來。這突如其來的景象，把王伯伯弄得更不知所措。

「趙家弟妹。你⋯⋯你怎麼啦？怎麼哭起來了？有話好好說嘛！嗳嗳！你別哭，別哭啊！你聽我講嘛！嗳！嗳呀！你到底要怎麼呀？別哭啊！弟妹！你你⋯⋯你儘管放心吧！什麼事都有你王大哥幫你做主。這行了吧？好了！我跟你發誓，一定不會虧待⋯⋯。」

王伯伯斷斷續續說了一大篇，最後那半截話，雖沒完全說出來，我們卻能了解他的意思是什麼。

母親終於停止哭泣，她用手揩乾臉上的淚痕。十分難為情的對王伯伯靦腆的說：

「王大哥，你不笑我吧？也不是我好哭，我是見到你，就像見到了親人一般。不知怎麼回事，就不知不覺的哭起來。說真的，王大哥，我真感謝老天有眼，才使我碰到這麼多幫我的好人。」

「你這是好心有好報啊！」

「我說是祖宗有德，我們沾祖宗的光。」

「這話也對。我說弟妹，不要看別的，就看你那幾個孩子，將來一定都會有出息。不像我那一窩，就像是一窩豬，除了吃飯，沒有別的用處。好了！弟妹。我知道你在這裡就放心了，有話回頭再說。我還要幫人家去做工，等收了工，我再來看你。」

「你做什麼工？王大哥。」

「去幫人家搭個竹棚子。」

「是不是到前面去搭？」

「是啊！就在前面沒幾步的地方。」

「他們就是在那裡幫我搭呢！」母親連忙說，溢漾著一臉感激與興奮的神色：「我在這裡燒的茶水，就是給那些做工的先生們喝的。」

「真的啊？弟妹，真是太巧了。」

「那就請王大哥幫我照應照應。」

「好的！這件事情交給我就成了。我跟你說，弟妹。災難已經過去了，祇要我們肯吃苦，好日子就不會太遠。你以後祇要帶著三個孩子好好過日子，教養他們成人就好了，別的事情都有你王大哥。我們就是喝西北風，也有你們一份。」王伯伯一挺腰幹，像要把所有的責任一肩挑起來。

十六

水燒開了，母親便去沖茶。王伯伯也拎著鐵鍬走出去。

母親把茶水裝在一個大茶壺裡，要我和弟弟一人提著茶壺，一人捧著一大疊飯碗，送到工地上。並把水倒出來涼著，見到誰要喝，就馬上送過去。

在那些人當中，論嗓門，還是數王伯伯最大。他接受母親的囑託後，就真以主人自居，一會招呼大家喝茶，一會招呼大家休息。弟弟便悄悄對我說：王伯伯那個大嗓門，要是唱戲，一定唱大花臉。

他們的工作速度很快，上午便把地坪四周的木柱子豎起來。下午開始上樑；樑上好後，接著便往屋頂釘竹片子。那是件有技術性的工作，祇有三個人會做。他們便分頭進行，兩個人釘屋頂，一個釘牆壁。其他的人幫忙搬運東西，或劈竹片子。

一位文質彬彬的先生走到我們跟前，抬手揩揩汗。聽說他是上海什麼大學的教授，來到臺灣，也落魄的蹲在中華路的攤棚裡。姐姐連忙倒了杯茶給他；他接過茶杯後，便在陰涼處坐下休息。

李先生走過來對他說：「蘇教授，你回去吧，你不要做了。」

「我不累呀！」蘇教授連忙搖搖手。

「你聽我說嘛，現在的工作大部分已經就緒，祇剩下釘屋頂和牆壁，這些事你我都幫不上忙。」

「打打雜也是好的。」

「算了！那我們就在這裡坐一下好了。」李先生也坐下來，我也給他一杯茶。聽他又說：「等有我們能做的事情，再過去也不遲。你申請到臺大教書的事情，怎麼樣了？大概不會有問題吧？你是權威呢！」

「我看是希望渺茫。」蘇教授喝了口茶，十分感慨的長嘆了一聲：「現在什麼事情都亂得很，一點頭緒都找不到。連老朋友都躲著你，唯恐你去求他。不過我也無所謂了，這次戰亂，讓我對什麼東西都看淡了，不會再去強求。所以申請得到就申請到，申請不到也就罷了。在這種人命賤似狗的年頭，能弄碗飯吃就好。」

蘇教授說過後便把臉轉到一邊，他雖然對得失表示毫不在意，像把人生的一切看得十分透徹。但語調中，仍掩不住那股失意的悲傷。李先生靜靜望著他，目光中流露著同情，卻沒有說什麼。因為這時候對蘇教授來說，不論是安慰或鼓舞，都會刺傷他。

李先生沉默一晌，才笑著對蘇教授說：

「你的打油詩再唸兩首給我們聽聽吧！」

「別唸了，有什麼好唸的。」

「解悶嘛！大家輕鬆輕鬆。」

「好吧！」蘇教授想了一下說：「唸首新做的好了，昨天我閑著沒有事，又編了兩首。」

「那更好！」

「可別說我是諷刺你呀！」

「不會！」李先生搖搖頭：「我也跟你一樣，把什麼事情都看開了，你怎樣講都無所謂。」

「那我就唸了！其實呀！我也不會諷刺你。」

於是蘇教授把手裡的茶杯放到地上，咳了兩聲清理一下嗓門，便開始唸他的打油詩——

其一：贈李縣長。

中華路上草萋萋。
縣長困臥竹棚裡。
有朝一日風雷動。
乖乖隆的咚！龍！

其二：夜半聞火車有感。

鐵路旁邊搭竹棚。
東西南北都通風。
夜半汽笛驚客夢。
喲！好大一個鬧鐘。

蘇教授唸他的打油詩時候，好多人都圍過來聽。雖然逗起一陣笑聲，卻又引起很多人的感慨。

大家重新工作時，蘇教授走到工地上把別人劈好的一大堆竹片，抱起來往屋頂送。可是他一個失手，那堆竹片嘩啦一聲從半空掉下來，沒頭沒腦落到他身上。散亂的竹片橫七豎八壓了他一身。

王伯伯急忙搬開竹片，把蘇教授拉起來。

祇見蘇教授悲哀的把兩手一攤道：

「嗨！百無一用是書生。」

十七

收工時，王伯伯便帶母親到他住的那邊去看，弟弟也跟去了。我跟姐姐由於要收拾工地上的東西，又要在那兒看守，便沒去。不過母親沒有多久便回來了，並帶回來四個大饅頭，就成了我們的晚餐。

竹棚經過一天的忙碌，大部分都完成，祇有屋頂跟牆壁還沒釘好。那種細活，做得較慢，弄不好會漏雨；還有地面上的水泥也沒有鋪。本來照母親的意思，省一個錢就是一個錢，不鋪水泥也罷。倒是李先生堅決主張鋪，雖然多花一點錢，卻可圖一個長久的乾淨清爽。他說有人為了省幾包水泥錢，屋裡老泛潮不說，野草都從屋裡冒出來。屋裡一亂，蚊蠅蟲豸便會在裡面繁衍生殖，弄得髒兮兮的，住在裡面也耽驚受怕。

王伯伯第二天來給我們鋪水泥地面時，在鐵鍬上掛了一個大籃子，裡面又是四個大饅頭。

「謝謝你呀，王大哥。」母親接過籃子說：「昨天帶的那四個，還沒有吃完呢！」

「說這些話幹什麼，弟妹。」王伯伯又拿出他的大嗓門：「我昨天不是說過嗎？有我們吃的，就有你們吃的，還分得那麼清楚幹啥？昨天你到我那邊時候，是祇有那幾個，才叫你帶得那麼少。要是剩的多，就要你多帶幾個回來了。我昨晚特地對你嫂子說，以後蒸饅頭的時候，也要把你們這份算在裡面。我說弟妹啊！能有饅頭吃，日子就不能算苦。在我們山東老家，吃饅頭就算過年了。」

「家總是家啊！王大哥。」

「我不是這個意思，弟妹。家當然好了，可是人走到那個地步，就得說那個地步的話。我勸你把心放寬，不用愁。愁也沒有用。有兩隻手還怕挨餓嗎？」

「我沒有愁哇！」

「你騙我幹什麼！你不愁？我一輩子都不信。你看你把個眉頭皺的，打起褶來了。」

「我不是愁這個，王大哥。」

「那愁什麼？」

「這兩天我都在想，我們要能在這裡安定下來，孩子們讀書的事情就要早早解決，不能老荒廢下去。雖然是出來逃難，他們的教育還是要緊哪！」

「對對對！弟妹！」母親的話也提醒王伯伯，他連聲的叫道：「幸虧你想得周到，我還在胡吃懵睡呢，沒想到這一節。要說到讀書，我一定要叫大虎他們好好的把書讀好。說出來也不怕你見笑，弟妹。你王大哥這輩子，就吃了大字不識幾個的虧。不過你也曉得，在鄉下，祇要讀的書能寫寫信，記記賬，就夠了。」

「是嘛！在鄉下，什麼事情都比較簡單，讀的書祇要夠用就好了。都市就麻煩一點。再說時代越來越進步，讀書也就越來越重要。」

「我一定拚了這條老命，也讓他們把書讀好。就這樣講定了，弟妹。我得便就去打聽，有了消息就來告訴你。要上學就叫他們一道去，大家有個伴。」

十八

我們那個竹棚，中午便完全搭好。母親為了答謝幫忙人的辛勞，特地叫我去買了十幾包香蕉牌香煙，拿去找王伯伯分給他們抽。

我站在竹棚前，望著竹壁竹樑，以及竹子屋頂，心頭有一股說不出的滋味。那種青青綠綠的顏色，在中午的烈日下，爆著一層鮮明的色澤，看起來十分可愛。這就是我們的家啊！雖然它是那麼矮、那麼小、那麼簡陋。可是有了它，我們就有了棲身之所，不再漂泊。

王伯伯回家的時候，卻來對母親說：

「你下午沒有事情吧？弟妹。」

「沒有啊。」

「那就下午到我那邊去幫你嫂子包包餃子。」

「好的，我吃過飯就去。」

「噯呀！你還在這邊吃什麼飯哪？把你那幾個小子一起帶到我那邊吃去。」王伯伯興奮的一昂頭，像一隻神采飛揚的大公雞：「我跟你說，弟妹。你這個棚子不是已經搭好了嗎？有幾個人下午要到我那邊幫忙，我也沒有好的東西招待他們，打算請他們吃一頓餃子。可是那麼多人，包餃子又麻煩，我怕你嫂子一個人忙不過來，才請你過去幫她個忙。所以你最好現在收拾一下就過去，晚上也不必再弄飯，吃餃子就好了。」

「王伯伯，我也去幫著包好嗎？」姐姐在一旁說。
「你會包嗎？徵鳳。」
「我以前幫媽媽包過呀！」
「那就來幫忙吧！」王伯伯拍拍姐姐說，在我家三姐弟當中，他是最喜歡姐姐的：「你真是一個好孩子，徵鳳。才十一歲，就這麼乖。」
「這孩子也不曉得怎麼回事。」母親用慈愛的目光，望著姐姐吐了聲嘆息。兩手合起來揉搓著說：「我們在青島的時候，她還整天跟兩個弟弟吵得天翻地覆，沒有一刻時光安靜。自從到了船上，就好像一下子長大了許多，什麼事都懂了，也不跟別人吵架了。嗨！真是災難啊！把小孩子都折騰得傻傻的，你說罪過不罪過？」
「誰說不是的！」王伯伯也長長的舒出一口氣。
「所以有時我想到這些地方，就覺得心痛。」母親把兩隻揉搓的手分開了，在半空扎撒著：「小孩子該玩的時候，就該讓她玩。可是話又說回來，她給我幫了不少忙，有些事情她還會幫我出主意呢！」
「長大嫁給我們大虎好不好？徵鳳。」王伯伯又扳起姐姐的臉，笑著摸摸她的臉腮。
「不要！」姐姐猛一搖頭，把王伯伯的手甩開。
「哈哈！小丫頭還會害臊呢！」
姐姐猛轉身走開了，王伯伯又是一陣大笑，拎著鐵鍬走出去。姐姐望著他的背影嘟著嘴說：
「我下午也不要到王伯伯家去了。」
「你不是要去幫人家包餃子嗎？」
「我才不要嫁給王大虎，王伯伯討厭死了。」
「嫁給王大虎有什麼不好？」母親笑道：「他的個子那麼高，身體壯壯的，人又老實。」
「笨死了。」姐姐又把嘴一噘。
「好了！好了！」母親見姐姐嘴巴越嘟越高，也就不開玩笑：「別氣了，那裡會說嫁就嫁，王伯伯也是跟你講著玩的，怎麼能當真。我們下午到那邊幫他們把餃子包好，就在那裡吃飯。」

「我不要。」姐姐又猛搖一下頭。

「這丫頭怎麼了？」母親又笑道：「一句玩笑就那麼認真。那下午我們都去了，你怎麼辦？」

「我在這裡看東西。」

「晚上你吃什麼？」

「我不吃飯。」

「我送餃子回來給姐姐吃。」弟弟急忙說，他在船上時候，就跟王大虎不對頭，老是欺負王大虎老實：「我也不要姐姐嫁給王大虎，他那麼笨的人，連話都不會說。我要是耍他，就像耍猴子一樣。」

「你呀！徵麟！就是一個惹禍精，以後不准再欺負王大虎。」母親指著弟弟的鼻子警告。

「誰叫他那麼笨手笨腳。」

「他笨哪？他才不笨！他祇是不喜歡耍心眼。」

「哼！他有什麼心眼好耍？」

氣得母親打了弟弟一巴掌：「不准胡說。」

「媽媽，我也不會跟王大虎開玩笑了。」我在一旁說：「我不能開姐夫的玩笑啊！」

「對！我也不再欺負他了。」弟弟附和著笑道

氣得姐姐追著打我們。

十九

王伯伯全家，也是暫時住在一間騎樓底下，用兩塊軍用雨布圍成一個圓圈圈，所有的什物便都放在這個圓圈圈中間，安置得十分整齊。王伯母正在生爐子，給做工的人燒茶水。她的身體跟王伯伯比起來，塊頭雖然矮不了多少，卻比王伯伯胖得多。特別是她那張肥肥的大臉，兩腮又圓又鼓；那些多餘的肉由於重量太大，便嘟嘟嚕嚕的往下垂，在

下巴頦打了好幾道褶。並且那個富富態態的體型，走起路來，渾身都顫巍巍的動。

這位可愛的王伯母，也是一位人生純美的人物，在她的世界裡，任何東西都是美的。她不懂人生的疾苦，因此疾苦也就傷害不了她，才會這般心廣體胖。拿從青島到臺灣來說吧，大家在船上顛簸一個多星期，到下船時，幾乎沒有一個人不被折磨得瘦了許多，獨有她的樣子絲毫沒變。儘管她在船上連飯都吃不下，整天祇喝水。

餃子材料已經準備好，一塊嶄新的長方形麵板，放在騎樓下面太陽曬不到的地方。上面有一塊用濕布蓋著調好的麵團，旁邊是一大盆餃子餡。

母親很驚奇他們剛來臺灣，便把這些東西置備得齊齊全全。王伯母開口了，她跟王伯伯真是天造地設的一對，也有一副大嗓門：

「我們來到這裡第二天就買了呢。都是你王大哥，他那麼一個人，都是饅頭跟窩窩頭堆起來的。他說吃大米飯吃不飽，吵著要吃饅頭。像他們父子幾個人，一天就要吃一籠饅頭。我說吃都被他們吃窮了。」

「所以王大哥的身體那麼壯，像我們昨天下午四個人吃，才吃一個多饅頭。」

「難怪你那些孩子都秀秀氣氣，飯量那樣小？」

「我倒希望他們能多吃一點。」母親向站在一旁的王大虎看一眼：「像大虎似的，壯壯的，沒病沒災就好。我們出門在外，什麼都不怕，就怕生病。要說吃飯，好的也罷，壞的也罷，能填飽肚子就好。再說像王大哥，他的身體好，就是本錢，一定有辦法。」

「他呀！」王伯母不屑一談似的把嘴撇了撇：「我告訴你，弟妹。他什麼本事都沒有，在鄉下拎鋤頭出身的人，能懂什麼，就是能吃苦。」

「這年頭能吃苦就好。」

二十

當他們開始包餃子的時候，嫌我們幾個小蘿蔔頭在旁邊太鬧，王伯母便趕我們走開。可是到那裡好呢？對於臺北，大家都同樣陌生。來到中華路這幾天，都在那個小圈圈打轉，什麼地方都沒去過。

我提議到鐵路對面的電影院門口看明星照片，這意見立刻被否決。是我們那幾天轉的地點，也包括了那幾條電影街。所有櫥窗裡的海報或劇情照片，不知看了多少遍。

王大虎說他發現一個好玩的地方，是一個公園，可以帶大家去玩。這個新鮮地方，倒引起大家的興致，一致贊成前往。於是王家兄妹四人跟我們兩兄弟，六位赤腳大仙，成群結隊，浩浩蕩蕩向那個公園出發。

說到王家四兄妹，老大當然是王大虎。可是論年齡比我跟弟弟大的，還有老二王大豹。他們的身體都得自父母的遺傳，長得高高壯壯。唯有老三王大樹，卻有點反遺傳，不像他兩個哥哥那般壯。矮矮的，瘦瘦的，性格也靜靜的，不喜歡講話，也很少跟別人打交道。因此王伯伯對他們老三，有點恨鐵不成鋼的味道。他說王大樹所以個子矮，是心眼太多，墜的。而王伯伯卻是一根直腸子通到底的人，什麼事都喜歡爽爽朗朗。記得在船上，兩家的孩子到了一起，沒多久就混熟了，都在一道玩。唯有王大樹不肯跟大家一起胡鬧，總是玩他自己的，並且有些東西，別人覺得毫無意思，他卻能把精神集中在上面，玩得很起勁。於是他在別人眼裡，就有點孤僻。

他們家裡的唯一女孩子是老四，名字叫嬌嬌。不過四五歲的光景，長得白白淨淨，胖嘟嘟的小臉蛋，紅通通的十分可愛。她也是王家的寶，王伯伯對她寵的不得了，得閑的時候，便抱在懷裡逗著玩。她那三個哥哥，連她的汗毛都不敢碰一下。由於她太嬌，動不動就哭，我跟姐姐當然不願招惹她。但弟弟卻老跟她扯不清，兩個人一會吵得天翻地覆，一會兒又好得什麼似的。雖然王伯伯不會罵我們，母親卻感到煩心。

現在嬌嬌也邁著兩條小腿，跟在我們後面跑。王大虎起先很有把握的在前面帶路，轉動著腦袋，東張張，西望望，一副老馬識途的模樣。可是轉彎抹角在街上走了不知多久，仍沒找到那個公園。

「奇怪！怎麼不見了呢？」王大虎站在一個十字路口，四周撒撒眼。

「你不是曉得嗎？」弟弟上前問。

「我記得就在這條街上，怎麼會不見呢？好大一個公園啊，它不會飛掉吧？」

「你真笨！王大虎。」

「我怎麼笨？」王大虎愣頭愣腦的反問。

「不笨怎麼會找不到。」

「你幹嘛講我哥哥笨？你不笨？」王大豹一個箭步到了弟弟面前，橫眉豎眼的對著他。在王家三兄弟中，王大豹是最護窩的一個，橫得有點不講理。

「當然笨了！不笨就不會找不到那個公園。」弟弟也不甘示弱，昂著頭向前跨一步。

「你不笨，就該找到啊。」

「我又沒說帶大家到公園去玩。他說帶我們去玩，又找不到；那不是笨是什麼？」

「你再說一句看看，徵麟，看我不揍你。」王大豹揮舞著拳頭向弟弟逼過去。

「笨笨笨！笨死了！」

「弟弟！不要亂講。」在王大豹揮出拳頭時，我上前拉住弟弟。王大豹的個子比我們高一個頭，我們兩人合起來跟他鬥，也打不過他。

「大哥！你不是到過那個公園嗎？怎麼會找不到？」在後面走得最慢的王大樹，趕上來了。

「好像就在火車站前面，就是看不到。」

「那也很容易找？」王大樹很自然的說。

「容易？你找找看。」王大虎竟惱了。

「你聽我講嘛！」王大樹把話講得慢吞吞的，一派條理分明的樣子：「火車站不是在那邊嗎？我們順著這條街一直向前走，一定可以走到火車站對面那條街上。然後再順著那條街走，不就找到了？」

「對對對！就是這個走法，我剛才怎麼沒想到！」王大虎恍然大悟的拍拍腦袋瓜子。

「趙徵麟，我哥哥已經找到那個公園了，你還有什麼話說。」王大豹神氣的瞪了弟弟一眼。

「我不跟你們一道走，照樣可以找到。」弟弟見王大豹講話時，那個洋洋自得的勁兒，便不吃他那一套。扭頭不理的，逕自向另一條街上走去。

「弟弟！弟弟！」我急忙追上去。

於是王家四兄妹成了一路，我們成了一路。他們那路反而是王大樹帶頭。我跟弟弟還是找到那個公園，原來就是新公園。當我們到達時，王家兄妹已經在那兒玩得很起勁。大家碰了面，雖然互相看了一眼，卻賭氣誰也不理誰，互不侵犯的各玩各的。

我跟弟弟在博物館附近轉了一會兒，見沒有什麼東西好玩，便跑到棒球場外面看人家練球。沒有多久，王大虎也帶著弟弟妹妹來了。徵麟跟王大豹之間，表面上看，好像已經沒有什麼過節，事實兩人心頭都憋著一股子氣，誰也不服誰，伺機發洩。當他們在棒球場外碰面後，兩人便你一言，我一語，互不相讓的鬥起來。漸漸越叫越兇，終於演出鐵公雞。論氣力，徵麟當然不是王大豹的敵手。祇見他被王大豹扭著胳膊一摔，便摔個四腳朝天。

我當然不容弟弟被人欺負，連忙衝上去幫他。這時王大虎也過來把王大豹拉開。

徵麟吃了虧，豈肯甘心。他度量形勢，想從王大豹身上討回公道，根本不可能。他翻了翻眼睛，見嬌嬌獨自在旁邊草地上蹣跚著走動。便一下子衝過去，兩手朝嬌嬌身上猛一推，便推得滾出去好遠。

嬌嬌哇的一聲哭起來。

弟弟見禍惹大，撒腿就跑。

這回王大虎也毛了，馬上去追弟弟。

我見王大虎跟王大豹那個氣勢兇兇的樣子，耽心他們會把氣出到我頭上，還是早溜為妙。

王大虎好像發了狠勁，非追上我們打一頓不可，一刻不放鬆的跟在後面猛追。起先我跟弟弟祇在公園內轉著圈逃。他們見追不到，便改變方式，一個人仍在後面追，一個人繞到前頭迎面攔截。

我跟弟弟見公園內已無處可逃，這時正好到了一個出口，便一齊向外衝去。

廿一

出了公園，迎面是一條很寬的大街。回頭看看，見王大虎兄弟沒有追出來，便放心的把步子放慢，順著那條大街邊走邊玩的，向前蕩去。

我們也不曉得那是什麼方向，也不知道到什麼地方去玩才好。反正時間尚早，便亂闖一通，碰到街道就蕩。一條蕩完，就蕩另一條。有一條大街又寬又長，可是很爛，馬路兩邊全是茂盛的野草。路面上的柏油，被汽車壓得一塊一塊歪歪斜斜的崩起來，但在這些歪歪斜斜的縫隙裡。也有很多野草往外冒。那種憔悴相，有點飽受折磨與營養不良的樣子。最神氣不過的，還是狗尾草，鶴立雞群般把梗子挺得高高的，迎風招展出一派洋洋自得的神態。太陽像火一般熱，我們躲在路邊樹陰下，用腳踢動著野草。有很多蚱蜢被驚得飛起來，我們便追著去玩。

弟弟還在唸叨跟王大豹打架的事，他說他一點沒有吃虧，嬌嬌跌的那一跤也不輕。有一個跟我們年紀相仿的孩子迎面走來，身上背著一個圓筒筒，在大聲叫賣：

「呷冰！呷冰！」

「我好想吃冰啊，哥哥。」弟弟看看賣冰的孩子。

「我們沒錢哪。」我失望的說。

「我們剛才不該跟王大虎他們打架。」賣冰的孩子從我們旁邊走過去以後，弟弟回頭望著他咂咂嘴：「我猜王大虎他們一定會有冰吃，我們也可以吃到。」

「他們就是有，也不一定會給我們吃。」

「我有辦法吃到。」

「你有什麼辦法？」

「我想他們男生不一定會有冰吃，嬌嬌一定有，因為王伯伯會拿錢給她買。如果嬌嬌有冰吃，她就一定會給我吃。要是王大虎也有，就更好辦，我幾句話就可以把他的冰棒騙到手。我說王大虎最傻不過了，真是個大笨蛋。還是嬌嬌好，她好聰明啊！」

「那你剛才為什麼要推嬌嬌？」

「王大豹太壞嘛，他欺負我們，我們又打不過他。」

「那也不能拿嬌嬌出氣啊！」

「那我們讓他們白欺負了不成，當然要撈撈本。」

「那以後嬌嬌會說：你不是大英雄了。」

「對啊，那怎麼辦？」弟弟驀地緊張起來。

說到弟弟的英雄夢，是從小就有的，一個勁兒想做行俠仗義的人物。當他賴皮的時候，用這種激將法最有效。從青島來臺灣的船上，由於他老是跟嬌嬌爭吵，母親好說歹說都沒有用，吃虧的自然是嬌嬌。後來母親拿出這個激將法，問弟弟要不要做大英雄；要做大英雄，就不能欺負小女孩。這話果然搔到弟弟的癢處，為了維持做大英雄的尊嚴，就不再跟嬌嬌吵架了。

弟弟在嬌嬌心目中，也真是一位偉大的英雄。雖然兩人在一起老是爭吵，可是弟弟那些鬼名堂，卻最能討嬌嬌的開心，使她高興得嘻嘻哈哈的大笑。在嬌嬌純潔幼稚的心靈裡，誰能使她開心，誰就了不起。

「他們會不會去告訴媽媽，說我打嬌嬌。」弟弟憂慮的望望我，步子也慢了。

「我想王大虎不會對媽媽說。」我對王大虎的性格很了解，他是個吃了虧不講話的人。

「可是嬌嬌自己會說啊。」弟弟更加耽心的踟躕著步子：「我猜嬌嬌一見媽媽，就會哭淚悲悲的說小哥哥打他。還有王大豹那傢伙，最壞了。嬌嬌就是自己不說，他也會挑撥著嬌嬌向媽媽告狀。那我們回去，一定會挨媽媽打，還要被王大豹看笑話。」

「媽媽要打，祇有讓她打了。」我想了想，覺得媽媽要打我們，也是無法避免的事。

我們沒把那個問題討論下去。再往前蕩，走到一條大水溝旁邊，水溝兩邊全是青蔥油綠的稻田。溝身很寬，一條窄窄的溪流，緩緩的流過溝底，很清，很淺，響著陣陣的嘩啦的流聲。突然我們在溪流裡看到幾條游動的小魚，映著太陽，泛著白白的銀光。兩人便像發現寶藏似的，別的事全不管了，歡躍著跳進水溝裡，奔跑著捉起魚來。

可是水裡全是爛泥漿，腳陷下去好深。同時我們這樣一攪，溪水立刻變得混濁不堪，魚兒也逃得不見影子。

廿二

魚當然捉不到，兩人的衣服卻濕得透透的。爬到岸上時，那輪紅日已慵懶的向山坳落去。

順河的風好清爽，我感到餓了。

「我們回家吧，弟弟。」我擰擰濕了的褲腳。

「我猜王伯伯家的餃子已經包好了，我們得趕緊回去吃。」弟弟已經把打嬌嬌那件事忘記了。他臉上粘了好幾塊污泥，把小臉塗得黑黑的。

順著原路向後急急的走著，一心一意趕回去吃餃子，對會不會挨打的事，已置之度外。在一個十字路口我跟弟弟發生爭執，我說應該照直走，他說轉彎才對。可是轉過那個街口走了很久，才發覺越走越不對勁，竟然找不到我們捉蚱蜢那條馬路。反而走上一條路面很窄的碎石子路，並且兩面的景物也荒涼起來，全是一些稻田跟許多未耕種的荒地。路邊的房屋也逐漸變少，疏疏落落的散布在田野與幽暗的林叢中。

天色也愈加暗了，從屋舍中射出來的燈光，把田野與林木照成一片黑黝黝的蒼茫。

我心裡一急，肚子便更餓。

心頭也更加徬徨恐懼。

此路不通，祇有回頭。然而再一轉，連剛剛走過的路也找不到了。市區內的燈火比郊外亮得多，我們也曉得應該朝市區的方向走才對。無奈市區那麼大，街道那麼多，總不能亂衝亂撞啊。馬路上有很多人，多數都是步行，也有少數人騎著單車飛馳，神氣得旁若無人。也難怪，那時節能有一輛單車就十分了不起。

我餓得好像直不起腰，渾身冒汗。

「哥哥，我不走了。」弟弟突然站在路邊說：「我好餓啊，我不吃飯就走不動了。」

「我們到那裡找飯吃。」

「可是我餓得一步都不能走，再說我們光這樣亂走也不成，幾時才能走回家？你趕緊想個辦法嘛！我們要是回去的太晚，他們會把餃子都吃光了。你看到沒有？王伯伯家的餃子，好多肉啊！我們好久沒吃肉了。」

「我也看到過。」我饞兮兮的說。

「我看到那麼多肉就要流口水。要是我們今天撈不到肉吃，以後不知什麼時候才能吃到？我知道媽媽一定捨不得包餃子給我們吃，祇買蘿蔔干跟醬瓜吃。」

「也許他們會留給我們。」我慢慢想著說，給弟弟一點安慰。實際我自己對這個想法也沒有把握。

「才不會哩，他們自己吃了都不夠，還會留給我們？現在要有餃子，我一定會吃一大鍋。好香啊！哥哥。我像聞到餃子的香味了！」弟弟突然往後一仰躺在地上，眼睛望著天空，他是在說夢話。

「那找個人問問，怎麼走好了。」我覺得那是唯一辦法。

「不要！哥哥。」他急忙坐起來伸手拉住我：「我們不要碰到壞人，把我們騙去賣掉。」

「那你說怎麼辦呢？」

「我們先歇一會再走，等走到有燈光的地方，再問別人。那樣就是碰到壞人，也不怕了。」

我想了想，也是辦法，只有聽他的。便也躺在地上。

草地很柔和，在背後透來陣陣溫暖。

天空有很多星，彼此輝映的閃動。

田野裡更加黑了，除了屋舍裡照射出來的燈光，一切都淹沒在夜色的模糊朦朧中。晚風從曠野裡吹過來，掠過身邊的稻田，響起陣陣簌簌聲。

遠處層疊起伏的山巒，映著幽暗的天光，如同蹲伏在地平線上的野獸，會撲過來吞噬我們似的。每當有行人走近身邊時，我就猜想他可能是一個壞人，便趕緊屏聲息氣的趴在地上，連動都不敢動。

可是轉頭看看弟弟，他卻一直望著天空不停的眨眼睛。好像在想什麼心事一般。

他想什麼呢？他有什麼好想？

他還在想王伯伯家中的餃子嗎？也可能是。他是饞蟲；比我都饞。不知不覺中，我也胡思亂想起來。我想到青島，想到祖父和祖母，想到父親，想到院子裡的桃子。那些桃子每年都長得又大、又甜。我們離開青島時候，它已經長得很大了，現在應該熟了吧？

一陣嘹亮的軍號聲從遠處傳過來，那種的的噠噠的聲音，我覺得好熟悉。過去隨父親去軍營玩的時候，經常都會聽到軍號的聲音，卻分辨不出那種的噠噠是什麼意思，衹曉得那是在發號施令。所以每種號音，都代表著一種作息程序。記得有位老班長開玩笑的告訴我們，說開飯號的聲音是：大米！大米！乾飯！白菜湯——白菜湯——我聽出這陣號音不是開飯號，可能是下課或點名；開飯號的那個尾音，會拖得好長好長。

弟弟從地上跳起來，拉拉我說：

「走！哥哥！我們找當兵的去。」

「找他們做什麼？」

「找他們送我倆回家呀。」

「找他們送我們回家？」我奇怪的問道，卻坐起來：「他們能送我們回家嗎？」

「你忘記了？我們過去每次到營房去看爸爸時候，爸爸要是不帶我們回家，就會有當兵的送我們。那個李班長送我們的次數最多，他還買糖給我們吃。」

「可是爸爸已經死了。」我惶惶的看著弟弟。

「我們不要跟他們講嘛。我們就對他們說，爸爸是個中校副團長，當然就會管到他們。」

「好嘛！那就去找他們試試看。」我無可奈何的說。

廿三

也許有人會奇怪，在那個時節，一般人對軍人都懷有幾分敬畏，覺得對這些持搶弄砲的人，還是隔遠一點好。我們為什麼絲毫不怕呢，反而去親近他們。說穿了，便不值得大驚小怪。我們生長在一個軍人家庭，從小就在那種環境中生活，了解也比較多，因而產生一種親密的感情。所以非但不怕，而且覺得可靠與信賴。

那麼像我們這麼小的年紀，對軍人生活就真能完全了解嗎？當然差得很遠。事實軍隊這個團體，你要想徹底去了解它，是十分困難的。它不但是一個威武莊嚴的機構，且有著鋼鐵般嚴肅的壁壘。最重要的，還是它的特殊性。那是它的服裝特殊，紀律特殊，訓練特殊，任務特殊，因而構成他們的特殊身分。於是你就不能用一般社會準則來衡量它，譬喻說：社會上最忌諱的就是使槍弄棒；他們卻要訓練使槍弄棒的技術，去打敗敵人。譬喻一般人最怕的就是死，他們到了需要效命疆場的時候，卻要義無反顧。同時在戰場上，打死的敵人越多，還會成為英雄。於是在觀念上，便跟一般人產生極大的衝突。而如果能理解這些特殊，承認它的特殊，自然就會接受這些特殊，不以為怪了。對這個團體就會感到信賴與可靠。

記得父親在世的時候，每逢星期天或其他假日，我們家裡都高朋滿座。父親又是個十分豪爽的人，有種四海一家的風範。凡是來到家裡的客人，不論有沒有交情，一律熱情招待。同時祖父母對父親的朋友，也都同樣熱情的歡迎。不過軍人的待遇菲薄，父親每個月的薪水，也僅夠他個人開銷。招待客人，就得家裡貼錢。有一次祖母開玩笑的對父親說：他這個軍官做得也彆腳，家裡不但沒沾到他一點光，反而貼了不少的錢。

祖母講儘管講，仍然親切的招待每一個客人，使那些叔叔伯伯到了我們家裡，像到自己家裡一樣。他們對我們姐弟也十分喜愛，會帶我們出去玩，買東西給我們吃。並且我們有了什麼困難，請他們幫助，也都有求必應。弟弟那個『兵迷』的外號，也是這樣喊出來的。

轉了好幾個彎，才找到那個營房的大門。有一個衛兵在那兒站崗，肩上扛著一支大步槍，尖端鑲著把明晃晃的刺刀，十分神氣的站在大門一邊。

弟弟毫不畏怯的走過去對他說：

「班長，你送我們到中華路好不好？」

「送你們到中華路？」衛兵被我們弄愣了，瞪大眼睛看看我們，「我在這裡站衛兵，怎麼送你們？」

「可是我們不曉得到中華路怎麼走啊！」我以為衛兵不明白弟弟的意思，忙上前幫弟弟解釋：「我們剛才找了好久，都不知道走那條路才對。」

「那也不能找我送呀！」

「那該找誰送？」弟弟講得理直氣壯。

「你倆走開，小孩子不准到這裡來。」

「我爸爸是兩朵梅花的副團長，比你大多了，可以管到你。你憑什麼不送我們？」

「我在這裡站衛兵，就是團長的兒子也不能送。」衛兵被弟弟這樣一講，火了，吹鬍子瞪眼叫道：「走開！聽到了沒有？」

「那我進去找別人送。」弟弟一點不怕他。

衛兵被唬到了，以為這兩個小傢伙真有什麼來頭，便著我們在門口等。去警衛室幫我們打電話。那知他出來的時候，臉氣得鐵青，揮舞著手裡的刺刀吼道：

「走開！走開！你們那裡來的兩個野孩子，也來尋老子的開心。不走，就把你倆抓住關起來。」衛兵說的像真的一樣。

這下我們真怕了，拔腿就跑。

廿四

一陣急促的腳步聲從我們背後傳來，眨眼的工夫，便到了我們前面攔住去路，是一個年輕的中尉。

「兩位小朋友，別跑。我問你們，你們找那個部隊的副團長？他叫什麼名字？」

「我爸爸叫趙澤宇。」我喘息著向中尉看看，見他的態度很和藹，對我們也不像有什麼惡意，才放心了。最使我們安心的，是那個衛兵仍站在營房門口沒動。他雖遠遠的對我們做鬼臉，有中尉在這裡，我們就不怕他。

弟弟也朝他努努嘴，意思是——你神氣什麼？

「不對呀！小朋友！」中尉很耐心的給我們解釋：「我們副團長不叫趙澤宇，你們找錯地方了吧？」

「我爸爸在青島作戰陣亡了。」

「他陣亡了？你倆怎麼到這裡找呢？」

「你們不是當兵的嗎？」弟弟現在又神氣起來，翻著大眼睛十分認真的說：「我們在青島的時候，經常都是當兵的送我們回家。你們為什麼不送我們回家？」

弟弟這句話把那位中衛弄傻了，一時沒醒悟過來弟弟的意思。可是轉轉眼珠，便明白過來。禁不住要冒火似的，只是再一轉眼睛，見面前是兩個不過六七歲的毛孩子，火便發不出來，只有耐著性子跟弟弟解釋：

「小弟弟，你們找不到路回家，該去找警察才對，我們是當兵的，不管這種事情。」

「我不管，我們找到你們，你們就得送我們回家，不然就不是好當兵的。」弟弟不管有理沒理，仍說得理直氣壯。

這話把那位中尉惹毛了，大吼一聲：「你們這兩個小孩子是那裡來的？敢在這裡撒野？這裡是個什麼地方，你曉不曉得？這裡是一個軍營啊！不是可以撒野的地方，走！走！不走我就叫衛兵把你們捉起來，關起來。」

弟弟說不怕，倒是假的。哇的一聲抱著中尉的大腿就哭起來，一面仰著臉望著中尉說：

「長官，你們當軍官的，不都是好人嗎？所以我們才敢求你送我們回家。」

這一來，那位中尉真的抓瞎了，一時不知怎麼辦才好？好像他在欺負小孩子。可是說又說不清：「這這……不是撒賴嘛！好！好！好！別哭！別哭！唉呀！我怎麼那樣倒楣啊！碰到這兩個寶！好吧！送送送！」他一面煩惱的叫著，一面掏口袋。那時候軍人待遇菲薄，他身上大概也沒什麼錢，掏了半天，才掏出幾張皺皺的舊鈔票。又低頭對弟弟吼道：「聽著！小賴皮！我可沒時間送你們，給你們雇輛三輪車，總成吧？」

「我們不坐三輪車，我們沒有錢。」弟弟沒等中尉說完，就叫起來。

「當然我付錢嘍！」中尉又笑著說：「真看不出來！小弟弟。你這副可憐相，像一個小叫花子似的。名堂還這麼多，敢吃到當兵的頭上。」

「你要是付三輪車錢，我們就坐。」

「放心！你那身衣服脫給三輪車伕，人家也不要。」中尉一面笑著，又一面鄭重的告誡我們：「以後可不要再到處亂跑，要是再回不了家，可沒人再送你們了。也不可以隨便往軍營裡亂闖啊！軍營不是亂闖的地方。他們會把你倆抓起來，懂嗎？」

我們祇有乖乖的點頭。

中尉真給我們雇輛三輪車，並付了車錢。幾個錢？我們也不曉得。大概軍人大爺要他選，就是錢太少，他也不敢不選。

廿五

其實從那兒到中華路，並沒有多遠，也不怎麼難走。祇見車伕拉著我們不過轉了兩個彎，便直達目的地。我們很快便找到暫時棲身那個騎樓。第一個見到我倆的人，是李世屏先生，他急忙拉住我們說：

「我的老天！你們這兩位小少爺總算回來了。這兒差一點就被你倆鬧翻天啦，不知動員了多少人去找你們，老鼠洞都翻遍啦。快回家吧，你媽媽急瘋了。」

我們跑著回到騎樓底下，老遠便看見母親一個人愁眉苦眼的坐在地上，姐姐卻不見影子。旁邊的行李上，放著滿滿一大盤煮好的餃子，堆得尖尖的，像小山一般。母親見到我倆時，便忽的一下子站起來。

「你倆野到那裡了？還知道回來呀！」

這時弟弟早已見到那盤餃子，不理母親說什麼。快步走到行李前，伸手就要拿餃子吃。

母親急急的大聲吼道：

「小麟！先別吃餃子！」

「我餓了嘛。」

「餓也要等一會。」

弟弟那裡有耐心等，他一向都被寵慣了，看到愛吃的東西，說吃就吃。他像沒聽到母親的話，伸手在盤子裡抓起一個餃子，就要往嘴裡送。那知他的手剛遞到嘴邊，母親揚手就是一巴掌。啪的一聲，便把弟弟手裡那個餃子打到地上。一面又對弟弟說：

「我叫你吃，餓死鬼投生的。我的話你聽到沒有？先給我在這裡跪下，我有話對你說。」
「我為什麼要跪嘛！」弟弟看看母親，又看看那個被母親打落在地上的餃子。
「為什麼！你自己不曉得？」
「我沒做錯事啊！」
「你沒做錯事？那你先給我跪下，我告訴你。」母親顯然是氣極了，她渾身顫抖，轉身從行李的後面，抽出一根細細長長的竹條，在空中揮動一下。
「媽媽！你別打我嘛！」
弟弟一見竹條，便掩著臉哭起來。
母親寒著臉，聲音也冷冰冰的。她毫不理會弟弟的哭聲，用竹條指著地上厲聲的說：
「你到底跪不跪？跪下！」
「我不要跪！」弟弟倔強的搖搖頭。
「我看你不跪！」母親猛然一揮竹條，向弟弟屁股上狠狠抽去：「我看你倔強到幾時？」
弟弟被母親一打，便哭叫著轉身要逃。母親那容他逃，一伸手便抓住他的胳臂，竹條也雨點般向弟弟身上落去。本來母親剛打他時，僅是打屁股，現在一氣，竹條就在弟弟背上亂落。雖打得弟弟鬼哭狼嗥般哭叫，卻就不肯跪。於是母親越氣，手裡的竹條落得越重。
母親邊打著弟弟，又邊向弟弟數落：
「你也鬧得太不像話了！小麟。你在家裡給我闖禍倒罷了，還要給我到外面闖，也太膽大了。我這一陣子沒好好教訓你，是因為你爸爸去世了，又是出來逃難。整天鬧飢荒都鬧不完，就懶得管你。那知你越來越無法無天了，你闖禍！也不看看這是什麼時候，我們飯都快沒有吃的了，你還給我鬧事？再說！你要是跟別人打架倒罷了！竟敢打嬌嬌，膽子也真不小。你曉得嬌嬌是什麼人？是你王伯伯的寶貝。你王伯伯對我們那樣好，他們把嬌嬌寵得像鳳凰一般，自己捨不得戳一指頭，要你來打？再說嬌嬌是多麼乖的一個小女孩，一口叫你一聲小哥哥，你也下得了手？你說？你是不是像畜牲一樣？好歹都不知？」

「王大虎他們打我，我打不過他們嘛！」弟弟大聲哭著說，臉上的淚像水往下湧，可是就不跪。

「那你就打嬌嬌？」

「我沒打她，我祇推她一把。」

「為什麼要推她？使她跌得那麼重。你王伯伯心痛死了。我看你再嘴硬！你到底跪不跪？跪下！」母親手裡的竹條，落得更加重了。

弟弟兩腿一彎，終於跪下了。

母親這才停止竹條，喘著氣，抬手理理亂了的頭髮。在母親打弟弟的時節，我心裡也慌了，雖面對著那盤令我饞涎欲滴的餃子，卻連動都不敢動。知道母親修理過弟弟後，就要輪到我身上。可是當弟弟跪下後，我見母親氣已消了許多，以為會免掉這場處罰。那知母親理好頭髮後，便指名叫我了：

「徵龍！你過來。」

「做什麼？」我怯怯的望著母親，但走過去。

母親也把竹條在我屁股上抽了十幾下，但不很重，便住手不打了。可是我沒有哭，也沒有求饒，一聲都沒叫。我不像弟弟那般，一方面嘴硬，一方面又亂喊亂叫。過去每當母親處罰他的時候，棍子不知沾到他的屁股沒有，就會哇哇的叫得震翻天。母親也就手軟了，不忍心再打下去。所以在我們姐弟當中，他是挨打最少的一個。從來沒見今天這樣，打得這般重。可見母親今天是下了多大的狠心，使弟弟哭叫都沒有用。

母親打過我，又看看我問道：

「你曉得我為什麼打你吧？」

「曉得。」我連忙回答。

「以後還敢不敢亂跑？因為你們這兩個小惹禍精跑的不見影子，不但把媽媽急壞了，也把你王伯伯跟李先生他們急壞。不知派了多少人出去找，連警察局都報了案；你姐姐到現在都沒有回來。」

「不是我們亂跑，是我們找不到路回來。」

「你也學著嘴硬？」母親又揚揚手裡的竹條：「不亂跑！怎麼會找不到路回來？看你倆身上的衣服，髒成什麼樣子？活像在爛泥裡打個滾似的。」

「我們要捉魚回家吃嘛！」弟弟雖然直挺挺的跪在一邊，嘴巴還是不肯閑著。

「沒叫你講話！」

「我們要是捉了魚回來，不就有魚吃了。」

「閉嘴！聽到了沒有？」

弟弟不講話了。可是挪動一下兩腿，試探的看看母親的臉色，想要站起來。但母親把他的肩膀一按，又把他按得跪下去。接著母親長長的嘆了口氣，把手裡的竹條往地上一扔，眼眶裡飽含著淚水。

這時姐姐正好回來，她見到我跟弟弟時，狠狠的瞪了我們一眼，默默走到母親身邊，緊偎在母親的懷裡。祇見母親把她猛一抱，兩人都流下淚來。

過了一晌，母親才揩揩眼睛對我說：

「快去告訴王伯伯，說你們已經回來了，不要讓他再到處找了。可憐王大虎多冤枉，王伯伯以為是他帶頭打架的，也不問清楚，就打個半死。」

我急忙答應著，邁步便走。

「徵龍，等一下。」姐姐喊住我。

我站住回頭向姐姐看看，她已經從母親懷裡掙出來，快步走到我身側，俯在我耳上說：

「不准講媽媽哭過呀！」

我不曉得姐姐這話是什麼意思，又不便問，便隨口答應了。現在想想，姐姐當時的年齡才不過十一歲，就能把事情想得那麼周到，用心多麼良苦啊！

廿六

在燈光下，我老遠便見王大虎跟王大豹兩兄弟併排跪在地上。再走近仔細一看，就見王大虎的臉上到處都是青一塊、紫一塊，嘴角還有一綹血痕，樣子十分狼狽。可是他跪的身體卻直挺挺的，半點都不歪，就像一根豎得直直的半截木樁子，膝蓋平平的對著冷硬的水泥地面。他見到我時，好像一點氣都沒有，祇傻乎乎般咧著嘴巴對我不好意思的笑了笑。王大豹臉上倒沒有傷痕，也不像他哥哥那般狼狽。他跪的姿勢也不挺直，是把身體歪向牆的一邊，肩膀靠在牆上，一個膝蓋很自然的懸空起來。王伯伯坐在一個小竹凳上生悶氣，他嘴上啣著支半截香煙，噴出來的煙在我面前凝成一層霧。

我走到他面前對他說：

「王伯伯我們回來了。」

「噯喲！徵龍！你們可把人害慘了！」他猛站起來拉住我：「害的大家耽心死啦！」接著他又拍拍我：「我的孩子，你們到底到那裡去了？可把我跟你媽媽急壞了，那裡都找遍了；都找不到你們。弟弟呢？也回來了吧？」

「媽媽在罰他的跪呢！」

「我說那小傢伙也該好好管管，鬼太多了。」

「媽媽也打了他。」

「好！我去看看你媽媽。」

他鬆開我，轉臉一瞪眼對王大虎兩兄弟喝道：「起來啦！你們以後小心點，要是再敢打架，看我不砸斷你們的腿。」

王大虎站了一下，沒站起來，用手按著地才慢慢直起腰。可是站起來以後，兩腿還有點立不穩，搖搖晃晃像要倒下去似的，我急忙過去扶住他。這時王大豹早已經起來了，我要去扶他時，卻被他一甩手推開。

我問王大虎：

「你臉上痛不痛？」

「不痛。」他搖搖頭。

「是我們拖累你挨打，真對不起你。」

「不是，是我應該挨打。」王大虎摸著臉上的傷，他口裡說不痛，看情形卻一定很慘。不然，他不會用手一直揉搓：「我帶你們出去玩，倒跟你們打架，爸爸說我沒有做大哥哥的樣子，才打我。還有我帶著嬌嬌出去，也沒好好看好她，才使徵麟把她推倒。」

「都是徵麟惹的禍。」

「趙嬸嬸沒打你們嗎？」

「打了！用竹條子打。」

「你們不恨我嗎？徵龍。」

「不恨！我恨你幹什麼？」

「你們真好，我也不會恨你們。我告訴你，我還有幾塊糖呢，我明天拿給你們吃。」

「你那裡來的糖？」

「是嬌嬌給我的，爸爸給她買了一大包。」

在我跟王大虎談話時，王伯伯抱著嬌嬌已經走出去很遠，我便跑步追上去。到了我們那邊，徵麟還跪在地上沒起來。王伯伯便拉著大嗓門道：

「別氣啦！弟妹！小孩子回來就好了。」

「王大哥！謝謝你啦！」母親急忙迎上去：「又讓你操心啦！嬌嬌，你也來了？讓嬸嬸抱。」

「好！讓趙嬸嬸抱去。」王伯伯把嬌嬌給了母親，走到弟弟身邊說：「怎麼？還跪呀？小麟。起來！起來！王伯伯拉你起來。」

弟弟卻拗著不肯站起來。

「還生氣啊！生王大虎的氣是不是？我已經把他倆都打過了，該給你消了氣吧？」

「還不快起來！」母親在一旁喝道：「王伯伯拉你還不起來？好意思！給你臉不要臉。」

弟弟才嘟著個像掛了一個油瓶子的嘴，站起來。

「還不謝謝王伯伯。」

「謝謝！王伯伯。」弟弟一臉不情願的樣子。

「這才是好孩子。」王伯伯笑著拍拍弟弟。

這時嬌嬌突然從母親懷裡掙脫了下來。蹣跚著走到弟弟面前，指指劃劃對弟弟說：

「小哥哥，你欺負女生，就不是大英雄，我以後不跟你玩了。我還有好多好多糖，也不給你吃。」同時把手裡的糖，送到弟弟面前讓他看。

母親跟王伯伯都笑了。

廿七

王大虎拿糖給我們的時候，弟弟賭氣不領情，硬給王大虎退回去。我奇怪弟弟怎麼變了，有了東西還不肯吃。那知王大虎走了以後，弟弟又拿給我兩塊糖，他口袋裡還裝了一大把。原來在第二天一大早，他跟嬌嬌又和好如初了，嬌嬌便把她的糖分給他一半。

竹棚裡的水泥地面乾了以後，我們便搬進去，才結束那段住騎樓的生活。一切都整理好，李先生便來跟母親算賬；母親拿給他的十幾塊大頭，還沒完全用光，由於換成了臺幣，還剩下好幾萬塊錢。

我們那個竹棚的形狀，為了將來能做小生意，前面臨街的一邊，門開得特別寬，後面靠鐵路那邊，祇砌了半堵牆，成為一個連前後門都沒有的空殼子。母親為了使屋裡有一點遮掩，便用一條舊被單掛在大門的屋簷下，不至使人從大街上一眼看進來，把屋裡的情形一覽無遺。但最討厭的，還是後面，火車不停的來往，煤煙便不停的往屋裡落，弄得屋裡到處都是煤灰。後來我們發覺把被單掛在前面沒多大用處，不但對屋裡的情形遮不了多少；同時讓一塊布在那兒飄飄搖搖的，也有點不雅。於是把它移到後頭，掛在那個沒有牆的空檔處。總算把煤煙遮掉不少，屋裡也乾淨許多。不過那個被單上面，沒有多久就出現一大堆焦焦黃黃的小洞洞。

母親為了安頓這個家，又花了一筆錢置備東西。她買來個煤爐子，添置一些碗筷刀鏟之類。至於床鋪，則是把兩塊大木板用磚頭墊起來，就成了一張床。一些暫時用不到的東西，便堆到床底下。

怎奈一張木板床睡四個人，只有用擠的。母親怕弟弟夜裡會掉下床，就要他睡到最裡面，靠著竹做的牆壁睡。我靠著弟弟，再是姐姐，母親睡在最外面。可是那地方的寬度，連身都翻不過來。母親怕自己也掉下來，就弄了兩個竹凳子檔在外面，還怕不牢靠，再用兩條繩子把竹凳子綁在墊床的磚頭上，以免她翻身時，把竹凳子碰開。

可是到第三天晚上，弟弟便叫著不睡最裡面了。

「你不睡裡面，那睡哪裡？床就這麼大小。」

「你看哪！媽媽。」弟弟把一隻腿往母親面前一伸，指著腿說：「有多少大口子，七八條吧。那條腿也是一樣。像刀子割的一樣。你知道為什麼會這樣？都是被牆上的竹子割的。」

「你怎麼沒告訴我，也沒喊痛？」

「我是大英雄嘛！這點小傷口算什麼？往上吐點唾沫，再用手掌揉揉就沒事了。人家說唾沫可以殺菌嘛！再說告訴你有什麼用？你又要哭了，媽媽，我不要你哭。」

母親感動的一把把弟弟抱在懷裡說：「媽媽不會哭，可是你睡哪裡呢？」

「我睡地下就好了。」弟弟說著兩腿一彎，倒到地上。再兩腿一張，就躺得四平八穩。

「那不行，地上太涼，你會生病的。」母親急忙伸手拉弟弟，她又拉不動，便叫姐姐道：「徵鳳，快幫我拉小麟。」

弟弟却不肯起來，他一翻身，就抓了一床被單往身上罩去，連頭帶腳都罩在被單裡。

「媽媽」姐姐看看情形說：「他要睡在地上，就讓他睡吧。反正天氣暖和，也不會凍著的。那個牆邊是絕對不能再睡了。要再割幾條大口子怎麼辦？白天我見有人在這裡賣什麼『他他你』的。像一塊厚厚的草墊子，兩邊都有一張蓆子。有新的，有舊的。新的要七八千塊錢一個，舊的一兩千塊就買到了。老闆還會送你一大包稻草，可以塞到裡面把凹的地方墊起來。我想我們買不起新的，就買一個舊的。回來整理整理，就是一張小床。可供徵龍徵麟兩個人睡。」

「那就看看吧。」母親嘆口氣，也沒有其他辦法可想：「明天賣『他他你』的來了，就買他一個試試看。」

廿八

第二天賣『他他你』的果然又來了，我們花了兩千塊錢買了一個半新不舊的。祇是老闆笑著告訴我們，那不叫『他他你』，是叫『塌塌米』。是日本人叫的名子。他果然塞給我們一大把稻草，要我們見那裡凹進去，就用稻草墊起來。還給我們一些麻繩跟一只半彎有一個大眼的鐵針，說那裡破了，就用麻繩縫起來，就可以變成一張小床。

弟弟最喜歡逞能不過了，塌塌米一搬進門，他就搶著把麻繩穿到鐵針上，準備開始發揮工程師的天才。可是那個『塌塌米』實在太舊，四周的稻草都竄出來，草蓆邊上也到處毛毛的。他看了半天，還是不知道怎樣下手，便一丟手裡的鐵針道：「你們撿破爛，也不能撿這麼個寶啊！」

「新的，你買的起？」姐姐馬上頂過去。

「那我不修了，你會修你修吧！」

「我和媽媽也沒叫你修啊！」

「我就不信你修得好，你要是修起來，我的頭都不要了，讓你割去當豬頭賣。」

「你說話可要算數呀！」

「我是大英雄嘛，說話怎麼會不算數？」

接著就輪到母親跟姐姐動手了，他兩先把那個寶貝平放在地上，再用手東摸西按的找那些低凹的地方。找到了，姐姐就整理出一把稻草塞進去，再用力把那兒壓平，母親就馬上拿著穿了麻繩的鐵針去縫。

「媽媽不要那樣縫，像個大補釘多難看哪！」姐姐見狀叫道

「聽我說，徵鳳」母親跟著接過口：「我們現在不要好看不好看，結實要緊，要是不縫牢一點，那兩頭驢在上面一踢腳，一打滾，那不就散了。」

「是呀，還是媽媽想得周到。」

他們把塌塌米表面弄平了以後，雖然上面被麻繩縫得東一個疙瘩，西一個八陣圖樣子，看起來倒還平整。接著，母親便發揮她的針線活計本領，找了一件舊衣服，把它剪成一條一條，來包塌塌米的四周。她先用針縫了一遍，再用麻繩在外面加強一遍，就大功告成了。所費的時間還不到兩個鐘頭。弟弟一見，便跳到上面，頭下腳上的來個倒豎蜻蜓。姐姐馬上道：

「徵龍，快去把菜刀拿來。」

「拿菜刀幹什麼？」

「殺豬呀！」

「殺豬？殺什麼豬？」我還不明白

「你不要問，去拿就是了，大家晚上吃紅燒豬頭肉！」姐姐一面笑著說。

「媽媽！」弟弟一聽就知道是講他：「你看姐姐呀，她要殺我呀！」

「誰叫你起那麼重的誓？」母親也笑了。

「我是開玩笑的嘛！」

「誰跟你開玩笑？」

「好哇，不開玩笑。」弟弟說著把頭往姐姐面前一伸道：「你殺吧，殺呀！殺呀！死姐姐！臭姐姐！專拿假話嚇唬人。」

廿九

睡的問題解決了 最大的問題還拖在那裡，就是吃飯這件大事。

做飯的地點，是在屋後的露天下，對面就是鐵路。這段鐵路沿線，也是大家共同煮飯的場所。母親第一次用新爐子煮飯那天，是一個相當討厭的陰雨天，不緊不慢的雨絲兒，一個勁的往下飄。再加上一陣一陣順著鐵路颳來的風，便飄得到處濕濕的。

由於燒的是生煤，母親在生火前，先在爐子裡面墊了一層碎紙做火引子。那天的雨也真邪，好像居心要跟母親作對，總是遲不下，早不下，偏在母親鋪好火引子時候撒下一陣子，把那些碎紙打濕。因此火一直生不起來，火柴雖一根一根不停的劃，待去點時，祇見火光一閃，冒一陣黑煙，馬上便又熄了。

有時看似生起來了，火苗纖弱的在爐底顫動很久。但一陣風過時，潑下一陣急雨，那火立刻變成陣陣濃煙。

「生不著就不要生了，煙這麼大。」姐姐在一旁被嗆得直咳，搗著鼻子把臉轉到一邊。

「不煮飯吃什麼？」

「再買幾個饅頭吧！」

「我們那裡有那多的錢，天天買著吃。」

姐姐不說話了，母親又去生火。陣陣的雨絲又慢慢大起來。姐姐想找什麼給母親遮雨，一時又找不到合適的東西，便把鍋蓋舉在母親頭頂上空。可是鍋蓋上的積水，順著邊沿流下來，仍一滴一滴往母親身上落。母親像毫不知情似的，任它把衣服打得一片濕。她仰臉望著咕嘟咕嘟直冒的黑煙，表情一片悽楚。

突然我發覺母親是那般憔悴，這會是我的母親嗎？一點都不像，她怎麼會變成這般模樣？如果不是在這兒，而是在別的地方，我一定不敢認她了。她是那般瘦，兩個臉頰刀砍般的削下去，下巴頦也因而特別尖。那雙最為人稱道的美麗眼睛，竟凹得那樣深。再加上抹在眼角那幾塊煤灰，黑黝黝的，使眼皮如同浮腫一般。

難道母親老了嗎？母親是不會老的啊！她還不到應該老的年齡。記得在青島的時候，街坊鄰居，誰不誇母親美麗大方。而且那時節，母親也確實漂亮，身上放射著一股艷麗的光；是那種從愉快心境中映射出來的柔彩。那麼僅這麼短短幾天時光，母親就變得這樣令人驚駭，嘴角那兩個美麗的酒窩，被生活的擔子壓得變成曲扭的皺紋。臉上的肌肉消瘦得，僵了一般。

我也注意到母親的那雙手。那個黑，固然是生爐子弄煤炭弄的。可是它的瘦，卻更使人吃驚，幾乎已經失去了手形，枯得如同一把乾柴。那些曾經是尖尖的，整天都塗著豆蔻般的尖指甲，也被粗活磨得禿禿的。龜裂出一大堆橫七豎八的裂痕，紋路裡並塞滿了黑色的污垢。

這時一陣急風吹過來，把一大片雨絲颳到她臉上。她伸手抹抹臉，好像滿臉都是淚。

她望著爐子，悽然的搖搖頭。

「媽媽。」姐姐扔掉手裡的鍋蓋，它已經失去遮雨的效果，風雨又沒遮攔的打到母親身上。

「什麼？」母親仰起臉，雨水從她臉上流下來。

「你休息休息吧，我來生。」

「你更生不著了，大概我們生的方法不對。」

什麼方法對？母親又開始試驗。她把煤炭放進去，又倒出來；倒出來，再放進去。這樣倒了四五回，依然沒有用處。一列火車隆隆駛過去，撒下漫天的煤煙。

咚！爐子突然平地飛起來。

是姐姐把它踢翻的，祇見那個爐子在地上一滾，再跳了兩跳，便到了路軌旁。然後撲哧一聲，在一根枕木上跌得四分五裂。裝在裡面的煤炭和碎紙，散了滿地。有張紙片被風一吹，順著鐵路飄出去好遠。

「怎麼了？怎麼了？」這突發的情況，把母親嚇得吃了一驚，急得不知所措。

「煩死了！這個火怎麼生嘛！根本生不著。」姐姐氣狠狠的跺著腳，一臉煩惱。她臉上不知什麼時候，也抹了一大片烏黑的煤灰，把個小臉腮弄得好髒。

「生不著，慢慢生，也不能踢啊！」

「生不著火，要它做什麼用？」

「生不著火，怨天下雨泛潮，也不能怨爐子呀！剛買了一個新爐子，你就把它踢破啦，女孩子的脾氣怎麼可以這樣躁？」母親不住口的數落著。

「媽媽！你快到屋裡吧！」姐姐用力拉拉母親：「看雨把你淋成什麼樣子了。」

「我看看還能把它湊起來不成。」母親對那爐子仍不死心。

「不成啦！碎到那樣子怎麼湊法？」

「嗨！這都是錢哪！不然又要花錢買。要是能把它湊起來，再用繩子一綑，也可以湊和著用。」母親走到鐵軌旁邊，把幾塊爐子碎片拿到屋簷下，慢慢一起對。但爐子已經碎得七缺八殘，那裡對得起來。

雨又驀地撒下來，沾在碎片上的煤灰，經雨一淋，淌下一片黑黑的水。母親一推爐子說：

「算了，你們還是買幾個饅頭吃吧！」

「我去買，媽媽。」弟弟搶先說。

「不要到王伯伯家裡買呀！」母親拿錢給弟弟的時候特別囑咐他。因為在家裡，弟弟的外號叫懶蟲，他不高興的時候，就別想要他跑腿做事。現在他自告奮勇要去買饅頭，就一定有緣故。八成是藉機跑到王伯伯家裡，跟嬌嬌蘑菇。

「為什麼？王伯伯家的饅頭那麼大。」

「我們這幾天吃王伯伯家的饅頭太多了，他要錢倒好說，偏偏他又不肯要錢，使我們不知欠了他多少情。現在你又去買，那不是向他要饅頭吃嗎？再說人家也不是做賣饅頭的生意，祇是做多了，隨便賣幾個。我們這樣老吃人家的東西，這份人情怎麼還？」

「不要緊的呀！」弟弟變得一本正經。

「你不要老打不花錢的主意。」

「不是啊！嬌嬌說她長大了，要嫁給我做新娘子。那我們跟王伯伯不就成了親戚。」

「胡說！讓王伯伯聽到，氣死了。」母親喝道。

「也不是我講的，是嬌嬌自己願意。」

「你羞不羞啊！小麟。這丁點大，就要娶媳婦。」

「我真的喜歡嬌嬌啊！」

「你給我閉嘴。」

三十

可是弟弟還沒出門，驀地一個人從外面急急的闖入。來人是王大虎，他全身被雨淋得濕濕的，手裡捧著一個大紙包，見到母親便上前說：

「趙嬸嬸，我給你們送饅頭來了。」

「噯喲！大虎！」母親連忙伸手拉住他：「這怎麼好，又讓你送東西來。看這麼大的雨，把你的衣服都淋濕了。」然後用毛巾給他揩著臉又說：「我們旁邊也有賣饅頭的，我正要著徵麟去買呢！你回去跟你爸爸講，說我謝謝他，以後不要再這樣麻煩了。」

「那你們吃什麼？」

「我們在這裡買著吃就好。」

「奇怪囉！趙嬸嬸。」王大虎眼睛瞪得圓圓的：「我們家裡有饅頭，你們為什麼還要到別處買？」

「這裡方便嘛！」母親不好意思說出真正原因。

「你是說離我們家太遠哪？那有什麼關係，我可以天天來給你們送。我走路好快啊，不一會就送到了，你看有多好。你們要是不吃我們的饅頭，我爸爸一定不高興；他說我們兩家，像一家人似的。」

母親見王大虎講話的樣子，笑著拍拍他的背。

「大虎，你真可愛。」

「我說的是真話呀！趙嬸嬸。」母親這一拍，把王大虎那張大臉拍得通紅：「吃我們的饅頭又不花錢，你們為什麼不吃？還要花錢到別的地方買，那多不合算？」接著他手忙腳亂把紙包打開，露出一堆熱氣騰騰的大饅頭：「你看嘛！我們的饅頭多好嘛！有時候別人想拿錢買我們的吃，我們都不賣給他們呢！」

王大虎牛頭馬嘴不對頭的說了一大篇，母親更笑了。我們三姐弟也在一旁笑個不停。

那張大臉脹得更紅。

母親又拍拍他說：

「你真好，大虎。跟你爸爸一樣好。」

「可是我爸爸說我太笨，什麼事不會做，祇會吃飯。趙嬸嬸，你以後一定要吃我們的饅頭啊，就可以把錢省下來，好讓徵龍他們讀書。你們要是不吃，我爸爸就會生氣；他一生氣就罵人，一定先罵我。」

「我們一定吃。」母親祇有點點頭。

「那我回去了，趙嬸嬸。還有──我爸爸說等你吃過飯，請你到我們那邊去一趟，他有事情要跟你商量。」

「好的，我吃了飯馬上過去。」

王大虎這才走了，母親望著他的背影讚歎的說：「唉！世界上那裡有這麼憨厚的孩子。」接著又把目光落到我們姐弟身上，卻沒說什麼。

卅一

母親到王伯伯那邊待了很久，直到深夜才回來。到了家裡便直喊累，像喘口氣的勁兒都沒有。祇見她一下子坐到木床上，舉起一隻拳頭不停的捶腰。姐姐見狀，也馬上過去幫她捶，一面急切的問：

「媽媽，王伯伯找你商量什麼？」

「商量怎麼謀生的事情啊！」

「怎麼謀生呢？」

「讓我先歇一會，再講給你們聽。」

弟弟倒來一杯水給母親喝，她喝著水、疲倦的神態好多了，開始告訴我們是怎麼回事情。原來王伯伯那幾天騎著單車出去賣饅頭，生意很好，一竹筐饅頭一會就光了。並且利潤也很好，賣一個可以賺一個。他便要母親跟他們合夥做饅頭生意。因為大家不能這樣老呆著不做事，別說還沒有錢，就是有，祇這般光出不進的花法，金山也會被掏空了。如果賣饅頭，第一件吃就不愁。除了吃喝，賺的錢再兩家二一添作五的平分。

「可是你會做饅頭嗎？」姐姐仰臉關心的問。

「我怎麼不會，我剛才在王伯伯那邊，還不是做了大半天。不然，怎會累成這樣子？」

「可是你在青島的時候。」姐姐對母親笑笑：「做的饅頭都醱不起來，奶奶說你做的饅頭，能打死人。」

「這丫頭，專挑媽媽的毛病。」母親也笑了：「幫王伯伯做饅頭，麵不會醱不起來的。麵是王伯母醱的，媽媽祇負責揉麵跟做就行了。怕的是揉麵太費力氣，一塊一塊大麵團，像小山一般，我沒那麼大的力量揉。」

「那怎麼辦？」

「我想久了就會習慣。」

「我去幫你做。」

母親搖搖頭，順手把姐姐攬在懷裡抱緊，姐姐便扳住母親的肩，在她懷裡扭動著撒嬌。看到姐姐被母親寵得那個樣子，我也急忙向母親懷裡偎去。接著弟弟也湊過來；他一來，就想把我跟姐姐擠到一邊。母親便把我們三姐弟一起抱住，讓三人橫橫斜斜躺在她懷裡。

祇見她拂著姐姐的頭髮，慢條斯理的說：

「你的年紀太小，徵鳳，還不能做這些事情。不過媽媽到王伯伯那邊做饅頭，每天一早就要出門，中午才能回來，家裡的事情就要你來照應了。你們上學的時間，儘管要等到下學期，但也得把功課早早溫習一下。媽媽明天就去給你們買幾本教課書本，你帶著弟弟在家溫習功課就好了，別讓他們跑出去闖禍。」

「我知道，媽媽。可是我們……」

「你講什麼？」

「我們有錢讀書嗎？」

「沒有錢也得想法子讓你們讀啊！」

「如果讀不起，我就不讀了。我幫媽媽兩人賺錢供弟弟讀，祇要他倆能讀就好。」

「我的好女兒，你怎麼說這種話？」母親感動的在姐姐頭髮上親個不停：「你越這麼懂事，媽媽便越傷心。你祇管放心讀書好了，媽媽帶你們出來，就是希望你們能過得平平安安，好好受教育。要是連書都不能讓你們讀，我怎麼對得起你死去的爸爸。」一顆淚珠砰然從她眼角滴下來，然後便成串的往下落。

「媽媽！你別哭嘛！」姐姐忙給母親揩淚。

「可是我想到你爸爸，就忍不住。」母親也自己揩揩淚：「要是你爸爸在，我也不用這樣愁了。」

「你放心，媽媽，我們都會好好學。」

「媽媽，我也不會惹你生氣了，我要做個乖孩子，好好用功讀書，考個第一名給你看。」弟弟勾著母親的脖子仰臉說，神態活靈活現。

「我也一定聽你的話，媽媽。」我緊跟著說。

母親破涕為笑了，拍著我們說：

「祇要你們能爭氣，我就安心了，再累也會高興。徵龍！徵麟！我剛才講的話，你們聽到嗎？以後可要好好聽姐姐的話，在家裡溫習功課。你王伯伯對我們真是太好了，他叫媽媽合夥做饅頭，還不是想拉我們一把。這個家要不是他幫我們撐，我真不知道怎麼辦才好。」

「可是，媽媽。為什麼要姐姐管我們？」弟弟叫道。

「你不要姐姐管，要誰管？」母親奇怪的看看他，一時不明白弟弟話內的意思。

「我管姐姐也可以呀！」

「你呀！徵麟。就是鬼多。」母親笑著在弟弟臉上戳了一下：「為什麼要姐姐管？因為姐姐比你們大。那好吧！你要管，就讓你管好了。可是你要曉得，誰要管，誰就要負責做飯、洗衣服、掃地、洗碗筷這些工作。」

「那我不要管，可是我也不讓別人管。」

「那不成，你不管別人，就得讓別人管你。」

「我不是說過嗎？我以後會很乖很乖。不會出去打架，也不會亂花錢，那為什麼還要姐姐管我？我說姐姐呀！最討厭了，什麼事情都要管。」

姐姐突然在一旁冒火了。

「你說什麼？徵麟。我討厭？那好！我就不管你的事情。以後你自己做飯吃，自己洗衣服。」

「我不會做飯。」

「要吃我做的飯，就得聽我管。」

「媽媽！」弟弟哭喪著臉轉身求援：「你看姐姐多兇啊。她不讓我吃她煮的飯，那不餓死了！」

「徵鳳，你就少說兩句吧！」母親煩惱的說，接著又對弟弟說：「你也別再鬧了，小麟。」

可是母親說到這兒停了一晌，又感慨的說：

「也不是我講王伯伯家裡好，祇要看看王大虎兄弟們和和氣氣的樣子，就知道家業一定會興旺。像你們這般整天吵，還想家業興旺啊！」

「媽媽！」弟弟像個應聲蟲般，馬上接著說：「我要再吵架，我就是小狗。」

卅二

媽媽第二天果然把我們用的教課書買回來，並再三叮嚀我跟弟弟，一定要聽姐姐的話，別讓她操心。從那天起，我們便在家裡溫習功課。

母親到王伯伯那邊做饅頭的工作，確實夠辛苦，每天早晨三點鐘左右就得起床，披星戴月趕過去。因為王伯伯每天一大早，就要載著剛出籠的熱饅頭出去賣。並且那時節燒餅油條還不十分流行，即使有賣的，也比較貴，多數人便用饅頭做早餐。但母親這一去，就是一個上午，要到中午才拖著一身疲倦回家；同時也把我們全家人一日三餐吃的饅頭，順便帶回來。因此我們每天的飲食都十分簡單，饅頭是現成的，最多煮點稀飯就著吃。有時連稀飯都不煮，祇就著開水啃饅頭，也可以打發過去。

祇是不像母親所說，由姐姐來管我們，什麼事情就都由她做。事實上她祇做兩樣事情，煮飯跟洗衣服。另外她把洗碗筷跟掃地分給我跟弟弟做，要我們每人選一樣。弟弟搶先選了掃地，我便無可選擇了。洗碗筷這工作說起來也不十分難，飯菜內沒有油膩，用水一沖就好。討厭的是我們家沒有水龍頭，要抱著一大堆碗筷，跑到公共水龍頭處洗，來去很不方便。

弟弟也不過乖了三四天的光景，便故態復萌，得空就想溜。雖然在上午，他還不敢明目張膽往外跑。因為姐姐有一股子拗勁，他越不聽話，她就盯得越緊。可是到了下午，姐姐就休想把他看牢。那時候母親已經回家，她做了那麼久的饅頭，累得筋疲力盡，祇想趁機打個盹，那裡還有精神跟弟弟磨。所以被弟弟三磨兩磨，便磨得沒轍兒；要出去就出去吧，別再磨我就好了。有了母親這句話，就等於奉了金綸玉旨，馬上溜得不見影子。

因而姐姐就經常對母親訴苦：

「你要我管徵麟，又老讓他往外面跑。現在他野得什麼似的，叫我怎麼個管法？」

「你就替媽媽操點心吧！徵鳳。開學就好了。」

漸漸我也發覺，要把一顆已經變野的心，硬壓到單調無趣的書本上，實在是一件苦事。我們竹棚前後左右都有很多空地，像中山堂附近，西門圓環一帶，都是孩子們遊戲的好地方，歡笑聲會老遠傳過來，就像在向我們招手。因而外面隨便一點什麼聲音，都會使我們分心。

幸好有天李世屏先生來看母親，問我們願不願意找點家庭副業做；有一批軍用紙箱要找人糊，論個計酬，糊一個算一個的錢，母親便一口答應下來。到了第二天，李先生便帶來一輛軍用卡車，送給我們一大堆裁好的馬糞紙板，要我們照著裁好的板型用漿糊糊起來。忘記糊一個是多少錢了，祇記得工錢十分便宜。不過我們都感到極興奮，做得很起勁，覺得能賺錢，對家庭就有貢獻。

那工作一個禮拜左右就做完，李先生來算賬，竟給我們一大筆錢，據說可買二三十斤在來米。母親慷慨的犒賞三軍，我們每人吃了一塊小蛋糕。

我跟弟弟很快又有了新工作。那是母親有天晚上對我們說，王大虎跟王大豹兩兄弟，已經不是白吃飯的人了，從明天起，就要提著籃子出去賣花生瓜子之類的吃食。她並一聲感嘆的望望我跟弟弟說：

「你倆要能大兩歲，跟他們一般，也可以同樣做這種小生意。說不定一個暑期下來，就會把學費賺回來。」

「我能做，媽媽。」弟弟馬上接過母親的話頭。

「我也能做。」要論講話，我比弟弟總是慢半拍。

「媽媽！」弟弟興奮的兩手亂舞：「你別看我小。可是王大虎他們能做什麼，我就能做什麼。我不是吹牛，像王大虎那樣笨，我要比不上他，那不被人笑死了？」

「我不是告訴過你嗎？不准說王大虎笨。」

「可是我敢說王大虎賣花生，一定賠本。他那個傻乎乎勁，騙都被人騙光了。」

「亂講！」母親笑著打了弟弟一巴掌，十分鄭重的轉臉問我：「說正經的，徵龍。你們到底能不能賣？要不能賣，就算了。別錢沒賺到，連老本都賠掉。其實……」母親嘆息的緩了口氣：「我也知道你們的年紀太小，不能做這種事情，祇是光靠媽媽幫王伯伯做饅頭，也賺不了幾個錢。王伯伯沒算給我聽，我也不好意思問，我想一定很難維持開銷。再說王伯伯家裡的情況也很艱難，我們也不能老拖累人家。因此我才說給你們聽，能賺一個是一個，多少也可以補貼補貼。」

「我想王大虎他們能做，我們也能做。」我仔細想了一下，覺得不會很難。

「你別也像弟弟，光會說嘴。」

「我光會說嘴呀？媽媽。」弟弟馬上表示抗議：「才不是哩，不信我賣給你看，一定賺很多錢。不過我不要賣花生瓜子，我要賣『呷冰』。」

「什麼叫『呷冰』？」母親聽不懂閩南話。

「不是『呷冰』，是『吉啊冰』，聽起來好像是『呷冰』，就是賣冰棒。」姐姐解釋給母親聽。剛來臺灣時候我們也同樣不懂閩南語。由於我們經常跟本省的小孩子一道玩，所以很快就學會了。

「你賣冰棒呀！吃都被你吃光了。」

「我不會吃。」
「你不吃，你不連冰棒的棍子一起吃下肚才怪呢！」
「那這樣好了，媽媽。我每天祇吃兩支，上午一支，下午一支。如果晚上……」弟弟說到半截，抬頭試探母親的反應，見母親沒出言阻止，便又得寸進尺的說下去：「如果晚上賣不完，我就再吃一支。」
「賣不完連錢都賺不到，你還吃！」
「當然是賣了很多很多，剩下的了。」弟弟馬上轉彎說，接著又轂轆轆把眼睛一轉：「可是有個賣冰的小孩告訴我們，他晚上到冰店去退冰棒的時候，老闆還會給他一支吃。那他會不會給我們吃呢？」
「那就看你的表現了。」

卅三

「呷冰！」
「呷冰！」
我背著冰筒順著一條馬路的樹蔭慢慢走，一面大聲的吆喝。天氣好熱，太陽就像罩在頭頂上，曬得馬路爆著一層白灼灼的光，好像在大地上焚燒起一層火焰，耀得眼睛都睜不開。一條黑狗躺在樹蔭下睡覺，舌頭伸得好長。我朝牠跺跺腳，牠也看看我，站起來夾著尾巴向前跑了幾步，又躺在樹蔭下伸吐牠的舌頭。
樹上有好多蟬，「知了！知了！」一個勁的唱。我拾起一個小石頭打去，一隻蟬飛走了。
黑狗見我拾石頭，以為要打牠，爬起來要逃。後來見我扔向空中，便對我搖頭擺尾表示親暱。看牠熱得那樣子好可憐，好想給牠一支冰棒吃。可是我不能給牠，母親祇准我們每天吃一支冰棒。
我想坐下休息休息，我好累啊，渾身都被汗水濕得透透的。但我不能坐，我還有大半筒冰棒沒賣出去。在出門的時候，我跟弟弟打過賭，看誰先把冰棒賣完，這是有關榮譽的事情，一定不能輸給他。可是弟弟那裡去了？他賣了多少？我一點不清楚。我要找個生意好的地方賣。但什麼地方吃冰的人多呢？祇有盲目的亂跑。

走吧！別管這條狗了。

我走進新公園，繞著圈子叫賣。

「呷冰！呷冰！」

樹蔭下有很多人乘涼，陽光好像在樹叢上空燃燒；燃起一層熠熠的青煙般熱浪。也有許多小販在樹林中穿梭來往賣零食。我在音樂台前的大榕樹旁邊坐下，一個提著茶壺賣冬瓜茶的人，迎面走過來。他看看我，我也衝著他笑笑。心照不宣的互相訴說沒生意。

「花生！五香花生！炒花生！」

一個好粗好大的聲音從博物館那邊響過來，我馬上聽出是王大虎，便迎著他走過去。我老遠就見他提著一個竹籃了，正在池塘邊上把一包花生賣給一位顧客。

「王大虎！」我在背後喊道。

「啊！趙徵龍！你也來了？」他聞聲轉回頭。

「我跟我弟弟賣冰了。」

「我聽我爸爸講過。是趙嬸嬸跟他商量的，他說可以賣，趙嬸嬸才讓你們賣的。」

「你見沒見徵麟？」

「沒有。」他搖搖頭。

「我倆打過賭啊，看誰賣的多。」

「我說你賣不過趙徵麟。」王大虎十分認真的說。

「我才不信哩！」我不服氣的說。

「他比你會講話嘛！」

「那你賣了多少？你能不能賣過王大豹？」我看看他的籃子，裡面的東西還很多。

「我有時候賣過他，有時候賣不過他，不過他賣得多的時候多。」說到這裡時候，王大虎撒眼向四周看了看，突然低聲對我說：「你曉不曉得？我爸爸昨天把大豹打了。打得好重啊！今天連路都不能走，也沒出來賣花生。」

「你爸爸為什麼要打他？」我平淡的問。王伯伯對兒子的教育方法，是不打不成材。所以王大虎弟兄們挨打，已經不算新聞。

「我弟弟的心眼好多呀！你猜他怎麼賣花生？」王大虎愣頭愣腦的比劃著說：「我們的花生不是用紙袋裝著賣嗎？他把人家丟掉的紙袋揀回來，再從別的袋裡拿一些花生放進去，不是就多了一袋嗎？他把這袋花生賣的錢，就自己偷偷藏起來。可是有一天他買蛋糕吃，被我爸爸看到了，查他那來的錢。你曉得大豹最怕我爸爸，一點不怕我媽媽；我爸爸這一問，他就慌得講不出話來。本來我們每天把賣的錢交給媽媽後，身上就一個錢都沒有了；這天我媽媽卻從他口袋裡，搜出來好多錢。」

「那怎麼辦？」我倒替王大豹焦急起來。

「我爸爸一氣，就下死手的打他。你還記得我爸爸上次打我那個樣子吧？這次把大豹打得，比那次打我還厲害，頭上臉上都流血，把我都嚇壞了。」

「你爸爸幹嘛要打得那麼重？」

「他氣嘛！氣大豹做生意不誠實。他的手又大，一耳光子就可以把人打倒在地上。我們三兄弟沒有誰不怕他；祇有嬌嬌不怕他，還可以打他呢！」

「那是你爸爸逗著她玩的。」

「可是開玩笑我們也不敢哪！」

「走吧，我們趕緊去賣吧！」我發覺兩人聊天，已經聊了很久，還是賣冰棒要緊。

「我已經賣二十包了。」王大虎指著籃子給我看。

「怎麼賣的那樣少？」

「還少啊？不少啦！你知道賣花生賺多少錢？賣一包差不多就能賺一包。白天這裡的生意不好，到了晚上人才多，也比較好賣。我告訴你，徵龍。我曉得一個賣東西的竅門。在晚上的時候，要是看到一個男人跟一個女人走在一起，你過去找他們買，他們一定會買，因為他們是在一起談戀愛。人家說談戀愛的時候，男的就要買東西給女的吃，女的才會喜歡他。」

「談戀愛我還不曉得？青島也多的是。」我擺出一副見多識廣的樣子。王大虎真夠土，連這個都不曉得。

可是我又問他：

「你見沒見男的買冰棒給女的吃？」

「沒見到。」

「我想一定會有。」

「為什麼一定有？」

「冰棒比花生好吃啊！」

「才不哩，花生比冰棒有味道。」

「你才不對哩，冰棒比花生有味道。」我大聲說，我怎麼能讓花生把冰棒壓下去：「有紅豆冰、綠豆冰、牛奶冰、花生冰，樣數好多啊。吃到嘴裡涼涼的，連水都不用喝。花生有什麼好，把嘴都吃得乾乾的。」可是說一句良心話，我還是很喜歡吃花生。

「花生吃起來卻好香啊！越嚼越有味道。不像冰棒一下子就化掉，什麼味道都沒有。」

「告訴你，王大虎。」我發火了：「你要是再說花生比冰棒好吃，我就不跟你做朋友了。」王大虎的理由很充足，使我駁不倒。同時他雖一直說花生好吃，卻又不肯給我吃，不是故意吊我的胃口嘛！

「我說花生跟冰棒都好吃，可以吧？」王大虎咧著大嘴笑笑：「我倆是好朋友，不要打架。」

和約成立了，爭了個平分秋色。兩人拉拉手，又轉著圈子大聲叫賣。樹蔭下有幾個老人在打瞌睡，我們把嗓門提高，想引他們的注意。但他們看都不看。

真洩氣，嗓子差一點都喊啞，才賣了不過六支。生意太差了，得趕緊轉移陣地。我背著冰筒走出新公園，一路吆喝著向火車站蕩過去。

卅四

「呷冰！呷冰！」

「嗨！呷冰」

一個女人老遠招喚我，生意上門了，背著冰筒猛往前跑，不要讓別人把生意搶走。那位小姐很摩登，手腳都塗得紅紅的，趿了雙最漂亮的木屐。她不讓我拿冰棒給她，要我打開冰筒自己挑。要挑就挑吧，為了做生意，有什麼話講。她挑了大半天，選了一支紅豆冰；可是放到嘴上舔了兩下，便殺豬般的叫起來：

「噯喲！你這什麼冰？莫好呷啦！」

她又把那支冰棒還給我，也沒給錢，便轉身踢躂著木屐，一搖一擺的走開。我把那支冰棒接到手，傻了。那支冰棒被她在嘴裡一咂，就咂掉一大塊。剩下的半支，上面還留著一個紅印子。我一氣，把它丟到路旁草叢裡。雖想追上那個女人要錢，但是看她那個兇巴巴的勁兒，又不敢去追，祇有自認倒楣。那知我走出沒多遠，再回頭看看，好絕！那個女人又一搖一擺走回去，彎腰從草叢裡拾起那半支冰棒，用手揩了揩，便往嘴裡送。然後又踢躂著木屐，洋洋自得的向前幌去。

氣得我要炸，朝她吐了口唾沫。

火車站的人很多，旅客不斷的進進出出，候車室裡也有人不少人在等車。這幢高大的建築，在那樣的大熱天，空氣很悶，大家都在打瞌睡。可是我算算，在這兒賣冰的孩子，連我在內，總共有四個人。那麼這裡的生意一定還不壞？不然，怎麼會有這麼多人到這兒賣。

生意並不像想像的那般好，而且競爭得太厲害。大家像賽跑似的，奔跑著在兩個候車室裡打轉。我賣了好久，賣了還不到十支。有的人看樣子好像要買，那知他在冰筒裡選了大半天，又搖著頭把冰筒蓋上了。

碰到這種情形，你能不氣嗎？要氣，怪事還多哩！

記得有一天在北門遇到一位先生，穿著很整齊。他老遠把我喚過去，打開冰筒，拿起一支冰棒在手裡猛一抖；就把那支冰棒抖成兩截。然後拿著那支半截冰棒說：

「小弟弟！這支冰棒斷了，送我吃好了！」並且不管我同不同意，便往嘴上送。

「不成啊！我們是賣的。」我急忙拉住他。

「壞了的東西，誰要？」

「那是你弄壞的，再說壞了也可以退。」

「胡說！我怎麼會弄壞？不給就算了，撒什麼野？」他猛一瞪眼，倒咬了我一口；同時把手裡的冰棒也遞還給我；但那支冰棒，已經快被他啃光了。

祇剩下那點點，我當然不會接。

「你要不要？不要！我就吃了。」

怎麼會那樣便宜他，一氣，便伸手去接。我就是丟掉了餵狗，也不能白白的給他吃。那知他並不是真的要還我，祇是逗著我玩。見我伸出手，他便反手一揚，把冰棒一下子扔到對面的鐵路上。

「要拿！自己拿去！」他橫眉豎眼說。

真是把鼻子都氣歪了，然而看看他那副大塊頭，不要說打我，就是往我身上硬壓，也可以壓扁我。可是我正在氣頭上，管不了那麼多，還是上前狠狠搗他兩拳。

「給錢！給錢！吃了東西為什麼不給錢？」

「走開！」他把我一堆，就推了我個四腳朝天。他卻沒事的一般，刁著香煙逍逍遙遙的走開。

好了。這種不愉快的事情不要再說，提起來就噁心。每當我把這種情形告訴母親時，她總是嘆氣，也想不出什麼好法子。於是我也學乖了，碰到這種情況時，不再跟他們爭吵，三十六計，走為上策，背起冰筒趕快溜。

當然我遇到的情況，也不完全這麼壞。有許多好心人，對我的幫助，使我十分感激。這世界上壞人，究竟是少數。

卅五

我把話說得太遠了，回頭再講那天的情形吧。

在候車室走動著叫賣一陣子，我也漸漸學會了辨認購買的對象。什麼人買，什麼人不買，對象弄對了，就不會盲人騎瞎馬般亂撞。比方說老年人都很少吃冰棒，吃冰的人，多半都是小孩子，或年輕的小伙子。那麼你把冰棒硬往老太太手裡塞，就準碰釘子。

如果有老先生或老太太帶著小孩子來到車站裡，就成了大家爭奪的對象。儘管他們自己不吃，多數都會買一支給小孫子或小孫女。要是他不買，我們便圍著他們身前身後一個勁的叫賣，拿出冰棒逗小孩子。把小孩子饞得鬧起來，就不容他們不買。

有一位老婆婆坐在候車室的長椅上打瞌睡，膝蓋上擱了一個小包袱。我一打眼，就曉得她不是吃冰棒那種人，對她叫賣，是白費力氣。但她膝蓋上的小包袱不知怎麼滾到地上了，我恰好經過那兒，便幫她拾起來。她高興得嘴都咧開了，伸出手一勁的往口袋裡掏；那樣子就像過去祖母掏錢打發我們一般。

她果然是掏錢買我的冰棒，可是她把我給她的冰棒拿在手裡看了看，又遞還給我說：

「小弟弟，我莫呷啦，給你呷。」

「不要！」我懂得做生意的規矩，絕不可以讓人家買自己的東西，再來請自己的客。

「我是買給你呷的。」

「我要呷，我筒裡多的是。」

「你要不呷，丟了多可惜。」

她說著，便硬往我手裡塞。莫奈何，祇有趕快的離開那兒。我又到別處轉了一會，打遠處向老婆婆看看，才發現她竟然是誠心誠意買那支冰棒給我吃。因為我沒吃，她便把它放在身旁的椅子上。融化的冰棒便點點滴滴的往下流，把地面濕了一大片。

同時我也發現，對於某些人如果能適時獻個小殷勤或幫一個小忙，可能就做成一筆生意。反正天熱嘛，吃一支冰棒，也不算太大的開銷。

就像有一位先生要擦皮鞋時，他就座的當兒，我連忙幫他扶椅子。他雖兇巴巴的回頭說：

「小鬼，你幹嘛？」

我做出個幫他扶椅子的樣子，他也就不兇了。

反而和氣的問：

「你賣冰棒是不是？」

「是的。」

「好吧，買你一支冰棒。」

卅六

天黑了，滿滿一大筒冰棒，居然被我賣得祇剩下幾支，我想一定能比得上弟弟。也餓了，累了，背著冰筒回家吧。

母親站在門口等我們，背靠在門框上，那神態就叫做依閭而望吧？她見到我時，忙伸手幫我把身上的冰筒接過去放在地上，同時安慰的拍拍我。

弟弟坐在床沿上，手裡捧著半個大饅頭，就著一碟醬菜，狼吞虎嚥吃得很起勁。

他見到我便大聲說：

「你怎麼才回來？」

「要把冰棒賣完哪！」

「那你的都賣完啦？」

「還剩下一點點。」

「那你輸了，我那筒早就賣完啦！」

我本來拿起碗要去舀稀飯，聽到弟弟的話，就有點不服。他怎麼會賣得那麼多？覺得我已經盡了最大力量，還是沒賣完；他又沒有三頭六臂。便放下飯碗，走到他那個冰筒前打開蓋子一看。乖乖隆的咚，真是撒謊沒選好日子，當面就被我拆穿。他那個冰筒裡，起碼還有小半筒冰棒沒有賣出去。

「嗳喲！這就算賣完了？」

「我還沒告訴你呢，這是第二筒。」弟弟的神態很神氣，他一面吃著饅頭走過來，也把我的冰筒打開看：「哥哥，你還有什麼好嗳喲的？你一筒都沒賣完。」

「你剩的比我還多，還有什麼好講的？」

「我不是講過嗎？這是第二筒。」

「我才不信呢！冰棒那麼好賣？要能賣那麼多，你就發財了。」我搖著頭說。我覺得能把一筒冰棒賣到我那樣子，成績已經不壞了。

「你問媽媽嘛！」

果然母親出面給他做證，真的已經賣完了一筒，這是第二筒。我才自動的認輸。便舀了一碗冷稀飯，稀里嘩啦的喝下去，對他能賣那麼多，仍一直打問號。

「你怎麼會賣得那麼快？」

「我都賣給阿兵哥。」

「那怎麼個賣法？」我更加奇怪了：「到那兒去找那麼多阿兵哥？你跑到他們營房去了？」我早就知道這個小「兵迷」的點子多。

「才不是哩！」弟弟眉飛色揚的比劃著，對他能賣這麼多冰棒，好像十分得意：「我本來要到他們營房賣，可是他們門口那個衛兵，好不講理啊，硬不准我進去。好吧！不准進就不准進，我還是有辦法。你曉得那邊有一個大操場吧？有好多軍隊在那兒出操啊。我就跑到那邊跟他們打交道；等休息的時候，就背著冰筒過去賣。你猜怎麼樣？哥哥。」他瞪著眼看看我，不肯往下說。

「所以你一下子就賣得光光的？那麼多的人，當然好賣，一人一支就賣光了。」

「才沒那麼容易呢！」他口沫橫飛的叫道：「要那麼容易，就沒什麼了不起啦！有一個小中尉，硬是不准當兵的買冰棒吃，又嚇唬要趕我走。我怕他？才不怕他哩！一個小中尉算得了什麼？他要是敢打我，我就咬他的手，不把他手指頭咬斷才怪呢！他當然不敢打我了，我便拿了一支冰棒給他吃，他雖然想不吃，可是我硬往他嘴巴上塞，使他不吃也不成。祇有拿錢向我買。你想小中尉自己都買冰棒吃，還能不讓當兵的買嗎？我那筒冰棒一下子就賣完了。」

「你也太大膽了，小麟。」母親一面忍不住笑，一面又告誡的說：「以後那種地方，少給我去。」

「你怕他們啊？爸爸也是軍人哪！」

「我不是怕。」母親聲音中好像感觸良多。

「那為什麼不准我去賣？」

「可是你要知道。」母親十分鄭重的說：「軍隊是個有紀律的地方，怎麼會讓你隨便進去亂跑，你還是少給我惹那些麻煩。你爸爸在世的時候，他有多少次要我到他部隊上玩，我都沒有去過。我看到那些刀刀槍槍的東西，就覺得渾身都刺的慌。」

「軍隊開的是打仗舖啊！專門做打仗生意，沒有刀刀槍槍怎麼打仗？」

「你少胡說，又從那兒學來的？」

「在青島就曉得，張班長說的。」

「你呀！」母親笑著用手指戳戳弟弟的頭：「別的東西不記得，就記得這些歪話。我看你長大了也跟你爸爸一樣，也是一塊當兵的料。」

吃過飯後，弟弟偷偷告訴我，他吃了四支冰棒。我才發覺自己傻，多吃兩支母親也不會查。

卅七

那一陣子我們旁邊又搬來好幾戶難民，大陸上的戰火已經從江北燃燒到江南。生靈塗炭，逃出來的難民從各地湧向臺灣。他們有的來自河北，有的來自江蘇，有的來自浙江。把中華路鐵路兩邊的空地，沒多久都佔光了。

有一位朱金福先生，是浙江人，初來時講的話我們都聽不太懂。他們在竹棚搭好後，馬上做起生意來，賣油豆腐細粉跟小籠包。但生意並不好，那時節這種東西算是高級早點，普通人吃不起。不如他隔壁那個山東老鄉的水煎包生意興隆，大大的一個，幾個就可以吃飽。

兩家為了爭生意，每天都唱對台戲。有人在門前經過的時候，便攔住爭著往裡拉。

「老鄉！油豆腐細粉，家鄉口味。」

「老鄉！水煎包！經濟實惠。」

不過他們的生意是好是壞，都可以維持生活。

緊挨我們竹棚的右邊，來了一位姓周的夫婦，跟兩個女兒。那個地腳因為夾在兩個竹棚中間，面積稍為窄一點。可是他們來的時候，好的地方已經全部被人佔走。他們便在這個夾縫中，湊合著住下來。

他們夫婦的年紀都比母親大，我們便喊周先生叫周伯伯，他太太周伯母。兩個女兒便喊做姐姐。為了有所分別，我們背後稱大的，叫做大周姐姐；小的叫做小周姐姐。周伯母是位長相相當富態的人，那是他們在大陸時期，家境富裕、養尊處優，才使她有這種雍容的福相。如今雖落魄臺灣，家道頓形式微，可是在言談舉止方面，仍未失掉那種大家風範。不過他們跟鄰居很少來往，整天關著門，困居在那間悶熱的陋室裡。

兩口子好像並不十分和順，經常吵吵鬧鬧，夫妻互不相讓。而每次吵過後，周伯母便會悲悲切切哭個大半天，一面哽咽，一面絮絮叨叨的訴說。由於我們跟他們僅一牆之隔，竹片又薄，聽得十分清楚。怎奈他們是上海人，講的話十句中我們祇能聽懂一兩句。起先我們還以為他們是為了生活艱辛爭吵，不是嗎？那時候大陸來的難民，十之八九都鬧窮。「貧賤夫妻百事哀」，他們過慣那種錦衣玉食的富裕生活，一旦變得三餐不繼，怎不你怨我，我怨你的，互相抱怨。

繼而察景觀情，又不像這個原因。他們雖寄居陋巷，也以難民身分自居，但對生活卻絲毫都不憂慮，也不做謀生打算。似在等戰亂一過，馬上買棹歸去似的。並且那兩個周姐姐的年齡，雖大不了我們多少，衣服卻穿得非常花梢，都是最時髦的。最令我們姐弟羨慕的，是他們有錢看電影；而且是有片必看。

同時在飲食方面，更出乎我們意料之外的好。可說餐餐都是食有魚，食有肉般的豐富。所以在周伯母的菜籃裡，經常看到成隻的雞鴨。不似我們家裡，三餐除了啃饅頭外，下飯的菜，也固定是一些醬瓜、蘿蔔干、豆腐乳之類。偶而炒一盤青菜，裡面零星的有幾根肉絲；就算是加菜了，成為我跟弟弟的攻擊目標。

他們兩口子為什麼吵呢？

有什麼好吵的？

漸漸我們對他們講的話，也懂得多一點，才曉得他們除了兩個女兒外，還有一個兒子；是在為兒子吵架。

有天晚上周伯伯來我們家裡聊天，那是他剛剛被太太鬧了一陣子，心裡悶氣，出來疏散疏散。便跟母親談起他的兒子，我們也似懂非懂的在一旁聽。

原來這位周伯伯，在上海時候，是一間相當有名氣的銀樓大老闆。家裡的金銀堆得像山一般高，可說什麼東西都不缺，祇是他太太連著生了兩個女兒後，隔了很久，才生下一個寶貝兒子。因此兩個女兒都十歲左右，兒子才不過六歲。這情形要在太平年間，小寶貝可有福享了；真是想要天上的月亮，兩口子也會用黃金搭一道天梯，幫他摘下來。偏偏這是一個亂世，照他們的環境看，應該能及早逃出來才是。當上海保衛戰還沒開打的時候，有錢的人想往外逃，都很方便，乘船搭飛機毫無問題。因而很多闊佬都腰纏萬貫的去了香港或美國，在那兒安安逸逸做寓公。可是周伯伯捨不得他那間大銀樓，這也不能完全怪他把錢看得太重；任憑是誰，花了那麼多年心血，辛苦經營出來的一份家業，一旦白白捨棄，也會感到心痛。何況，那間大銀樓可愛得像一顆大鑽石般，在上海市的鬧區裡閃閃發光。他希望能把它頂出去，多帶一點錢出來，一輩子的生活就無憂無慮了。然而在那當口，偌大一份產業，脫手豈是容易的事？他又不肯降價求售，因此普通人頂不起，有錢的人逃難都來不及。

於是一拖再拖，拖到上海保衛戰，拖到上海大撤退。這時隆隆的砲聲，把黃金般的市區轟成一片悽慘，櫥窗的珠寶或金玉，震得像塵土般往下掉，彷彿一文不值似的。他想降價求售，也晚了一步。誰要？誰會在烽火連天中，弄一個累贅背在身上？

他也顧不得那間銀樓了，逃命要緊。可是逃命也晚了一步，戰火像毒蛇吐動的舌信，在後面緊緊的追著他；無情的吞噬那些可憐的生命。

車，擠成一團。

人，亂做一團。

黃金變成累贅，

珠寶像泥土般撒在地上。

死亡像一隻討厭的綠頭蒼蠅，在人們頭上嗡嗡叫著飛舞，隨時都會落到人們的身上。

卅八

周伯伯家裡本來有一輛漂亮的小轎車。據說當初遠渡重洋到達上海時，風馳電掣駛過街頭，眩得人眼睛都睜不開。他開著它，在砲聲震動的街道上，載著家人和無數金銀細軟奔向碼頭。那知汽車駛上大街不遠，便塞在那裡了，一步都開不動。惶惶的人群，黑呀呀的森林般，擠在通往碼頭的馬路上，塞得水洩不通。

下車吧！汽車也不管了。多可惜啊！當初買它的時候，正是外匯管制最嚴格的時節，他花了多少錢，費了多少精神，才買到這輛可愛的寶貝。

不僅汽車丟掉，箱籠也要丟。一家五口，祇有他們兩口有能力攜帶東西。兩個女兒，都半大不小，沒用。六歲的兒子，還得有個人照應他。

那麼多的箱籠丟掉，多心痛啊！不論那一個箱籠帶出來，都可以使全家快快樂樂過幾年舒服日子。

不能丟！

不能丟！

不能丟，怎麼帶呢？

挑重要的帶吧！

重要！那一個不重要？每一個裡面，都裝滿了黃金或珠寶。如果在平時，他一定用兩手統統抓得緊緊的。

現在捨不得也不成，這是要命的時刻。

那麼生命才是最重要的了？

然而生命何價？生命有價嗎？

生命的價值在那裡？在兒子身上嗎？什麼東西都可以丟，兒子卻不能丟啊！他是他們的命根子，周家唯一的子嗣，他們的香火要靠他延續下去。

就背著他逃吧！用根帶子綁在他身上。讓他的生命跟兒子的生命連在一起。

可是太太開口了：

——你背著他怎麼拿東西？

——丟掉吧！錢是身外之物。

——這箱黃金不要嗎？

——這箱美鈔不要嗎？

——這箱珠寶不要嗎？

是啊！黃金怎麼能不要？美鈔怎麼能不要？珠寶怎麼能不要？這都是花了無數心血才攢積起來的。

——兒子不用背，讓他自己走。六歲了，也該能自己走。省下力氣帶黃金珠寶。

對！黃金珠寶才是最有價值的東西。

走啊！快走！

箱籠把腰都壓彎了。

砲彈在頭頂上呼嘯。走著，兀自捨不得回頭看。汽車怎麼著火了？熊熊的火焰在半空飛舞。他的心驟然絞痛起來，燒的是什麼？他的心血啊！
可憐焦土。
毒蛇的舌信又伸過來。
砲彈接連的爆炸，人飛起來。
隆隆隆！一排砲彈，就是一片屍體。
生命！生命！
生命的價值在那裡？
一大隊戰士守著街口的屋宇，阻止敵人進攻。砲彈在他們身邊爆炸，槍彈像雨一樣落下來，硝煙霧一般瀰漫街頭。一個戰士倒下，另一個戰士飛快的補上去。
生命的價值是在這裡嗎？
戰士們的熱血凝碧，才能爆出生命的豪光。
走啊！壓得走不動了。
土地在震撼，腿在打哆嗦。
怎麼辦呢？
再丟吧！別珍惜這些身外之物了。
一個箱籠又扔到路邊上。
可不能再丟了，他跟太太兩人手上，每人祇剩下最後一隻皮箱。想想多痛心，多少年的心血，才經營了這份可愛的家業，便這樣毀於一旦。
兒子不走動，他被嚇呆了。
他拉著兒子走，兒子哭了。
——爸爸，我走不動。

——爸爸！我怕。
——爸爸！抱我。
——爸爸！爸爸！爸爸……明明累得坐在地上了。
——走啊！明明。
——這是逃命啊！明明。
——明明是個好孩子，快起來走。你聽砲彈又來了，我們逃到船上就好了。
爸爸！抱我！抱我！
——爸爸抱不動你啊！你沒見爸爸提了個大的皮箱嗎？那裡還有力氣抱你？
——為什麼不把皮箱丟掉？
——丟掉我們吃什麼？
——皮箱裡面是什麼？
——黃金！一箱黃金。
——黃金好吃嗎？
——可是黃金人人都喜歡哪！
——那黃金有什麼用處？
——就是因為它沒有用處，才會那麼值錢。要是有用處，就跟鐵沒有兩樣了。
隆隆隆！隆隆隆。
砲彈從遠處滾過來，又向遠處滾去。
馬路被炸成坑，沙石飛起來。
人都喜歡錢嗎？
銀元在馬路上到處亂滾。

金塊在烈日下映著黃澄澄的光。
鈔票被炸得漫天飛舞。
隆隆隆隆——
煙！驀地當頭罩下來，罩成一片黑。
泥土從空中落下來，像雨，像冰雹。
人在硝煙裡，瞎子般亂衝亂撞。
——爸爸！
——爸爸！
猛然一驚，他呆在那兒了。
兒子呢？他不是在叫嗎？
兒子那裡去了？
——明明！
——明明！
——你在那裡呀？明明。
——啊！啊！
什麼聲音？兒子在喊嗎？
可是一陣砲聲，一切都掩蓋了。

卅九

隆隆隆隆！隆隆隆隆！
硝煙嗆得像要窒息。

眼睛什麼都看不到。

火焰飛舞，沙石打在頭上。

隆隆隆隆，一座高樓突然幌了幌，便倒下來。

一陣逼人的燠熱湧過來，腦子裡猛爆一個金星，便被重重的掀到地上。嘩！嘩！數不清多少沙石，一下子埋到他身上，眼前又變成一陣黑。

搖落身上的泥土，爬起來。耳朵裡一片嗡嗡。

他猛然一驚，皮箱呢？

他不能丟掉皮箱啊！

在硝煙裊裊飛升中，他隱約的看到了。

那不是兒子嗎？

那不是皮箱嗎？

先去拿皮箱吧！不！兒子重要！兒子是他們夫婦的命根子，唯一傳宗接代的線。沒有兒子，這根線就斷了，再多的黃金，對他們都沒有用處。

可是黃金，多麼美麗的東西，怎麼能丟呢？那邊散落地上的一錠黃金，在太陽下，黃澄澄的多麼耀眼哪！然而在這要命的時刻，誰會看它一眼呢？人群叫喊著，奔跑著，從它上面踐踏過去。

但再仔細一看，那裡有兒子和皮箱的影子？

隆隆！隆隆！隆隆隆隆。

他又被掀到地上，泥土又落下來。

煙漸漸散了，他站起來。

眼前什麼都不見了。

——明明！

——明明！

——天哪！明明到那去了？

——黃金呢？黃金也丟了。

倒是周伯母還好，雖把大皮箱丟掉，卻把一個貼身的小皮箱跟兩個女兒帶出來。他們在上海沒趕上船，輾轉了好幾個月，才從浙江逃出來。

兩口子便整天為這吵。兒子是周伯母的心頭肉，如今被一刀割掉，心痛的不得了。

——黃金丟掉倒罷了，怎麼也把兒子丟掉？

——是你說黃金比兒子重要啊！

——我講過那種話嗎？你別賴人！

——那為什麼我要背兒子，你不讓我背？要我省下力氣提箱子。要是不提箱子，是背著兒子，不就不會丟掉。

——那就不該把金子丟掉啊！

——黃金！黃金！兒子都丟掉了！你還沒忘黃金？我看你是財迷轉向了，不會醒了。

周伯伯說完，便搥胸頓足的叫道：

「我當時要堅持背著兒子，就不會丟掉了。提著一箱金子，那麼重，路都走不動。」

母親曉得他們的情形後，不知跟誰談起來。並說了一句不該說的話，惹出許多是非。

「兒子丟掉就丟掉吧，也是沒有法子的事情。現在來到臺灣，就應該安安靜靜過日子才是。整天老是吵吵鬧鬧，那裡是住家過日子的樣子？」

這話七傳八傳，不知怎麼傳到周伯母的耳裡。她是傷心人，當然更不是味道。

於是也背地抱怨母親：

「她講的倒輕鬆，不信讓她試試看。她那兩個兒子要丟掉一個，她不急得發瘋才怪。」

「說的也是。」母親也知道自己講錯話，便自責的說：「我光把別人的事情看得不起眼，忘了自己也是同樣的情形。你們要是丟掉一個，我不跳海才怪呢！」

四十

周伯伯全家住了沒多久就搬走，因為周伯母帶出來那個小皮箱，仍是一大筆財富。他們便在臨沂街買了兩幢房子，一幢自己住，一幢出租維持生活。

母親為了維持家計，想盡方法賺錢。她又在竹棚的大門外面，掛起來一個「代客編織毛衣」的招牌。這是母親最拿手的活計，在青島時候，她一年不知要打多少件毛衣。爺爺的、奶奶的、爸爸的、我們三個小蘿蔔頭的。另外也幫鄰居跟親友的孩子們打；打得越多，就會研究出一些新花樣。大家都誇母親的手巧。

母親沒料到這樣一份平常手藝，竟能變成賺錢的技能。可是招牌掛出去之後，情形並不理想，總共只有三件生意上門。不過話也不能那樣說，那時節正值盛夏，熱得人氣都喘不過來；那樣大熱天，誰會急著穿毛衣？能有三件生意上門就算不錯了。母親有了這項新工作，她每天午睡起來後，就又忙起來。她做得很細心，儘量求好，一針都不馬虎。且打出來的樣式，也使顧客十分滿意，才使她後來的生意應接不暇。

我們賣冰棒的情形也比先前好得多，這時我才曉得這種生意利潤很高，賣一支賺一支還多。

並且賣久了，也懂得很多竅門。曉得那兒人多，什麼時候到什麼地方賣，才會有生意。譬喻說一個工廠吧，在他們上班的時候，你就是把喉嚨喊啞了，都沒人睬你。可是在他們下班時，人一湧而出，就是生意最好的時刻；運氣好的話，就可以賣上十支八支。那麼就必須先弄清楚這家工廠的下班時間，才能及時趕去。同時在賣冰棒的孩子中，我也交了幾個朋友，彼此互通消息，一有了好消息，立刻通風報信給大家知道，大伙兒便一窩蜂的湧了去。

不過我仍賣不過弟弟。雖然母親一再告誡他，少去跟軍隊打交道。對他都像耳旁風，不發生一點作用。他算把那個操場盯住了，那兒天天有部隊出操，他就天天背著冰筒去打轉，默默坐在樹蔭下等待。部隊也見慣這孩子，又嘴甜，又賴皮，趕又趕不走，也不忍心去打，就隨他了。反正他也變不出新花樣，只是賣冰棒。見部隊休息時，馬上跑過去。人要當了兵，明瞭生死間隙祇一線之微，就好像變得十分天真，更具赤子之心。對這樣的小孩子前來賣冰棒，不吃的人也會買一根；特別是他們發餉的時節，一筒冰棒一會兒就光了。因此他每天總會賣一筒半或兩筒，而我始終都保持賣一筒的紀錄。

一天晚上，王伯伯帶著嬌嬌到我們家玩，我也比弟弟早回去幾分鐘。吃過晚飯，便坐在床邊聽大人談話。這時弟弟也回來了，嘴巴嘟得高高的，見到王伯伯跟嬌嬌，也不打招呼，逕自跑到後面啃冷饅頭。

可是嬌嬌又搖搖擺擺走過去，扯著弟弟的褲管拉拉：

「小哥哥！你生氣了？我給你糖吃。」嬌嬌說著把手裡的一塊糖向弟弟遞過去。

弟弟不接糖，也不回頭。

王伯伯卻哈哈一聲大笑：

「小麟！你的面子可大啊！嬌嬌的糖誰也不肯給，就肯給你吃，你還生氣啊？」

「徵麟！」母親也接著說：「不要生氣了！你看妹妹對你多好，你好意思不理妹妹呀？快把糖吃了，看你那個樣子，像誰欠你兩毛錢。」

弟弟把糖接過去了，神情還是悒悒的。

母親曉得他肚子裡藏不住話，也就不去追問，依舊跟王伯伯話家常。

果然過了一晌，弟弟衝出一句話：

「媽媽！我明天不賣冰棒了。」

「為什麼不賣了？」母親感到十分驚奇，弟弟對於賣冰棒，興緻一直相當高。

「我討厭冰店的老闆。」

「冰店老闆怎麼又得罪你了？」母親莞爾的笑道。

「他說以後不給我冰棒吃了。」

「他為什麼會突然不給你了？」

「他說我不誠實。」弟弟毫不在意的說。

弟弟這話一出口，母親的臉色馬上泛起一股警覺的色彩，十分注意望著弟弟問：

「為什麼他會說你不誠實？」

「今天我去退冰棒的時候，冰筒裡祇剩下十一支，我告訴他剩了十六支。本來他平常都不點的，一下子就倒掉了。可是他今天點了點，就說我騙他，不該說假話。說要罰我以後不給冰棒吃，把那五支補起來。」

「該該該！活該！」母親一疊聲的說，臉色也氣得泛青。可是她向王伯伯撒一眼，就不那麼激動了。我曉得母親是礙於王伯伯在場，不願意發作；不然，弟弟那個屁股，不腫起來好高才怪呢！但她又接著說：

「我告訴你多少次了！徵麟。小孩子不能撒謊，撒謊就不是好孩子，你偏不聽。我問你，為什麼要說假話騙冰店的老闆？還有那五支冰棒的錢呢？你拿去做什麼用了？」

「不是在這裡！」弟弟說著伸手向口袋猛一掏，又向桌上猛一放，桌上就出現七個荔枝。

「啊！你拿去買荔枝吃了！」母親大聲喝道，同時揚起巴掌。

「不是哇！我是買給媽媽吃的。」

「什麼？買給我吃？」母親愣愣的瞪著弟弟。

「弟妹！」王伯伯忙站起來，安撫母親說：「你先別氣成那樣子，讓孩子慢慢說。我想小麟也不是壞孩子，他不會無緣無故說假話騙人。」然後他轉身和顏悅色的對弟弟說：「對不對？小麟。你是個好孩子，不會撒謊。你告訴王伯伯，為什麼要買荔枝給媽媽吃？」

「因為媽媽想吃荔枝嘛！」弟弟這時候已經看出母親在生氣，臉色也顯出了悚懼。

「我什麼時候想吃過荔枝？」母親聽弟弟一說，忍不住笑起來：「你別說瞎話。」

「昨天嘛！」弟弟神氣活現的指著門外：「昨天有個賣荔枝的人推著車子在門口走，你對著荔枝直看，還砸砸嘴。我就知道你想吃，可是我曉得你捨不得買了吃。」

王伯伯連忙把弟弟抱住，又大笑的說：

「我說嘛！弟妹！我說小麟不是個壞孩子。你聽到了嗎？要買給你吃啊！多孝順哪！雖然他撒謊不對，可是他這份孝心多麼難得啊！別再生氣了？聽你王大哥說，今天算你王大哥請客，不是五支冰棒的錢嗎？我明天就送給那個冰店老闆，跟他把話說明白，以後每天還要送小麟一支冰棒吃。他要敢不答應，我就砸他的招牌。」

「你說笑話了，王大哥。」

「哈哈哈哈——」

四一

有天下午的冰棒剩的很多，便暫時沒到冰店裡去退，約好王大虎跟王大豹晚上到新公園去賣。姐姐臨時心血來潮，也要跟我們一道去玩。

晚上出去賣冰棒，我跟弟弟還是第一次。母親被我們失蹤怕到了，平常晚間都不准我們出門。今天由於有王家兄弟做伴，又有姐姐給我們帶路，她才放心讓我們前往。

等王家兄弟到達時，五個人便向新公園出發了。新公園的晚間，好像比白天熱鬧的多。可能那時臺北市的娛樂場所比較少，也沒有現在這麼多設有冷氣的西餐廳跟咖啡間可供消磨，新公園就成了納涼的最好去處。在那盛暑欺人的時節，雖然已經入夜，大地上還罩著一片蒸籠般的熱。所以園內擠滿乘涼的人，賣零食或水果的也很多。有人提著籃子走動著叫賣，有人就著路燈射下來微弱的光，在地面擺起小攤子。也有人在扁擔頭上掛著一盞電石燈，燈光搖曳著，散出一股刺鼻的臭味。他們賣的品類也很多：有冰淇淋、冬瓜茶、菱角、西瓜、香瓜、甘蔗、花生、瓜子、烤魷魚等等。鬧哄哄的，叫著唱著，你爭我奪的招徠生意。使中間那條通路，變成一條人潮擁擠，燈火輝煌，熱鬧的小市場。

聽吧，那些塞耳的叫聲：

「冬瓜茶！冬瓜茶！」

「西瓜！西瓜！」

「喂！鳳梨！鳳梨！」

買的人也很多。多數都是趿著一雙木屐，的的噠噠在地面上敲得很響。一手拿著裝食物的紙包，一手把零食往嘴上送，一副逍遙自在的樣子。

在這種熱鬧地腳，我們是不能跟那些擺地攤的大老闆比的。我說這話絕不是誇張之詞，當時有許多攤子在我們心目中，生意的確做得很大。他們可以用好幾塊膠布鋪在地上，佔一段很長的地面。上面放著一堆堆的糖果、花生、瓜子、餅乾、蜜餞之類的食品。賣的人有的站著，有的坐著，在那裡大聲吆喝著叫賣。有的攤位上還有漂亮的小姐在旁邊幫忙。買的人也喜歡到這種攤子上光顧。因為在那兒可以挑來選去，可以討價還價，也可以跟小姐打情罵俏的飛飛媚眼。對我們這種背著冰筒，提著茶壺，提著籃子的小販，便不屑一顧。

既然在那兒很吃癟，還是早離開為妙，叫賣著往林木扶疏燈光掩映的地方走。這些地方也有它的好處，有些在那兒納涼的人，為了圖一份清靜或懶得走路，會等我們送上門。特別是躺在音樂台前木椅上的人，他們把二郎腿一翹，兩臂一彎，曲肱而枕之，頗有天塌下來都不知道愁的樣子。他們買東西，連看都不看，一手把錢遞給你，接過食物就往嘴裡塞。

但生意仍不好。由於小販太多，競爭激烈，遲一步就被別人搶走。我們五個人跑了很多地方，都沒做成幾筆生意，弟弟最洩氣，連喊的勁兒都沒有。

祇有我還傻乎乎的窮叫：

「呷冰！」

「呷冰！」

「花生！」

「五香花生！」

王大虎像在跟我比賽似的，也叫得特別響。沒用，沒有人理我們，甚至看都不看一眼。

「你不是說這裡晚上的生意好嗎？怎麼沒人買。」我叫得口乾舌燥，抱怨的問王大虎。

「你別急嘛！趙徵龍。要慢慢賣，自然會有人買。」王大虎拉著我的手搖了一下，使我弄不清他的意思。現在我才發覺王大虎那時節性格已在逐漸定型，顯示出發展的方向，用誠實在建立顧客對他的信任。

四二

在棒球場外面的矮牆上，我們併排的坐在一起。夜很悶，棒球場被夜色罩成一片黑黝黝的模糊。有人坐在草地上談笑，有人在空地上走動。再遠處的網球場，在燈光下，可以看到很多人在練球。

姐姐的眼睛落在王大虎的花生籃子上。

「王大虎，你到過青島沒有？」

「怎麼沒到過？我們是在青島上船。」

「我是問你有沒有在青島住過？」

「那倒沒有。」

「我說青島什麼都好，花生也好吃。」

「我知道了，趙徵鳳。」王大虎傻愣愣的扭轉身，他是直話直說的人，不會耍花招：「你想吃花生是不是？可是我今天那包花生已經吃光，不能再給你吃；因為我爸爸每天祇准我吃一包。」

「我才不想吃哩！」

「你老看我的花生籃子，就是想吃。」

「你的籃子有什麼稀罕，我才不要看呢！」姐姐驀地一轉身，賭氣的把臉轉到一邊。然後把手帕猛一揚，揚出一陣冽冽的風：「哼！你再請我看，我也不會看了。小器鬼，喝涼水，打破缸，要你賠。看看也不會少一個。」

王大虎討個沒趣，訕訕的講不出話來。

「花生算什麼好東西，在青島我們家裡多的是。」姐姐仍在忿忿的說給王大虎聽。

「你們家裡多的是，為什麼不搬到臺灣來？」王大豹給他哥哥幫腔了：「那我們家還有好多蘋果哩！都賣到你們青島了，說不定你還吃過我們的蘋果哩！」

「誰跟你講話！」姐姐倏然轉身對著王大豹。

「我是講那個不要臉的饞丫頭。」王大豹昂起頭：「誰饞？她自己心裡有數。」

「我們走！我們不要跟他們在一起。」姐姐猛然站起來，拉著我跟弟弟就走。

「要走！快走！誰要跟你們在一起。」

「我們偏不走了。」姐姐把腳一頓站住，又拉著我倆轉回身：「走不走得看我們的高興，新公園又不是你們王家的，你管不到！」

「不走就是賴皮！」王大豹站起來湊到姐姐面前。

我跟弟弟見狀，立刻站到姐姐兩邊戒備起來，虎視眈眈的瞪著王大豹。他要敢碰姐姐一下，我倆就會馬上揮起拳頭發動攻擊。王大豹雖然比我們高大，我們卻絲毫不怕他。怕的是王大虎，他的個子比王大豹更高更大；他要加入，我們就一定慘敗。

弟弟的嘴巴更是不饒人。

「王大豹！你敢打人哪！」

「噯呀！你們怎麼又吵架啦！」王大虎急得手忙腳亂插在我們跟王大豹中間：「你們要是吵架，爸爸又要打我了！不要吵嘛！大家都是好朋友，幹嘛吵架？」

「王大虎！你爸爸為什麼一定要打你？」姐姐揚了揚眉，替王大虎抱不平：「不打王大豹。你告訴王伯伯嘛！是王大豹帶頭打架的，不就不會打你了！你要不敢講，我去幫你講，個子大就欺負人哪！」

「你要敢告訴我爸爸，趙徵鳳。看我不撕爛你的嘴。」王大豹眼睛氣得鼓鼓的。

「我就去告！怎麼？怕了？」

「哼！饞丫頭！」王大豹的氣焰好像壓下去，聲音也低了許多：「還說不饞。我們為什麼要給你們花生吃，你們的冰棒為什麼不給我們吃。」

「誰要想吃你們的臭花生，就叫他爛嘴巴。」姐姐轉過王大虎，又跟王大豹面對面站著。

「好了！別吵好不好？不是說過嗎？大家都是好朋友。我請你們吃花生好了吧！」

「哥哥！不要給他們吃，餵狗也不給他們。」王大豹搶上來按住王大虎的籃子。

「爸爸不是說過？我們跟趙嬸嬸家，就像一家人。跟趙徵鳳他們，就像兄妹一般。」

「可是我們家吃虧好大呀！」王大豹精明的轉了轉眼睛：「你算算看，做饅頭我們出兩個人，又出本錢，他們祇出一個人。並且趙嬸嬸還不及媽媽能做，賺的錢還要兩家平分，那是為什麼？」

「那是爸爸的事情，我們不要管。」

「可是我氣呀！」

四三

回到家裡，姐姐就把王大豹說他們吃虧那番話，一五一十告訴母親，多少也添油加醋幾句。當時母親正拿著杯子在喝水，聽了這話，就像突然噎著似的。手擎著杯子，半天都沒放下來。過了好久，才長嘆一聲說：

「我早就料到了會有這麼一天，我們實在沾的便宜太大了。可是我沒料到會從一個小孩子嘴裡說出來，可見一件事情公平不公平，是瞞不過人的。當初王伯伯找我去商量的時候，我就跟他講過：我出多少力，就拿多少錢。但是王伯伯堅決不肯，一定要兩家平分。人家一份好意，我還有什麼話說。沒想到……嗨！」

「媽媽，王大虎可沒說什麼呀！」我在一旁說。把王大虎那篇話講出來給母親聽。

「天底下有幾個那樣好的孩子？」

「媽媽！」姐姐湊近母親胸前，仰臉對著母親：「我們為什麼一定要依賴王伯伯？為什麼不能自立？」

「話也不是這樣說，徵鳳。人沒有不能自立的。」

「那我們就想辦法自立。」

「你聽我慢慢說，別那麼急。」母親仰起臉凝望著屋頂，手用力揉著臉腮說：「當初我們到這裡的時候，要是沒遇到王伯伯，還是要吃飯哪，總不能眼睜睜的餓死；不管做個小生意什麼的，能弄碗飯吃就好。偏偏又誤打誤撞跟王伯伯碰上了——說起來，他找我去幫忙也是好意，可說是可憐我們寡婦孤兒的沒依沒靠；不然他也用不著找我幫這個忙。現在沒事情做的人多的是，祇要管個吃喝，再隨便給個錢，就可找一大堆。可是他沒這麼做，反而一肩膀把我們全家這個擔子挑起來。那麼，說他是好意也罷，說他可憐我們也罷；這份情意總是難得的。那再回頭講我們吧！我當時雖然打定主意自己謀生活，卻又恍恍惚惚不知做什麼好；當然，要不是碰到王伯伯，我們好歹也能走出一條路來。」

「你不曉得王大豹的話多刺耳呀！媽媽。」姐姐似乎越說氣越大：「像我們沾了他們多少光似的，沒有他們，我們就餓死了一般。所以我們做什麼都好，祇要不再依賴別人。」

我在旁邊也想發表一點意見，卻又沒有一鳴驚人之論。但想想王伯伯對我們這份情意，不論從那一方面講，都算是仁至義盡。一個陌路相逢的人，非親非故，就對我們這般照料，確是值得感激。這一感激，無形中就在自己心靈上積壓成一份債，這樣下去，這份債就會越積越深。因此設法自立，確是十分重要的，那樣就可以用自己的力量，為自己開闢一條道路。可是這條道路如何去開闢呢？在我幼稚的心靈裡，卻是一片茫然。

母親放下揉臉的手，把兩手合到一起搓搓。

「照說嘛！目前徵龍和徵麟兩人賣賣冰棒，你我再做一點針線活計，賺的錢也可以維持生活。可是這終非長久之計，我們總不能靠這種方式過日子。再說天氣也漸漸涼了，你們也快要上學，賣冰棒也賣不了幾天。」

「不能賣冰，我就賣花生，媽媽。」弟弟搶著說。

「別講話！徵麟。」母親打個手勢禁止弟弟言語。

「我們可以賣水餃呀！媽媽。」弟弟又出主意了。

「這倒是一個辦法。」母親點點頭。

「你聽我說嘛！媽媽。我們賣水餃最好不過了；要是賣不掉，就自己吃。我最愛吃水餃囉！」

「你就沒忘了吃！」母親笑道，但又慢吞吞的對姐姐說：「就這樣吧！你們再想想，還有什麼事情好做，大家商量商量。這不是一天兩日就辦成的，總得籌劃周到了才成。我還要想一想，應該怎樣去對王伯伯說。」

「你可不能照實說啊！媽媽。」我趕緊提醒母親：「那樣王伯伯會打死王大豹的。」

「媽媽！你祇管照實說，王伯伯打王大豹最好不過了。」弟弟的大嗓門馬上把我的聲音壓下去：「狠狠的打他一頓我才高興哩！看他再神……」

「不准那樣說，徵麟。王伯伯打王大豹，對你有什麼好處？」母親打斷弟弟的話。

「誰叫他老是欺負我，我又打不過他。」

「你不去惹他，他怎麼會欺負你？」

「可是王大豹挨了打，我就會高興。」

「胡說！」母親又是一聲斥責。

四

有一天下午，我跟弟弟賣冰回來，正在飯桌上吃晚飯。突然一陣急促的腳步聲由外面傳來。我抬頭一看，可不得了啦，只見王伯伯一手抓著王大豹，像捉小雞似的，半拖半拉走進屋裡來。然後朝地上猛一摜，便把王大豹摜倒地上了。

這突如其來的景象，把我們全家都弄了一驚。我跟弟弟連飯都顧不得吃，連忙放下碗筷看光景。母親一時也呆在那兒，可是她稍為一靜，便不像先前那般手足無措了，連忙上前去扶王大豹。

「這怎麼回事？王大哥，大豹怎麼變成這樣子？」

「你別拉他！弟妹。叫他跪在那裡。」王伯伯攔住母親伸出的手：「這個畜生！氣死我了！我要當著你的面問問他，他說了些什麼氣死人的話。」

「小孩子的話，你管他做什麼？」母親一怔，馬上明白過來是怎麼回事。

「小孩子！他說那些話是人說的嗎？怨不得你生氣！弟妹。我恨不得一拳頭就砸死他。這渾賬的東西，連狗都不如，要他有什麼用？」母親雖費力的把王大豹拉起來，王伯伯伸手一按，又把他按在地上。

「王大哥！王大哥！」母親急急的說：「你先別氣！你看大豹這個樣子，得趕緊找個醫生看看哪！怎麼會傷到這地步？萬一傷筋動骨怎麼辦？」

「看什麼！死了算啦！」

「你聽我說，王大哥。孩子的性命要緊哪！」

「不是我氣啊！」王伯伯的力氣大，他按著王大豹的背，母親就別想拽動分毫：「這狗東西，他是人嗎？是人就該說人話。你給我說！大豹！」王伯伯用腳踢踢他兒子：「你從那裡學來那些渾賬話？誰教給你的？什麼叫吃虧？什麼叫得便宜？你懂嗎？你曉得趙嬸嬸是我們的什麼人？是我們的大恩人哪！當初在船上的時候，要不是趙嬸嬸讓地方給我們，我們就要跳海啊！你還會活著到臺灣來啊？你做夢哇！早餵王八啦！你這個忘恩負義的東西，還有良心沒有？給我說那種話？」

王伯伯說著又氣起來，抓著王大豹的衣領又往地上摜。

這時我才注意到王大豹臉上那些傷，已經混成一片。使那張臉沒有一塊好地方，全都染滿了血，到處紅通通的，一時也看不出什麼地方有傷口。但在眼角的下面，鼓起一個大泡泡，又青又紫，像一個大雞蛋。嘴角也歪了，嘴唇和牙齦上的血，厚厚的粘在一起。使那張嘴看起來，就像被血糊起來一般。

照說弟弟那種天不怕地不怕的性格，對這種場面，應該能沉住氣才是。但卻禁不住驚叫了一聲：

「我的媽呀！這不快打死了！」

弟弟這一叫，我們也沒光景好看了。母親馬上要姐姐帶我們出去。我們到街上轉了一圈，當再回到屋裡時，已經變得風平浪靜。王大豹臉上的傷也包紮好了，猥瑣的坐在床沿上，好像這一頓打，把氣焰都打掉了。王伯伯卻在滔滔不絕的講話，雖然我們沒聽到他前面講些什麼，可是後面那一段話，我們卻一字不漏的聽到了。

「……你聽我說呀！弟妹！我來臺灣可沒想發大財，或賺一個金山帶回去。我祇想逃出來避一避，呆個三年兩載就算了。所以什麼你的！我的！大家在一起能混口飯吃。就比什麼都好。那麼有力氣就多出一點，沒有力氣就少出一點，有什麼關係呢。沒想到這兔崽子會說這種渾賬話，你說我氣不氣？他把我看成什麼樣的人？就那麼小器？不是我吹哇！弟妹！也不是你王大哥窮大方。在家鄉的時候，我可從來沒算計過。不用說別的，就拿我那個蘋果園來說吧！別人的蘋果園，見有人進去，便像防賊似的，就怕人家偷他的。我呀！才不管呢。吃吧！儘量的吃。拳頭一般大的蘋果，他能吃多少？兩個就把他撐死了，小器巴拉的幹什麼？稍為勤快點，就什麼都有了。我跟你說，弟妹，人哪！不怕能吃，就怕不肯幹；要是肯幹，還怕沒有飯吃啊！」

「你說的對！王大哥。」

「所以我一聽大豹講那種渾賬話就冒火，一個大男人，怎麼大處不算小處算？那般沒出息。」

「好了！王大哥！事情過去就算了。」母親怕王伯伯說著又會冒起火來，急忙接過話頭：「別再提它了。我說句話你也別見怪，孩子們做錯事的時候，是該打，祇是要揀不傷筋動骨的地方打。像頭啊！臉啊！這些地方，一旦打出毛病來，是一輩子的事。再說孩子也大了，也不是不懂事，該打的時候，就打兩下屁股警告警告，使他知道錯就算啦，也不必太重。」

「可是我氣呀！弟妹。我這個急性子，一氣起來，還管他那裡能打不能打！」王伯伯說到這裡停了一下，向王大豹望望，緩了口氣接著說：「我有時候打過他們，看看那個頭破血流的樣子，也知道打得太重。祇是在氣頭上，我就忍耐不住。那我以後聽你的就是了，壓著一點火氣；就怕我壓不住。不過我那幾個孩子也太皮，要是不打，就要造反了。」

「孩子嘛！總是頑皮的。」

王伯伯又跟母親談了一陣，便帶王大豹走了。姐姐等王伯伯出了門，就迫不及待的問母親：

「媽媽！我們做小生意事情，你跟王伯伯講過了？」

「要不講！大豹會挨這場打嗎？一定是我講過以後，王伯伯覺得奇怪，才問出來了，王大豹打得這般重。嗨！王伯伯這個人，真是一個大好人，就是脾氣太火爆了，一那個了，就冒火。」

「那我們怎麼辦？要不要自己做呢？」

「祇有過一陣子再講了，你看現在的光景，還能再開口嗎？我真不知道欠王伯伯這份情，怎麼才能還得清？」母親的神態，像身上壓個山似的沉重。

四五

賣了一段時間冰棒，我們對臺北市的街道便漸漸熟起來。要講生意較好的地方，成都路跟西寧南路一帶的電影院門前，都算是相當不錯的地點。每場電影開演的前後，電影院門口總是聚集著一大堆人。人在玩的時候，手頭也比較鬆，難免要買點零食助興。

不過生意好的地方，競爭的人就多。在每家戲院每場電影開演前的那段時間，各路英雄便一齊集合到門前。一時賣冰棒的、冰淇淋的、香煙的、瓜子的，都在那兒爭先恐後的叫賣。不管客人買不買，祇一個勁兒往他們手裡塞。這時候大家就要比伶俐了，看誰的眼睛快，誰的嘴巴甜，誰有黏勁；誰的生意就會好。

要想在每家戲院開演前都能及時趕去，最重要的，是把每家戲院各場電影開演的時間記清楚。當這家戲院的客人進場後，大家便哄的一下子奔向另一家，一時七大八小，十幾個赤腳大仙，腳板打得馬路辟里啪啦響。不過也有人不這般跑來跑去，祇在一家戲院門前釘著賣。這方法我也曾試過，情形差的很。所以寧肯趕得滿頭大汗，還是拚命的跑。

這也是在電影街賣冰棒最大的享受。記得我當時最崇拜的電影明星有：胡蝶、李麗華、歐陽莎菲、嚴俊、王元龍等。對於外國明星我也很喜歡，可是我記不住他們那些古里古怪的名字，講起來十分咬口。我尤其喜歡那些西部武打的照片，看到他們持槍躍馬的英姿，就幻想自己也能有一天，像他們那般馳騁在塞外大漠上。

我也很想看一場電影，我已經好久沒看了。

到底有多久沒看？我已經記不清。記得我們在青島看電影最多的一段時間，是父親還沒陣亡的時候，那時節幾乎每個星期，父親都會帶我們出去看一場。然後是吃館子，三姐弟每人都買一大包自己喜歡吃的零食。自從父親陣亡後，母親的心情一直都不好，並且街上也不平靜。她就沒再帶我們出去玩。

因此我愈加懷念父親在世的時候，跟在青島時那種無憂無慮的生活。可是我知道那種日子不會再來，父親的去世帶走了母親的快樂和歡笑。她那緊鎖著的眉頭，好像永遠不會為歡樂打開似的。也難怪母親會這般憂傷，父親跟母親原是一對神仙伴侶，兩人那種恩愛逾恆的感情，不知羨慕煞了多少人。再說這兒的情況，也不能跟在青島的時候比。在這裡我們是難民，什麼根基都沒有，就像浮萍一般，浮在虛空的地方。一陣風，一陣雨，都會漂動。可是在青島，我們是有產業的人家，深深的紮在那兒的土地裡。屋宇、田園、店舖，就是埋在土地上不動搖的根基。祇要辛勤的耕耘灌溉，就會使這個家綠蔭蔥蘢，成為一株枝盛葉茂的大樹。

四六

「哥哥，我有張電影票。」一天晚上我背著冰筒剛走進門，弟弟便迎面叫道。

「那裡來的電影票？」

「隔壁李先生送我的。」

「拿來我看。」我連忙放下身上的冰筒，興沖沖的去看那張難得一見的寶貝。可是弟弟雖從口袋掏出來，卻把手抓得緊緊的，分毫不肯放鬆。祇讓我在他手裡看，我想伸手摸一下，他都不肯。

「你不能看都不讓我看，又不是你的。」

「就是我的。」弟弟把電影票藏到背後。

我失望的看看母親跟姐姐。母親在旁邊，我又不敢逞強的硬向弟弟奪，那是招罵的事。要不然，我才不會那樣便宜他。要心眼我雖耍不過他，打卻打得過。摔弟弟是我最拿手的本領，攔腰將他抱緊，然後抓著他的臂用力一扭，按住往下壓。同時用腳勾住他的腿一絆，就會摔他一個狗吃屎。

「你看弟弟呀！媽媽！他連看都不讓我看。」

「不讓你看，你不看不就算了！」

「是那裡的電影嘛？」

「大世界的。」姐姐在一旁說，她好像也在生氣。

「大世界的我要看。」我大聲叫起來：「我要聽周璇唱歌，還有沒有票？我要看嘛！」

「那裡還有，人家祇送了一張。」

「他怎麼祇送我們一張？」

「我怎麼曉得！」姐姐把氣出在我頭上。

「他還有沒有？我們再找他要兩張。」

「不要再去找人家要。」母親馬上出言阻止

「他有，為什麼不能要？」弟弟的理由倒蠻充足。

「人家總共能有幾張票？」母親老喜歡替人家設想：「分給這家一張，分給那家一張，也是意思意思。要是大家都去要，叫人家怎麼辦？」

「我是一定要去看的。」姐姐加強語氣說，表示她的決心：「我好久沒看電影了，要是這次看不到，不知什麼時候才能看到。大概徵麟不用票，我可以帶他進去。徵龍可以先不看，以後再有電影票就給他。」姐姐提出新辦法，自私的辦法。

「你為什麼不說你以後再看？」我當然不接受姐姐的意見，等於把我剔到空檔。

「我是姐姐呀，當然先從我開始。」

「姐姐就該讓弟弟才是。」

「好了！好了！」母親本來在洗衣服，被我們一吵，也洗不下衣服了：「你們不要再叫了，把我的頭都吵大了。明天我拿錢給你們，再去買一張電影票。不論誰把徵麟帶進去看就成了。」

「我們不要買票，媽媽。」姐姐認真的說。

「不買票，你們還會吵個完嗎？」

「買票看我就不看，我們家裡沒錢。那就徵龍跟徵麟去看好了，我不要看了。」

「那我也不看了。」姐姐一讓，我也跟著讓。

母親又嘆了口氣走開，她眼裡含著隱隱的淚光。是感動？是傷心？是悲哀？可能各般滋味都有。

於是姐姐低聲跟我商量：

「這樣好了！徵龍。我們不要再吵，你沒見媽媽快要哭了，我們不能再使媽媽傷心。我們還是三個人都一道去看，祇是我倆要分開，一個人看前面半場，一個人看後面半場。看完以後你再說給我聽，我再說給你聽，上下連結起來，不就等於看了整場嗎？」

「也好。」我想了想，也想不出來更好的辦法，但又問了一句：「誰先進去呢？」

「你講好了？」姐姐一讓，就什麼都讓。

「那你先進去好了。」我也不好意思說自己先進去，但又謹慎的說：「可是不准賴皮呀！看到一半的時候，一定要出來啊？不然就不是好姐姐。」

四七

到了第二天下午，我們三姐弟就一道出發去大世界，我跟弟弟仍背著冰筒沿街叫賣，但弟弟最穩紮穩打，到了戲院門口，還不肯把電影票交出來，一定要自己拿著。姐姐沒有法子，祇有跟在他後面向入口處走。那知到了驗票小姐跟前，他把票朝驗票小姐手裡一塞，便一頭鑽到裡面，轉眼就不見影子。

由於憑票入場，弟弟進去時，又沒有對驗票小姐講明後面還有人；那麼姐姐便成無票了，被驗票小姐攔住不准進。任憑姐姐怎麼說，都沒有用，沒票就休想過關。無奈我跟姐姐在外面怎樣吆喊，都無法把弟弟喊出來。據弟弟事後告訴我們，他是怕驗票小姐會量他的身高，不准他進場，所以他一進場，急忙到廁所躲起來，自然聽不到我們的叫喊。

離開驗票口時，姐姐把嘴噘得高高的。

「弟弟也真是的，怎麼一轉眼就不見影子。」

一團高興突然變成泡影，使我失望透頂。看看驗票小姐們那種鐵面無私的冷面孔，曉得想進這個戲院的大門，是絕對無望了。一時傷心的哭起來。

「我要看電影！我要進去嘛！」

「你別哭嘛！徵龍！」姐姐被我一哭，也沒有主張了：「人家不讓我們進去，我們又找不到弟弟。」

「死徵麟！他跑到那裡去啦！」

「我們去看看照片吧！」姐姐安慰的拉著我向櫥窗走去：「看看照片也是一樣。」

「我不要！我要看電影！」我掙脫姐姐的手。

我才不要看櫥窗裡的照片，現在那些照片突然對我一點意思都沒有了，一心祇想看真的電影。我呆呆的站在戲院人門旁邊的石階上，呆呆的向前望。沒有絲毫雲翳的天空，太陽火一般瀉下來，在對面那帶屋頂上耀動出一片眩目的灼熱，我的神智凝在那片灼熱裡。

「弟弟！弟弟！」姐姐在叫我。可是雖聽到她的聲音，卻不能動，也講不出話來。

「弟弟！弟弟！」

「弟弟！你怎麼了？」姐姐拽我一下。

我會動了，也講出話來。

「我……我在看那邊。」

「你好像傻了一樣。」

「我們真的不能看電影嗎？姐姐。」

「我們進不去，怎麼個看法？」姐姐握握我的手：「你聽我說嘛，弟弟。等會徵麟看完了出來，他會說給我們聽。現在我們每人吃一支冰棒，在這裡等他。」

我拿了一支冰棒給姐姐，自己也吃了一支。兩人便坐在戲院旁邊的石階上等徵麟。那知散場的時候他還是沒出來，直到第二次散場時，才見他背著冰筒跑到我們面前。原來他看了一場不過癮，又連著看了一場。他的那一筒冰棒，也在裡面賣了大半筒。

氣得我狠狠打他一下，他卻咧咧嘴笑了。

四八

我們來臺灣第一次遇到颱風，是三十八年初秋。

那天早晨，一早就開始落雨，下一陣，停一陣。風也不大，卻能把雨絲吹得斜斜的，像掃的一般，急促的打在竹棚的頂上，響出辟哩啪啦的聲音。雲層也不很厚，爛棉絮般在天空飛，拖拉出一塊塊馬尾般的形狀。當這些雲塊飛過頭頂時，就會撒下一陣急雨。然後陽光又從雲層中露出來，這時天空也顯得特別藍。

照母親規定的作息順序，上午不賣冰棒，就該在家裡溫習功課。但我們那裡有心讀書，母親給買來的教課書，早已不知丟到那兒了。所以平時的上午，我們都是到中山堂前面的空地上，跟別的孩子跳房子。

這天下雨，就無法出去跳房子。姐姐在往一些成衣上釘扣子，那是李先生新給大家攬來的副業，我們家裡也分幾十件，姐姐就整天都在忙。

總得想個法子玩玩才是，但做什麼好呢？兩人光在屋裡磨，實在沒趣。

於是不管天氣好壞，跟弟弟順著鐵路往前蕩。

我們到了一個電器行門口，裡面有一架收音機正在播放流行歌曲，兩人便坐在屋簷下面聽。這兒的老闆姓田，三十出頭的歲數，人很和氣，還沒結婚。他是這一帶一個自認很風流瀟灑的人物，有幾件漂亮的衣服，和一雙總是擦得很亮的皮鞋。外出的時候西裝畢挺，頭髮也梳得亮亮的，走起路來精神抖擻，派頭十足。

我們都喊他田叔叔，他店裡賣收音機，也替別人修理收音機。那時節收音機還是奢侈品，我們那一帶竹棚裡，除了他店裡為了招徠生意，整天都放流行歌曲給別人聽。再就是美美洋裁店的秀英小姐有一架，聽說是田叔叔為了追秀英小姐，送給她的。

我們坐下不久，王大虎四兄妹也來了。

王大虎一到，便一板一眼對我說：

「趙徵龍，我爸爸說今天晚上有颱風。」

「颱風？什麼是颱風？」我奇怪的問。

「颱風你還不曉得啊？趙徵龍！你真土！」王大豹十分神氣的插口道：「你可以想一想嘛！我們現在不是住在臺灣嗎？你就該知道什麼是颱風了。」

「這個你還不懂！颱風就是臺灣的風。」

「你說什麼是颱風吧！」我轉了一下腦筋，卻想不出個所以然，祇有再問王大豹。

我一想，這話也有道理，可能就是臺灣的風。不然在別的地方，為什麼沒聽過颱風這個名詞。

「我早就知道了，可是我不說。」弟弟開腔啦，他跟嬌嬌見了面就在一起磨。

「你知道什麼？趙徵麟。」王大豹馬上轉過頭去。

「我早就知道颱風是臺灣的風。」

「你要說出個道理來呀？」

「是就是嘛！還要為什麼。」

「你不懂就算了，吹什麼牛啊！我告訴你們為什麼吧！你沒見颱風那個『風』字的勾勾裡，有個『台』嗎？才是臺灣的風。那你再說好了！趙徵麟，颱風有多大？」

「當然很大了。」弟弟信口說。可是剛才被王大豹一唬，便覺得有藏鋒的必要，便不敢多講了。

「才不是哩！」王大豹一撇嘴老氣橫秋的說，表示出見多識廣的樣子：「才不會很大哩。你想臺灣這麼個小的地方，怎麼會颳很大的風。」

「可是爸爸說會颳得很大，會颳倒房子。」王大虎瞪著大眼，還那麼一板一眼。

「爸爸還不是嚇唬我們，不讓我們亂跑。」

「爸爸才不是嚇唬我們呢！他說的是真話。」難得開口的王大樹，突然講話了；他慢條斯理的一句一句說：「颱風也不是臺灣的風。是熱帶性低氣壓形成的，從太平洋上颳來的，所以才很大。以前臺灣颳過很多次大颱風，把火車都吹跑了，人都吹得飛起來。」

「你別胡說八道，我懂的不比你多？我才不信風會把火車都吹跑。」王大豹被王大樹一駁，覺得沒有面子，氣洶洶的推了王大樹一把。

「我是從書上看的呀！」

「書有什麼用？你就曉得讀書。」

「書上說的，當然都是對的。」

「我就不信書上的話。」

「那你信什麼？」王大樹奇怪的望望他哥哥。

「我信……」王大豹頓了一下想想：「我什麼都不信！」可是接著又改口道：「我信我自己。」

「你們吵什麼！把我的頭都吵昏了，講話小聲一點。」田叔叔從店裡伸出頭來，打斷兩人的爭論。

「田叔叔！你知不知道晚上要颳颱風？」我覺得大人的話比較可信。

王大虎也對田叔叔說：「我爸爸說颱風很大呀！」

「剛才收音機裡不是報告過嗎？」

「誰說的？田叔叔。」我又關心的問。我本來也以為不會颳什麼大風，經王大樹一說，便疑惑起來。我是十分信任王大樹的，他看的書比我們多。那時候我們雖沒有什麼書可看，可是隨便一本什麼書，王大樹都會讀得津津有味，專心的不得了。

「還不是說什麼大風大雨要來了。你們放心，不要害怕。颳點風下點雨有什麼關係？」

「會不會颳倒房子？田叔叔。」王大虎問道。

「又是你爸爸說的？對吧？」田叔叔笑道：「你別聽你爸爸胡說，他曉得什麼？他什麼都要大的，饅頭大了是好吃啊！風大了他可吃不下去。臺灣是海洋氣候，下場大雨倒是很可能。我還沒見過能把房子颳倒的大風。你們看看！就這樣的風，就算大風了？就能把房子颳倒了？」

田叔叔說著，伸手指著外面讓我們看，風勢還是像先前那個樣子，把天空的雲彩吹得飛跑，鐵路兩邊的野草，也隨著風勢搖擺。但雨卻大得多了，一陣一陣斜著掃過街道。馬路的低窪處，有很多地方開始積水。

田叔叔這番話，等於給王大豹打了氣。

於是王大豹又神氣起來。

「我說的對吧！臺灣不會颳很大的風。我們回家告訴爸爸去。田叔叔在收音機裡聽到的，不會錯！」

「走了！徵麟。我們也回家。」我對弟弟說。

我們一齊站起來，各走各的路。但聽嬌嬌說：

「小哥哥！要是下大雨，你可要來救我啊！」

「好的！」弟弟很英雄的答應著。

「你真好，小哥哥。」

四九

回到家裡，姐姐已經停止釘扣子的工作。她把掛在屋後那個遮煤煙的被單取下來；因為風逐漸大起來，把被單吹得亂飛亂舞，她怕被風颳走。

現在那間竹棚前後，毫無遮攔了，風便呼呼的在屋內暢行無阻，把一陣一陣的急雨帶到屋裡很深的地方，地面全部都被打濕。我們便幫著姐姐，把那個塌塌米及所有的家具和衣物，往屋後移。然而也沒有用。竹棚後面雖然背風；但那風也怪，會驀地從半空旋下來，貼地一轉，便打著旋兒從鐵路上空撲過來。於是蓬蓬雨絲，也隨風從後面捲進屋內，灑成一片濛濛的霧。弄得我們不知把東西放在什麼地方才好。

這時天已經完全雲合，看不到一角藍。

雨也像亂箭般不停的射下來。那猛烈的雨點，如同奔騰的狼群似的，急一陣，緩一陣，在屋頂上踐踏著奔馳追逐。一陣過去，又一陣追了上來。打在竹片上的強勁力量，彷彿要把屋頂穿透。

同時捲舞的風，也順著馬路橫掃，竹棚的牆壁被風鼓盪得不停搖動。一張紙片貼地飛起來，再被風一捲，便打著旋兒竄向天空，翻騰飛舞著轉動。然後一個大翻身，倏然落到鐵路對面。有一位先生躲到我們的屋簷下，雨勢一停，就又向前跑，接著又躲到另一個竹棚裡。一個打傘的人，不小心被風吹得打了兩轉，傘頂立刻反轉過來，帶著他一直往前奔。雨也一下子把他的衣服濕透。

我們望著黑得像墨一般的雲層，覺得雨會永遠下不完一般。姐姐滿臉都是焦急的神色。

「媽媽怎麼還不回來？」

「我們去接媽媽好不好？」弟弟走到前面探頭向街上望望，一陣急雨把他打回來。

「我倆一道去。」我也向外看一眼。

「徵龍！你不要去！」姐姐神色惶惶的說。

「為什麼？」

「你倆都去了，把我一個人留在家裡，好怕呀！」

「可是弟弟那麼小，怎麼能去接媽媽？」我向徵麟望望，在這風雨交加的時刻，他的身材好像越顯得瘦小，會被風吹走一般。然而我卻沒有想到，我衹不過大他兩歲，又能比他強壯多少？

「那弟弟就不要去。」

「我不！我要去接媽媽。」弟弟執拗的扭扭身體。對他來說母親比誰都重要。

「沒有傘你怎麼去？」姐姐反問一句。

「我不怕淋雨。」弟弟猛然揚揚頭。

「弟弟！你又不聽話了！我就不喜歡你了！」姐姐做出生氣的樣子，加強語氣說。

「可是我要媽媽。」

「哥哥去接媽媽就成了，你在家裡陪我。」姐姐笑著給徵麟戴上一頂高帽子：「你不是一個大英雄嗎？姐姐害怕，你就該在家裡保護姐姐才是。」

這話說到弟弟的心坎裡，樂得他眉開眼笑，弟弟揮動一下拳頭，顯出一副雄赳赳氣昂昂的樣子：「誰要敢來欺負你，我就一拳頭把他打死！」

「那我走了！姐姐。」我轉身要往外走。

「我找個東西給你遮雨。」她環視屋裡一眼，發現一張舊報紙，拿起來遞給我：「喏！拿去頂在頭上。」

「報紙有什麼用處？」我跨步往外走。

「拿去！遮一遮也好！」姐姐急忙伸手把我拉住，把那張報紙蓋到我頭上。

風一下子便把報紙掀起來，雨也嘩嘩的打下來。我急忙兩手捧著報紙走出去，驀地一陣冷，一陣挾著急雨的勁風迎面撲過來，像一瓢冷水朝著我的臉潑下來，把眼睛淋得睜都睜不開。我急忙的伸手往臉上抹一把，可是蓋在頭上那張報紙，突然嘎的一聲，便四分五裂的向空中飛去。於是那亂箭般的暴雨，立即沒頭沒腦撒下來，剎那間渾身便濕得透透的。這時捲舞的狂風，又驟然一緊，把我吹得連著打了幾個踉蹌。我兩手摀著臉，想躲，又無處可躲。

五十

頂著風往前走，舉步十分艱難。雨從頭頂像河流般往下淌，在眼睛上蒙成一層幕。我看不清路，也不管身上的衣服濕成什麼樣子。祇低著頭，弓著腰，聳起肩來抵擋猛烈的風勢。一腳高一腳低的往前掙扎。

可是一陣勁風，吹得我打了一個轉。

剛剛穩住椿，正待舉步，風又斜刺裡的颳過來；把我斜著吹出去好遠，怎麼也站不住。

我蹲下去，手緊緊抓著地。

突然姐姐的聲音傳過來：

「徵龍，你看斜對面的騎樓底下那個人影，是不是像媽媽？她怎麼會從騎樓那邊走過來了？」

我艱難的打眼向斜對面的騎樓下看一下，果然看到一個身體佝僂的女人影子，正向我們這邊走來。她身後還有一個手裡抱著一包東西的高個子大男生，我馬上認出來那是王大虎。

「媽媽！」

「媽媽！」

我叫著奔過去。

「是誰啊？徵龍嗎？」

「媽媽！」

「徵龍！」

「媽媽！」我一口氣跑到母親跟前，她的衣服有的地方也濕了。卻不像我一點乾的地方都沒有。

「徵龍！你怎麼跑出來了？這麼大的風。」母親不顧我渾身濕得像個水人，一把將我抱得緊緊的。

「我來接你嘛！」我偎在她身上。

「看你身上濕的這個樣子。」母親拉著我的衣服，幫我抖抖上面的雨水。我腳底下馬上出現幾條水流：「誰叫你來接我，我不是到了時候，就回家了。」

「可是颳颱風啊！」

「有颱風你還敢出來？」

「我們想你嘛！」

「姐姐跟弟弟呢？」

「都在家裡，弟弟本來也要來接你，可是姐姐一個人在家裡害怕，他就沒有來。」

「嗨！怎麼會颳這麼大的風！」母親向騎樓外面看了一眼，橫在馬路上空的電線，被風吹得嗚嗚叫，一個勁兒來回飄幌。騎樓下雖背風，但仍有濛濛的雨絲濺進來，逼得我們儘量靠裡走。

「聽說還要大呢！趙嬸嬸。」王大虎總算找到開口的機會，手裡的紙包卻一點不放鬆：「你沒聽到我爸爸說？能颳倒房子。」

「要真那樣大，那不什麼都完了？」母親十分耽心的嗟嘆一聲，不曉得是問王大虎，還是問我。接著又轉身對王大虎說：「大虎你回去吧，不要再送了。有徵龍來接我就好了，把饅頭交給他拿著就成。」

「趙徵龍抱不動。」
「我能抱得動。」我馬上伸手去接那個大紙包，王大虎未免太瞧不起人。
「真的好重啊！」王大虎不但不肯把那包饅頭給我，反而把它重又抱好一點：「我爸爸叫我把趙嬸嬸送到家，我就要送到家。」
「這孩子怎麼那樣實心眼。」
王大虎被母親講得臉上泛起一陣靦腆，訥訥著不知如何開口。這時我們已走到那段騎樓的盡頭，從那兒已經可以看見我們的竹棚。但騎樓外面的風雨，仍像潑的一般急，什麼都看不清楚。
母親說等風雨小一點再走，無奈風雨一直都不小。我站在那兒隔街望去，當風雨驟然一停時，彷彿門口有兩個人影，顯然是姐姐跟弟弟。
「姐姐！」我兩手在嘴上捧成喇叭狀。
「徵龍嗎？」姐姐的聲音傳過來了。
「哥哥！」弟弟也喊起來。
「媽媽呢？徵龍！」姐姐急急的問。
「媽媽在這裡！在騎樓下面。」
「媽媽！你快回來呀！」弟弟遠遠叫道。
「等雨小一點，媽媽就回來了。」
「我不要！我要媽媽。」弟弟的聲音馬上變得像哭一般：「媽媽！媽媽！你在那裡呀？我來接你呀！媽媽！我來了！媽媽！我來了！」
「徵麟！你不要過來，我馬上就回去了。」
「媽媽！媽媽！我來接你。」
「不要！徵麟！風雨太大了。」

「媽媽！我來了！我來了！」

隨著弟弟的喊叫聲，便見一個瘦小的人影，從積水裡撲哧撲哧的奔過來。驀地空中的電線一陣悽叫，我好像看到一縷強烈的風影，打半空捲下來。祇見弟弟在水中左右搖擺了一下，便向水裡倒去。

母親一見，也顧不得外面狂風暴雨有多大，便氣急敗壞的奔出去。一面嘶啞的叫著：

「徵麟！」

「徵麟！」

又是一陣急風吹過來，母親在馬路上也打了個轉。

王大虎把手裡的紙包塞給我，奔過去扶母親。

弟弟沒被風颳倒，他搖了幾下又站起來，奔到母親的身邊，緊緊拉著母親的手。

我抱著那一包饅頭，想趁風勢一緩的當兒，一口氣衝過去。可是那包饅頭實在太重，又一個一個轂轆轂轆很難抱。並且風又驟然一緊，吹得我兩腿都拿不穩，祇有用力把身體向後仰，抗拒一陣緊似一陣的強風。這時包饅頭那層薄薄的報紙，已經被雨淋得透透的。突然我的臂被猛一拉，拉個大開門，紙包也立刻被拉碎。包在裡面那些白白圓圓的大饅頭，嘰哩轂轆滾到水裡好幾個。

我要彎腰去拾，撲哧一聲，又一個掉下去。

我不敢再拾，趕緊叫母親：

「媽媽！饅頭掉啦！」

母親跟弟弟見狀，急忙到水裡拾饅頭。偏偏饅頭被風一吹，辟哩啪啦到處亂滾，一時又拾不到，弟弟越追便越遠。王大虎又趕過來幫我抱饅頭，那張報紙雖還有一半在手上，已經完全失去作用，動一動就碎了，我們一忙一亂的時候，又有兩個掉到地上。回到竹棚裡點一下，這天由於有颱風，王伯伯要母親帶回來十個饅頭，乾乾淨淨的，祇有四個。有五個雖在水裡撈起來，表面已經被污水染得黑黑的。另外一個弟弟追了大半天，結果追的不見影子。母親便把那幾個浸過水的饅頭外皮剝掉，成了我們全家人當天中午的簡單午餐。

王大虎把母親送到家，便自己走了。他撐起雨傘，被風一吹，人就隨著傘打轉；他索性不打傘，一挺腰桿進入風雨中。祇見他那高個子在風雨裡搖幌了好幾下，卻沒有跌倒，很快就跑到對面那排騎樓下。

五一

等母親坐下後，姐姐便奇怪的問：

「媽媽，你怎麼會從騎樓那邊回來？」

「徵鳳，先倒杯水給我，讓我歇歇再說。」

姐姐連忙給母親倒了杯水。這時風似乎也小了一點，不再那麼猖獗的無法無天。母親喝過水，又喘了兩口氣，才半喘半停的徐徐說：

「我說，別看你王伯伯他那麼個大老粗，還粗中有細呢，想得還周到的很。今天他看風雨漸漸大起來，便趕緊吆喝道：『我們得趕緊把東西搬到對面騎樓下面才成，要是我們這幾十袋麵粉被雨淋濕了，就什麼都完了，連西北風都沒得喝的了。』好在那時候饅頭也做得差不多了，他們爺兒三四個，就把案板拆了，先把墊案板的粗腳木架子，搬到對面那個叫什麼糖業公司的騎樓底下，再把案板架到木架子上，成了一個放麵粉的大平台。你們知道王伯伯的力氣有多大，他一下子就把三包麵粉扛到肩上，大虎扛兩包，大豹扛一包，連王伯母還可以抱著一包蹣跚的走過去，只有我跟大樹不中用，只能拿些零七八糟的東西。」

「真的？」姐姐吃驚的瞪大眼：「那一屋子麵粉要搬多久啊？」

「徵鳳，你別插嘴呀，真是力氣大好辦事。他們搬一趟就是六七包，到那邊的路又近，下雨天又沒有車子，來回不過一分鐘；不到幾分鐘，就把六七十包麵粉，在案板上堆得像一個小山。還有他們原來的舊案板，當時嫌小，說要丟掉，又沒地方丟，就站著放在靠牆的地方。現在也派上用場，也把它放在粗腳架子上，變成像一張大床一般。一角堆著他家的鋪蓋箱籠衣服什麼的，另一角還可以坐人呢！」

「照媽媽這麼說」姐姐又開口了：「王伯伯家沒什麼損失嘛！」

「是呀！幸虧他們搬得快，你還不知道呢，王伯伯今天的火氣也真大，你猜他會對誰吼，對嬌嬌吼呢！因為嬌嬌見家裡亂成那樣子，也邁著小腿想去幫忙，她又做不了什麼，還得別人照看她，王伯伯一見就吼道：『嬌嬌別在這裡趁熱鬧，給我滾到一邊去。』接著就抄起嬌嬌的小胳膀，送出去好幾步遠，再拿一個小竹凳給她說：『你就在這裡坐好了，不准動，別跑過去越幫越忙。』」

「那嬌嬌怎麼辦，不氣死了？」姐姐笑著問。

「誰說不是的，小傢伙坐在竹凳子上，動都不敢動，只委曲的嘟著一個小嘴巴，不停的流眼淚。」

「王伯伯大概也是急了，才發那麼大的火。」

「是嘛！那情形叫誰不急。」

「那樣，你才沒淋到什麼雨。」

「才不是哩！」徵麟又逞能了「他們要走中山堂那邊，怎麼會淋不到他們，一定是繞了個大圈子。」

「你又知道了。」姐姐啐他一口。

「不信你問媽媽，他們是不是繞了個大圈子。」

「我也不知道是不是繞了個大圈子，只知道繞了很久，大虎怎麼帶著我，我就跟著他怎麼走。」

「對嘛！我說得沒錯吧！」徵麟更神了「我告訴你吧，姐姐，他們一定是繞道博愛路，再從博愛路繞過來，才會不淋雨。」

「好！你精！你聰明！」姐姐只有笑著服他。

「你以後再小看我，就是這個！」徵麟得意的笑著把小指一挑。

風停了。

雨也漸漸小了。

到了傍晚時分，颱風便像過去似的。祇有那濛濛的細雨，還在間歇的飄。彷彿怕驚醒嬰兒的睡眠一般，靜悄悄的落著，滴成一個個晶圓的小珠珠。

厚厚的雲層也咧出了笑容，在雲塊的奔騰中，可以看到一片片可愛的藍天。看到藍天，我們的心境也就平靜下來，覺得災難已經過去。母親忙著清掃被風吹進屋裡的積水，我們也幫姐姐進行復舊工作，把各種器具放回原處，並把紙屑木片拾出去。

馬路上的積水也開始退，但退得很慢。此刻整條中華路靠鐵路的一邊，從南到北已經連成一片淺灘。污濁的水面上，漂浮著許多碎紙、竹木、跟野草的枝葉，有兩個破竹籠在那兒載沉載浮，風吹過時，水面便泛起層層漣漪。

看到那麼多水，我跟弟弟便樂不可支。也不理母親的喝阻，跳到水裡玩起來，赤著腳把水踢來踢去。一輛三輪車揚著鈴聲飛駛著過來，上面坐了一位衣著華麗的窈窕女郎。她斜仰著身體，腿翹得高高的，一副顧盼自得，旁若無人的樣子。

我跟弟弟玩得正起勁，把水踢得波濤萬狀。三輪車到達旁邊時，弟弟一個收腳不及，一片水花朝車子迎面潑過去。祇聽那女郎啊唷一聲，那身華麗的衣服便變得斑斑點點。

兩人見惹了禍，撒腿就跑。車伕雖停住車想來追我們，可是我們一口氣就跑到鐵路的對面。他見追不到，便載著女郎，帶著嘰哩不絕的罵聲駛走。

一抹斜陽從破碎的雲層中露出了笑靨，照在馬路對面的樹上，照出一片明麗的光彩。

我高興的告訴母親：

「媽媽，太陽出來了。」

「在那裡？」母親忙走到門口看。

「太陽出來就好了。」母親喃喃的說，對那一抹斜陽望了又望：「大概颱風是過去了。老天可不要再颳囉！再颳就要颳死人啦！」

遠遠的，我看到王伯伯騎著他那輛老爺車駛過來。他這輛單車可真笨，後面有一個寬寬的大鐵架子，像有幾百斤重似的。但他做生意，全靠這部單車，把一筐饅頭在鐵架子上綑牢，據說那一筐饅頭，足足有一百多斤；因此這輛單車被他那大塊頭的身體跟那筐饅頭一壓，就吱吱呀呀叫。但這輛老爺車還真管用，多麼重都壓不垮它；反而每天替王伯伯賺進了不少鈔票。

他老遠便對我們吆喝道：

「徵龍！你們幹什麼？」

「玩水呀！」我一面回答，卻不肯停止玩水。

「快出來！不准玩水。」王伯伯剎住單車，把腳架支好。然後一瞪眼，眼珠子就像要爆出來：「看你們把衣服弄得那麼髒。」

我們不理他，逕自在玩。

「我的話，你們聽到了沒有？快出來！」他一聲吼，握著拳頭向我們走過來：「再不聽話，我就捶你們了。」我跟弟弟連忙從水裡跑出來。我們再皮，卻不敢跟王伯伯皮。他的眼睛一瞪，就可以把人吞下去。拳頭握的比他家的饅頭還大，擂在身上可夠你受的。

「媽媽，王伯伯來了。」我往屋裡跑著說。

「王大哥，你來了。」母親很快便迎出來。

「弟妹，我給你們送饅頭來了，還有一大鍋綠豆稀飯。」王伯伯說著，從單車後面的竹筐裡，取出一個紙包和一個大鋁鍋，端著走進屋裡放下。

「怎麼又送饅頭？中午拿來那麼多還沒吃完，我也正準備煮稀飯呢！」

「那就別煮啦！我帶的這一大鍋，夠你們今天晚上喝的了。今天這麼大的風雨，颳得到處髒兮兮的，我怕孩子們生病，就跟你嫂子說，煮點綠豆稀飯給孩子們喝，她就煮了滿滿兩大鍋。這些饅頭你也好好收起來，我聽大虎回去說，掉了好幾個到水裡。我當時就想再送幾個過來，可是風實在太大，腳步都拿不動。才趁著這個空檔過來看看。聽說晚上的風比白天還要大，明天早上都不知道會不會停。孩子們總是要吃東西的，別把他們餓壞了。」

「那多謝你，王大哥。」母親感激的說。

「我說弟妹。」王伯伯本來想走，馬上又轉回身來對母親說：「照我看，你們還是得像我一樣，把東西搬到斜對面的騎樓下才牢靠。不然晚上風雨一大，你這裡準淹水。不如趁現在沒風沒雨的時候先搬過去。」

母親聽王伯伯一說，雖覺得也有道理。可是她掉頭看看屋裡的東西，沒有一件是乾的，便嘆口氣說：

「我看還是不要搬了，再說我也累垮了，搬也搬不動了。都已經濕成這個樣子，再濕能濕到那裡去。」

「我幫你搬。」王伯伯說著就要動手似的。

「那裡敢勞動王大哥。」母親忙起身拉住王伯伯：「我說的是實話呀，王大哥。要有一點乾的東西，搬搬還值得，現在是一點乾的東西都沒有了。」

「說的也是，濕就讓它濕吧！」王伯伯也嘆口氣，接著掏掏口袋掏出一疊鈔票說：「喏！弟妹！這點錢留在你身邊好用，如果晚上的風真的還會大，我可能沒有工夫來看你們了。你身上應該放一點錢做準備，也許會有用錢的地方。」

「王大哥，我怎麼花你的錢？我自己有錢哪！」

「怎麼是我的錢呢？」王伯伯對母親的話，十分奇怪的把眼瞪大：「我們不是說過嗎？賣饅頭賺的錢，二一添作五的平分，一家一半，該多少就是多少。我告訴你！弟妹，我們這一陣子的生意好的很，已經賺了不少了，祇是我沒有時間跟你細算。這個錢你先拿著花，詳細的數目，我以後會跟你好好算。」

「這個錢我怎麼都不能拿。」

「為什麼？」

「你聽我說，王大哥。當初我到你那邊幫忙時候，就說過我做多少事，就拿多少錢。要兩家平分，我就沾便宜太多了，所以我絕不能拿這個錢。」

「你這意思還要我把大豹再打一頓哪？弟妹。你也聽我說：我就是請人幫忙，也得給工錢。何況我們當初就說得很明白，是合夥的生意。我是很信因果報應的，你在船上對我們那麼好，一點不計較；我如今反倒要跟你計較起來，那還算人嗎？你今天不拿這個錢，是想叫我下一輩子投生做牛做馬報答你，那我可不幹。」

「你要這樣說，王大哥，我祇有拿了。」

「我也跟你說，弟妹。」母親接過錢，王伯伯又看我跟弟弟一眼說：「你那兩個男孩子，也要好好管管了！你看那兩個小王八蛋，那麼大了還玩水，我剛才說了一句，他們還敢跟我頂嘴。」

「我是管呀！王大哥。可是這兩個孩子也太皮；我說的話，他們都當做耳旁風。」

「不聽就打，不打不成器。」

「我有時連打都沒精神打呢！」

「那就交給我，我幫你管。」

「那好哇！你替我管管也好。」

「你們倆聽到了沒有？」王伯伯握起拳頭朝我跟弟弟揚了揚：「你媽媽把你倆交給我管了，以後可要好好學；要再那麼頑皮，我就打得你們了。看到我的拳頭吧？要是打在頭上，一打就是一個大窟窿。」

我連忙往後退退，真怕他會打下來。

王伯伯卻又哈哈一聲，笑著對母親道：

「那裡捨得打呀！弟妹。我知道你這幾個孩子都寶貝的很，拿小麟來說吧！調皮歸調皮，卻也討人喜歡。你叫我打，我還真下不了手呢！」

弟弟見王伯伯這樣說，那顆懸空的心就落實了。馬上興高采烈的對母親說：

「媽媽，你看王伯伯都說我乖，討人喜歡。你還說我不乖，多冤枉啊！」

兩個大人一齊笑了。

五二

風！又起了。

很輕，很輕，逐漸的變大。

雨又簌簌落下來。

風把門前的積水吹起層層微波。

雨在水面上打出萬千泡影。

那是在入夜不久的時分。在初秋季節，入夜後天光還是很亮的。我們看到那風來時，祇是輕輕的落在樹梢，把樹梢搖晃出好美的姿態。那是最優美的芭蕾舞姿，樹枝輕輕緩緩的伸出，然後又展示成一派雅緻。

驟然間那美麗的舞孃，像中了女巫的咒語一般，舞姿突然失去了韻律，亂搖亂幌激烈的擺動起來。雨也像瀑布似的跟著瀉下來，一大蓬憤怒的雨點被風推進屋內，在簷前打成一片紛亂怒吼的樂章。

——轟隆！

——轟隆隆隆！

母親的臉色倏然變了，沒有一點血色的慘白。

弟弟冒著風雨跑到門前探頭看看。

「媽媽！中山堂旁邊的大樹倒了。」

「什麼？那樣的大樹都被風颳倒。」

弟弟還沒來得及回答母親的話。便見他的身子猛一旋，倒退了好幾步，跌跌撞撞半天都沒站穩。那陣暴風像隻瞎了眼的狂牛，在屋裡東撞西撞找不到出路，把牆壁撞得吱格吱格響，衣物也被吹得亂做一團。驀地它撞出一條出路了，嘩啦！竹片釘的屋頂，當中出現一個大窟窿。

嘩！雨從破孔中落下來。

「快！徵鳳！快幫我搬東西！」媽媽驚慌的叫道：「徵龍！你趕快去拿洗澡盆，把水接住。不要讓它濺到床上；把床上的東西都打濕。」

我拿來洗澡的大鋁盆，剛剛放好一會兒，裡面便灌進半盆雨水。突然噹啷一聲，鋁盆連水忽的朝上一掀，姐姐全身馬上從頭濕到腳。

「噯呀！」姐姐嚇得叫起來。

鋁盆仍沒停住，連續翻著跟斗往前滾。

「老天！老天！」母親仰起臉悲悽的望著那個破洞：「你快歇歇吧，別折磨我們了。」屋頂開了天窗，狂風不僅從下面往屋裡撲，也從破洞下灌。兩隻瞎了眼的狂牛碰到一起，更互不相讓的衝突起來。桌子像一隻陀螺似的一打轉，翻了個四腳朝天。接著一陣嘩啦聲，上面的碗盤全變成碎片。

弟弟忽的跳起來，迎風揮著拳頭。

「颱風！颱風！我揍死你。」

「徵麟！你少胡說！」母親揚拳就往弟弟身上捶：「老天！你別見怪！小孩子不懂事，亂講話。我已經打他啦，你就別再怪他了。」

「什麼老天！我才不怕祂哩！」

「你給不給我閉住嘴，徵麟。」母親又狠狠的捶他一下，同時急忙摀住他的嘴。

現在我們連坐的地方都沒有了，大家七手八腳把床板，塌塌米和衣物都移到竹棚後身。這時屋內的雨水已經變成很多條小河，匯積一條流，從屋裡的水泥地面激湍的流過。我們祇瞪著眼，呆呆的望著它，不去理它；也沒有辦法理它。

刷的一下電燈熄了，黑暗像煞神般劈頭罩下來。

在黑暗中，風雨好像更大，更駭人。

轟隆！轟隆！

嘩——

我們都驚慌的叫著往母親懷裡鑽。

「媽媽！」

「媽媽！」

「老天！老天！你行行好吧！保佑這幾個孩子！我們沒做過壞事啊！我們是積善的人家。」母親把我們一齊緊緊抱在懷裡，抱得我們感到極大的安全。可是風仍不停的往她身上吹，雨不歇的往她身上打。她抱著我們卻一鬆都不鬆，嘴裡不住的喃喃說：

「孩子！別怕！媽媽在這裡。」

「媽媽！好冷啊！」弟弟叫道。

「來！徵麟！轉到這邊來！媽媽給你擋著風。」

「媽媽！你不冷啊？雨都打到你身上啦！」

「我……我不冷。」

「媽媽！水到屋裡來了。」姐姐氣急敗壞的說。

「什麼？水進來了？」母親猛一抬頭。

「你看！那不是水嗎？」姐姐指著一片灰白的影子。

「噯喲！那怎麼辦？」母親慌慌張張推開我們，忽的站起來。這時我也發現漫到屋裡的積水了，在昏暗的黑影中，灰灰的，慘白的。

「那怎麼辦？要再往上漲，那不把房子都淹了？」母親慌得已經失去主張。

「媽媽！水真會把房子都淹了嗎？」姐姐急急的問。

「怎麼不能，它不停的漲，連樓都能淹。」

那水說漲得快，也真夠快，在我們講話的當兒，像又漲高了許多。風推著的水面，就像海潮一般，波濤滾滾的向上湧。一張薄鐵皮從別的屋頂掀下來，在我們竹棚上嘩嘩啦啦滾過去，嚇得姐姐渾身發抖。

「媽媽！我們快搬家吧！」弟弟著急了。

「好冷呀！媽媽！」我瑟縮著想找地方躲，可是沒有地方可躲。在狂風中的雨，滿屋亂飛，冰冷的打在我身上，像刀子割的一般。

「我們搬到那裡？那裡有地方搬！」

「我們搬到對面的騎樓底下好不好？」我想起下午去接媽媽時，那兒沒有風，雨也淋不到：「那裡不是背風嗎？又沒有雨，就不會這麼冷了。要是一樓淹了水，我們還可以到二樓去躲。」

「也祇有這樣了。」母親想了想說：「這裡就是不淹水，這樣在風雨中挨一夜也受不了。搬到那裡去，好壞有個遮擋，總好得多。」

「那我們就趕快搬吧，媽媽。」弟弟迫不及待的說：「我快要凍死了，我來拿饅頭。」

「你就沒忘了吃。」

「我餓嘛！」

五三

幸好這時我們的目力，已經稍能適應黑暗的夜色，可以在模糊的暗影中，摸索著把東西整理起來。能帶的就隨身帶著，不能帶的就把它堆到屋裡的一角。可是弟弟把一個臉盆放到地上的時候，它打了個轉便翻過來，滾動著向屋外飛去。到了鐵軌上，撞得跳起來好高，隨風一飄，又飄出去好遠。接著一陣轂轆聲，就不見影子。弟弟跌跌撞撞要出去追，卻被母親喊住。

「徵麟！不要出去。」

「臉盆颳走了。」

「颳走就算了，明天再找。」

當東西整理好的時刻，風雨依然那樣猖獗。好像對這個世界，它們可以任意的蹂躪摧殘。沒有什麼可以阻擋他們，一定要攪個天翻地覆方休。牆壁上有幾根竹片被揭起來，卻沒有掉下，被風鼓盪得拍打拍打響。

風雨中的市街，到處是一片不見任何景物的漆黑，連一絲的光亮都看不到。祇有屋前灰暗的積水，泛著白慘慘的光，在風的攪動中翻騰，打著竹棚的屋腳，激盪出一種恐怖的聲音。母親叫我跟姐姐兩人，每人扛著一個包袱，裡面都是人家拿來加工的襯衫。她自己把那個像寶貝似的小皮箱，緊緊捧在懷裡，並拿起一根繩子對弟弟說：

「徵麟！你過來把繩子繫在腰上，我牽著你走。」

「牽我幹什麼？」

「媽媽牽著你，就不會丟掉。」

「不要！我自己走！」弟弟講的聲音很大：「我不怕那個風雨，一定丟不掉的。」因為母親那種做法，對弟弟來說，是極大的侮辱。他的自尊心那麼強，怎麼肯。

「不成！快過來繫好。」母親根本不跟他嚕囌。

「我不要，我又不是小孩子。」

「你不是小孩子，你總共才多大？」

「那哥哥還不是小孩子？為什麼能扛包袱？我為什麼不能扛？還要用繩子牽我，我才不幹哩！」弟弟用力掙扎著，不讓母親往他身上繫繩子。

「是啊！不論哥哥姐姐，都還是小孩子。可是哥哥雖祇比你大兩歲，個子卻比你高的多，力氣也比你大，才要他扛包袱。你要拿東西，還不是有東西給你拿。你不是要拿饅頭嗎？」

「我不要拿饅頭了，你們會笑我飯桶。」

「那就幫媽媽拿小皮箱好了。」

能幫母親拿小皮箱，使弟弟在感覺上，比哥哥跟姐姐重要。這才委委曲曲讓母親把繩子繫在腰上。

於是選個風勢稍弱的空檔，大家一齊衝出竹棚，想用最大的速度，想一下子衝到斜對面的騎樓底下。事實上並不如想像的那麼容易，街上的積水已經很深，淹過膝蓋，流得也很急；並且我身上還扛著一個沉重的大包袱。因此雖然極力的想跑快，兩腿偏又拿不動，祇有側著身體往前挪。

暴風乍地像餓鷹一般撲下來，掠過水面，又鼓動著翅膀往上猛一揚。我肩上的包袱像被牠的鐵爪抓住，拽得幌了好幾幌，馬上歪過來，又一下歪過去。我祇有緊抓著包袱不讓它動，我知道裡面的東西要被風吹走，我們就要傾家蕩產了，把母親的積蓄全部賠光都不夠。所以寧願自己被吹倒，也不敢鬆一鬆手。然而風實在太猛，我掙扎大半天才走動了幾步，一下子就被吹回來。

「噯喲！媽媽！媽媽！」姐姐在叫。

「怎麼了？徵鳳。」母親急忙問。

「包袱掉在水裡了，東西都濕啦！」

「不管了！濕就濕吧！」

五四

我挪著步子走了好久，才到達騎樓前面的路邊。那裡已經沒有積水，由於有樓房遮攔，風也小得多。我把東西放到騎樓裡面風雨淋不到的地方，回頭去幫姐姐拖她那一包，她那個包袱本來就比我的重，現在被水一浸，重得跟生鐵一般。母親跟我兩人幫著她拖，才勉強拖到騎樓下。

這時每人身上，都淋得像剛從水裡撈出來一般，又沒有衣服換。並且經過一番跟風雨的搏鬥，又餓又累，也不管地上涼不涼，就一屁股坐下去。母親把弟弟斜背在背上的饅頭解下來，分給我們每人半個；還好，這些饅頭雖被雨水浸得泡泡的，裡面還很硬。

一休息，一靜，更感到冷了。穿在身上的濕衣服，也開始收縮，就像冰一般箍得好緊。

我冷得渾身發抖，牙齒直打哆嗦。

正要向母親偎去，發覺母親也在抖。

姐姐在斷斷續續哼：

「啊——冷喲——冷——好冷——」我聽見她的牙齒在打顫。

獨有弟弟不作聲，母親問他：

「徵麟！你冷不冷？」

「不冷！」弟弟回答得精神抖擻。

其實，他要是不冷，才天知道。如果母親不問這句話，可能過不了多久，就要叫苦連天的喊冷了。現在母親這一問，他就是凍死了，也不會說冷。他這種屬程咬金的性格，一件事情本來是苦的，要能拿話把他一激，他就會高高興興的去做；苦死了都不會叫一聲。否則，即使是一件十分容易的事情，不明瞭他的心理，硬逼著他去做；他也會叫個天翻地覆。

他儘管口裡說不冷，卻從地上站起來，在騎樓下做拳打腳踢的運動。於是我跟姐姐也順著騎樓來回跑步，身上就漸漸暖和起來。

直到我們坐下時，弟弟仍在運動，拳打腳踢越來越有勁。那知過了一會，我們竟聽不到他的拳腳聲。抬眼看看，那裡還有弟弟的影子。

「徵麟那去了？你們看到沒有？」母親問道。

「不曉得呀！」姐姐回答。

「他剛才不是在這裡嗎？」

「是啊！他剛才還在呀！」我一面回答母親，一面向四周環顧一眼，四周都黑黑的。

「怎麼就不見了呢？」母親站起來。

「我們見他在打拳，就沒有注意。」姐姐也轉動著頭向周圍張望。現在風雨已經變弱，雲層仍然低壓在樓頂。

「奇怪！怎麼會一轉眼就沒有影子？」母親便急的大聲叫道：「徵麟！徵麟！」

「媽媽！你別這樣叫嘛！叫得人怪害怕的。」姐姐幽幽的說。

「總得找到弟弟呀！」

「他不會跑到那裡的，這麼黑。」

「徵麟！徵麟！」母親叫了兩聲不見回答，便氣得恨恨的說：「這個小賤骨頭，就沒有一點坐性，不肯一刻安靜。這種時候還到處亂跑。」

「他會不會回家？媽媽。」我也想不出弟弟有什麼地方可去；唯一的地方，就是回竹棚。

「他回去做什麼，這麼大的風雨。」
「也許他回去找衣服換。」
「好吧！你回去看看吧！」母親說過後，又像無計可施的嘆了口氣：「這孩子！真叫人拿他沒輒，整天都得為他操心。」
我要走未走時，姐姐突然說：
「媽媽！徵麟會不會在這裡亂跑，跌到水溝裡？」
「啊！」母親驚叫了一聲，姐姐的話，像給她極大的震撼與驚慌：「噯喲！我怎麼沒想到呢？要跌到水溝裡，一口水就嗆死了，連叫都叫不出來。快！徵龍！快回家看看。要是不在家裡，你就把掃把帶來，好到水溝裡撈。徵鳳！你還坐在那裡不動，還不起來幫媽媽找？」母親說得聲色俱厲。也不管那話對姐姐有多重。

五五

母親跟姐姐伸手在水溝裡摸。我回竹棚沒見到弟弟，便把掃把帶到騎樓下，伸到路邊的水溝裡，慢慢往前推著走。突然有一個東西塞在水溝中間，使我推不動，而傳到手上的感覺，又有點軟不軟硬不硬的樣子。
「媽媽！在這裡。」我放下掃把，伸手朝水溝一摸，便緊張得大聲叫起來。
「在什麼地方？」
「在這邊水溝裡。」
「快！徵龍，快把他撈起來，看看有救沒有？」母親一面說著，便向我這邊跑。
那麼大一個人，圓圓的，重重的，我一時怎麼撈得出來？但用兩手抓著猛一提，才發覺不對勁，原來是一截滾圓的木樁子，上面纏繞著許多爛草跟破布。
「不對呀！媽媽。不是弟弟呀！」
「是什麼？」

「是一個木樁子。」

「你怎麼這樣冒失！徵龍。」母親已經走了過來，她聽我這樣一講，便虛弱的靠到騎樓的牆上：「還沒有弄清楚，就叫！把媽媽都嚇死了！」

「我掃著像個人嘛！」

「不要講了！快找吧！我差一點也嚇破膽。」姐姐也跟著走過來，向我氣急敗壞的抱怨。可是一眼看到母親靠在牆上不動，連忙過去問：

「你怎麼了？媽媽。」

「我……我……」母親哽咽著說不出話來，她是靠在牆上痛哭：「我……我心裡亂透了，要是找不到徵麟，我也不知道怎麼辦才好。」

「你放心！徵麟不會丟掉的。」

「可是他在那裡呢？」

「媽媽！你休息休息吧。你累了，我跟弟弟兩人去找就成了。」姐姐要我過去幫她扶著母親坐下，那曉得母親兩腿一軟，竟順著牆壁滑到地上，砰的跪下來，又聲嘶力竭的喊道：

「徵麟！徵麟！」

「徵麟！你在那裡呀？」

「徵麟！快回來呀！」

這時風雨已經沒有絲毫動靜，好像它經過一場激烈的搏鬥，沉沉的睡去。對人間撒下這場災禍，完全撒手不管。夜包圍在墨一般的黑暗裡，一切都那麼靜，那麼寂。如果它在那些星光清明的夜晚，這份靜，一定可愛得像一張軟綿綿的床，那麼舒適、安全。躺到上面，不會感到絲毫恐懼。但此刻卻像壓在我心靈上，壓得心靈一片亂，如同無數從黑暗中伸來的巨掌，攫住我們，要把我們撕得粉碎。而母親的叫聲，也更顯得悽慘。尖銳的傳到遠處，又尖銳的傳回來。

「姐姐！」我慌亂中拉住姐姐的手。

「徵龍！」姐姐也握緊我的手。

我們不說話的彼此看看，在黑暗中姐姐的眼神竟那麼怯弱，就曉得她心頭多麼惶恐。

「弟妹嗎？你在叫什麼？是找徵麟嗎？」一個粗嗓門從騎樓那頭傳過來，我們一聽就曉得來人是誰。接著那個高個子便在黑影中走過來。

「王大哥嗎？」母親聽到王伯伯的聲音，精神像得到支持：「我是找他啊，你沒見他吧？」

「他在我們那兒啊！」

「什麼？他到你們那裡去了？」母親的聲音馬上變平靜了，長長的鬆口氣：「我的老天！總算沒出事情。剛才我們這裡，被他弄得天翻地覆。把我急得嗓子都叫啞了。那裡都找不到那個鬼東西。」

「他到我們那兒，沒對你講嗎？」這時王伯伯已經走到我們跟前，像一尊巨神。

「要講過，我還會這麼急。」

「這個小混球！欠揍！」王伯伯猛揮一下拳頭：「我還以為他跟你講過呢，才沒有問他。他說是去救嬌嬌呢，因為嬌嬌上午跟他講過，要是下大雨，要他去救她，他倒是蠻聽話的。別氣了！弟妹。小孩子不懂事，好好教訓他一頓就好了。都到我們那邊去吧！聽說你們的衣服都濕了，到那邊叫你大嫂找兩件給你們換換，別凍出病來。」

於是王伯伯幫我們拎著那兩包衣服，到了他們躲雨的地方，弟弟果然在那裡大模大樣的喝稀飯。姐姐便氣乎乎的走過去，用拳頭擂著弟弟叫道：

「我叫你亂跑？也不看什麼時候？自已愛到那裡就到那裡，害得我們到處找。到王伯伯這裡也不講一聲，媽媽差一點急出病來。」

「我要趕緊來看嬌嬌嘛！我答應過嬌嬌，下大雨的時候要來救她。我是大英雄啊！不能說話不算話。」弟弟接著便轉身對躺在他旁邊的嬌嬌說：

「對不對？嬌嬌，你上午說過下大雨的時候要我來救你，我當然要來救你啊！」

嬌嬌不答腔。

嬌嬌睡著了。

五六

颱風過去了的中華路，就像打了一場爛仗，那些粗製濫造的竹棚，全部現了原形。有的被風吹倒，有的揭了頂蓋，有的牆壁上開了一個大門。每一間都是東倒西歪的不成形狀，滿街一片淒涼。

中山堂旁邊有兩棵大樹被吹倒，周圍撒了一地斷枝殘葉。一張斷了腿的椅子，三腳朝天歪在水溝邊。上面還掛了一件舊衣服，像旗幟般隨風招展。

兩隻餓狗在爭奪一塊肉骨頭，呲牙咧嘴互不相讓。其實那塊骨頭上已經沒有一點肉，雙方爭的不過是一口氣。因為那隻爭到骨頭的狗，也沒去啃，但卻露出一股勝利的驕傲。失敗的狗仍不甘心，逡巡著伺機報復。

一隻破竹籠吹到屋頂上，竹片上掛了一大片西瓜皮。不知那兒來的一隻大公雞，飛在李先生的屋頂上，任憑大家怎麼趕，牠都相應不理。強烈的太陽射在牠身上，把羽毛照出一片燦爛。當一列火車從牠旁邊隆隆駛過，一大蓬煙朝牠落下來，牠竟拍了拍翅膀，引頸長鳴一聲。這一來，倒把大家逗出一陣嘩笑。

於是房倒屋塌的悲哀，一下子開朗了很多。

我們前門的積水，雖然退得很快，卻沒完全退光，靠著那帶攤棚匯成一個窄長的死水潭。表面漂浮著許多樹葉、草梗和廢紙，底層沉積著一片灰白的淤泥。一些蜉蝣生物很快繁衍出來，幾隻蜻蜓在飛舞點水。掉在水裡那個饅頭也出現了，在水底脹得像一個大籃球。

可是那積水，再被太陽一曬，便散出一股刺鼻子的怪味道，有了水的滋潤，馬路兩邊的野草，變得更加茂盛，長得又肥又綠。蚊蠅也大量繁息出來，到了黃昏時分，成群的蚊蚋就像烏雲一般，在燈光下亂舞亂飛，用什麼方法都驅不散。那種震耳欲聾的嗡嗡聲，大有「夏蚊成雷」的味況。

也有野草，沿著我們竹棚牆腳的縫隙鑽進屋裡，圍著牆壁，鋪成一條綠色的花邊。倒是我們那個塌塌米，在火熱的太陽下晒了一天，就全乾了。

到了晚上，整個中華路一帶，便會有疏落的蛙聲，此起彼落的唱鳴。把這條人車喧鬧的街道，唱出一種清水池塘的詩意。經常有捕蛙的人，拿著小電燈沿著鐵路捕捉。母親見到的時候，便會無限痛惜的嘆道：

「真是作孽，怎麼捉青蛙吃呢？」

那是由於在北方，極少有人吃這種小動物的。人們對這種善良小東西，既不傷害，也不保護，任由牠自由的生長。所以每逢雨後，凡是有池塘的地方，就會鼓噪出一片喧嘩的樂章。對既無娛樂，又無消遣的古樸寧靜農村，帶來一種單純的雅趣。

我跟弟弟雖不傷害青蛙，卻喜歡捉牠玩。祇要聽到附近有蛙聲，便偷偷的跑出去捉。無奈那些小精靈耳目過於靈敏，沒等到我們看見牠的蹤跡，叫聲便會嘎然中止，隨即逃得無影無蹤。

也不知從那兒來了蛇。有人見到牠藏在草叢裡，待要去打時，卻被牠溜進附近的竹棚，沒再找到。據說還是一條毒蛇，頭是尖尖的三角形，身上有漂亮的花紋。於是一傳十，十傳百，有人說是竹葉青，有說是雨傘節；弄得大家杯弓蛇影般緊張。特別是我們家裡，更是整天惶惶不安。母親對防蛇，簡直像防賊一般，她聽說蛇怕鵝糞，便弄來一大堆鵝糞撒在竹棚四周；並把牆腳下面一些洞，用石頭跟破布塞得緊緊的。另外一再警告我跟弟弟，不要到鐵路上捉青蛙；蛇最喜歡吃青蛙，那一定會碰到蛇，嚇得我倆乖乖的老實好幾天。

「啊！媽媽！蛇！蛇！」有一天夜裡，姐姐突然大叫起來。

大家都被吵醒，母親急忙擰亮電燈。

姐姐早已從床上跳下來，嚇得臉色發青，眼睛瞪得滴溜圓。床上的帳子也被姐姐在驚慌中弄亂，被單掀做一堆。但四處看看，那裡都不見蛇的影子。母親拿起掃把，用柄把被單挑了一下，仍不見動靜。

「蛇在那裡呀？徵鳳。」

「剛才是在被單裡，現在我也不曉得牠跑到那裡去了。」姐姐躲得遠遠的說，不敢上前。

母親又用掃把柄挑挑被單。其實母親也不敢用力挑，祇是在被單表面來回撥動，看裡面的反應。

「你做噩夢吧？徵鳳。家裡怎麼會有蛇！」

「真的有哇！媽媽。我絕不是說假話，剛才爬到我身上來了，好涼好滑啊！」姐姐那種目不轉睛盯著床板的樣子，不像說假話。

母親見姐姐說得那麼認真，又再把被單挑了挑。

這回有反應了，被單下面有東西動了一下。

「媽媽！這裡！」弟弟上前指著說。

「弟弟！」姐姐急忙伸手拉了弟弟一把，拉退了好幾步：「隔遠一點，小心咬到。」

「那怎麼辦？我們又不能打牠，也沒辦法趕牠走。」母親緊張的向後退了好幾步，手裡的掃把舉得高高的，一副如臨大敵的緊張模樣，同時又把我們姐弟三人擋在她身後，像老母雞護雛一般，把我們遮得像風都穿不透。

「媽媽，我來打牠。」這時弟弟勇敢的說：

「我們去找李先生幫我們弄走牠吧，媽媽。」姐姐在母親背後說，她比任何人都怕。

「三更半夜的，怎麼好意思去敲人家的門。其實我們也不要打牠，牠也是一條命，和人一樣，都是前世投生來的。說不定牠前世還是個大官什麼的，因為做了傷天害理的事情，才被閻王老爺貶成蛇。我們祇要能把牠趕走就好了。」接著母親又用掃把動動被單說：「你快走吧！蛇先生。別在這裡嚇我們了。我們不會害你，你也不要害我們。」

顯然蛇也想往外逃，但被被單包住，東衝西撞逃不出來。我盯著被單不轉眼的看，研究如何打牠。心裡說怕也怕，卻又不覺得特別怕，祇要能把牠從被單裡弄出來，面對著牠，也就好辦了。

「我敢打牠，媽媽。」

「又說打，也不怕被牠聽到。蛇會報仇的。你沒聽說蛇報仇的故事嗎？牠晚上會偷偷摸摸來找你。我們不要打牠，祇要想辦法把牠趕走。」

「那我就趕跑牠，你把掃把給我。」

「你怎麼個趕法？不要亂來啊！一定要小心哪！千萬別被牠咬著。人家說這條蛇毒的很，被牠咬一口，救都來不及救。」母親把掃把慢慢遞到我手裡。

「這樣嘛！」我舉起掃把比劃著，有了一件武器在手裡，我的膽子也大得多了：「你們都躲到外面去，我用掃把柄挑開被單，把牠弄出來，再敲著床板把牠趕走。要是牠來咬我，我可以撒腿就跑。」

「也祇有這樣辦，可是前後門都得先打開，這樣跑才方便些。」母親想了一下，點點頭。

「也要把桌子椅子搬到邊邊上，才不會擋路。」姐姐也在背後幫忙出主意，她說著就動手拉桌椅。

「我還有個辦法，媽媽！」弟弟也來一記馬後砲：「我們用一根繩子捆在哥哥腰裡，他要是被蛇追得跑不動了，我們就在外面拖他出來！」

「你少出餿主意吧！」我啐道。

「你一定要小心哪！徵龍。」

母親又叮囑了我一句後，便帶著姐姐跟弟弟躲到門外。我不怕歸不怕，要真的動手，心裡還是毛毛的。於是一面擺好逃跑的姿勢，一面戰戰兢兢拿起掃把挑被單。然而我把被單連著挑動好幾下，仍然沒見到蛇。我的膽子就壯了許多，不管三七二十一，一下子把被單全部挑起來，又猛抖了兩下。祇聽啪的一聲，藏在裡面的蛇，影子一閃就掉到床上了。我那裡還敢去趕牠，連模樣都不顧得看。忙把掃把一撂，撒腿就往外跑。

「青蛙！青蛙！」弟弟卻在外面叫起來。

「什麼？青蛙！」我站住了。

「對！不是蛇！是一隻青蛙。」

我急忙轉回身，同弟弟飛奔著跑進屋裡去捉。

青蛙那一跌，大概也跌昏了頭，在那兒一動也不動。我跟弟弟跑近時，牠卻猛然接連著三兩竄，就不見影子。

五七

當夏天過去的時候，我們經過一季的奮鬥，已不似初來時那般栖皇不安。雖然仍未完全獨立，但我們知道，祇要肯吃苦，就不會挨凍受餓。

特別是我們那間竹棚，經過颱風後一番修理，已經十分結實，屋頂不再漏雨。人好像不論在什麼地方，如果能有一個棲身之所，就能安下心；減少許多不必要的憂慮與徬徨。也能集中精神創業和奮鬥。因此我們非常感謝鄰居們幫這個大忙，在我們快倒下的時候，伸手把我們扶了起來。不然，現在不曉得落到什麼境況。

新學年開始前，母親便到成都路西門國民小學，給我們三姐弟跟王大虎兄弟申請入學。那時候臺北市還沒有什麼學區制度，並且在人心惶惶之際，一般人對子女的教育，也不像如今這樣重視，祇要有學校讀就好。因而對學校的選擇也就不大注意，都是讀離家較近的。西門國小在臺北，是一所極負盛名的學校，不論在師資或設備方面，都是屈指可數的。我們一申請，居然就獲准入學，而且離家又那麼近，確是十分幸運。

母親同時也忙著給我們置備各項讀書用品。在這方面，她是毫不吝嗇的，該用的全部給我們購置。她不讓我們在同學面前，感到寒酸與自卑。

到了入學那一天，母親大清早便把我們喊起來，穿上新衣服。姐姐是白上衣跟黑裙子，我和弟弟是白上衣跟藍短褲，腳上都是白線襪跟黑膠鞋。當我們打扮妥當，王伯伯也帶著他那三個寶貝兒子到了。王大虎兄弟的衣著跟我們也大同小異，祇是書包卻是特大號的。王大虎跟王大豹倒無所謂，反正身體很壯，倒是王大樹那個瘦瘦小小的身材，背著那樣一個大書包，便有點不勝負荷。那是因王伯伯自己讀書太少，覺得如今這般落魄，都是吃了這方面的虧，便下決心要王大虎兄弟讀好書，才給每人買了一個大書包，以便把書裝多一點。後來我們才知道，這些書包還不是買現成的，而是特別訂製的。

我們編級的情形是這樣的——

姐姐五年級。

我三年級。

弟弟一年級。

其實我們編的這三個年級，在青島時都已經讀過。但學校這樣編了，我們也沒有話講。祇是弟弟覺得委屈；那是他很小的時候便開始認字了，到了上學時，就覺得功課很容易，自以為了不起，對沒有升級感到很不是味道。至於王家兄弟的編級，因為他們沒來臺灣以前是住在鄉下，上學較遲。因此王大虎已經十四歲，小學還沒有畢業，便編在六年級。可是他那個高個子在學校裡，卻似鶴立雞群般出人頭地。

王大豹五年級。

王大樹三年級，並跟我同班。

我跟王大樹本來極少在一起玩，由於他不輕易開口講話，跟他一道玩也沒有意思。事實他也很少跟別人打交道，祇要有一本書在他手裡；即使那本書他根本看不懂，他也會從裡面找到樂趣。如今我倆編到一個班級，情況就不同了。那時節學校裡的外省學生還不多，我們班上，祇有我跟王大樹兩人；面對著那麼多陌生面孔的同學，兩人自然而然就親密起來。而一般同學對我倆的態度，有的敬而遠之，保持相當距離；有的很好奇，喜歡跟我們親近。可是敬而遠之也罷，友善也罷，一時彼此之間都無法撤除陌生的藩籬。於是我們就像一個大海中孤島似的，四周那些拍岸的友誼浪花，就算十分親切，我們也祇能怯怯的看一眼，不敢立即躍進這條友誼的水流中。同時我跟王大樹要求老師把我倆分到一個座位上，老師對這個要求也居然點了頭。

五八

大家上學後，學校裡的一些瑣瑣碎碎事情，就成了我們日常的話題。弟弟的話最多，也最神氣。因為他們的導師是一位女老師，是全校最美麗的人物。她每天都換一件漂亮的衣服，弟弟也按時向我們炫耀。

姐姐很少參加我們的談話，祇在一邊聽。那是她發覺她的功課生疏了很多，過去學過的東西，都忘光了。因此她雖已經讀過五年級，仍有點跟不上。便下決心追上去，每天晚上連家庭副業也暫時放到一邊，祇埋頭用功。

同時她也很累，每天放學回家，就要急急忙忙把我們三個人的衣服洗好晾起來，第二天好穿。儘管姐姐這樣緊釘著洗，無奈我們每人僅那麼一百零一套，有時仍不免要穿未完全晾乾的衣服上學，讓身上的熱力把它烘乾。另外她每天早晨也得起的很早，安排我們上學的事情。她總是一起床就先煮一大鍋稀飯，盛到碗裡涼著，然後喊我跟弟弟起床，幫弟弟穿好衣服，督促他洗臉。

那時候我們每天吃的饅頭，已經不用母親中午帶回來，是由王大虎每天早晨上學時，順便帶來。姐姐等我們吃過飯，再收拾乾淨碗筷，關好門戶，才同我們一道出發。

弟弟在學校的功課很好，經常受老師誇獎，感到很光彩，上學的興趣便很濃。然而有一天他竟對母親提出哀的美敦書，宣稱不給他錢買糖，他就不上學了。

母親便奇怪的問：

「你買糖做什麼？」

「請客啊！」弟弟的理由十分充足。

「你為什麼要買糖請客？」

「因為他們都請我吃過糖。」

「你為什麼要吃人家的糖？」母親用責備的語氣質問他：「我不是告訴過你嗎？不要隨便拿人家的東西，也不要隨便吃人家的東西嗎？」

「他們要給我吃，我怎麼能不吃。」

「我沒有錢給你買糖請客。你聽著！徵麟。」母親的神色突然變得十分嚴肅而鄭重：「我們不能比別人，我們家裡什麼情形，你又不是不知道，我不准你那樣窮大方。照理說，我們的境況，你們連讀書都讀不起，我還是硬撐著讓你們讀，那裡還有多餘的錢讓你浪費。」

「我要不請他們吃糖，那多丟臉。」

「你小小的年紀，有什麼丟臉不丟臉？」

「可是我已經跟他們講過了，明天買糖請他們吃，要是講話不算話，怎麼不丟臉？你聽我說嘛！媽媽。你祇給我買二十二顆糖的錢就夠了。他們請我吃過的，我就請他們一顆；沒請過我的，我就不給。還有呢，他們說下學期要選我當班長，到時候我還要大請客。」

「告訴你，徵麟。你可不要亂來。」

「到底給不給嘛！」

「不給！」母親斬釘截鐵似的說。但我已經看出來，母親心軟了，祇不過多刁難他一下，使他不再犯。

「那我明天就不上學啦！」

「你敢！看我不打你。」

「那你為什麼不給我錢？我說請人家吃糖，又沒有糖給人家吃，那裡還有臉上學！」弟弟一陣委曲，竟撲進母親懷裡，嗚嗚咽咽哭起來：「給我錢買糖嘛！媽媽。我祇要這一次，以後不再要了。」

「嗨！」母親兩手抱著弟弟嘆了口氣：「你怎麼這樣磨人，徵麟！你看姐姐和哥哥，都那麼乖。你為什麼老出那麼多的花樣。好！媽媽這次給你錢，以後可不准再要了。你以為媽媽賺錢容易啊？」母親突然鬆開抱弟弟的兩手，疲倦得像睡著一般，把眼皮垂下來：「其實媽媽那天不累得腰疼背痛，腰都直不起來。揉那些麵，就像揉石頭一樣。晚上躺在床上，就像死人一般。」

姐姐見母親說話有氣無力，便火刺刺的說：

「徵麟！你為什麼要吃人家的糖？不吃不成嗎？」

「你是人家不給，人家給你還不是吃。」弟弟被母親講得憋了一肚子氣，沒處發洩。姐姐在火山口上戳了一下，火花一下子就冒出來。

「你以為就你們班上有人請你吃東西？我們班上就沒人請我吃了？」姐姐揚了揚臉，神情極其莊嚴：「告訴你！我不吃他們的東西，我看都不看他們的。我要是看到他們吃糖或蛋糕什麼，我就把臉轉到一邊，或是低著頭看書。」

「對！我也是這樣。」我適時支援姐姐：「不看人家吃，就不會饞。」

事實我是否真有不吃人家的東西那種節操，一時也不敢斷定。因為在我們班上，祇有一位同學給過我一塊，由於我跟他不熟，沒有接受。其他的同學，帶糖到學校吃的也很多。無奈我不像弟弟，有天生的交際天才，跟別人在一起混不到幾分鐘，就熟的不得了。有吃的，大家一道吃。有喝的，大家一道喝。我的拘謹個性跟弟弟恰恰相反，很難一下子就跟別人熱絡起來。那麼人家有吃的東西，也輪不到我身上。

「你說什麼？哥哥，你還有臉說哩。」弟弟馬上頂過來：「你還不是吃過嬌嬌給王大樹的糖。」

「吃王大樹的不算數。」

「怎麼不算，吃人家的東西就算。」

「我們跟王大樹他們，是什麼都不分哪！」

「那他們為什麼姓王？我們姓趙。」

「可是王伯伯說過，我們兩家誰要分，他就要揍誰。他們家裡的東西我們要不吃，王伯伯就要罵人。媽媽雖然說不要吃別人的東西，卻沒說不讓吃王伯伯家的；那當然王伯伯家的，是例外了。」

「我是講王大樹，不是講王伯伯。」

小辮子被弟弟逮到，祇有不作聲。

五九

自從我們上學後，缺少一份賣冰的收入，家用就更緊得多。母親對這種困難境況，也拿不出好辦法，祇一個勁在節省上面打算盤。因此母親早就有意思，把後面的房子隔一間租出去，自己擠一點也沒有關係。可是這話說歸說，始終沒認真的去辦。年頭亂，從大陸上逃到臺灣的人，都漂漂浮浮的不穩，誰也不曉得可不可靠。本省人呢，倒牢靠，怎奈語言又不通。

有天我們放學回家，母親在屋裡拆毛衣。那陣子天氣漸漸涼了，掛在門口那個代人編織毛衣的招牌，竟然發生作用，招來好幾宗生意。這些生意裡面，有人是買了新毛線拿來；有人是自己把毛衣拆掉，毛線洗好了才拿來；也有人把毛衣成件的拿來，要母親幫他拆了再打。母親對上門的生意，都是來者不拒，不放過任何一個賺錢的機會。有時為了趕工，會做到夜裡十幾點，躺下打不了一個盹，又要趕到王伯伯那邊做饅頭。不過拆洗舊毛衣工作，多數都由我們三個小蘿蔔頭代勞。可是拆毛衣卻是件十分傷腦筋的事情，原因是好的毛衣，人家不會來找你重打；凡是要拆了重打的，不是東一個窟窿，就是西一個洞洞，拆起來老是斷線。而接線頭也是有技術的，我們不會接，祇是打個疙瘩了事。母親卻不這樣馬虎，她會很細心的把兩個線頭弄鬆了，揉到一起，然後再用力捻緊，使接頭處跟原本一模一樣，打出來的毛衣就不會疙疙瘩瘩；這也是許多人喜歡找母親打的緣故。不久母親便把這份手藝傳給姐姐；姐姐放學後，也經常幫母親打。

那天我們一進門，母親便放下手上的毛衣，彈了彈粘在身上的毛線屑對姐姐說：

「徵鳳，等會我們吃過飯，就把舖板往前面挪挪，騰出後面來，要隔一個房間。」母親現在好像把姐姐當做大人似的，有什麼事情都跟她商量。

「為什麼要隔房間？媽媽。」姐姐奇怪的問。

「不是我們要隔，是隔壁的申先生要隔。」母親說著朝旁邊指了指：「人家申先生賣包子生意好的不得了，要把後面那個房間打掉擺桌子。他們有一些零零碎碎的東西沒處放，就跟我商量，說我們房子大，又空的很，想在我們後面隔一間給他們放東西。我想這樣也好，省得租給不認識的人不放心。再說什麼事情也不用我們操心，隔也由申先生找人隔；祇是頭兩個月不給我們租錢，算抵材料費，到第三個月才給。以後你們出入時，門戶就要當心點，別丟了東西，賴人家也不好。」

姐姐沒置可否，卻笑笑說：

「早知道這種房子還可以往外租，當初就把竹棚搭大一點，多隔幾個房間租出去。」

「誰說不是呢？剛才申先生還開玩笑說，他是來的晚了，沒佔到好地方。要早來一步，佔塊大地盤，如今就發了。我還聽李先生說：現在大陸上的機關，差不多都搬到臺灣來了，要能穩下來，這裡將來一定會發達。你看才多久的光景，所有的空地就都佔光了。」

那知申先生帶木匠來隔房間時，倒給我跟弟弟帶來一樁工作。那是他在監工時，跟母親談到我們目前的生活情形。母親便把我們的艱難境況照實說出來。於是申先生告訴母親，他店裡擴大營業，想用一個洗碗筷的人，如果我跟弟弟可以做，晚上下課後就去幫他們洗，因為他們生意最忙的時候，是在下午六七點鐘。我們要能好好做，兩個小蘿蔔頭也能抵一個大人。並且晚餐還可以吃他們的，湯湯水水的，總比在家裡吃得好。

母親當時儘管想答應下來，不管賺多賺少，增加幾個收入總是好的。可是又拿不準我們一定能做，就沒敢一口應承。我們回家時，母親就馬上對我們說，我跟弟弟幾乎是同聲叫道：

「我們能做，媽媽。」

「你們要是真能做，我就答應人家了。以後放了學，就不能在外面玩了，得趕緊去做工。你們也得小心哪！盤子碗都是瓷器，砸了是要賠的。」

「我曉得，媽媽。」弟弟興奮的搶著說，接著又揮舞一下手：「我一定不會打破。」

可是姐姐劈頭就給弟弟潑了一盆冷水。

「我最不放心的，就是徵麟。」姐姐一面往飯桌上擺著碗筷，回過頭來表示她的看法：「你別信他說的那麼好聽，將來砸東西的準是他。」

「啊！你不相信我？」弟弟急得叫起來，被別人瞧不起，是多麼沒有面子。

「我信你？你先說說碗筷怎麼洗？」

「我怎麼不會？那又不像讀書，那麼難。」

「既然說得那麼容易，在家裡為什麼從來都不洗？吃了飯往那裡一扔、要人家給你洗。」姐姐最氣弟弟的，是他吃過飯把碗筷一推，就溜得不見影子。

「那洗有錢哪！」弟弟說得理直氣壯。

「這孩子怎麼財迷轉向了。」母親笑道。

「媽媽，我不是說過要賺錢給你蓋一座大洋樓嗎？」弟弟斜偎在母親懷裡，手吊在她頸子上，仰臉撒嬌的說：

「所以有錢的事我才幹。」

六十

對申先生這個人，我們老早就認識，身體胖胖的，臉上老帶著笑容。祇是他平常生意忙，不理會我們這些小孩子。母親帶我們去見他的時候，他免不了要問我們幾句，也有一番話要對我們講。告訴我們忙的時候不過一陣子，不會很累。先學的時候慢慢洗，用不著多久就會熟練。

我跟弟弟當然規規矩矩答應了。

第二天下午，便開始去上班。

申先生這個小館，雖說叫九如包子店，實際什麼東西都賣，麵條、米飯、小菜、各種小炒，都十分齊全。生意確實很好，到了晚餐時分，祇見黑乎乎一屋子人，座無虛席。用過的碗盤就成堆的往後送。

洗碗筷的地點，是在廚房後面的露天下，再後面就是鐵路。洗碗筷的工具，是兩個大鋁盆，一個大鐵桶，一把刷子，兩塊抹布，我跟弟弟每人一個小竹凳，坐在鋁盆跟前。用過的碗盤送來時，第一道手續是把上面的殘菜剩餚倒進大鐵桶裡，然後放進第一個鋁盆裡。那個盆裡的水起初也是清的，由於是涮洗第一道，沒有多久就變得渾渾的。如果盤子上油膩太多，那時候還沒有肥皂粉，就得蘸點肥皂在刷子上，用刷子刷一遍。所以這盆水用到後來，都是滑滑的、稠稠的。刷過第一道的碗盤，再移到第二個鋁盆裡。這個盆裡是清水，祇把碗盤在裡面輕輕涮一下，便撈出來，再用塊乾淨抹布一揩，就大功告成。至於是不是洗得乾淨，祇有天曉得。

我們第一天洗碗筷，在最忙的時候，還是來不及。於是跑堂的老郭便抽空幫我們，他是個年齡三十左右的人，曾經當過兵，退伍後就在這個小館裡幫忙，據說內裡還有一點點小股份。他洗的方式真絕，不像我們是拿著抹布一個一個揩碗盤。他是一手拿著抹布不動，祇把盤子或碗往抹布裡一夾，，再猛一轉碗盤，便把上面的渣滓揩得乾乾淨淨，又快又靈光，頃刻便揩出一大堆。再一總拿起來，在渾水裡搖幌著涮幾下，一齊浸到清水裡。接著再用同樣的方式，一面涮一面揩，稀里嘩啦就揩了出來。

我也想學他。可是我的手太小，力氣也小，技巧又不夠熟練。拿抹布那隻手夾得太緊，盤子就轉不動。太鬆，又無法把盤面的渣滓揩乾淨。

三月不知肉味了，看到那麼多殘湯剩菜，就饞的不得了。事實也夠餓了。平常我們都是放學回家就吃飯，已經成了習慣。因此不看到好吃的東西便罷了，看到便越忍不住。

弟弟是負責清水跟揩乾工作，他這個人什麼事情都愛面子。洗碗筷的第一道手續，難免要跟油膩打交道，他就堅持不幹，說那是攪渾水，只肯負責清的這道手續，說是攪清水；並認為攪清水要比攪渾水光彩些。我雖然也不喜歡弄那些油膩的東西，也祇有讓他。

一堆碗筷拿來了，又拿走一堆。

祇見弟弟把手往盤子上一飛，便向嘴裡塞去。

「你幹什麼？徵麟。」他快得使我看不清。

「肉，哥哥。」他指指盤子。

「那來的肉？你是說盤子裡的肉？」

「這盤子裡好大一塊滷豬頭肉，你看在這裡。好好吃啊！好香！」他說著把舌頭一伸，嘴裡果然銜了一大片白白的肥肉，把嘴塞得滿滿的。

「你怎麼可以吃人家剩下的東西，不曉得髒不髒？」

「才不會髒哩！剛剛是老郭從裡面拿出來，怎麼會髒！」弟弟說著轉轉眼睛，又解釋的說：「你不曉得啊？哥哥。我早就想吃肉了，可是媽媽又不買給我們吃。我猜我們要吃肉，一定要等到過年，那要多久哇！現在有現成的肉，為什麼不吃？還不用花錢。你也吃嘛！哥哥。不要怕呀！我知道你也饞的不得了。」

沒多久，又有一大疊碗盤出來。弟弟瞅一個別人看不見的機會，抓起一塊肉片猛往我嘴裡塞。我雖然左右閃避著躲，還是被他塞進嘴裡。

嚼一嚼，是好香，真過癮。

於是我也不管髒不髒了，碰到好吃的東西，瞅著人不見的空檔，就急忙往嘴裡填。

弟弟又講話了，指指他大腿彎處。

「我這裡還有呢！」

「你從那裡弄來的？」我向他指的地方看看，那裡藏了兩個都是一半的包子。

「剛才從盤子裡面拿來的，我這兩個包子不要吃，等會帶給媽媽跟姐姐吃。還有剛剛那大半碗麵，你都倒了，好可惜啊！我看到裡面還有一塊肉。這樣好不好？」弟弟向四周撒撒眼，見沒有人，又接著說：「我們以後來的時候，就偷偷帶著東西來裝；把別人剩下的肉，都裝回家去，那樣媽媽跟姐姐就都有肉吃了。」

「不曉得申先生准不准許。」

「有什麼不准，倒掉還不是倒掉。」

在一個盤子裡，我發現半盤炒肉絲。可能是味道不對那個客人的胃口，吃了幾口就不吃了。我拈了一撮放到口裡，覺得很不壞，便端著盤要弟弟也吃。突然劈哩吧啦一聲響，把我嚇了一跳，一面把盤子急忙收回來，同時扭頭向後看。原來是大師傅在炒菜，鐵鏟把鍋敲得叮噹叮噹響，火苗在爐台上騰起了好高。他見我回頭，便隔著爐台向我咧咧嘴，做了個看不出是什麼表情的鬼臉。

我斷定他沒看見，又把盤子遞給弟弟。

「好好吃啊！哥哥。」弟弟也抓了一把塞進口裡。

「那我們就先不洗這個盤子，等吃完了再洗。」

「小鬼！做事情的時候講什麼話？還不趕快洗！」突然有人在我們身邊吼道。

我抬頭一看，見是老郭。這一驚非同小可，趕緊抹抹嘴，同時把那盤炒肉絲倒掉。老郭大概也發覺我們的嘴巴在動，又瞄了一眼說：

「不要偷東西吃呀！」

「我們不會偷東西吃的，郭叔叔。」

「那就好。」老郭端著一疊盤子走開。

火車來了，一蓬煤煙把洗乾淨的碗盤撒成一片黑。

六一

沒有多久，我們就把肚子塞得飽飽的。到了八點多鐘，店裡的生意冷清下來，大家便收拾碗筷吃飯。剛到飯桌上，我跟弟弟就傻了，桌子上包子米飯都有，還有好幾個菜。雖然不像做給客人吃的那般精緻，油水卻特別多。每個菜裡也有好多肉，並且可以隨便吃，誰愛吃什麼，就吃什麼。看著這麼多好的飯菜，我跟弟弟竟一點吃不下，心裡好後悔剛才那麼豬八戒。

申先生奇怪的問：

「徵龍，徵麟，你們怎麼不吃飯？」

我們當然不好意思把事實說出來，祇搖搖頭。兩人都舀了一碗湯，祇顧喝湯。湯也很美，裡面有幾片碎豬肝和肉絲，味道特別鮮。申先生又問：

「你們不餓呀？」

「我們吃不下。」我低聲言。

「讓他們先喝碗湯再吃吧！」老郭在一旁說：「大概他們過去沒做過，累得吃不下。」

「我明白他們為什麼不吃。」大師傅笑嘻嘻的開了腔，絲毫不留情面的揭我們底牌：「這兩個小傢伙，也許是餓慌了，他倆一面洗著碗盤，就在那兒吃人家剩下來的東西，還怎麼會餓？我用鏟子敲敲鍋，兩人都不理。」

經大師傅這一講，我才曉得他剛才為什麼把鍋敲得那般響，隔著爐台對我們做鬼臉。是嘛！他在廚房裡掌廚，面對著我們，怎麼不看得一清二楚。

大家哈哈笑起來，我跟弟弟立刻臉紅到耳朵根。如果地上有洞，不鑽進去才怪哩。

「看你倆那個傻乎乎勁，我先前見你們像在偷偷摸摸吃東西，問你們還不說實話，原來是在揀破爛。以後別那麼沒見世面。開飯店，還怕沒有東西吃？俗語說『大旱三年，餓不死廚子』，懂嗎？」老郭指著我們的鼻子說。

弟弟被講得，紅著臉一溜煙跑走了。

申先生便又一笑說：

「這樣吧，小孩子不經餓。以後他們來的時候，就每人先給他們一個包子墊墊。別把他們餓得，看見什麼吃什麼，讓人家說我們虐待小孩子。」他說到這裡，頓了頓，又接下去說：「他們現在吃不下，等會可能又要餓了，回頭把包子給他們幾個帶回家去吃。」

我在九如包子店又忙了一陣子，把大家吃飯的碗筷洗乾淨，才拿著一包包子回家。

一進門，我就叫著向床上躺去。

「累死了！」

姐姐連忙倒水給我喝。弟弟在跟母親談我們吃客人剩菜的事。他一面說著一面笑，還揮舞著兩手表演。

母親卻長嘆一聲說：

「我們再怎麼窮，徵麟。飯總是有吃的。大不了吃壞一點，也不能去揀人家吃剩的東西吃。」

「一點也不髒呀，媽媽。」

「也不是髒不髒，是我們要有那點骨氣。」

弟弟默然了，半天沒開口。

驟然母親拍拍弟弟說：

「你要爭氣呀，徵麟。」

「我曉得，媽媽。」

六二

就這樣，到了過年的時候，我們三姐弟身上都有一套新衣服和新鞋襪。母親又把我們從青島帶出來的幾件毛衣，拆了重打一遍，便跟新的差不多，使我們穿戴得十分體面。不了解底細的人，誰也不曉得我們的生活的情形。

最慘的是我跟弟弟的兩雙手。小孩子由於皮肉嫩，洗碗盤洗久了，手便泡得傻白，表面浮起一層鬆鬆垮垮的疙瘩。不過弟弟的情況比我好，他祇是在清水裡涮洗，而我的兩隻手，卻始終泡在渾水裡。為了洗起來容易，水裡總是放一點鹼，有時還得打肥皂。可是鹼跟肥皂打多了，就變成鹼水，手在裡面的感覺，最初是刺刺癢癢的痛，像用無數針尖在上面戳；再過一會兒，就變麻木了。碰到東西時，也是木木的不實在，手指扎撒著，拿碗盤或抹布時，祇是骨頭動，肌肉像是死的。

沒有多久，手便開始龜裂。手掌上、手背上都出現一條一條裂痕。母親買來一些凡士林油給我跟弟弟擦。可是擦也沒有用，天天要泡那麼長一段時間水，裂痕就一天比一天深，慢慢便裂到肌肉裡。

這樣就更慘，手要伸到鹼水裡，就會痛得我噢的一聲叫起來。那種徹骨的疼痛，形容都無法形容。當然清水好一些，卻也好不了多少。最奇怪的，是手在水裡泡久，有的皮膚就會無緣無故脫落，當時還不覺得，等工作完了以後，手一乾，那兒就會溢出涔涔的血跡。冬天，天冷，風又尖；傷口被風一吹，就會像刀子割的似的。

每晚母親給我們擦凡士林油的時候。她會一面慢慢擦著一面說：「媽媽但凡有一點辦法，孩子，也不會讓你們去受這個罪。」一面就抽抽搭搭哭起來，眼淚順著臉腮往下流。有一次她連揩都不揩，祇把我跟弟弟緊抱在懷裡，去親我倆滿是裂痕和污垢的小手。

弟弟的心眼最靈不過了，他急忙說：

「你別哭，媽媽。我不痛了。」

「你怎麼會不痛？剛才還嚷著痛。」

「你現在這麼一親，我就不痛了。」

「你呀！徵麟。就是鬼多。」母親愛憐的捶捶弟弟：「要把你那些心眼用在正經地方，不就好了？」

我也最怕早晨洗臉。我們早晨起床，都是由姐姐喊，然後再督促我們刷牙洗臉。可是手上那些裂痕，往冰冷的水裡一放，就會痛得我齜牙咧嘴，張著口直呵氣。所以我總是避免在姐姐面前洗臉；而在她見不到的時候，偷偷用濕毛巾在臉上揩兩下，就可以混過去。

記得有天在學校，老師因為我的功課沒做好，罰我默寫一課書。那天的天氣也特別冷，從窗縫裡冒進來的一股一股寒風，凍得渾身發抖。我那隻滿是裂痕的手，拿鉛筆本來就不靈光；再被寒風一刺，就更握不住。可是字總是要寫的，祇有用力握筆。這一用力不要緊，祇覺得一陣刺骨的痛，虎口處的裂痕，一下子拉得好長。血也很快流出來。於是我一邊寫著字，血就不停的往寫字簿上滴，隱約有聲的染成一個一個鮮紅血印子。突然一陣傷心和委曲襲上心頭，我禁不住哭起來。

老師在講台上吼道：

「趙徵龍！哭什麼？不准哭。」

我用手揩揩臉，卻怎麼都止不住淚。老師見吼不發生效果，便拎著教鞭，向我的座位走過來。可是他見習字簿上滿處都是血，也大吃一驚。

「你的手怎麼了？」

我什麼話都沒說，一時心頭悲哀得話都說不出來。祇眼淚汪汪的抬起頭，呆呆的望著老師。

「好了！不要寫了。」老師替我闔上習字簿。

六三

過年使我們高興的，不是穿新衣服，而是手上有壓歲錢。那時節政府已經正式遷來臺灣，局勢也漸漸的穩下來。在一片改革聲中，施行一連串的革新方案。最跟民生攸關的，就是幣制的改革，把原來的臺幣改成新臺幣。於是市面流行的錢鈔，不再是動輒上千上萬，或是幾十萬、幾百萬。而是幾分、幾角、一元、五元。最高面額的鈔票，也不過是十塊錢一張的。這對人心，好像同樣有穩定的作用。先前那種巨大的數字，似把人浮在半空，雲裡霧裡般亂飛亂飄。曉得數字雖大，卻不可靠；就認為什麼東西都不可靠。現在數字一實在，心也就落實了。

我跟弟弟每人有四塊錢的壓歲錢，那是王伯伯給了一塊，母親一塊，申先生給了我們每人兩塊。母親對我倆的壓歲錢，倒沒怎麼管，她對我跟弟弟說：

「你們辛苦了那麼久，才有這幾塊壓歲錢。你們愛怎麼玩，就怎麼玩去吧。」

於是我倆就去買了些鞭砲來放，砰砰磅磅的，玩得很夠味。沒想到姐姐卻說我們浪費，拿錢買鞭砲，是糟蹋錢，硬把每人的錢收走了兩塊。

母親除夕那天一早，還是到王伯伯那邊做了一早晨饅頭，回來的時候帶了一籃子，準備年後三四天吃的。同時王大虎還幫母親扛來半袋麵粉，做為年節期間食用。他也有兩塊壓歲錢，一塊是母親給的，一塊是他父親給的。

北方人過年，都是吃餃子。那天我們的午餐吃得比較晚，吃過飯後，母親跟姐姐就忙著包餃子。我和弟弟閑著沒事，放了一會鞭砲，把身上的錢放掉一半的時候，便沿著街頭閑蕩。但見滿街處處都是急景凋年的景象，市面雖不十分繁榮，店舖裡還是鬧鬨鬨的。大家都大包小包的往家裡提，好像要把那些店舖搬空似的。

我不由己的想起在青島過年的景況。祖父雖不是喜歡熱鬧的人，對這幾個小孩子倒很放縱。一入了臘月，就會買很多鞭砲，讓我跟弟弟放個夠。父親在家的時候就更熱鬧，他會帶頭放，還會買那種燄火沖得很高的砲，放起來有好幾種色彩。壓歲錢雖然大部份都被母親收起來，但那時候錢對我們也沒有多大用處，吃的，家裡什麼東西都有；玩的，祇要我們開口，差不多都會達到目的。特別是祖母藍布大褂的口袋，更是一個取之不盡的寶藏；我們祇要對她老人家撒個嬌，她的手就會朝口袋裡猛掏。姐姐也不像現在這般討厭，老愛管閑事。那時候她也喜歡玩，最愛穿漂亮的衣服，還偷偷的搽母親的胭脂，染紅指甲、戴耳環。她也敢放鞭砲，祇是不敢放那種太響的。

天氣很好，太陽暖暖的照著。祇是風還有點刺手，我把兩手插到褲袋裡慢慢踱著步說：

「我好想青島啊，徵麟。」

「我也想，我還想爺爺。」

「我爺爺奶奶都想。」

「不知道爺爺還會不會買那麼多鞭砲？要是還買那麼多，他自己不放，那找誰放？」

「他可能不會買那麼多了。」我想了一下說。

「要是不買那麼多最好。如果還買那麼多，我們又撈不到放，想到心裡都會難過。」

母親買了張白木桌，做為祭祖用。把它靠牆邊放好。又請李先生用紅紙寫了個祖宗牌位，供在桌子的正中央。前面供了些水果、糖果、跟簡單的菜餚。再前面是一個裝滿米的碗，權當做香爐。母親已經點起一炷香插在上面，燭台上的蠟燭也點了起來。

餃子煮好時，母親用碗盛了滿滿一碗，放到供桌上。燒了紙錢，就帶我們跪下磕頭。然後我們開始吃餃子，今天包的餃子很多，煮了好幾大盤放在桌子上，另外還有四個菜和一大碗餃子湯。特別引起我們注意的，是一只盤子裡放著四個炸肉丸；炸得黃橙橙的，一看就知道很好吃。

可是母親一拿起筷子，就很感傷的說：

「不曉得爺爺奶奶今天有沒有餃子吃？」

「怎麼會沒有呢？媽媽。」姐姐奇怪的問。

「聽說兩位老人家都被鬥爭了。」

「怎麼個鬥爭法呢？」

「詳細情形我也不清楚，祇是聽說爺爺奶奶，已經被掃地出門，從家裡趕出去了，住在一個破廟裡。」

「那爺爺還會不會買鞭砲呢？」弟弟插了一句，他始終忘不了祖父過去買那麼多鞭砲。

「傻孩子！」母親用筷子敲了弟弟一下：「飯都沒得吃的，還買鞭砲？」接著母親又低嘆一聲：「現在臺灣的天氣這麼暖，在青島，不知要冷到什麼樣子？兩位老人家住在破廟裡，怎麼受得了。」

「媽媽，別想了！快吃飯吧。」姐姐悽然的說。

「吃呀！你們快吃吧！」

「媽媽。」弟弟仰起臉：「等我學會像孫悟空那樣的武藝，我就到青島去救爺爺奶奶。」他就那麼天真，在漫畫書上看到什麼武功高強的人物，就要做那號人物。

母親笑了。她把筷子放到盤子裡想夾餃子，卻沒有夾起來。把筷子一鬆，又是一聲嘆。

「嗨！也是怨我。當時我要是一定堅持要爺爺奶奶出來，他們可能也會出來。如今一家人好歹都可以在一起，飯也好壞有的吃。那知爺爺一定要守著祖宗的基業，我也不好說什麼。如今祖宗的基業沒保住，人卻在青島受活罪。還有你爸爸的墳墓，也不曉得怎樣了。」

母親又淌下眼淚來。

六四

本來一開始吃飯時，我們姐弟都把目標集中在四個炸肉丸上。

那幾個大肉丸，是母親特地按人頭做的。算是這餐年夜飯的主菜，每人一個。快一年沒吃頓像樣的飯了，我們三姐弟就像饞貓般把自己的一份拿走，剩下母親的一個，還放在盤子裡。這時母親雖揩乾眼淚，但由於剛才的感傷，弄得大家心頭戚戚的，把過年的歡樂氣氛沖失殆盡，便都低頭默默吃飯。

當大家分肉丸的時候，姐姐對弟弟就有點不滿。是他最先開始夾，他翻來覆去選了大半天，才挑了一個最大的拿走。那時姐姐就像要說什麼，但祇看了看他，卻沒講出來。我跟姐姐對自己那個肉丸，都寶貝的很，捨不得一口氣吃下去。總是吃幾個餃子，再吃幾口別的菜，才輕輕咬一口。母親已經沒心情吃飯，她把一個餃子銜在嘴裡嚼了好久，都沒吞下去。眼睛呆呆的，凝滯在斜對面的屋頂處，上面的竹片經過一個夏天的風吹雨打，變得烏烏的，漏雨的地方浸了一個大印子。因此她那個肉丸，祇咬了一口，放在那兒沒再動，彷彿已經把它忘記。

唯有弟弟那個肉丸，夾到碗裡，一轉眼就不見影子了。他就該死了心才是，偏又不死心。一面咂咂嘴，像害牙痛般低聲哼道：

「媽媽，我要吃肉丸子。」

他說吃肉丸子，當然是打母親那個的主意；我跟姐姐的，他想都不要想。可是母親的心智，不知集中在什麼上，一直在凝神思索，就沒聽到弟弟的話。

於是弟弟又把聲音提高一點：

「媽媽，我要吃肉丸子。」

「徵麟！你的一份吃光了，怎麼還要吃？」姐姐大聲的說：「那裡還有肉丸子嘛？」

弟弟看看姐姐，沒理她。又繼續哼著

「媽媽，我要吃肉丸子。」

母親這回聽到了，把盛肉丸子的盤子向他推推說：

「你把我這個拿去吃吧。」

弟弟的目的達到，忙拿起筷子伸過去。

祇聽姐姐一聲吼道：

「徵麟！不准動媽媽的肉丸子！你要不要臉嘛！肉丸子是一人一個的。你自己的吃光了，怎麼可以吃媽媽的？媽媽平時那麼辛苦，祇這麼一個肉丸子，你還想打主意？你有沒有良心？沒有肉丸子吃，吃餃子不成嗎？」

弟弟被姐姐一陣吼，也曉得自己理虧，不敢辯。把伸出的筷子慢慢收回來。

姐姐見弟弟收回筷子，又對他叫道：

「吃呀！」接著三下五下便給他夾了一碗餃子。

弟弟卻不吃，祇用手撫弄他的筷子。

姐姐便一直眼睜睜的盯著弟弟，賭著勁看緊他，不給弟弟機會。但沒有多久，她自己就洩了氣。笑著把她自己那個肉丸子送到弟弟面前說：

「你要吃，我這半個給你吃好了。」

「我不要吃你的。」弟弟賭氣的把她的肉丸推回去。

姐姐沒理這個岔，逕自低著頭去吃餃子。那知一眨眼，就見弟弟夾著母親那個肉丸子往嘴上送去。姐姐的動作也真快，祇見她把手猛一揚，乒的一聲打在弟弟夾肉丸子的筷子上，把肉丸子一下子打到地上去。

「你吃！我叫你吃！告訴你不要吃媽媽的！你怎麼不聽話？你好意思？媽媽平時什麼東西都捨不得吃，都留給你吃。過年了，你連個肉丸子都不讓媽媽吃？」

這時弟弟已經哇的一聲哭起來。

姐姐說著說著，眼淚也刷一下的流出來。餃子也不吃了，哽咽著往母親懷裡一撲。

「媽媽！」

母親起先被這場面怔住了，一時還撐得住。驟然她眼裡的淚珠，也撲哧撲哧一直往下滴。

我傻在那裡，筷子上夾著個餃子停在半空，連送都不曉得往嘴裡送。心頭懵懵懂懂的，既不感到悲哀，也沒有別的感受，眼眶裡的淚卻一個勁的往外冒。

這時母親把姐姐用力一抱說：

「徵鳳，別哭了。都是我不好，祇做了四個肉丸，使你們不夠吃。」她板起姐姐的臉，替她揩揩淚：「好了！好了！過年的時候不要哭。等過了年，我去買兩斤肉，多做幾個，讓你們吃個夠。」

姐姐抬起頭，好像也止住淚。

突然她把頭又往母親肩上一埋。

「媽媽，我們為什麼這樣苦啊！」

「怎麼剛剛才好了，又哭起來？聽話，徵鳳。你們三個人當中，就你最大，也最聽話。不要再惹媽媽傷心，媽媽今天傷心傷得，心都要碎了。」

「媽媽！」姐姐仰起臉又俯下去，臉上一臉淚。

「聽話，不要哭，吃飯後我們看電影去。」母親搖了搖姐姐，又安慰的拍拍她。

弟弟聽到看電影，就不哭了。我也沒心情再吃下去，拿起掃把跟畚箕掃地。那個掉在地上的肉丸子，已經跌得粉碎，四分五裂滾得好遠。

六五

大年初一的大清早，我們便被驚天動地的鞭砲吵醒。起床後穿上新衣服，就有種煥然一新的感覺。是一個很冷的天氣，打開門便有一股冷冽的寒氣撲進來，卻又含著股清爽。

母親先帶著我們朝北方磕頭，遙給祖父母拜年。接著我們又給母親拜年，就準備吃早飯。可是姐姐剛把餃子下進鍋裡，母親卻從外面帶進來一位客人，是九如包子店的老郭。他好像剛起床，身上依然是平時那套舊衣服，臉也沒洗，鬍子也沒刮，一副蓬頭垢面的模樣。他坐下之後，母親又打了一盆熱水給他洗臉。

「趙大嫂。」老郭一面洗著臉說：「今天要不是你邀我來吃飯，我大年初一早晨就沒飯吃。」

「你怎麼大年初一說這種話呢？郭先生。」

「我說的是實話呀！」老郭慢慢揩著臉說，他的臉這一洗，氣色就好得多：「昨晚跟老申出去玩了半夜，那傢伙有錢啦，不知到那裡窮燒去了。我回來這麼一臥，就臥到這般時候。要不是那些乒乒乓乓的鞭砲，還不知要睡到幾時呢。這麼一來，嗨！」

他嘆了口氣，把毛巾往面盆裡一丟，又感慨的繼續說：

「好像什麼東西都是冷的，連口熱水都沒有。自己煮飯吧？想想一年三百六十五天都在煮，大年初一還要煮，多洩氣。你要是不邀我來吃飯，我還準備回去再睡呢。等睡夠了，流浪到那兒，就吃到那兒。」

母親見老郭指手劃腳的樣子，也對他極為同情，同時又覺得好笑。她謙虛的對他說：「我們也沒什麼好吃的，祇是吃餃子。」

「餃子就好，有吃的就好。」他說著自顧自的坐到椅子上，接著又一聲長嘆：「我說我呀！趙大嫂。是王小二過年，一年不如一年。過去在軍隊上，人多，大家嘻嘻哈哈一吵一鬧，也就過去了。如今落了單，平常還不覺得怎樣。每逢過年過節，就處處不對勁。」

「過去的就不用想它了。」母親安慰的說。

「說實在話，趙大嫂。我最佩服的，就是你。」

「我一個女人家，有什麼好說的。」母親的臉紅了一陣。她是經不得人家捧，會感到不自在。

「就因為你是一個女人，我才佩服呢！你看你一個女人家，拖著三個孩子逃到臺灣來，錢沒有錢，田地沒有田地，親戚朋友沒有親戚朋友。全靠你一個人硬撐，就使孩子們穿得乾乾淨淨，書有得讀，飯有得吃，家也像個家的樣子。如今過年了，看你們一家人，都快快樂樂的，真是不容易啊！這不是用嘴巴說說就可以辦得到的，你說怎麼能不叫人佩服呢？誰提到你不叫好！」

老郭再這樣一說，母親就更不自在。

她抑制不住心頭的高興說：

「日子儘管苦，還是得過呀！」

「是嘛！要是不苦，就沒什麼了不起了。」老郭說著突然一聲吆喝，同時兩手做出一種收攏狀：「孩子們！過來！過來！郭叔叔發給你們壓歲錢。」

「不用哇，郭先生。小孩不花錢。」

「過年嘛！難得！來來來，兩塊錢的壓歲錢，三塊錢吃紅，每人都是五塊錢。」老郭從他那件滿是汗垢的衣服口袋內，掏出一捲鈔票，每人給了五張。

「什麼叫吃紅？郭叔叔。」弟弟接過錢問。

「就是贏了錢，給別人一點彩頭。」

「那你贏錢了？」

「我贏錢哪？是贏啊！」他猛抬頭把大嘴一張：「都把錢贏到人家口袋去了。」

「贏了多少？」弟弟起先真以為老郭是贏錢了。可是想想又不對，馬上改口說：「你怎麼沒贏呢？」

「我一拿一個『敝十』，怎麼個贏法？」

「什麼叫『敝十』啊？」

「噯呀?!你這個小孩子怎麼老問呢?告訴你,你也不懂。」接著他又向弟弟擺擺手:「再告訴你一聲,那東西都是害人的玩意,以後不要學。你郭叔叔這一輩子,就是被這些東西害苦了。這隻手賺了錢,那隻手就去一翻兩瞪眼;弄得現在真的瞪眼了!」

老郭說著把兩手一攤,做了個瞪眼的模樣。

這時姐姐已經煮好一鍋餃子,往桌上端著說:

「郭叔叔,你知道賭錢不好,為什麼還賭?」

「我的小姐啊!這就叫做邪門,不賭怎麼成呢?你聽沒聽說過?有人為了發誓不賭錢,砍掉一隻手。可是還無法忍住,就把另一隻手也砍掉。兩隻手都沒了,該死了心,不賭了吧!上了賭癮的人,那會死心啊?沒有手不能拿牌怎麼辦?雇一個人幫他拿,自己站在後面喊。」老郭一面形容著,便怪模怪樣站起來,彎腰歪頭的叫:

「粗粗!細細!斷斷……」

「那做什麼?郭叔叔。」

「過癮哪!叫牌才過癮哪!一看又是個『敝十』,當然生氣啊。可是他的兩隻手都砍掉,沒手砸桌子啦。祇聽地上轟咚一聲,罵了聲又是『敝十』。你們知道地上響的是什麼聲音嗎?原來他的腿也砍掉一隻了。是裝的假腿跺到地上,才跺得那麼響。」

沒有多久,姐姐把第二鍋餃子也煮好,母親便把老郭往桌上讓。這種大年初一早晨吃的餃子,北方人叫做元寶,是在大年下圖個吉利。可見金錢對人的魔力有多大,祇要有一點事物可以刺激人們對金錢的幻想,都會挖空心思,滿足發財的夢。

因此這天早晨的餃子,還有很多名堂,依照家鄉的風俗,在這些餃子裡面,要有三個包制錢的、三個包紅棗的、三個包花生的。制錢代表發財,紅棗是好運;花生因為又名長生果,表示長壽。誰要吃到那種餃子,就表示這一年走什麼運。如今我們雖在顛沛之中,母親還沒忘掉這些俗套。她的目的也不在測試什麼運氣,不過藉此增加些許新年歡樂氣氛。由於找不到制錢,紅棗又太貴。母親便把那三樣東西換成桂圓、鳳梨、花生。意義也大同小異,桂圓是富貴、鳳梨是利、花生仍然代表長壽。也算是應應景兒。

老郭是四川人，抗戰時候就當了兵。他到的地方很多，腳步差不多踏遍全國每一個角落。因此什麼口味都吃得慣。弟弟對老郭是熱情極了，東一筷子，西一筷子，猛往他的碗裡夾餃子，使他碗裡堆得像個小山。其實弟弟一面往老郭碗裡夾，一面也乘機找那些包有桂圓或花生的餃子，找到一個就高興的大叫：

「媽媽，桂圓是什麼？」

「是富貴。」

「富貴就是又有錢，又做大官對不對？」

「對的。」母親笑道。

「媽媽，我要有了錢，真要給你蓋座大洋樓哇！再也不要住這種破房子，夏天熱死了，冬天冷死了。」

我雖然也希望能找到那種餃子，可是不敢像弟弟那般肆無忌憚，祇在自己盤子裡找。在吃飯的時候，母親是不准我們的筷子到處亂翻亂挑的。

我還是吃到一個桂圓跟一個鳳梨的餃子。當甜絲絲的味道進入口腔時，心頭便洋溢起一股喜悅。這真能代表好運嗎？我要什麼好運呢？

金錢，我們當然需要金錢來改善生活。

大官，我卻覺得很淡。

這些東西對我們好渺茫呀！我祇希望日子不再那麼苦，上學的時候口袋裡能有幾塊糖，就心滿意足了。

六六

年就這樣平淡的過去，我跟弟弟仍幫九如包子店洗碗筷。老郭由於大年初一在我家吃了次飯，就對我倆特別照應。當我們晚上回家時，他常常會把剩下的包子，拿幾個讓我們帶回家。但我們已經在店裡吃得飽飽的，我跟弟弟就沒有胃口再吃。那麼除了姐姐吃一兩個，母親總是留給我們第二天帶到學校當點心，我們也就不像過去那般寒傖了。

天氣一暖，洗碗筷的工作也不像冬天那般苦。手上裂的那些大口子，肌肉慢慢的僵硬，於是死了，然後漸漸脫落。新的肌肉露出來，沒有多久又開始裂、變硬、變死、脫落。我們當然也不會再偷吃客人剩下的菜餚。

春天來了，萬物都煥發出一片欣欣向榮的氣象。這美麗的季節，對於我們的感覺，不過是氣候逐漸暖和起來而已；別的方面，跟其他時節毫無變化。那是生活的擔子壓得我們，勻不出多餘的時間或金錢，去做賞心悅目的享受。同時蹲在鐵路旁邊洗碗筷，望著那一列一列火車來往隆隆駛過，我們的童年，我們的青春，便被那陣陣隆隆聲，無情的載走。

因為這是我們來臺灣的第一個春天，我對這個春天也就特別敏感。我覺得臺灣的春天，並不像北方的那般可愛。在北方季節的轉變，是像刀切得一般分明，尤其冬跟春，是兩個截然不同的世界。在冬季，大雪紛飛，四野冰封，寒風像鞭子一樣，抽得大地上葉落花枯，傷痕斑斑，到處是一片肅殺氣象。到了春天，那一暖，好像能把人心也暖出嫩嫩的芽芽。看到的東西，似乎什麼都是新、都是嫩、都是綠，躍動著希望的色彩。垂柳綻出那一抹金嫩，野草茁露出點點鵝黃，都會使人打心眼裡溢出一股喜悅。臺灣就不同了，這裡的冬季沒有肅殺的風雪冰霜，山依然青，樹依然綠，水依然流。春天來了，就顯不出春的特殊。看到的仍是青山、綠樹、流水；但這青、這綠、這流，跟冬天究竟有多大分別？很難找出一個明確的界限。

同時，冷暖的感覺也跟北方不同，在北方，冬天就是冷的季節。冷得人發抖，穿棉襖、烤火爐，水潑到地上馬上結冰。但是春天一暖，就暖得心頭好柔、好溫、好舒；舒得人產生許多美麗的幻想，好像春對於人，任何事兒都是美的。然而此間給人的感受，是該冷的時候不冷，該暖的時候不暖。即使在隆冬的臘月，一熱起來，會熱得人穿不住衣服。春暖花開的季節，該暖了吧？可是寒流一來，那股冷勁，又像能冷到人的骨頭裡面。

春天似把人心也振奮起來，雖然政府遷來臺灣後，使人心落實了許多。大家都曉得這是國家最後的立足點，必須齊心合力堅強的挺起來，用臥薪嚐膽的精神奮發圖強，才能夠生存下去。然而這批歷經戰亂的人群，內心的栖皇一時還不能定下來。身上有幾個錢的人，仍在看風向，不肯紮紮實實的打基礎，唯恐會栓住腳步。

如今經春風在心頭一掀騰鼓舞，灰暗的心情便隨著變得開朗。也像在春風中舞動的花木，揚起了新希望。這排低低趴趴的竹棚，也陡然身價暴漲。患難激發了人們的生存潛力，大家對生活的態度，也就由失望變成希望。有的人財產頗豐，有的人祇是赤手空拳、都兢兢業業在這陌生的土地上，開創新的天地。中華路也就熱鬧起來，好像一霎眼的時光，這塊曾經蓬頭垢面，遍地蒿萊的土地，竟打扮得花枝招展。雖然這種扮相，是一種粗枝大葉的現象，倒也有一股樸素可愛的風貌。知名度也一天一天高起來，到了無人不知無人不曉的地步。大家買東西到中華路，吃館子到中華路，玩也到中華路。儘管這裡的物並不美，倒真正價廉，還可以胡天胡地的討價還價。不論什麼稀奇古怪的玩意，別處買不到，這兒準有。至於小吃，真是南北口味，諸般齊全。小館子一家挨一家，可以隨意挑選適合你的口味。入夜之後，燈火輝煌。在夏天，冰店的桌子都搬到馬路邊，用一支竹竿把電燈挑得高高的，燈光在空中晃，蚊蚋成群的繞著燈光飛，晶亮的刨冰彷彿一堆閃爍的碎鑽。在這個地段做生意的人，每天大門一開，財源就滾滾而來。

獨有我們那間竹棚，在這條人群擁擠的街道上，竟成了一個默默無言的沉默者。

母親也不願把這個竹棚老老實實放著，她很早就希望能自己做個小生意。可是做什麼生意好呢？她曾想跟王伯伯商量，可是自從發生王大豹挨打那樁事情，便不敢輕易開口，同時王伯伯也不是塊做生意的材料，他在大陸的時候，一直都住在鄉下，為人又十分古板。所以跟他商量也是白商量，他也拿不出什麼好的主意。就像他賣饅頭，也完全不是做生意的方式，而是靠勞力賺錢。他跟他太太兩人，又有取之不盡，用之不竭的勞力，把麵揉得又潤又軟，饅頭做得又白又大，生意怎麼會不好？這樣便苦了母親。她告訴我們說，她每天做到最後的時候，兩手都發抖，連麵團都有點拿不住。力氣彷彿從脊樑骨裡往外抽，抽得裡面的骨髓都乾了一般。

六七

有天學校放學後，我跟弟弟急急忙忙趕回去洗碗筷。經過西門町紅樓前面的時候，突然一個很大的聲音，從斜對面的騎樓底下傳過來：

「徵龍！徵麟！」

我們並未停步，祇扭頭向街邊望望。那是一個夏日的傍晚，那輪大紅大黃的太陽，斜掛在成都路西端那抹弧形的地平線上，淡水河的上空，浮著一層輕盈盈的青溟。金色的光在街邊的柱廊間流轉，流轉成一股寂然的荒涼。在騎樓的一根柱子旁，我們看到一個人，是位細瘦身材的先生。削頰窄腮的臉上，浴著夕陽的一邊，浮著層烏黃色油光；遮在柱子後陰影的一邊，膩結著一臉灰濛濛的青蒼，老遠望過去，就覺得這張臉有點陰陽怪氣，弄不清他的表情是憂是喜。但他身上倒穿了件十分時髦的短袖方格子襯衫。

「表舅！是你。」我驀地大喜的叫道。

「表舅，你怎麼在這兒呀？」弟弟也叫道。

同時弟弟一面叫著，便一溜煙的奔過去。我也橫過街道，走到他面前。我認出來這人是母親的一個姨表兄弟，名字叫許以仁，家也住在青島，是一家大綢緞莊的小開。我們經常到他家裡看姨婆，所以跟他很熟。

「沒想到會在這裡看到你們。」他親熱的拉著我跟弟弟問：「你們什麼時候來臺灣的？很久了嗎？」

「我們去年夏天就來了。」我急忙回答。

「那就快一年了？」他摸摸我倆的頭，神態有點愴然：「你看我有多糊塗，你們來臺灣了我都不曉得。你們全家人都出來了？都好嗎？」

「祇我媽媽帶我們三個出來。」

「爺爺奶奶呢？」

「他們還在青島！」弟弟搶著說，然後仰起頭來望著許表舅：「表舅，我們就住在這兒呀，你要不要到我家玩？」他說完伸手朝我家的方向指指。

「當然要。」許表舅點點頭。

「我給你帶路。」

見到許表舅，我心裡有說不出的高興，我們在臺灣總算有了一個親人。不管這親的距離是遠是近，但是異地相逢，很多百丈桿子打不到親戚，都一下子變得親密起來。這種鄉土的情誼，愈是離開鄉土，就愈彌足珍貴。真是故鄉的水甜，故鄉的月圓，故鄉的人情溫暖。

弟弟比我都興奮。他耐不住三人一道慢慢走，掙脫許表舅的手，一路喊著向家裡跑去。

「媽媽！表舅來了！表舅來了！許以仁表舅來了！」

弟弟那樣一路喊著一路跑，沒多久就不見影子。待我陪許表舅走到門口時，母親已經站在門外了。他們表姐弟見了面，祇互相喊了一聲：

「表姐！」

「表弟！」

就相對凝視著站在那兒，半天都沒動。母親的眼淚也就像泉水般鼓突突的往外冒，撲哧撲哧滴下來。

她指著一直流個不停的眼淚說：

「表弟！你來了！你來了就好啦！我的命好苦啊！你那裡知道我這一年，過的是什麼日子。一個女人家，拖拉著三個半大不小的孩子，無親無靠的，那一天不愁？我這麼久都在想，要能見到一個親人就好了。幸虧老天有眼，能夠見到你。」

「表姐！表姐！大家能見面就好了。」許表舅扶住母親顫巍巍的身體，也是一臉悲愴。

「表弟！表弟！」母親仍止不住淚，她那無限的苦楚與辛酸，像是一齊從臉上氾濫出來。

「表姐！別哭了，不要再想那些了。」

「表弟，你好嗎？」母親總算止住淚。

「好什麼？不就是這樣子？」許表舅把兩臂一張，然後瀟灑而苦澀的一笑說：「混嘛！」

「是嘛！這年頭能有口飯吃就好。」

「難哪！表姐！」許表舅吐了一聲感嘆。

母親這才把許表舅讓到屋裡，這時姐姐已經回來。她見過許表舅後，便連忙給他倒水喝。我跟弟弟才上前向他告辭，去洗我們的碗筷。

「他們能做這些事情嗎？」許表舅不相信的向我們打量一眼：「他們還那麼小。」

「不能洗怎麼辦？」母親喟然出一聲低嘆：「要吃飯哪！我這個家就靠這三個孩子，才維持這副形景。」

「嗨！」許表舅又是一聲長嘆。

六八

「那天晚上，母親便留許表舅住我們家裡。我跟弟弟正在洗碗筷時，他站在旁邊看了大半天。這時姐姐已經打水給他洗過臉，不像乍見般那樣烏垢油黃，整個人也變清爽了許多。他低下頭聞聞那個苦辣酸甜味道齊全的大鋁盆，緊緊皺下眉，搗著鼻子走開了。在大陸過慣了公子哥兒生活的他，現在雖然貧困落魄，行動仍帶三分風流。

我不曉得母親用什麼晚餐招待這位客人，大概也不會有什麼好的東西吃。所以我們晚上帶包子回去，許表舅又津津有味的吃了兩個。

這時他正在跟母親談離開青島後的情形，雖然他跟表舅媽離青島的時間比較早，遭遇到的災難反比我們多。原因是他們從青島到上海，再到廣州，再到香港，這樣一路逃出來的。最慘的是在逃難的路上，夫妻倆竟然失散了，落得他孑然一身來到臺灣。起初身上還有幾個錢，卻也禁不住東花西花。再加上做了兩次生意，又都賠錢。現在倒真落魄得一身瀟灑，無牽無掛。

他說完那段經過，又長嘆一聲：

「嗨！表姐！我沒想到會落到今天這個地步啊。」

「年頭亂嘛！誰料到會是今天這般情景。」母親也同情的吁了口氣：「她表舅媽的事情，你也不要急，慢慢想辦法打聽。聽說有很多從北方一路逃下來的人，都去了香港，說不定她也會逃到那裡。如果她在那兒，早晚都可以打聽個消息出來。再說住的地方，你也不要嫌棄。我們是親戚，不必見外，好歹就在這裡住著。臺灣這地方，祇要大家辛苦點，總會有吃的。」

「我怎麼可以在這裡吃住呢？」

「你這話就錯了，表弟。要這麼說，我們還算什麼親戚。我講是這樣子的，你先在這裡靜一靜，把心定下來。再商量商量，看做點什麼事情好。」

「說實在話！表姐。」許表舅又一聲嘆：「我落到今天這個地步，誰也不怨，怨我自己太沒計算。但凡有一點把持，也不會像今天這麼吃癟。」

「說的也是，你帶出來的錢，聽說光金子就有好幾百兩，還有美金珠寶什麼的。照說那麼多錢，少說也可用個十年八年，怎麼這麼快就糟蹋光了？不是我講你，表弟！像你這種花法，就是在家裡；有多少家業也不夠你用的。」

許表舅輕咳了一聲，默然了。母親又向他望了一眼，把視線移到面前的地上。那兒的水泥地面，在夏天老是泛潮，濕濕的，照在燈光底下，有點陰陰的感覺。我跟姐姐也都不作聲，獨有弟弟貼著我耳朵說：

「哥哥，許表舅怎麼花那麼多錢？」

「我不曉得。」我低聲的回答。

「他都買什麼呀？」

我又搖搖頭，我不願意弄出聲音。

「我要有那麼多錢，買糖請同學的客，一定會請很多次。可是我沒有他那麼多錢。」

弟弟的天真使我想笑，但極力忍住。

許表舅卻看出弟弟在講他，便笑著問：

「徵麟，你講什麼？」

「我沒說什麼啊！」

「你這個小傢伙，還跟我搗鬼。你以為我看不出來，你在那裡是不是偷偷摸摸的講我？」

弟弟的秘密被戳穿，臉一陣紅。但他笑吟吟的對許表舅說：

「表舅，我是在這裡問哥哥，你那麼多的錢，要是買糖，不知道能買多少塊糖？」

「能買多少啊？我還真說不出來呢。」

「能不能買我們這麼一房子？」

「那多的多了，你看到前面那座大樓嗎？我那些錢要是買糖，起碼堆好幾座那樣的大樓。」許表舅一面說著一面向前指，那座大樓是中山堂。

「噯喲！那麼多呀？那怎麼吃得完？」

「徵麟，不要在一旁亂講話。」母親好像不願聽弟弟說那種話，大聲喝道：「一點規矩都沒有。」

屋裡又沉靜下來，許表舅手裡拿著個玻璃杯，慢慢轉動著，有一搭無一搭的喝水。過了一晌，他放下杯子，從褲兜裡掏出一包盒子上印著三個「5」字的香煙。拿出一支放在嘴上，同時卡嚓一聲，用打火機點著。

弟弟怎麼能不講話，他悶了一會正彆的慌。現在見許表舅抽煙，正好逮到機會開口。

「表舅，你抽的什麼煙啊？怎麼有三個五字？」

「這叫三五牌香煙。」

「我過去怎麼沒見過呢？」

「這是洋煙，街上買不到。」

「那貴不貴呀？」

「洋煙當然貴了，好幾塊錢一包呢！」

「你為什麼要抽那麼貴的香煙呢？」弟弟慢慢轉動著他那兩顆黑眼珠，向許表舅望了又望：「你不是說飯都沒有吃的嗎？怎麼還有錢買這麼貴的煙抽？麵才五毛錢一碗哪，那不買好多碗麵？」

這幾句不痛不癢的話，雖然弟弟是無心的。卻也使許表舅臉上掛不住，訕訕的不好回答。

「徵麟！不是叫你不要講話嘛！聽到了沒有？閉住嘴！」母親一面喝止弟弟，又對許表舅說：「表弟，你也真是的。在這麼困難的時候，還買那麼貴的煙抽。那種便宜的煙，你買來抽抽倒也罷了。是嘛！像那種黃黃的油麵，可不是五毛錢一碗，有一包煙錢，不可以吃兩三天？日子要儉省一點過啊！」

這一來許表舅的臉色，真變得大紅大紫。剛才弟弟那番話，雖把他說得很尷尬，卻能用一笑化解。如今母親這一提，就好像是故意奚落他。

突然他一板臉，粗聲粗氣的說：

「我可不能像他們小孩子，吃飽了就好。像那種幾毛錢一包的香蕉煙，我抽不下去。」

許表舅這麼猛一嗆，把母親嗆得呆呆的啞在那兒。一時屋內乍然靜下來，靜得大家面面相窺；靜得那麼冷、那麼淡、那麼陌生。在那麼近的距離內，卻好像有千山萬水一般遙遠。如同頃刻間，隔閡的利刃在母親與許表舅間，劃了條又深又寬的鴻溝。

六九

夏日晚上十點鐘的時分，已經很涼快了。這時卻突然躁熱起來，有一股膩膩的汗氣，在臉上跟身上凝結，凝成一層不透氣的焦煩。燈光昏昏的，一大群蚊蚋在繞著燈泡亂飛亂舞。許表舅把臉轉到一邊，眼望著屋頂，眉頭一會兒蹙得很緊，一會兒又不停的眨眼睛。他是在想什麼，想得顯然很吃力。似要把腦際那一片亂頭無緒的東西，理得絲縷分明。母親仍一動不動的坐著，目光卻不時射向許表舅，但一霎眼就移開。

姐姐耐不住屋裡的熱，走到前面把大門打開，清爽的空氣跟吵鬧的市聲，一湧的擠進來。

啪的一聲，弟弟打死一個大蚊子。

許表舅猛然站起來，冷笑一聲說：

「表姐，我走了。」

「怎麼走呢？你不是要住這裡嗎？」

「我有的是地方住，大不了住火車站。」

「那怎麼成。這裡不好，好歹是個家呀！」

「那你就不用管了。」接著又是一聲冷笑：「雖然我知道你從青島出來，帶出來不少的錢。可是你也不必向我哭窮，你放心，你表弟再窮，也不會向你借一個子兒。」他說完之後，就邁步向外走去。

「你這什麼話？表弟。我要從青島帶出很多錢來，還會受這個苦？還會眼看著你忍飢挨餓？不拿錢給你？」

母親想攔住許表舅，但沒有攔住，他一閃身就走出門去。母親追了幾步也沒追上，祇空喊了兩聲：

「表弟！表弟！」

她回到屋裡，又鬱鬱的嘆了兩聲：

「這是怎麼說的，那麼大的一個人，氣還那麼大。我又沒說什麼話，就氣的走了。」

「媽媽！你別氣了。」姐姐柔柔的對母親說：「表舅要走就讓他走吧！我看他就是住在這裡，我們也養不起他。光抽那個洋煙，我們全家賺的錢，也不夠他抽的。我說他要有志氣，就不要再上這個門。」

「我也清楚呀，你表舅平日擺譜擺慣了，我們那裡供得起他。祇是我覺得也得看時候，像這個時候，他還那麼燒包什麼。再說我到底比他大兩歲，他也叫我一聲表姐。他有難處的時候，我不照應他，以後回到老家，讓你姨婆曉得了；我還有什麼臉見你姨婆？」

「媽媽，我們為什麼一定要叫表舅住在我們家裡？他那麼多的錢都花光了，也不買糖給我們吃。」弟弟對許表舅沒買糖給他吃，有點耿耿於懷。

「呸！」母親啐了弟弟一口，猛伸出手，戳著弟弟的頭，把弟弟轟咚一聲戳倒在床上：「還說！還說！都是你胡言亂語惹來的禍。」

「哼！表舅再要到我們家，我就關著門不讓他進來。」弟弟躺在床上，仍不甘心般唧唧噥噥的嚷。

「你們怎麼都這樣倔？」

七十

暑假開始後，我們為了賣冰棒或繼續洗碗筷，舉行一次家庭會議。在夏季賣冰是最賺錢的一個行業，如果我跟弟弟能像去年那樣，一個假期下來，也可以剩下幾個錢。並且照我倆的意思，當然希望賣冰，身上背著一個冰筒，就像闖天下似的，東幌幌，西逛逛，多麼自由自在。累了的時候，往樹蔭下一坐，聽蟬聲爭唱，到路邊捉蚱蜢。站在電影院的櫥窗前，看光怪陸離的海報。生活中充滿了各種奇怪的樂趣。不像在九如包子店洗碗筷那般呆板枯燥，連著兩三個鐘頭守在污水盆前，聞盡苦辣酸甜的味道。工作完畢後，累得腰都直不起來。

可是停止洗碗筷，九如包子店勢必另外找人幫忙，這條路也就算斷了。而我們賣冰的生涯，也不過個把月的時間；儘管冰棒是賣一支賺一支的利潤，這麼短的時間又能賺多少？權衡得失，母親認為還是洗碗筷靠得住，無奈我們對那樁工作，實在厭得不能再厭，一心想賣冰痛快，母親便沒勉強我們。

為此申先生跟老郭好像都不諒解母親，他們當初要我跟弟弟去幫九如洗碗筷的用意，目的也是想拉我們一把，不然，他們犯不著用兩個小孩子來做這種事。幾個月下來，碗盤不知被我們砸了多少。

我們賣冰的方式，仍像過去一樣，上午休息，吃過午飯開始賣，一直賣到天黑。如果賣完了，這天的工作便算結束。要有剩餘的，晚上再出去轉兩個圈子。

有天我晚飯的時候回家，進了門，便見母親跟許表舅坐在床沿上談話，姐姐在安排晚餐。由於他上次對母親的態度太惡劣，心中便對他存有芥蒂，放下冰筒後，也沒理他。到飯桌前看看，飯菜倒很豐富；桌上一共擺了四個菜，有兩個蔬菜，一個番茄炒蛋，一個肉片燒豆腐。然後仍裝做沒見到他似的，走到後面去。

可是母親喊住我：

「徵龍，表舅來了，沒看到嗎？」

「看到了！」我應了一聲，但沒回頭。

「看到了，也不曉得叫一聲。」

我沒再回答，一逕往外走。

「回來！回來！」母親大聲的叫道：「小孩子怎麼可以慣成這樣子，一點教養都沒有。」

我祇有轉回來，喊了他一聲。

許表舅卻拉著我的手笑道：

「你還生我的氣嗎？徵龍。」

「沒有。」我冷漠的搖搖頭。

「還說沒有，嘴都氣得鼓鼓的。」他擰我的臉一下。

「這幾個孩子。」母親也一旁笑著說：「也都跟你一樣，一個個倔得要命。」

我看見姐姐一面擺著碗筷，也把臉緊緊的板著，帶著一臉敵視的神態。她的脾氣要隨和起來，也很隨和，倔起來也比誰都倔，大概剛才也拗過一陣子。

「你們不是想吃糖嗎？我帶糖給你們吃。」許表舅從口袋裡拿出一條巧克力。

「我不吃糖。」我仍一副漠然。

「拿著吃去。」他把巧克力塞到我手裡說：「等會弟弟回來，你們三個人分著吃。」

「拿著！」我正要把糖給他丟回去，母親卻喝道：「表舅給你們的糖，還不快拿著？」

我把糖接著，但沒打開吃。見姐姐站在桌邊，便把它往桌角一送說：「給你吃！」姐姐卻用手把巧克力猛猛往外一推，把它推到地上去。一面大聲說：

「拿走！誰希罕你的糖！」

「表姐，我還是走好了。」許表舅尷尬的站起來。

「不是已經講好嗎？你就住在這兒。」

「外甥們討厭我，我住著也沒有意思。」

「小孩子你理他們做什麼，等會我還要好好的講講他們。你祇管放心的在這裡住下，表姐這裡不論怎麼艱難，都會有你的飯吃。有你的地方住。你那天生氣的走了，我還以為你真的生我的氣呢？心裡正在難過。你今天能來，可見你還沒有記恨表姐。」

「我怎麼會記恨表姐呢？我們是親戚，我要是把這點小事放在心上，我還是人嗎？我對你說實話，表姐。我對你一直都是尊敬的。我那天走了以後，心裡一直都覺得對不起你，早就想來給你賠不是。」

「那就什麼話都不用說了，坐下！坐下！」母親連連的拉著他，把他往床沿上按。

許表舅躊躇一會，又坐下了。

於是母親走出門，轉著頭左右張望。我在屋裡跟許表舅也沒有話講，也跟在母親後面走出去。

母親見到我便問：

「弟弟呢？怎麼還沒回來？」

「我不曉得，我倆不在一道。」

「該回來了才是。」

「媽媽找他做什麼？」

「我要在這裡等著告訴他，見了你表舅不要亂講話。」母親向屋裡回顧一眼，一面低聲說：「他今天到我們家裡，先受了你姐姐一頓，又受了你一頓。別弟弟回來再給他一頓，那不是逼他往死路上走嗎？」

「怎麼逼他往死路上走？」

「他窮的快討飯了。」

「他怎麼會窮到那樣子？他不是很有錢嗎？」

「還不是被他揮霍光了。」母親又向屋裡望望，見許表舅沒對我們注意，放心的接著說：「你沒見他今天到我們家裡那個樣子，臉黑得發烏、鬍子也沒刮、眼眶子瘦得凹了下去。乍一見，我差點沒認出他來。看見紗罩裡面的冷饅頭，自己倒了一碗冷開水就著，拿起來就啃。我說給他叫碗麵吃，他都等不及。像他過去山珍海味都懶得吃，如今不是餓的一兩天沒吃飯，怎會這樣子？再說他也不是一個沒志氣的人，那天他已經說過那種話；要不是窮得沒路走，怎麼肯再到我們家裡來？」

母親說到這兒，頓了頓，目光落到我臉上。

「所以剛才你跟姐姐說那種話，把我氣壞了。你們怎麼一點善心都沒有？叫他怎麼坐得住。要不是當著他的面，我非狠狠捶你們一頓不可。」

「那是他活該嘛！」

「還說這種話！」母親隨手在我臂上打一下。

「是他自作自受！怨得了我們？」我仍然嘴硬。

「好！你就站在這裡等弟弟回來，見了面告訴他，進門後問表舅個『好』，別的什麼話不准說。他要是說別的，小心我揭他的皮，聽到了沒有？」

「聽到了。」

七一

天漸漸的暗下來，暮靄好像帶著一種流動的意態，從天際緩緩的往下沉，沉到樹梢，沉到草地上空，沉成一片灰灰蒼蒼的濛濛。可是在夏季，雖在黃昏之後，空際還有一段很長時間，浮動著一層影影爍爍的清明，使空氣更增加一份燠熱。

弟弟依然沒回來，他到那裡了？回來的這麼晚。掉頭看看屋裡，他們三人已經開始吃飯。我也早餓了，走進去要往桌邊坐。可是母親拿了半個饅頭，再在中間夾了一些菜，又要我到門口吃著等弟弟。

咬一口饅頭，望望天空，晴空飄浮著片片雲影。許表舅會落到這麼慘的地步，真使我不敢相信。可是回顧在燈影下的他，那麼瘦、那麼憔悴。雖然母親剛才拿錢給他理過髮，依舊沒理掉那副潦倒的形狀。想想過去的他；一個多麼英俊瀟灑的小伙子，穿的是那麼講究，吃的是那麼講究，用的是那麼講究。誰見了他，不仰著臉跟他說話。我特別記得清楚的，是他結婚的情形，那真是他的生命花朵開得最盛的時節。姨公是青島商業界的聞人，家裡有錢，喜歡擺闊。所以婚禮是在青島最大的一家飯店舉行，席設百桌以上，當新人出現在來賓面前時，真是掌聲雷動。許表舅一表人材，固然如玉樹臨風，表舅媽也是萬中選一的大美人。記得喜宴完畢後，我們三姐弟上前見她的時候，她還給我們每人一個大紅包。雖然回家後就被母親收走。可是我覺得能從她手裡拿到一個紅包，就極光彩。

這樣一想，就覺得許表舅對我們的好處說都說不完。並且姨婆是最喜歡母親的，經常打電話邀母親去她家玩。每次去的時候，不是他們的司機開車來接，就是許表舅自己來。然後又帶我們三個小蘿蔔頭出去兜風，買很多東西給我們吃。使我們十分開心，從來都沒小器過。

於是我好後悔剛才不該那樣對待他，難怪母親會生氣。我們怎麼可以忘記過去他的那些好處呢？現在他雖然落魄了，可是他對我們那些好處卻一輩子都不會忘。母親說的對，我們是親戚，是在臺灣最親近的人，就應該互相照應，互相關懷。

弟弟回來了，他把個身體歪著，兩隻腳跨得很寬，一步一步慢慢往前拿。每拿一步，身體便左右幌一下；身上那個冰筒也跟著來回盪，一副江湖浪子的味道。

「弟弟！我跟你講。」我迎上去。

「哥哥，你賣完了？」

「我早就賣完了。」

「我還沒賣完。」弟弟笑孜孜的轉轉他的黑眸：「可是別人要買，我也不賣了。」

「那為什麼？」

「我剩下一支留著自己吃呀。」他的黑眸又一轉。

我打了他一下，拉著他，告訴他許表舅在家裡。又把母親警告的話轉達給他。

弟弟卻一瞪眼說：

「他還來幹什麼？他還有臉來呀？我才不管他有沒有飯吃，我回家把他攆走。」

「不要！弟弟。」我急忙拉住他。

「怎麼？」弟弟回過頭來看看我。

「你忘了我們在青島的時候，他待我們好好哇，開著車子帶我們出去玩，買東西給我們吃。現在他連飯都沒得吃了，我們怎麼可以不讓他在我們家裡住？」

「是呀！」弟弟猛然一醒悟：「我還記得他給我買了一輛好漂亮的玩具汽車。」

「所以我們也應該對他好。」

「那怎麼辦？他這樣可憐？」弟弟也動了同情心：「這樣好不好？我這支冰棒送他吃好了，我想他沒錢買飯吃，一定也沒錢買冰棒。夏天這麼熱，他連冰棒都吃不到，不饞死了才怪。」

弟弟說著，便從冰筒裡拿出他那支寶貝冰棒，一路跑著一路叫的奔向屋內：

「表舅！表舅！我給你冰棒吃。」

七二

許表舅正式在我們家裡住下來。母親拿錢給他買了一張床、一頂蚊帳，架在靠裡面的牆邊，跟我們那邊的木床和塌塌米，用一塊白布隔起來。再把家裡現成的被褥分給他一部份，便可以將就著用。至於他是否除了身上的衣服別無長物，他沒搬一件來，我們也沒問。

他當然不好意思坐在我們家裡吃閑飯，連著幾個晚上，都跟母親討論做什麼生意好。

他興致勃勃的對母親說：

「表姐，現在最賺錢的生意，就是到香港跑單幫。跑一趟穩可以賺個萬兒八千。」

「真的嘛？」母親接著問。

許表舅把母親買給他的香蕉牌香煙，猛猛抽了一口，吐出股濃濃的黑煙，接著用強調的口吻說：「不信你出去打聽打聽就曉得，到香港跑單幫多麼賺錢。像我那天抽那種三五牌香煙，帶到臺灣來，一包就能賺好幾包。還有洋酒、毛線、西裝料、化粧品，都是好幾倍的利。你要能拿出幾千塊錢來做本錢，我給你去跑，保險不用幾年就發了。連汽車洋房都有了，還用住在這裡受罪。」

「我到那裡去弄幾千塊錢給你。」母親笑笑說。

「週轉嘛，向街坊鄰居借一借。我們又不是那種耍賴的人，我們賺了錢馬上就還。」

「我可不敢那麼做，要賠了怎麼辦？」

「這是個穩賺不賠的生意呀，你看看有多少人，一年祇跑幾次香港，就整天有吃、有喝、有玩。還有……」許表舅突然取下嘴上的香煙，眨了一眼低聲的說：「主要的是靠走私，那是一本萬利的生意。」

「走私？那不是犯法嗎？不怕叫人家捉到？」

「噯呀！那裡捉得到哇，就算萬一碰上，最多丟點東西罷了，人照樣可以逃掉。我告訴你，表姐。走私的東西，就是丟掉三分之二，還照樣賺大錢。人哪！不發橫財不富，幹就要幹大的。」

「你不論怎樣說，表弟。我都不能讓你去走私。」母親抬眼望著許表舅，目光十分堅定。

「你是不是不信任我？表姐。」

「這不是信不信任你，你要做別的事，表姐一定信任你，犯法的事我怎麼都不答應。萬一被人家逮到關進牢裡面，我一個女人家，又沒有錢，叫我怎麼辦？俗話說的好：『衙門口，朝南開，有理無錢莫進來。』何況你幹的，還是見不得人的事情。」

談話停止了，兩人都沉默下來。

許表舅又拿出一支香煙點上，悶著頭猛抽。大概他不習慣這種煙的味道，嗆起一陣猛烈的咳嗽。於是他像是自言自語，又像說給母親聽：

「嗨！要有本錢到香港跑兩趟，那不吃香的，喝辣的都有了。何至於抽這種嗆喉嚨的煙。」

母親不說話，恍若未聞。

他見沒有反應，便抬頭望望母親：

「你的意思呢？表姐。」

「你要聽我的話，表弟，心就別那麼野。」母親兩手放在膝蓋上，眼睛專注的望著前方，聲調十分平靜：「什麼走私、跑單幫，那都不是正經做生意的路子。你再叫我放心都沒用，我不能讓你去犯法。年頭這麼亂，我的日子已經夠苦了；要再替你躭驚受怕，我活都活不成了。所以我勸你，不要再做那種夢，安下心來本本分分做個小生意。我跟你說，好多人都看上我這個地腳呢。想在這裡做生意，我都沒答應。」

「你說做什麼好？」許表舅浮著一臉無奈。

「我們賣水餃啊！」弟弟仍沒忘開餃子店，趁母親跟許表舅談話空隙，又迸出那麼一句。

「對啊！賣賣餃子、麵條也好哇。」母親接過徵麟的話頭。

「那太苦了！」許表舅也接著說。

「你要嫌苦，那就算了。」母親的聲音在平靜中露著不滿：「不過你儘管放心的在這裡吃住，表姐不會講半句話。」接著她又悠悠的緩了口氣說：「要說做不苦的生意，那樁生意不苦？跑單幫就不苦了？還不是要長途的奔波。再看看附近這些做小生意的，那一家不是三更半夜就爬起來？像隔壁這家館子的生意那麼好；申先生還不是大清早就起來到市場去買菜。」

「不是我嫌苦啊，表姐。我是怕你受不了。」

「我啊！」母親淡淡漠漠的一笑：「這一年多，早苦出來了。我那一天不是天沒亮就起床。」

「那我還不如去給人家開汽車哩！」許表舅想想說。

「是啊！去給人家開汽車，也算有個事情做。」

「祇是我覺得，過去是人家給我們開車。現在反要去給人家開，心裡就不是味道。」

母親的嘴唇動了動。不知是要勸許表舅，還是要講別的話。但卻沒有表示出來，過了一會才靜靜說：

「我不講別的了，你自己酌量著辦吧！」

七三

許表舅考慮了兩三天，終於接受了母親的意見，同意開餃子店。母親見事情有了眉目，便趁做饅頭的時候跟王伯伯講了。當天晚上王伯伯為這件事情，又專程來我們家一趟，跟許表舅見見面。原因是他也贊成母親做小生意，但他一向十分關心母親的健康，並且看出母親一直在苦撐。便始終不放心我們自己做，怕母親支持不下來。跟人家合夥，又怕母親太老實，會吃虧，把幾個命根子錢貼進去。現在聽說母親要跟個親戚合夥，也覺得很好，才興沖沖的跑來看，他跟許表舅喝著茶，談了些家長里短，又對開店提供一些意見。卻趁許表舅不在的空檔，極其鄭重的對母親說：

「弟妹！你得小心哪！」

「你說這個店不能開嗎？王大哥。」

「開是能開呀，可是我看你這個親戚，浮的很，講話雲裡霧裡，淨打高空。連這麼個小店都沒開起來，就那般又是雲，又是雨，那裡是紮紮實實做生意的樣子。我這個人就是這個脾氣，你不找我商量便罷了；要找我，就是看得起我，我就要講實話。弟妹，你積那幾個錢不容易啊！一定要看緊一點啊，不能太鬆了！」

「他們表舅，我清楚。在青島時候家裡很有錢，是花梢一點，卻也沒什麼壞心眼。」母親的心就那麼純，她的親戚朋友固然是好的；天底下的人也都是好的。

王伯伯卻喟然一聲：

「年頭變了！弟妹。人心也變了。」

「可是除了開個小店，他也沒什麼工作好做。」

「看著你的面子，弟妹。我用他，叫他來幫我出去賣饅頭。那你這個店就先別急著開，等我看看他真的可靠，再開也不晚，別把錢白白糟蹋了。」

「他那裡吃得下那個苦？」母親笑道。

「那麼年紀輕輕的。才二十郎當歲吧？怎麼會不能吃苦？」王伯伯一瞪眼。

「他小時候浮華慣了呢！」

「來臺灣還擺公子哥兒的譜，是死路一條。」

母親沒接受王伯伯的建議，她曉得許表舅不會做賣饅頭那種工作，連提都沒對他提。不過王伯伯的話，在母親心頭多少起了一點作用。開始籌備開店時，沒一下子把全部積蓄拿出來；而是零零碎碎的拿錢，讓許表舅去置辦一應的器具。許表舅好像也下決心做這個生意了，整天忙著裡裡外外跑，砌爐灶，弄桌凳，累得汗流浹背，都沒叫過一聲苦。我跟弟弟也對這個店寄有很大的期望，要能把店開起來，苦日子就算過去了。因而我們賣冰回來，也不顧累了，熱心的幫許表舅打雜。

弟弟興奮的問許表舅：

「表舅，我們家裡開餃子店，是不是可以天天吃餃子？」弟弟能有餃子吃，就像過年一般。

「那當然啦，就怕你吃夠了。」

「才不會吃夠呢，我最愛吃餃子。」

「徵麟！」許表舅笑著問弟弟：「你祇曉得吃餃子，你曉不曉得來了客人怎麼招呼？」

「不曉得。」

「我教給你，好好聽著。」許表舅咳了兩聲清理下喉嚨，然後一仰脖，尖著嗓門喊著：「水餃二十！接著包餃子那邊得把擀麵杖，在案子上叮叮噹噹敲兩下。」

「敲擀麵杖幹嘛呀？」

「那是你叫過以後，不曉得包餃子的人聽到沒有。敲敲擀麵杖，表示已經聽到了。」

「那不很有趣嗎？」弟弟興致來了。

「做生意就是要這樣叫，才能叫發財呀！」

母親被許表舅講得，在一邊笑道：

「那麼大了，還這樣孩子氣。」

七四

屋裡一片亂，床鋪的木板掀得東一塊西一塊，箱籠倒在地上，新買來的桌凳也弄得橫七豎八，母親的臉是那種說白不白說烏不烏的死灰色。那是一天下午，我賣冰回家見到的奇怪景象，母親雖汗濕得一直往下滴，兀自不停的在那兒亂翻。姐姐的頭髮也蓬蓬的，不知從那裡弄了一綹黑灰，斜斜從眼角抹到腮邊。她傻傻的站在那兒，恨得咬牙切齒的說：

「媽媽，不用找了，一定是他拿走啦！」

「這怎麼回事？」我走進去問。

「快！徵龍！」母親急忙招呼我：「快來幫媽媽找東西，我們家裡招了小偷，什麼東西都偷走了。」

「啊！錢呢？」我一怔說。

「我就是在找呀！」

「媽媽！」姐姐跺著腳吼道：「說不要找了！就不要找了！不是表舅偷走才怪哩？」

「不會的，他不是那種人。」

「你以為他還是什麼好人哪？」姐姐的一肚子氣，竟衝著母親來了：「他呀！半點志氣都沒有！他要是有一點志氣，這次就不會到我們家裡來。一個沒有志氣的人，什麼壞的事情幹不出來？」

「我不准你那樣講你表舅。」

「我偏要講！沒志氣！沒志氣！」

「住嘴！」

「沒志氣！沒志氣！」姐姐不理母親，反而把聲音提高：「我恨死他了！把我們辛辛苦苦賺的幾個錢，都偷走了。什麼表舅，臭表舅、瞎表舅、狗屎表舅。壞死了！壞的雷打電劈！」她叫著叫著，突然激動得像瘋狂了一般，兩手猛一抱臉，就大聲的號啕起來：「媽媽！我們怎麼辦哪?!我們以後靠什麼生活啊？」

姐姐這一哭，也把母親哭得忍不住了。這時我已經從母親口裡曉得真象，不但母親積那兩三千塊錢全部丟光，連從青島帶出來的幾十塊銀元，也都不見影子。唯一沒被拿走的，是母親幾件不值錢的首飾。大概母親找了很久沒找到，也灰心了。祇見她瞪著一雙滯呆的眼，直挺挺的站在那兒不動。過了一會才咕咚一聲坐到床沿上，悲愴的叫道：

「啊！老天！」

姐姐伸手一揩淚，拉著我說：

「走！徵龍！我們去找他！」

「不要走！徵鳳。再幫我找找看，是不是我放錯地方，忘記了，才會找不到。」母親又開始亂翻，但屋裡就那麼大的地方，她不知翻了多少次。

「老鼠洞裡都翻遍了，還到那裡找？」

「要真是被你表舅拿走了。」母親翻翻又停住：「他回來時候，我可要好好講他幾句。」

「不是他，還是誰？小偷還會跑到我們家偷啊？人家看看我們家這個樣子，就知道沒什麼好偷的。你還想他回來呀？他偷了東西還會回來呀？」

「他不回來，他到那裡去？」

「他有了錢，那裡不能去？」

「媽媽！我好餓啊！」驀地門外一聲叫。弟弟就是這副德性，接著人也出現了。

但他撒眼向屋裡看看，又尖叫一聲：

「表舅還沒回來啊？」

「還提你表舅！」母親沒好氣衝他一句。

「我今天見到過他呀！」弟弟一翻眼睛說。

「你在那裡見過？」母親馬上停止整理東西，轉過身，目不轉睛的瞪著弟弟。

「在街上看到的。」弟弟卸下肩上的冰筒，倒了杯水喝了口說：「我見他在前面走，就喊了兩聲『表舅！表舅！』可是他沒聽到，就走到一個大樓裡面，是一個叫銀河大酒家的地方。人家說酒家是女人陪著男人喝酒的地方，他進去幹什麼？我本來要進去找他的，可是又不敢進去。在門口等了好久，都沒見他出來，累得我的冰棒都沒賣完。」

「我說是他偷了沒錯吧？」姐姐緊接著說：「他要是沒有錢，怎麼敢到酒家去？」

「你沒看錯吧？徵麟。」母親又看了弟弟一眼。

「我看得清清楚楚，穿著你給他買的那件新襯衫。」

「照這麼說，真是他拿啦！」

「拿了什麼？媽媽。」弟弟還不了解情況

還沒等母親回答，姐姐便把許表舅偷錢的事情辟里啪啦講出來。這一下弟弟可毛了，他跳起來就往外走。

「我去找他，我非去要回來不可。臭小偷表舅，我要是打不過他，我就咬他。」

「你曉得地方嗎？徵麟。」母親急忙問。

「曉得。」

「我們一道去。」

母親說完便吩咐姐姐看家，晚餐也不顧得吃，帶著我跟弟弟出門。她好像也發了狠，碰到一輛三輪車，沒講價錢就坐上去，直駛銀河大酒家。可是到了銀河門口時，看看那個氣派和裝潢，竟在門口踟躕起來。弟弟那一肚子英雄氣概也飛到羅斯國；還是母親有主張，她走到樓梯口，向裡面打聽有沒有許以仁這麼個客人。但見鶯鶯燕燕一大堆，都打扮得花枝招展。裡面很久才傳出話來，沒有這樣的人。

回到家裡，大家又七嘴八舌的叫了一會。姐姐主張去報警，但母親不肯，她怕警察會把許表舅捉起來，關進監牢裡。她無限感慨的說：

「真沒想到你表舅在家裡的時候，是個那麼要面子的人，如今會做出這種事情來。」說著又連連的嘆了幾聲：「幸虧他是偷我們的東西，要是偷了別人的，被人家捉到了，打一頓，或是怎麼了。要是傷筋動骨弄出一個殘廢來，那可是個麻煩。」

「媽媽！我看你是善心善糊塗了。」姐姐又衝著母親吼道：「他做了壞事，你還那樣的護他？被人家捉到打死了，活該！」

「你說呀！徵鳳。他在臺灣又沒別的親人，要被打斷腿或胳臂的，還不得我們養他。」

「你真是的！媽媽。」

七五

我們的餃子店還是開張了，但是費了一番周折。

本來許表舅一走，母親已經萬念俱灰。在那種要人沒人、要錢沒錢的情況下，還做什麼生意。並且對許表舅偷錢的事，母親雖一再禁止聲張，還是瞞不過王伯伯。那是他對我們開店關心的程度，好像比他自己開都重要。我們這樣敲鑼打鼓忙了大半天，又無聲無息的偃旗息鼓，他怎麼會不問。母親自然不會對他保密，祇有照實講。王伯伯又是大嗓門，一叫，便遠近皆知了。

「這就叫『不聽好人言，吃虧在眼前』哪！弟妹。到底被我說中吧？上當了吧？」王伯伯打個哈哈說。

「不要講了，王大哥。我煩死了。」母親緊皺一下眉頭，她已經傷心傷到怕提這件事。

「那你怎麼辦？還做不做生意？」

「我還怎麼個做法？他表舅坑我這一下子，還不夠我受的？那裡還有心思做生意？如今我是窮的什麼都沒有了，這幾個孩子，我有飯吃也罷，沒飯吃也罷；總得把他們拉拔大了，才能了掉我的心願。所以我以後也不想做生意了，祇要能有碗飯吃就好。」母親一面說著一面搖頭，那幾天她灰心到極點，對任何事情都不做希望。

「我不是問你有沒有飯吃呀！」王伯伯是見不得別人煩惱的，他也會跟著惱火，又拉著大嗓門叫道：「我跟你講過多少次？吃飯不用愁，祇要我有飯吃，就有你們的飯吃；你還愁個什麼勁？我是問你，買的這些東西怎麼辦？你看看，這幾張桌子凳子，也值好幾百塊啊！」

「不論怎麼出脫就算了。」母親攤攤手。

「不要摔了一跤，就倒在地上爬不起來，那不成的。這些東西買起來值錢，要往外賣啊！連一半的價錢都賣不到。要叫我給你籌劃，還是做一下試試看。反正東西已經置備的差不多，再用不著多少錢，就可以開張了。」

「我連本錢都沒有，還怎麼個做法？」

「錢你不用愁，有！我們做饅頭生意也賺了幾千塊錢。你要用，我拿給你。可是我也得把話講清楚，我不能把你那一股全拿給你。一來那邊的生意也得週轉，二來你也得留點底。那麼你的生意做好了，沒有話講。萬一做不好，我那邊還有一點底，不至於一下子栽得爬不起來。」

「那我就試試看了。」

「那就這樣講定了，我明天拿給你一千塊錢，大概就夠了。我說弟妹，你那個親戚簡直不是人，他但凡有一點良心，也不會偷你的錢。那天要叫我碰到了，不狠狠的給他幾拳才怪哩。」

「王大哥，你千萬可別打他。」母親連忙說：「他那把骨頭，怎經得起你兩拳頭。」

「他害的你這樣慘？你還這樣護他呀？」

「嗨！」母親嘆息著，拂拂耳邊的散髮：「你叫我怎麼說呢？他是好是歹，都是我的表弟。」

「你的心太軟了，弟妹。會吃虧的。」

我們的餃子店，定名「家鄉餃子館」。由老郭寫在一塊木板上，再往門口一釘。他又買來一大串鞭砲，辟里啪啦放了一陣子，就算開張了。

我跟弟弟仍繼續賣冰棒，母親跟姐姐兩人看店。第一天的生意還不壞，晚上我回家時，還有兩個客人坐在座位上等餃子吃。可是母親包餃子的技術卻太差，她沒有人家餃子師傅那種一捏就是一個的本領；而是把餡挑到皮上捏半天，才包出一個來。這樣就苦了客人，坐在那兒緊等慢等，總要半個鐘頭才能吃到口。

有天，一位先生等得不耐煩，到案子前面對母親說：

「老板娘，你的餃子不是這樣包法。你這樣包，把人都急跑了。我教給你包，保險又快又好！」

那位先生的手藝真不賴，他把餡挑到餃子皮上，再把餃子皮往中間一對，再兩邊一捏就好了。母親也學他那樣包，卻弄了一手餡。因此我們的生意一天比一天差，一來我們的餃子餡都是真材實料，不摻一點假，成本就比別人高。由於調味的技術差，味道反而不及別家好。再加上包得太慢，誰願為了吃一頓蹩腳餃子，等上老半天。於是我們生意最壞的時候，一天祇有六個客人。剩下的餃子餡跟皮怎麼辦？祇有自己吃。

弟弟又在怪叫了：

「怎麼老吃餃子啊？」

「你不是愛吃餃子嗎？」姐姐無奈的笑道

七六

熊熊的火焰驀地騰起來，鍋裡的餃子在沸水中不停的翻滾。於是餃子熟了，一盤一盤盛出來，很快送到客人面前；陣陣香氣也從客人嘴角溢出來。
那是我們的生意沒落一陣子，又否極泰來，上門的客人一天比一天多。這是由於母親經過一段時間摸索，在調餡方面，已能把握住竅門。同時包的方面，也能抓住要領，又快又好，三五個人的餃子，一霎眼就可以完成。最重要的，還是營業的路子改變。我們發覺，憑我們的技術與設備，是不能跟九如等那種館子相比的，他們人手齊全，花樣多、技術好、要什麼、有什麼，大炒小炒，可以毫無困難供應。跟他們去拚，一定死吃虧。
然而這種較大一點的館子，都有一定的營業時間。差不多到了晚上八點鐘左右，都先後打烊休息。我們卻不管那一套，儘量把時間延長，賣到晚上十二點。因此我們店裡在兩頓正餐的時候，客人雖不多；到了晚上九點鐘以後，生意反而好起來。那些逛街逛累了的人，就會走進來，叫一客餃子充充飢。尤其電影散場的時節，人會一下子湧進十幾位，把幾張桌面都擠得滿滿的。
這時候弟弟也最神，他在客人中間穿梭，揩桌子、拉凳子，忙得不亦樂乎。
一面揚著嗓門叫：
「水餃二十！」
「水餃三十！」
我聽到了就用擀麵杖敲敲案子。因為這時候母親一個人已經包不及，我得幫忙她。並且我包的也不比母親慢多少，快得像有節奏一般。
姐姐負責掌廚，餃子煮好了，她就用鏟子敲敲鍋。
弟弟接著就一聲尖叫：
「來了！」
由於他個子小，叫聲卻特別尖，往往這一聲叫，會引得哄堂大笑。這些名堂全是許表舅教他的，許表舅在那裡呢？有人說他去了香港，有人說他在南部，也有個傳說他在坐牢。母親時常在唸叨，說如果他在這裡，有個男人支撐著門面，生意一定會更好。她好像已經忘記被偷的時節，那種呼天不應、呼地不靈的窮途末路景況。

別看這麼個小生意不起眼，它除了供應我們家裡的全部開銷，還有一點點節餘。

這樣到了我讀初中那年，我們家裡已經有了一部腳踏車、一部收音機、一個木製的冰箱。祇要裡面放塊冰，就可以把當天剩下的餃子餡放進去冰起來。母親也慷慨了，偶而會買一兩瓶汽水冰給我們吃。

腳踏車是被姐姐霸佔了。那時候她已經在市立女中讀初三，地點在仁愛路，從我們那兒騎單車前往最方便。並且那當兒上學，能有一輛新單車代步，是很神氣的。因而姐姐對那輛單車就寶貝的不得了，每天都擦一遍，鋼圈跟車樑等處，都擦得蹦蹦亮。她也不准我跟弟弟騎，一回家裡就鎖起來。但是沒有用，我們仍有辦法把鑰匙摸到手，牽出去騎個夠。雖然回來免不了被她吼一頓，沒關係，卻用不著我們幫她擦車子；她怕我們把它弄壞了。

收音機是向田叔叔買的。那時節田叔叔已經跟秀英小姐結婚；人家說秀英小姐有幫夫運，田叔叔那個店，自從結婚後，生意就更興隆了。不過競爭的對象也多起來；那一排竹棚，連著又開了好幾家電器行。

田叔叔結婚，對老郭是一個很大刺激。他比田叔叔大幾歲，看到人家成家立業，自己卻孤家寡人的放單。整天就長呼短嘆，老是悒悒寡歡。

母親便十分關心的勸他：

「你也該成個家了，郭先生。你看人家田先生，成了家，生意也做得興興隆隆。」

「我沒錢哪！」老郭一攤兩手，做出一副窮兮兮的可憐相；同時又故意擺出一股灑脫狀。

「結個婚也不要多少錢嘛！」

他又一笑：「總得有個地方給人家住啊！有個桌椅床鋪。」

「你連這點錢都沒有嗎？」母親不信的看看他。

「毛都沒有一個啊！」這會他笑不出來了，而吐出一聲沉重的嘆息：「我呀！大嫂！什麼毛病都沒有，就是賭的毛病害了我。弄得現在，還是一個窮光蛋。」

「你還賭啊？我以為你祇是過年的時候玩玩。」

「我不賭怎麼辦？」老郭又是一聲嘆：「每天晚上店裡休息後，去都沒地方去，祇有往賭場裡跑。坐在牌桌上，什麼煩惱都忘掉了。」

母親沒再說話，她不是一個擅長勸人的人。

七七

「嗨！你不是趙太太嗎？」

一個正在吃餃子的軍官，猛然抬起頭，向母親驚奇的一望，同時站起來走到母親跟前。其時母親正在包餃子，由於調麵粉的關係，弄得頭上臉上白撲撲的。她急忙回過頭，頓時飛起一臉驚訝，盯著那軍官緊緊一看說：

「你——你是孫先生啊！」

「是呀！我是孫維勤。」那軍官點點頭。

「啊喲！沒想到會在這裡見到你。快請坐！請坐！你看我這裡這個亂樣子，什麼東西都一團糟。」母親忙亂的拍拍身上的灰，把案子上的東西整理清爽。

「怎麼賣起餃子來了？」

「混飯吃啊！」母親悽愴的一笑。

「我說大家幾年沒見面，好像都變了樣子。」孫維勤兩手抱在胸前，挪動一下腳步說：「我絕沒想到你會在這裡賣餃子，所以差一點不敢認了。」

「我卻認得你。」弟弟橫裡插了一句。

「你是徵麟對不對？長得這麼高了？」孫維勤低頭看著他說，伸手在他頭上摸摸。然後他又指名喊姐姐，喊我，都能正確的叫出我們的名字。但我們對孫維勤，也同樣印象深刻。在青島的時候，他是到我家走動最勤的一個人；當時他的官階，肩上才不過三根扁擔；如今的衣領下，卻金燦燦的閃著一朵耀眼的梅花。那時節他所以經常往我們家跑，是在追我們學校的一位漂亮女老師。那位女老師就住在我們那條巷子的對面，並且跟母親還有點小交情。

給他鼓勵最多的，還是父親。在這方面，父親是一個作風十分開明的人，他鼓勵部下交女朋友，更鼓勵他們追漂亮女孩子。他把談戀愛比做打仗，認為能費勁的攻下一座城池，才夠刺激。如果還沒用力，對方就豎起白旗，多洩氣！並且在愛情戰場上，要沒有披堅執銳衝鋒陷陣的勇氣；真正打起仗來，還有什麼勁兒？他也要母親幫孫維勤，為他跟那位女老師搭一座愛情的鵲橋。因此孫維勤每次到我家來，都會帶點小禮物給我們姐弟。

他就那般追追磨磨，耗了將近一年的時光，居然被他磨出一點影子。沒想到接著是青島撤退，在那當兒男女的愛情有兩種情形，一種是戰亂把一樁不成熟的愛情，加速度的促成了，然後草草的成婚。一種是把一樁閃耀著美麗希望的愛情，無結果的拆散。孫維勤跟那位女老師的愛情，便走上後面這條路。這怨誰呢？怨他？怨那位女老師？怨戰亂的無情？在那個時代，戰亂帶給人類劫運，何止愛情一方面。多少生靈塗炭，都在戰火衝天中，把一齣精采動人的喜劇，攔腰截成一幕無結果的悲劇。

由於還有客人等著吃餃子，母親祇有一面包著餃子，一面跟孫維勤談話。孫維勤便自己把他那盤餃子，端到靠近麵案的一張桌子上。

「你們是什麼時候住在這裡的？趙太太。聽說我們團裡找你們好久哇。他們祇曉得你們在青島坐的那條船，直接開到臺灣來了，卻不曉得你們去了那兒。所以到處打聽，還登過報，都得不到你們的消息。」

「我們來臺灣就住在這兒，沒有動過。他們找我們有什麼事情？」母親望著孫維勤關心的問。

「好像是要給你們辦理撫卹還是眷屬補給的事情。」

「什麼叫眷屬補給？」

「現在不同囉，現在有家眷的官兵都抖起來了。」孫維勤仰仰臉，側著頸子說：「大人小孩都有配給品發。因為副團長是作戰陣亡的，按照上面的規定，也有配給。不過詳細的情形我也不十分清楚，得回去問問才曉得。」

「真的？都配給什麼東西呢？」

「聽說有糧有錢。」

「那就勞駕你，幫我們打聽打聽，孫先生。看怎麼個配給法？都有些什麼手續？」

「那還用你說嘛！」孫維勤慨然的表示：「我回去就給你辦這件事，等會你把地址抄給我。我問過以後，馬上就給你寫信。」

「謝謝你，孫先生。」

「我說年頭亂的，人想碰個面都不容易。」

「誰想到年頭一亂，就亂成這個樣子。要不亂，你跟劉老師的事情，不也成了。」

「你曉不曉得她現在住在那裡？」他往母親面前湊了湊。

「她——她出來了嗎？」母親來到這裡，就窩在這裡，對外界的事一概不聞不問。

「有人說她出來了，還在什麼地方教書。可是怎麼打聽，都打聽不到她的消息。」

「我倒沒聽說過。在青島的時候，祇曉得她父母祇這麼一個寶貝女兒，不放心她一個人出來。後來怎麼會放她出來，就不清楚了。我來到臺灣就窩在這裡，動都沒有動過，什麼消息都沒聽到。」

「請你也給我留意一下，要碰到同鄉或什麼人，幫我打聽打聽。能有她的消息，我還想去找找她。」

「那是一定的，說不定她還在找你呢。我說大家逃難逃的，把頭都逃昏了。在我們這條街上，就有兩個很好的朋友，一個住在街這頭，一個住在街那頭，就找的要死。後來兩人到豆漿店吃早點，竟無意間碰上了。」

七八

我們眷屬補給，在孫維勤的奔走下，終於辦下來了。

這件事是怎麼辦成的，我不十分清楚，祇知道母親為這件事操了不少心，唯恐會拿不到。那是由於申請的時間晚了，要補辦，手續就比較麻煩。好在是父親那些證件都沒丟，又有服務單位幫著跑，再加上是有案可稽的陣亡將士。並且照政府的規定，對陣亡將士家屬，應特別優待跟妥善照料的。因此我們第一次領到的補給品，不但有當月的錢糧，而且還向上追補了一段時間。

母親緊鎖的眉頭展開了，來臺灣後第一次露出那樣快慰的笑容。也難怪母親過去的面容都那麼陰沉沉，偶而展顏一笑，也是強顏歡笑；內心裡仍是苦的。生活的擔子壓人嘛！心情怎麼能開朗起來；世界上有幾個人，能在一天到晚愁吃愁穿的情形下，露出真正的笑容？

如今那個沉重的擔子，突然從她肩頭卸下了一大半；她身上一輕，怎麼能不樂？那種開心的程度，就像一陣春風拂過她的臉，把蒙在上面的那層厚厚雲翳，掃得乾乾淨淨。並掃出一抹光艷艷的朗朗晴天，好亮好亮啊！

姐姐笑著對母親說：

「媽媽，你突然變得好年輕啊！」

「真的？」母親笑容可掬的問。

「是嘛！你的臉色也不像過去那麼灰灰的。」

「嗨！」母親嘆了一聲，這一嘆，像吐出了多少年的辛酸：「過去媽媽一天到晚都在愁裡過日子，臉色怎麼會好？現在我們每人好歹都有一份糧，每人每月都有三十塊錢。日子雖然不能過得怎麼富裕，可也吃不愁穿不愁了，我還有什麼好愁的？」

姐姐好像又變小了似的，過去她總那麼善體母心，能省就省，從不亂花一毛錢；也從不對母親做任何要求。並且自從開了餃子館以後，母親手頭也活了一點，有時也會給我們三毛五毛零用錢。我跟弟弟是母親當天給多少，當天就花多少，絕不會留做第二天花。姐姐的零用錢，經常在口袋裝上十天八天，仍原樣不動。

那天她卻對母親說：

「媽媽，我要買一雙皮鞋。」

「買雙皮鞋要多少錢哪？」對於皮鞋的價格，母親打來臺灣就沒關心過。我們姐弟上學都是穿膠鞋，在家便穿拖板。母親更一年到頭都趿木拖板，祇在過年過節的時候，才把她從青島穿出來那雙老古董，拿出來在腳上風光一番。

「大概要三四十塊錢。」

「太貴了，徵鳳。」

「可是我們很多同學都有皮鞋，就我沒有。跟人家比起來，我好土好土啊！」姐姐搖著母親的臂，帶著求告的神態：「給我買一雙嘛！好不好嗎？」

母親掉臉看看姐姐，好像要答應。

可是她又慢慢的說：

「你不要以為領了多少錢哪！徵鳳。就要大扎撒手的往外花。沒有幾個呀，還是要省著點用。」

「我知道哇，我祇要一雙皮鞋，別的什麼都不要。媽媽也不是不曉得，過去弟弟們要這要那，又是糖果，又是蛋糕，我要過什麼東西？什麼都沒要過！我早就想買一雙皮鞋了，可是我知道家裡沒有錢，也不敢開口。現在給我買一雙嘛！祇不過三四十塊錢。」

「好了！好了！給你買！」

母親突然慷慨起來，又問我跟弟弟：

「徵龍、徵麟。你倆想要什麼，每人給買一樣。」

要什麼？我一時竟想不出什麼東西好。平時沒有錢買，看到街上那些物品，覺得每一樣都需要。現在母親一問，細想一想，又都不是迫切需要的。

倒是弟弟有主意，他眼珠子一轉說：

「我要吃一隻大雞腿，媽媽。」

「你就沒忘吃。」母親笑著啐他一口。

「我也吃雞腿。」我緊接著說。

弟弟的話還沒完，他又補充說：「媽媽，你還得給我兩塊錢，我早就說要買本童話給嬌嬌。可是童話書要四塊錢一本，我祇攢了兩塊錢。」

「好吧！」母親慢慢眨了兩下眼，思量著說：「今天我什麼事情都答應你們。可是你們也該曉得，這些補給都是你爸爸拿性命換來的。聽說上面的規定，我可以吃到老，你們可以一直吃到長大成人。所以我想了好幾天，這錢拿到後，等爸爸忌辰的時候，要好好祭祭他。可憐你爸爸，他死的時節，正碰上亂的時候，什麼事情都是草草了事。來了臺灣這些年，家裡始終都艱難。再加上我也沒心情，好像把他忘了似的。」她的眼淚也隨著滾下來。

「媽媽。」姐姐過去推推母親：「剛剛講話講得好好的，怎麼又傷心起來？」

母親推開姐姐，揩揩淚又說：

「另外我這樣想，祭過你爸爸，我們就請一次客。這些年來，能一次又一次渡過那些難關，都是王伯伯跟李先生這些人幫的；不然的話，我們不知道慘到什麼樣子呢？人家這些恩情，要叫我們還，一輩子都還不清。那就趁祭你爸爸的時候，多買點菜，請他們到家裡吃一頓飯。多少也可以表示一點我們感謝的心意。」

「可是很多人已經不住在這裡了。」

「不在就算了，能請到幾個，就請幾個。」

七九

在我們請客那天，王伯伯跟老郭竟一言不合衝突起來。吵架的原因：是起在王伯伯新請一個幫忙的女孩子阿秋身上。那是我們開了餃子店，王伯伯見人手不夠，就從鄉下找來這樣一個女孩子。人很老實，也勤快，模樣倒不怎麼出色。王伯伯這個人，是一根腸子通到底的性格；他要對誰印象好了，就護得像自己的人一般。而討好他也最容易，祇要勤勞、誠實，不惹事生非；就是他心目中的大好人。

而他最瞧不起的，就是像老郭那種人，口袋裡裝不住一文錢；一有了錢，非輸光或花光才甘心；不然就好像燒的慌。那天老郭偏偏在飯桌上，捋老虎鬍鬚。

「我說饅頭老王，你們家那個阿秋很不賴啊！」

「你小子！少打歪主意。」王伯伯一瞪眼說：「也不自己撒泡尿照照，你配阿秋啊？」

「說你饅頭王是頭牛，你簡直比牛都不如。我說一句阿秋不賴，就那樣緊張兮兮的！」

「你郭耗子，還有他媽的好心眼？」

「你老王把阿秋護得那麼緊幹什麼？」老郭伸手指指劃劃的說，他雖然面帶笑容，但幾杯酒下肚，臉色也紅紅的：「莫非你要留著自己用？」

老郭這話的聲音剛落，指指劃劃的手猶未收回去。但見王伯伯把他那隻像黑鋼叉的大手，順勢猛一抓，便抓住老郭的手腕。然後向前一拽，祇聽一陣稀里嘩啦響，椅子木凳被帶倒好幾張；另一隻手的拳頭也向老郭播過去。

「幹嘛呀！幹嘛呀！」幸好李先生眼明手快攔住，老郭才倖免四腳朝天的厄運。

王伯伯的拳頭被攔住，氣仍沒消。他把老郭又往前猛一拉，接著向後猛一推。老郭的兩腿，便自己做不了主的一般，連著幾個踉蹌，倒退到牆根下。

他一面氣吁吁的對李先生說：

「這小子說的是人話嘛！我王百富沒孽好做啦，去糟蹋人家的大姑娘。」接著驀地轉過身，直指著老郭：「這樣的，郭耗子，我知道你想老婆想昏了頭！你要能拿出一千塊錢來，我幫你對阿秋講。阿秋沒有陪嫁的，我老王拿一千塊錢給她做嫁粧。你要拿不出那個錢？就別做夢！你要敢動阿秋一根汗毛，不腦袋開花才怪呢？你聽到了沒有？我老王要說話不算話，我這個姓就倒過來姓。」

「倒過來姓，還不是姓王。」李先生打個哈哈說。

八十

我們搬家到永和鎮，對我們來說，是來臺灣後第一件大事。那是我們把中華路的竹棚頂出去，用頂的錢在永和買了一棟臨街的小破房，跟一大片地面。

談到往外頂房子，經過是這樣的：有天晚上我們店裡來了三個客人，他們叫了一盤餃子，一面吃著，一面向屋裡不停的打量。他們的目的顯然不是吃餃子，因為他們吃得很慢，到客人走光時，還剩下一大半。其中有一位胖胖的先生見母親有空了，就開門見山的問母親，這間房子是不是往外租？要頂也可以。他們幾個人看中這個地腳，想在這一帶找個店面做生意。過去對我們這間竹棚打主意的人，固然也很多。卻沒人像他們這樣，一開口就把目的說出來，好像非弄到手不可。

母親對這間竹棚，自始就不想讓給別人做生意。自從開了這家餃子店，更決心在這裡紮根了。便很客氣的對他們說：

「我們不想讓給別人做，先生。我們自己開這麼一個小店，雖然沒什麼大生意；可是我也不想發大財，能維持生活就好。再說一家人住在這裡，什麼都方便；要讓給別人做，到那裡再找這樣的地方？」

照說母親把話說明白以後，他們就該識趣才是。但三人依舊賴著不肯走，一個勁跟母親磨菇。這三個人也搭配得很好，一個胖胖的，一個高個子，另外一個卻又矮又瘦。那一高一矮的兩位先生，就像演雙簧般，你一言，我一語，舉出許多於我們有利的理由：什麼這個地點太吵了，對我們姐弟讀書有影響。什麼像我們這樣做生意，簡直是糟蹋這塊黃金地段，忙得要死，錢還賺不到，苦的太不值得。如果能租給他們，他們出的租金，不但可以租個比這兒清靜的房子，剩下的錢還可以維持全家的生活。何況這兒的地皮是公家的，住也是暫時性，說不定過個三年五載，公家就會收回去。現在要能頂出去，用頂的錢可以在鄰近的板橋或永和買一大片土地。並且他們把租的價錢出到每月六百元，頂價出到八千元。這數字倒把母親嚇了一大跳，當時花上百把塊錢，就可以在偏僻的地方，租個我們一家四口住著很寬敞的房子。至於八千塊，更是一個大數目，於是母親堅決不往外租的主張，便動搖了。卻沒因此亂了分寸，祇答應他們，考慮考慮再講。

在這夥人當中，胖先生大概是個頭。在他們走的時候，又一再的對母親說：

「趙太太，我過幾天再來聽你的回話。」

「好的。」母親點頭的答應。

「在這裡我也請你答應我一聲。」那位胖先生走了幾步又回過頭來：「你這間房子租也罷，頂也罷，一定要讓給我們。價錢嘛！還可以商量。」

「你放心！趙太太。」高個子也上來幫腔：「我們決不會使你吃虧。做生意講究的是『和氣生財』！」

瘦子當然也不甘寂寞，在一旁加強語氣說：

「你聽我說！趙太太。你絕不能在這裡住，一定要找一個清靜的地方住才好。你看你這位小姐跟這兩位少爺，全都長得天庭飽滿，地廓方圓，貴相啊！你一定要好好培植他們；找個清靜地方，讓他們好好讀書才行。他們把書讀好了，你就有享不完的福了。」

八一

那夥人前腳走出門，老郭竟從後面走進來。人類感情的連繫，就那麼奇妙，往往一件極平常的事故，就會產生意料不到的效果。我們對於老郭，僅大年初一那一頓餃子，就吃出親密的感情。現在他對我們的什麼事情都關心，對母親也益加敬重。如果有事找他幫忙，更會一口答應下來；高高興興幫我們做。

原來那三人跟母親談話的時候，老郭恰好到租我們那個房間裡放東西，聽到他們的談話。當時不便直接進來參加意見，便在那兒留神的聽。他對這個地段的房子行情也很清楚，怕母親會吃虧。

「我在後面聽你們的談話，大嫂。好緊張啊！」

「你緊張什麼？郭先生。」

「我怕你答應他們哪！」

「我那裡這麼容易就答應。就是要答應，也得先找你們商量商量，請你們幫我出個主意。」

母親這樣一講，就表示看得起他。老郭一樂，好像把剛才緊張的勁兒全鬆掉。大模大樣往凳子上一坐，翹起二郎腿，手摸著腳丫子說：

「他們出六百塊錢就要租你這個房子，那門都沒有。你問老申，八百塊錢他租不租？他照租不誤。再說頂吧！八千塊錢就是一個大數目了？差的遠哪！你曉不曉得那邊那個老尚？也是你們山東人。他那間棚子，論大小，論新舊，論地點，那一樣都比不上你這間。他頂了多少？一萬二千塊，還有人說頂便宜了。」

「真的？」母親驚訝的說。

「怎麼不是真的，這裡誰不曉得。」老郭伸手轉個圈子一比劃：「要拿他那個跟你這個比，他們不出一萬五千塊以上，你就不要鬆口。」

「能頂那麼多嗎？」母親又是一驚：「他們出我八千塊錢，就把我嚇了一大跳呢。這麼一個破房子，什麼東西都沒有，那裡值那麼多錢？」

「人家是頂這個地點呀，這個地點值錢。不信你去問饅頭老王，他的話你信吧？」

「我不論是租或是頂，都會找他商量。」

「你找他沒有用。」老郭搖搖手。

「怎麼沒有用？」

「不是我門縫裡看人，把饅頭老王看扁了。他人是好人，就是太直了！一點彎彎腸子都沒有。耍心眼，他還不成，叫人家用好話一套，就掉到人家的圈圈裡。如果你真要頂，我幫你找人。要講耍彎彎曲曲心眼，我比饅頭老王多得多。不給你頂個一萬五千塊，你就要我的腦袋。」

老郭說完把手往上一揚，憑空把五個手指一伸。那姿態像真要把頭扭下來似的。但他把手一收，又接著說：

「說良心話，趙大嫂。如果是別人要把這個棚子八千塊頂出去，我一定給他一萬先頂下來，一轉手三五千塊錢好賺。可是你，我就不能這樣做了，你對我太好了。我怎麼可以昧著良心，賺你的錢呢！」

「你怎麼跟王大哥那樣不對頭呢？」母親笑道。

「他把我看扁了嘛！我那天不過講了阿秋一句，他就認真了！吹鬍子瞪眼，要我拿出一千塊錢來。他就瞧準我沒有錢哇？未免太小看人。他又有什麼了不起？不過是一條牛，有幾斤蠻力氣罷了！」

「你為什麼不跟他賭這口氣呢？」母親順口一激：「你攢一千塊錢，也不是難事情？」

「是啊！」老郭勁頭十足的說：「我總不能輸給個大饅頭啊！你沒見我這幾天都在數火車嗎？」

「數火車？數火車做什麼？」

「不數火車幹什麼？每天休息了以後，不去賭錢，睡覺又太早。上街吧，又要花錢。搬張椅坐在後面，過來一列火車，數數它幾個車廂；過去一列火車，數數它幾個車廂，消磨時間哪！王饅頭說攢一千塊錢，我非攢兩千塊錢給他看看不可。叫他曉得我老郭，也不是一個沒志氣的人，所以剛才才會聽到你們的談話。要是像過去，吃過飯就往牌桌上一坐，那裡有工夫管這些事情。」

「你能賭這口氣就好了，郭先生。」

「你看吧，大嫂。我老郭要沒有這點志氣，還混個什麼勁？我如果攢不到那個錢，你以後見了面，就啐我！罵我！我一句話都不講。」

老郭說完站起來，用力搓搓手，轉動著頭四周瞧瞧，顯出一種顧盼自得的神態。看那個樣子，真像脫骨換胎，大有浪子回頭金不換的味道。

「趙大嫂，就這樣講定了，你這個房子不論怎麼樣處置，都跟我講一聲，我給你拿主張。」

八二

不管老郭怎樣講，母親最相信的人，還是王伯伯。然而王伯伯確如老郭所說，是一個濫好人。嗆著毛一摸，就會火爆三千丈；順著毛一摸，就什麼事情都好辦。叫人家拿三句好話一矇，就隨著人家團團轉，乖乖的聽任擺佈。所以她除了跟王伯伯商量外，便在一天下午，把李先生、申先生、老郭等幾個人，都請到家裡來。尤其李先生，那時節已經不住在中華路，在別處開了一個小工廠，來一趟十分不容易。但母親曉得，他是最有主見的人。

王伯伯對李先生也很佩服，曾坦白地對別人說：

「我對李先生是沒有話講啊！他講什麼話，我就聽什麼話。人家書讀的多，世面見的大，有見識嘛！我這個啥事不懂的大老粗，不聽他的聽誰的？」

那天他卻反對李先生的意見。

因為照李先生的看法，我們這間竹棚，不論是租是頂都好，就是不贊成我們自己做。他認為母親做來做去，都做不出什麼名堂。那是母親太老實，這兒又是一個五方雜處的場合，她不適合在這兒跟那些老江湖鬪。同時那些老江湖，都是三江五湖混了多少年，每個人都精得像猴子一般，眼睛瞪得似銅鈴。不論開館子或是賣雜貨，都是當街攔生意，見了客人就搶啊！拉啊！叫啊！喊啊！母親行嗎？樣樣都不行。再說這地腳的生意，多數都是獅子大開口，值一喊十。一手拎著糖罐子，一手拿著刀，甜言蜜語把客人誘上門，再狠狠的宰一刀。也不怕會把顧客嚇跑，就有人喜歡這種漫天開價，就地還價的調調兒。那樣就不如把它讓出去，如果是租，就拿租金到別處，租個便宜點的房子，剩的錢也夠過活了。如果是頂，就拿頂的錢再去弄個房子，本本分分做個小生意，也一樣過得去。

王伯伯反對的意見，是認為把這樣一個好的地腳，讓給別人去做，實在太可惜。他也不相信生意會做不起來，他的信條是一個「勤」字；一勤天下無難事。那麼祇要勤快一點，就沒有做不好的事情。

李先生還是把王伯伯說服了，當場交給老郭幫我們辦。老郭也大包大攬，一口答應下來。王伯伯雖然跟老郭不對頭，無奈是李先生提議的，他當面不好說什麼。

可是背地卻再三對母親說：

「我說弟妹，對郭耗子這小子，你可要注意呀，他猴兒把戲的，沒什麼好心眼。」

「郭先生對我，不會耍什麼花樣。」

「你怎麼這樣實心眼？郭耗子現在窮得什麼似的，他不見了錢就抓才怪？他抓你個千兒八百，你怎麼辦？想從他腰包裡再弄出來，難哪！」

「你也別把郭先生說得那樣壞，我天天打量著，他好吃好玩倒是真的。論心術，還挺好的。」

「你說吧？弟妹。吃喝嫖賭，他那樣不沾。」

「一個三十多歲的男人還沒成家，也怪可憐的！」

「他想成家就該好好存錢哪！整天吊兒郎當，賺一個錢，花兩個錢，光想有什麼用。還打我們阿秋的主意呢？他憑那一點啊！」王伯伯說著，氣也像漸漸平下來。

可是他剛要去坐椅子，但屁股還沒沾到椅子面，又忽的站起來，臉紅脖子粗的吼道：

「我跟你說，弟妹。我們是從青島一道出來的，患難之交。別人的事情我不管，你的事情卻一定要管；我不能讓郭耗子欺負你。所以不論你說什麼，將來我一定要他把賬目仔仔細細算給我聽；他要敢剋扣個一分一毛錢，我不扭掉他的腦袋，我就不是人！」

「你可知道，王大哥，人家已經在學好，你不是講他攢一千塊錢，就給他介紹阿秋嗎？他要攢兩千塊錢給你看看呢，所以晚上連門都不出。」

「他呀！」王伯伯側臉啐了一口：「他要下得了那個狠心，不至於像今天啦。」

「他那個樣子，很有決心似的。」

「三天！要超過三天，我服他！」

八三

一間熱鬧街衢的店面房，不論頂或是租，想拿個合適的價錢，不是一蹴可成的。固然紅條子貼出去，有很多人來看，價錢卻都沒談成。那位胖胖的先生又來過一趟，但頂的價錢最多出一萬，租的價格出到八百，與老郭認為的合理的價格相差很遠。這時母親已經完全放手讓老郭辦，他不同意，就不用談。

拖了差不多一個月，有一位劉先生看上這個地腳，價錢出到一萬六千塊錢，老郭便給我們決定了。同時他也在永和秀朗路，給我們物色一塊土地，有五百多坪。靠著路邊還有三間小破房，索價一萬塊；經過一番討價還價，以九千塊成交。

母親對那幢小房子並不十分中意。因為它實在太破，必須好好修理一番才能住。但對那片土地卻十分喜歡，在她心裡，覺得有了土地，就有了依恃。

王伯伯生長在農村，熱愛土地。他見到那一大片空地時，滿臉洋溢著喜悅說：

「有地就好啊，弟妹。有了地，就有地方可以紮根了！不會像虛浮在半空一般。」

「我也是看好這塊地呀！王大哥。」

「我要是將來沒地方住了，你隨便給我一個地方搭個茅棚就夠了。」王伯伯大聲笑道，接著語調一轉：「開玩笑了，你王大哥要混到那個地步，還有臉前來見你啊？我給你出個主意吧！就在這裡開個豆漿店吧！」

「這裡行嗎？王大哥。」

「這裡人來往不少啊，那邊還有部隊。反正你又不想發大財，維持個生活就夠了。另外再花個一千兩千，一方面把這個房子修一修，一方面在後面加蓋兩間。前面的做生意，後面的住家，就太舒服了。比起中華路整天吵吵鬧鬧，強似一百倍。」

母親完全接受王伯伯的意見，仍想請老郭幫我們辦。但在這個節骨眼，不知那裡空穴來風，大家繪聲繪影的傳說，老郭替我們買賣房子時，從中得了很大的好處。

這傳言使母親也很煩。儘管她對老郭仍深信不疑，同時老郭當初接這樁工作時，大概也怕別人說閒話，也是謹了再謹慎。不論賣或買的時候，都把双方當事人找到一起，面對面的談。有時也把王伯伯拖來參加討價還價。照這種情形看，裡面絕不會有一點鬼。那種一清二白的態度，連王伯伯都服他。

可是傳言這東西，有其迅速的流動性和氾濫性。並且一氾濫開，堵都堵不住那些悠悠之口，似有一種唯恐天下不亂的心理，好在一旁看光景。這流言止不住還不打緊，並且越傳越離譜，最後竟罩到王伯伯頭上，說是從他那兒傳出來的。氣得他指天劃地的發誓：

「弟妹！你講！我會說那種話嗎？我要說了那種不憑良心的話，出門就被汽車撞死。我見郭耗子這件事辦得那麼好，我還直誇他哩！說他總算辦了一件人事！這從何說起呢？我是那種說話不憑良心的人嗎？」

母親當然儘量安撫王伯伯，說她絕對相信他，不會背後說老郭的壞話。但安撫了這邊，卻安撫不了那邊。老郭也氣得兩腳亂蹦亂跳，來找母親訴冤：

「大嫂，修房子的事情，你別再找我幫你做了，你的事情，我以後一概不管了。」他一面堅決的揮著手，表示要就此罷休，把母親託他的工作一概推開。

「你別信旁人的話，郭先生，我信你就成了。」

「你還是另外託人吧，大嫂。不是我不幫你。你看，我現在弄得灰頭土臉的，跳到黃河都洗不清。」

「你叫我託誰呢？還有誰好託？他王伯伯又一天忙著賣饅頭，抽不出一點空來。再說他辦這種事，比你郭先生差遠了，那個腦筋一點不活。」

「嗨！」老郭攤開兩手不停的抖動著說：「你不說王饅頭，我的氣還不大呢！一提到他，我簡直要炸了！別人說我得了好處倒罷了，竟然是他說的！他又不是沒參加賣房子跟買房子的工作，我有沒有存一點私心，他該看出來。他當面不講話，背地卻瞎嚷嚷，是什麼意思？是不是故意跟我老郭過不去？不讓我在這個地腳混？」

母親見他的臉氣得慘白，便柔聲的勸道：

「他王伯伯怎麼會存那種心呢，他也為這件事弄到他頭上，很不開心呢，我勸他兩句也就算了。你聽我說：郭先生。俗話兒說得好，『不做虧心事，不怕鬼叫門』。你放心，日久自然見人心。」

「他當然算了！他是『吃了燈草灰，放的輕巧屁』。放過自然沒事了，卻把別人臭慘了！現在大家都曉得我吞了你的錢；我還有啥臉見人哪？」

「你再聽我說一句好不好？郭先生。」

「好！你說吧。」

「這都是流言害人哪！我們可不能受流言的害。」

「好了！好了！大嫂。修房子的事我還是幫你辦，我剛剛想過了，我這麼一撒手，你一時也實在找不到一個合適的人。要你一個女人家跑來跑去，也於心不忍。至於王饅頭，我一定要找機會，好好跟他理論理論。要他講講，我的心到底黑到什麼程度？吃到你寡婦孤兒身上了。」

八四

老郭竟真跟王伯伯當面衝突起來，因為我們秀朗路的房子修好後，也搬過去，母親便整治一桌酒席，請那些勞苦功高的人。王伯伯全家，李先生，申先生，以及老郭全到了。

席間王伯伯不曉得怎麼開了老郭一句玩笑：

「你小子，還有好心眼！」

這句話一出口就炸了，祇見老郭忽的站起來，一轉身就不見影子。大家正奇怪的時候，他卻從廚房猛然竄出來，手裡拿著一把明晃晃的菜刀。他走到王伯伯對面，一伸手就抓住王伯伯胸口的衣襟說：

「這樣的！王饅頭！我們今天得把話說清楚。過去你背後那麼糟蹋我，說我吞了趙大嫂的錢，我都忍了！今天你又當著大家的面，說這種話，你到底什麼意思？是不是存心跟我過不去？好了！」老郭把握刀的手往上一揚，一面就伸手解自己胸口的扣子：「今天就當著大家的面，我把心掏出來給大家看看，我老郭是不是那樣子黑心？吞沒吞過趙大嫂一分一毛錢？」

「幹嘛呀！幹嘛呀！」李先生死命抓住老郭握刀的那隻手，申先生便跟母親往後推他。

王伯伯呆了，也嚇得臉都變了顏色。

王伯伯呆了半晌，靜下來，震天般吼道：

「這樣的！郭耗子。我也在這裡把話說明白，我要說過你吞趙太太的錢，我就是狗養的。」

「我要吞了趙大嫂的錢，也是狗養的。」

老郭說著把手裡的菜刀往桌子上一拍，又大聲吼道：

「你們大概見我對趙大嫂的事情這麼熱心，又這麼勤快，就對我起疑心？以為我沒懷好心眼。好了！我們今天要把話說明白，就一起說明白。為什麼？因為趙大嫂對我太好了！那是好幾年以前的事情了！我大年初一起來，連口熱水喝，連口熱飯吃，都沒有啊！是趙大嫂把我叫到她家裡，拿熱水給我洗臉，拿酒給我喝，給我餃子吃。這份情，叫我怎麼報答啊！」老郭激動起來，兩手又猛一拍桌子，把桌子上的一些盤盤碗碗，震得嘩嘩啦啦響。

接著又口沫橫飛的說下去：

「我一輩子也報答不了啊！這不是平時啊！平時你請我吃個十餐八餐，沒什麼稀奇呀！這是大年初一呀！你說！王饅頭！」老郭把手指向王伯伯，激動得直喘氣：「你自己認為是個有義氣的人，可是那年大年初一，你曉得我老郭有多慘嗎？當然你不曉得，你們老婆孩子一家人在樂呀！還管別人有沒有飯吃？是趙大嫂照應我啊！我怎麼能夠不感激？如今她有事情找到我，我還有二話說嗎？我要是這點腿都不幫她跑？我還是人嗎？連畜牲都不如了？我要再吞她的錢，天地都不容啊！」

「這話說得有肝膽。」李先生在一旁直點頭。

王伯伯也上前一把抓住老郭說：

「你真行！耗子。這話說得有筋骨，我服你。我們這個朋友，還得好好交一交。」

八五

我們的新居實際祇增加一個房間，另外把原來的三間，也徹底修了一遍，並添建一個廁所。這個廁所是蹲式的，也沒有沖水的設備，用過之後，得提桶水洗一下，然後再用一個上面釘著把手的蓋子蓋緊。不過水肥卻不用耽心，是農人爭取的肥料，會有人定期駕著牛車來掏。這情形也祇維持幾年，後來找他們來掏時，就得給幾個錢。

房間是這樣分配的，母親跟姐姐住一間，我跟弟弟住一間，陳設都極簡單，祇床鋪書桌而已。餘下的兩間便供做生意，添置一點家具，也就開張了。

我們的豆漿店，一開起來生意就不壞。大概是房子剛修過，看起來十分乾淨清爽，桌凳也比較齊全。並且我們也不自己打燒餅油條，祇替別人代賣。門口沒有那種用汽油桶改造的大烤爐，屋裡就不會烏煙瘴氣。灶上祇有一個豆漿鍋，和一些盤盤碗碗跟各種佐料。所有的燒餅、油條、蛋糕、麵包、饅頭、包子。都用一個玻璃櫥罩起來，給人的感覺就不亂。

不過真要講生意好，也好不到那裡去。這裡離熱鬧的街衢到底比較遠，住的人家也少。每天來吃早點的，固定都是那幾個人，久了記都記得清。

弟弟調皮，他給常來的客人，背地每人偷偷取了一個外號，並記下他們的習慣。

歪頭：甜豆漿、燒餅、油條。

禿子：鹹豆漿多加辣椒油、包子。

赤腳大仙：饅頭、豆漿。

豬嘴：怕胖，豆漿不加糖。

每逢這些人進門後，弟弟不待他們吩咐，便叫起來：

「甜漿加蛋，燒餅一套！」

可是這工作對我們姐弟來說，比在中華路賣餃子的時候還要辛苦。在那兒賣餃子時，母親雖然也要很早就起床到中央市場買菜，但都是自己悄悄起來，悄悄出門，不肯驚動我們。這兒就不同了，每天早上大概四點鐘，母親便會拖死豬一般，把我們一個個從床上拖起來；用冷水洗把臉，便分頭工作。這樣一直忙到六點多，每人吃一碗豆漿，也該背起書包上學了。

我跟弟弟的工作，是負責磨豆漿，工具是用一根帶彎的拐棍套在磨盤上，兩手抓著來回推拉。磨盤就會隨著拐棍轉，豆漿便點點滴滴流出來。

為了工作公平，我跟弟弟訂了一條規定，每人推兩百下，就換人。換下來的人，就得照應磨盤頂上的豆子，把它往磨眼裡撥。由於推磨的工作熟了，兩臂一收一送的時候，就會出現一種節奏感，閉起眼睛在半睡半醒狀態，都可以照做不誤；雖比較費力氣，但卻省精神。不像照應豆子，不撥時會磨空；撥得太多，會把磨眼塞死，時時刻刻得注意。這也是我跟弟弟糾紛最多的地方，他為了不願照看豆子，經常推了兩百下，祇說一百五；還要閉著眼睛多迷糊一陣子，我也祇有讓他。如果我的次數少算了一次，他死也不肯幹。至於我是否推足兩百下，還是他給我打了花碼，也沒有紀錄可查。

母親負責做包子跟饅頭，包子分兩種：一種是做成三角形，豆沙餡。一種做成圓形，肉餡。姐姐的工作是負責蒸包子，及其他雜項事情。

小孩子的通病，是晚上不肯早睡，早上不肯早起。那時候我們最喜歡的廣播節目，是中國廣播公司的廣播劇，在中華路的時候，工作雖累，卻可以打開收音機，一面工作一面聽。現在晚上一吃過飯，母親就把我們逼到床上去，連這項享受也沒了。

好的是姐姐已經考取公費師範，什麼費用都不要，還有零用錢帶我跟弟弟看電影。同時母親也不像過去那般東算西算，我們要錢時，祇要理由正確，都會給。

八六

王伯伯最傷心的事，是王大虎連著考了兩年高中，都沒考取，他由於自己沒讀多少書，終身都感遺憾。所以望子成龍的心理，比任何人更迫切，一心一意想讓孩子出人頭地。無奈王大虎不是讀書的料，第一年沒考取，他把他狠狠打了一頓。第二年又沒考取，就祇有認了。

於是他把王大虎送到一個麵包廠做學徒，這下算給王大虎選對了路子，使他學到一份好手藝。王大豹考高中，倒一試而中。可能是遺傳的關係，他在初三那年，突然冒起來，像根電線桿一般，長得又瘦又高。因此一到高中，就成了打籃球的好材料；他也有那方面運動細胞，跑得快，彈性好。成為學校籃球隊前鋒，打得聲色俱佳。

這一來王伯伯緊張了，他大老遠來跟母親說：

「他媽的！我花錢要他去唸書，他倒玩起球來。」

「小孩子，好玩嘛。讓他玩玩好了，何況打籃球也不是件壞事。」母親對這種事，向來看得很開。

「不行啊！弟妹。他整天抱著個球，連書都不讀，他不能打球打一輩子啊！那將來考大學考什麼？考球啊？你一定要幫我開導開導他，他還聽你的。我呀！磨破嘴皮都不中用。你說打吧！大豹這小子，我打了也不知多少次。他媽的！越打越壞，我總不能一拳頭砸死他？如今我打也打夠了！罵也罵夠了！無計可施了。」

王伯伯一面說著一面氣。他那激昂表情中，一方面是對這件事的重視，一方面是失望。

母親仍很和善的勸他：

「那天我把他找來，好好勸勸他。可是王大哥，我說一句話，你也不要生氣。大豹那孩子的性格，叫他打打球學點運動精神，對他也有好處。」

王伯伯把身體猛往後一仰，做出個坦白狀：「你說那裡話，弟妹。你說的話我那回沒聽過？」

「那我就說了，王大哥。大豹這孩子的性格，就是太霸。該是他的是他的，不該是他的，他也要千方百計弄到手，這是不好的。讓他打打球，學習學習運動精神，到時候那種公平競爭的精神，或許會改變一下氣質？」

「那有用嗎？弟妹。」

「我想會有用。」

「那你講給我聽聽，我不懂呀！」

母親便耐心的把運動的公平競爭精神，簡單扼要的講給王伯伯聽。在這裡不准巧取豪奪，不能無理取鬧。大家在機會均等的情形下，做公平競爭。誰要違犯了公平原則，就要受運動規則的制裁。在潛移默化中，培養人類相互尊敬的德性，鼓舞力爭上游的情操。

「要真能這樣子也好。」王伯伯半信半疑的說。

「我想會把他改過來，我見過許多喜歡惹是生非的男孩子，到運動場上磨不了多久，就變得好有禮貌。」

王伯伯卻又猛一拍桌子長嘆一聲：

「嗨！弟妹。不是我對你訴苦哇！養這幾個孩子真操心。老大吧！老實；可是又老實的過頭了。不是他的東西他不會去爭；是他的，他也不爭。老二呢？就別講了！什麼事都要沾人家的便宜。老三嘛！整天價就曉得悶著頭讀書，別的事什麼都不管，傻傻乎乎的；可是他讀書總該讀好吧，我就沒見過他考過前三名，總是在七八十啦名上幌。倒是嬌嬌這丫頭，還有點出息，不是我寵她呀！弟妹。她在學校每次考試，都拿第一名。」

王伯伯談到他女兒，就心花怒放。

八七

就在那年的冬天，有一天早晨輪到我推磨。突然有個奇怪的聲音，打斷推拉的節奏。

「你聽什麼聲音？」我對弟弟說。

砰砰！砰砰！原來是敲門聲。因為外面颳風，還落著瀟瀟細雨，再加上屋裡的人都在忙，就沒注意到。可是那時光，不過清晨四點多，我們的豆漿通常要五點左右才會好，才能開門應市。是什麼人這般時候來敲門？弟弟上前拉開門閂，門還沒來得及打開，一團黑乎乎的影子便劈頭撞進來。他頭上戴了個壓到眉際的帽子，身上是一件黑色舊大衣，一路步履不穩的踉蹌著往裡走。身上的雨水就一路往下滴，嘴裡悲愴的叫著：

「我完了！我完了！」

「什麼？什麼？」母親被這突如其來的景象，弄得不知所措，慌亂中沒頭沒腦的問。

「我完了！我什麼全完了！」那人一直踉蹌到桌前，一屁股就坐到旁邊的椅子上。然後才揭掉頭上的帽子，露出一張滿臉發灰的憔悴面孔。

「啊！郭叔叔！」弟弟叫道。

「噯喲！郭先生，你怎麼變成這樣子？」母親吃了一驚：「我們都認不出你來了？」

「我完了！大嫂！我什麼都完了！」老郭把身體歪在桌子上，不停的拍打著桌面，悲痛的呼號。

「到底怎麼回事？郭先生。你怎麼這時候跑來了？快把外衣脫下來，小心著涼了。」母親連忙上前幫老郭把大衣脫掉。

「有熱水吧？大嫂，先倒一杯給我喝。」

「有有！徵鳳！倒杯開水給郭叔叔喝。」

水倒來時，老郭舉起杯子猛猛喝了一口；放下杯子看看，嘆了口氣，又舉起杯子一口氣喝乾。然後把杯子用力往桌子上一放，又嘆了口氣道：

「嗨……」接著把脖子又往後一仰：「吁……」

「怎麼回事？郭先生。你說呀？」

「我完了！大嫂！」他無路可走般徬徨的搖搖頭：「我什麼全完了！都被我輸光了。」

「怎麼？你又賭錢了？」

「你聽我說嘛！大嫂！」老郭悲傷得語無倫次，握起拳頭在身上亂敲亂捶的叫著：「嗨！嗨！我是人嘛！我簡直不是人！真沒臉來見你了。可是不來見你，我到那裡去呢？沒處可去。真沒想到我會輸得這樣慘，什麼都輸得光光的，一點底都沒剩下！」

他那悲傷的聲音，近乎嘶啞。這時姐姐又給他倒來一杯開水，他又拿起來喝了一口，轉動著眼睛環視我們母子一眼，情緒也穩定了。

「我真不知道對你怎麼說才好，大嫂。」他慢慢放下杯子，抹抹臉，把掛在髮梢的那一片雨漬抹掉：「今天晚上，我做了件沒臉見你的事情，把我攢的那兩千塊錢跟九如的一點股份，全送掉了！其實我也對你說實話，大嫂。我那兩千塊錢，幾個月以前就攢好了。我為什麼不說呢？是我想再多攢一點；別叫人家說我沒見過錢似的，有了兩千塊錢就窮叫亂叫，唯恐人家不曉得。另外還要跟王饅頭賭那一口氣，叫他看看我有沒有這個血性？我老郭講的話，是不是像放屁一樣，放過了就沒有影子，所以他說一千塊，我要讓他看看，我兩千三千照樣攢得起來。誰知我今晚喝了點酒，心想彆了這麼久沒賭了，手也怪癢的，便到那兒去看看情形。那知一看就完了，越輸越想撈，越撈越深；最後把所有的家當都送掉。」

老郭一面站起來，兩手一扎撒，做個四大皆空狀。

接著又移動一下步子，把腳在地上猛一頓：「這就是賤啊！大嫂。我就犯賤，身上就存不得錢！我當時出來，真是走投無路，真想躺在路軌上讓火車壓死。」

「你可不能那樣想，郭先生。」母親慌忙說。

「你放心，大嫂。我沒有那個志氣啊！我但凡有一點志氣，走到川端橋也跳河自殺了！你看我從中華路走到這裡來，一路上又是風，又是雨，連個坐三輪車的錢都沒有。這叫什麼？活該！」他又猛一拍桌子。

「你怎麼會輸成這樣子？」母親長長的吐了口氣。

「賤哪！大嫂！我賤哪！」老郭揚手敲敲自己的頭：「我要有志氣！也該把自己的兩隻手砍掉。」

「那你以後怎麼辦呢？」

「我沒有地方去了，大嫂。祇求你收留我。」

「我收留你？我怎麼收留你呢？」母親奇怪的望著老郭，不明白他是什麼意思。

「我祇求你讓我住在這裡，隨便幫你打個雜，或做點零碎活計，給我碗飯吃就好了。中華路我是不去了，我還有什麼臉回去？不但王饅頭瞧不起我；就是被阿秋知道了，也會笑我沒出息。」

母親這才把收留的意思明白過來，趕忙安慰他：

「你先別急，郭先生。你要不嫌棄我這裡，祇管在這兒住，飯總是有吃的。嗨！那些錢說起來輸的也可惜，在這裡買地也買一大片。好了！輸掉就輸掉吧！就算走路不小心，摔了一跤，爬起來再走就是了。幸好我這幾年儉省著過日子，多少還有點底。回頭大家研究研究，你要做個小生意什麼的？我幫你；務必使你站起來。」

「你對我太好了，大嫂。」老郭感激的流下淚來。

「說那些話做什麼？你幫我的忙也不少。我看你累得也夠受的，有什麼話，等會再說吧！你先去休息休息。後面那個房間裡，有徵龍他們兩個舖，你隨便躺到那個床上睡一覺，其他的現在不要想。」

母親邊說著，又問姐姐：

「徵鳳，豆漿煮好了沒有？先舀一碗給郭叔叔喝。加一個蛋，包子也拿兩個來。」

八八

「弟妹！弟妹！」晚餐的時候，我們全家跟老郭在堂屋裡吃飯。由於老郭的關係，母親也多加兩個菜。並且老郭經過一天的休息，精神也好多了。誰知道這時竟有人來敲門。

我們一聽那聲音，就知道是王伯伯。

「王大哥嗎？」母親說著就去開門。

「我問你啊，郭耗子在不在這裡？」

「郭先生？在啊！」

門開處，王伯伯一閃身便走進來。外面仍有風雨，他淋得一身濕，把手裡的破雨傘順手擱到牆腳下。這時老郭也從椅子上站起來，他倉皇的想躲，卻又沒地方躲。祇見王伯伯一步就跨到老郭的面前，伸手一下子抓住他的衣領；搜著來回幌了好幾幌。

「你小子！我就算著你會在這裡！你他媽的輸了錢就溜，叫我在後面栽跟頭？」

「你這話就奇怪了，老王。」老郭現在一落魄，氣焰也低了許多，不像過去那般，一口一個王饅頭奚落王伯伯：

「我怎麼會累你在後面栽跟頭？」

王伯伯鬆開老郭，喘口氣，把身上的雨水甩了甩。握起拳頭朝著老郭的腦瓜子擂了擂。

「你小子！還跟我耍花招？一拳頭捶扁你。」同時用手指點著他鼻子說：「你輸錢就輸吧！錢是人賺的！再賺不就得了？沒想到你那麼沒出息！連人！帶志氣全都輸掉了！跑！你跑得了嗎？你以為我找不到你？」於是又揪著老郭的衣襟一扭：「我問你！阿秋的事情你怎麼辦？我跟你講清楚啊！要叫我栽跟頭，門都沒有！」

「我沒錢，還談什麼。」

一團紅紅的火焰，燃起在王伯伯的臉上。這個大好人，真的冒火了。他迸的一拳就朝老郭的胸膛打過去，打得老郭連退了好幾步，才穩住樁。

「你少跟我來這一套，你以為我不曉得？你偷偷摸摸跟阿秋出去看電影。告訴你吧！耗子！那是我在阿秋面前把你講得太好了，她才會理你。不然哪！你做夢吧？人家沒人愛了？愛你這麼個窮光蛋。現在你輸了錢，就他媽的一溜，丟下個阿秋哭哭啼啼的怎麼辦？」

「我也沒有辦法呀！」老郭又把兩手平空往外一攤：「她要願意等，叫她等到我有了錢再說。」

「放你媽的狗臭屁！人家一個黃花大閨女，等你到什麼時候？等成個老婆婆啊？我跟你講郭耗子，阿秋可真是個好孩子，你能討到她，是你的福氣。你沒有錢，為什麼不講話啊？鼻子下面沒有嘴呀？他媽的！算我倒楣！當初不該那麼多嘴，替你講好話。如今你小子栽得起跟頭，我老王可栽不起。弟妹！明天就把你那兩個小子，先搬到你房裡住幾天。騰出那個房間來，給這小子做個窩，結了婚再說。」

「老王！老王！我我……」老郭感動了，不知要講什麼話，半天都沒說出來。

「你小子還有什麼好囉嗦的？」

「我是沒話講了！王大哥。」老郭伸手抓住王伯伯的衣袖，嘴裡也改了稱呼：「可是……」

王伯伯雷霆火爆的吼了一陣，也倦了。他一拉老郭的手坐到椅子上，長長的吐了一口氣說：

「老弟！不是我這個老大哥講你啊，你也太沒一點主張了？怎麼一輸就輸得這樣慘？連點底都不留？我們都是逃難出來的？沒有別的東西可以依靠，就靠我們自己啊！你這樣顧前不顧後，將來怎樣辦？」王伯伯把攤著的手掌又一伸，轉過來拍拍老郭的肩：「要改！要改！一定要改！那害人的玩意，以後不要再去碰它。你現在落魄到這樣子，怎麼辦？上午阿秋聽到消息，就一把鼻涕一把眼淚的對我哭。你老大哥講什麼？我沒話講啊。誰叫我當初把你講得那麼好，卻自己抹了一臉灰。」

任憑王伯伯怎麼講，老郭都一言不發默默的聽著。

「本來把我氣得。」王伯伯又繼續的說：「找到你，要狠狠的揍你一頓。後來想想也算了，打你有什麼用？我們是在一條街上住過的，大家像兄弟一樣，誰也不能眼看著誰難堪。你放心！老弟！不論怎麼樣，大家總不能讓你挨餓。這可是我的真心話呀！老弟！信不信由你。」大巴掌又連續在老郭肩上拍了好幾下。

「我信！我一定聽你的，王大哥。你們都對我這麼照顧，我要再不信，我還是人嘛？」

「那就這樣講定了，等把你跟阿秋的事情辦完，你自己再酌量酌量。要到我那邊也好，你放心，決不會虧待你。如果不想去中華路，就先在這裡呆幾天，大家再想法子。」

「我是不想再回中華路了。」

「那你就先在這裡幫幫他們的忙。」

八九

大嫂：我走了。我到那裡去，你不必問，也不必找，有一天我還是會來看你的。

今晚想了好久，覺得實在沒臉在這裡呆下去。不錯，我輸了錢，總不能把人格和志氣一起輸掉啊！所以我決心出去闖一番，給自己闖出一條路來。請你跟王大哥說一聲，我非常感謝他對我的關心。也請他跟阿秋講，如果她願意等我，就請她等我三年；三年後我一定回來。她要不願意等，那就算了，勉強也沒有意思。總之，我不會忘掉過去你們對我那些好處，我們後會有期。祝你：

全家平安　郭留

信是用一張白報紙寫的，十分潦草。早晨母親喊我起床磨豆漿時，見擱在書桌上，急忙拖我起來問。我怎能曉得他的行止？雖然昨晚弟弟把床讓給他，我倆睡在一個房間裡。剛上床時，我曾見他不停的長吁短嘆，翻來覆去睡不著，好像有什麼重大心事。可是我沒在意，我才不管他有什麼心事哩，睡我的覺要緊。把眼睛一閉，老郭就是把我也帶走了，我也不會曉得。

「這是怎麼說的？」母親急得直搓手：「什麼事情都講得好好的，眼看就要給他辦喜事了，怎麼可以說走就走了，這到那裡去找他？」

因為頭天晚上他們還講好，這天下午把阿秋也帶來，大家商量結婚的事。老郭這一走，事情就砸了。母親也不要我磨豆漿了，叫了一輛三輪車，著我去通知王伯伯。那知王伯伯那麼大的一個人，一聽我帶去的消息，愣在那裡，半天沒吐出一個字。他生意也不顧了，又用那輛老爺車把我帶回家，研究他可能的去向，設法去找他。可是老郭來的時候祇一身裝束，走的時候仍是那一身。

氣得王伯伯跳著罵：

「這個混賬王八蛋！他是人嘛?!做出這種狗皮倒灶的事來。我跟他講過多少遍，不要叫我栽跟頭，他還非要我背黑鍋不可。我昨天晚上回去以後，才好說歹說，把阿秋講得歡歡喜喜的；他竟給我來這一手，叫我再怎樣對阿秋說。他媽的，我王百富也不該他的，也不欠他的；祇不過看在大家都是逃難出來的份上，又在一條街上住了這麼多年，才幫他這個忙。他不領情倒罷了，還把一個爛攤子往我身上丟，叫我怎麼收？」

他一路吼著，一路急得滿屋子打轉。老郭這時要出現他面前，拳頭不像雨點般往他身上落才怪哩。

這時母親已經穩下來。她平靜的說：

「你別氣了，王大哥。郭先生走了就走了吧，我們找不到他，急也沒有用。還是看看怎麼跟阿秋講。看她是什麼意思，別害了人家女孩子。」

「你叫我怎麼跟人家講啊？弟妹。」王伯伯兩手往桌子上一攤，往外一揚。

這一揚，好像把這個燙手山芋扔給母親。

一時把母親也難住了。

過了一會母親卻憂慮的說：

「他會到那裡去呢？天這麼冷，他身上又沒穿多少衣服，又沒有錢；那不凍死了才怪？」

母親的話一出口，王伯伯就跺腳了。

「弟妹！你這個好人，好得太濫了！像那種忘恩負義的王八蛋，你還同情他。你管他有沒有衣服穿？有沒有錢？凍死了活該！凍死了餵狗去！」

「他究竟沒犯什麼錯啊！」

「我問你！弟妹。」王伯伯砰的一拳頭砸在桌面上，砸出個震天般的響聲：「你究竟是在幫我講話？還是在幫郭耗子。你同情他？還不如同情一條狗；狗還知道個好歹，他連個畜牲都不如。我三番兩次幫這王八蛋的忙；這王八蛋三番兩次給我戳漏子。還要我怎麼對待他？還要我跪在地上求爺爺告奶奶的跟他說好話？我跟你講，弟妹。這種事情我以後要是再管，我就是孫子！」

於是他坐下來，抬手用力一揉臉。然後無限疲倦似的一放，啪的一聲落到膝蓋上。

「王伯伯，要能找到郭叔叔，你真的不給他辦了？」弟弟突然在一旁天真的問。

「辦哪！怎麼不辦！不能讓他打一輩子光棍啊！」但他猛一想，馬上改口道：「我還辦？辦他媽個屁！」接著朝弟弟一瞪眼：「小孩子，走開！別在這裡亂講話！」

我們都忍不住笑了。

九十

自從我們有了眷補，並賣賣早點，雖然工作辛苦，生活也流暢得平靜無波。房子後面那片土地，買到手後就一直空著，上面長滿亂蓬蓬的野草。有高高的狗尾草和矮矮的藻類，低窪處長著叢叢的蘆蓼。在春天來時，它一樣會披錦著繡打扮出一片艷姿。野杜鵑從草叢中伸出粉紅的臉龐，款擺細腰，迎著春風微笑。小黃花、小紅花、小白花、盛開的蒲公英；以及一些不知名的花草，把草地綴成一片嬌艷，招來成群的蜂蝶在上空喧鬧。它也是我們休閒活動的好場所，可以在上面做各種遊戲。

鄰居們也拿這塊空地派各種用場。經常有兩三隻黃牛在這兒吃草，牠們慢慢踱著步，嚼著嫩草，尾巴一甩一甩的搖動；那悠然自得的神態，像已完全忘記工作的辛苦。有很多人利用它的一角倒垃圾，在上面堆放雜物；也有人在這兒搭雞籠，白天就把雞群放出來在草地上覓食。我們也不管，也管不了。就拿堆垃圾來說吧，由於引得蚊蠅亂飛，路人掩鼻，警察曾兩次對我們開罰單。天曉得，那些垃圾是我們倒的嗎？但不論是不是我們倒的，卻是在我們這塊地面上，我們就得負責。還得雇人清理。氣得母親做了塊「禁止傾倒垃圾」的牌子豎在那裡；也毫無用處。那些缺乏公德心的人，見這牌子既不會講話，又不能伸手阻攔他們，還不當做沒看見一樣。

因此母親口口聲聲說：這是花錢買了個累贅。可是說歸說，她對這塊土地仍寶的很，有很多人想買，她都不肯賣。母親也是一個熱愛土地的人，對淳樸芬芳的泥土，有著極其深厚的感情。這片土地儘管給她添了許多麻煩，她仍願讓它荒在那裡，不做任何處置。好像每天望它一眼，在上面徘徊走動幾分鐘，就會得到一種安全感。

她也經常告誡我們：

「你們不要以為它沒有用，不知那一天，它會變得遍地黃金。置產不容易呀！人不能沒有根，土地就是人的根，你們可不能輕看土地啊！」

我跟王大樹很有緣，小學時代兩人一直同一班級，一個座位粘了好幾年。初中雖分開了，但三年後又考進同一所學校，編進同一班級。所差的是坐得比較遠，因為他的個子矮，又是個大近視，坐在最前面。我卻被分配在最後一排。難以想像的，是這傢伙升學考試的分數，一般人是各科都很平均，就算有差別，也不會差得太玄；像我就是這種情形，沒有那門特別好，也沒有那門特別壞。而王大樹三百多分的分數中，數學跟自然科就拿了兩百分，其他三門合起來，才不過一百多分。

我問他的數學為什麼會那麼好？我怎麼轉來轉去，都轉不清楚；反而感到越轉越糊塗。

「那是很自然的事嘛，用不著花腦筋。」

他說得倒輕鬆，天曉得，怎麼個自然法。數學對我來說，就像我們磨豆漿那個磨盤似的，轉不出什麼新花樣。因為我那智慧的剃刀，剝不開數學那層苦澀的外皮，就無法進入裡面，窺視華麗的堂奧。但王大樹是一個標準的書獃子，他不驕，也不神，也沒有任何嗜好；除了書本，對別的事情，都不感興趣，飲食的好壞也不在乎。所以他的身體除了矮，也不像他兩個哥哥那麼壯。

相反的，王大豹現在卻最神。他的籃球打出名，再加上體型好，細高挑身材，帥勁十足。就成了女生崇拜的對象，整天都有女生在他身邊打轉。

我跟弟弟也最迷籃球，儘管打不好，卻在屋後空地上做了一個籃架。一有了空閒，就興致勃勃的抱著個籃球，到那兒窮打窮投。並且那當兒的籃球運動風氣也最盛，三軍球場經常有比賽；對我們來說，看球賽比看電影都重要，千方百計想辦法去看。同時我們跟王大豹的關係也改善了，大家的年齡漸大，不會再為一些雞毛蒜皮的事情爭吵。加以雙方家庭的親密關係，彼此都把對方當做自己人，互相衛護與關照。不論誰到誰家裡，都可以像在自己家裡一樣，親自動手拿吃拿喝。他在我們面前，更喜歡以老大哥自居，替我們弄兩張入場券，介紹我們跟別的球員認識。在當時能認識那些大牌球員，對我們這些小毛頭來說，是極其光彩的。但他在球場上卻十分霸，由於他的球打得好，教練也寵他幾分；他便恃寵而驕，傲的不得了。

我們當然也喜歡跟在他屁股後面跑，即使幫他跑腿，也心甘情願。那情形，就像現在一般人對星字號人物的崇拜熱，能沾上一點邊，就光彩的發狂。

「嗨！我昨天在街上看見了×××。」

「嗨！×××的汽車今天從我家門口經過呀。」

尤其在球場上，當萬人矚目的時候，他扔給你一片口香糖或什麼東西時，別人的眼睛也馬上瞄過來。我們就會光彩的發暈，像一下子飛到雲端裡。

他也帶我們去看他們練球，要是球飛出場外，他會把腰一扠，朝球努努嘴。弟弟就會不待吩咐，飛奔著去把籃球揀回來。他卻不會立刻給他們，總喜歡自己拍兩下。可是王大豹上來兩手左右一抄，立刻就抄走。

這也是我們最氣王大豹的地方，當我們這群彆腳貨在玩的時候，他也會趕來湊熱鬧。我們運球的時候，他會給你抄走。舉球投籃的時候，他一揚手，就是一個大火鍋。

「幹嘛！討厭！」狠狠摔他一球。

「你投！你投！我不動啦！」他笑嘻嘻的不生氣。

可是剛剛舉起球，啪的一聲，又是一個火鍋。

他身邊的女生也經常換，卻從來不敢往家裡帶，王伯伯對他管得特別嚴，依舊動不動就揍。他對我們倒不保密，反而驕傲的向我們展示：有一個秀秀氣氣的，據說是位華僑小姐；還有一個大眼睛高高個子的，長得不太好看；後來又換了個黑布溜秋的，是那種黑俏型。

他們卻沒發生感情糾紛，因為大家都很年輕，對了頭就在一起玩玩，淡了就散，沒什麼留戀。其實王大豹那時候，不過是一個高三的學生，那裡談到感情。

九一

有一段時間，王伯伯的生意做得很不順，經常缺錢用，時常來向母親周轉。在王大虎沒去當學徒時，這種跑腿的事都是大虎出面；現在便落到王大豹身上。王伯伯要用錢，母親還有什麼話講，祇要能拿得出來，總是要多少給多少。但都不是大數字，有時三百，有時五百，王伯伯不來還，母親也不會把這種小事放在心上。

她還是免不了替王伯伯耽心，有好幾次想去看他，卻始終走不開。祇常常遙遙的感嘆：

「人哪！就是靠一股子氣，氣足，就什麼都好。看你王伯伯那幾年，生意做得多麼興旺，錢就像流水一樣，往他手裡滾。如今上了年紀，氣力不及從前了，生意也做得委委縮縮，轉都轉不過來了。」

「王伯伯的生意變好嘛！」姐姐奇怪的說。對雙方家庭的情形，我們小一輩的人，了解得比較多。因為我們經常有來往：「聽說大虎哥學徒出來，還要開麵包店。」

「面上好有什麼用，老缺錢總不是件好事。」

「他借我們多少錢？」

「沒多少啊，合起來不過兩三千塊錢。」

「我總覺得奇怪？媽媽。」姐姐仰起臉來思索：「從那方面講，他們都不會缺錢用。」

「誰曉得呢？『家家有本難唸的經』。」母親喟然一下，生出一股對王伯伯的同情心：「你王伯伯那個人，個性太強了！他內裡有多少難處，面上也不會露出來。是因為我們兩家太好，才會著大豹來拿錢；要是別人哪！他借都不會借。我早就想去看看他，又不好意思去。」

「那你就去看看他嘛！你好久沒上街了，一方面去看看王伯伯，一方面散散心。」

「可是這情景我怎麼去？」母親悉悉索索理理身上的衣服，又揉揉手，目光極沉靜的向前望著：「我平常都不到他家裡，如今他們欠我們幾個錢了，我就往他家跑，那不是去向人家討債嗎？我們可不能那樣做，徵鳳。讓王伯伯多那個心。當初王伯伯對我們多大的恩情，沒有他，我們還有今天嗎？別說這三千兩千不還我們，我們沒有話講；就是他再週轉個三萬兩萬，我折變這塊地皮也得幫他。我在這裡也告訴你們一句話，誰要敢對別人提王伯伯借錢的事情，看我不捶他！」

母親這話講得很嚴肅，又看了我們一眼說：

「王伯伯的難關也很快就會過去，大虎明年出徒，就可以把擔子接下來，他就好了。」

「我才不信王伯伯家裡沒錢哩！」弟弟做完功課走過來迸了一句：「他們比我們強的多。不像我們，我要買輛新單車，你都不肯給我買，叫我們騎姐姐的破車子。」他說著便嘟起嘴，弟弟為了想買輛新車子沒達到目的，一直都不開心，老借題發揮。然後又接下去說：

「他還要給嬌嬌買鋼琴呢！」

母親也一怔，馬上笑著拍了弟弟一巴掌：「你胡說什麼，他們現在手頭那麼緊，那裡有錢買鋼琴？」

「真的嘛！我要說謊就是小狗。」弟弟昂昂頭，把一雙眼睛瞪得滴溜圓：「我前天到王伯伯家裡玩，是嬌嬌親口告訴我的，說要花兩三萬塊錢。你們不曉得啊！嬌嬌好好玩。」弟弟的黑眼珠又一轉：「她說她向王伯伯要鋼琴，王伯伯嫌太貴不肯買。你們猜嬌嬌怎麼辦？她好絕呀！她就在王伯伯臉上『叭』的一下子香了一個，王伯伯哈哈一笑，就答應給她買了。」

「那就怪了。」母親想了一下：「不管怎樣，我不准你們到外面亂講，都聽到了沒有？」

王大豹又給我們弄到兩張籃球入場券，他來送的時候，又替王伯伯借了五百塊。母親趕著囑咐他：

「大豹！你回去跟你爸爸講：要用錢多的時候，祇管到我這裡拿，我這裡有哇。」

在那次籃賽中，王大豹出事了。那是一次正式比賽的冠亞軍爭奪戰，雙方勢均力敵，戰況十分激烈，分數一直在拉鋸。觀眾也跟著起鬨，不論那方投中一個球，雙方的擁護者，都會怪聲怪氣的亂吼。有一個球控在王大豹那方的手裡，後衛傳過中線後，祇見王大豹單手運球，一溜煙的闖過對方防衛圈，直向籃下衝去。

嘟——哨音乍響，王大豹手裡的籃球進籃了，對方卻有一個球員四腳朝天躺在地上。

裁判把兩手擎到空中揮了揮，表示得分不算。然後打了個帶球撞人的手勢，走到王大豹面前要他舉手；他偏偏不肯舉。這時擁護他這邊的觀眾也在吼，指摘裁判不公。驀地王大豹一揚手，一拳向裁判揮過去，當場把裁判打個狗吃屎，半天都沒爬起來。

事態鬧大了，球賽暫停，王大豹被罰不得再上場，那場球他們也輸掉。雖然事後挨打的裁判為了息事寧人，由王大豹道歉了事，不再追究。可是主管籃球運動單位，卻認為，球員打裁判，茲事體大，此風不可長，判他坐半年球監，這期間不得參加任何正式比賽。

一個熱愛籃球運動的人，一旦被判不得參加比賽，對他的打擊有多大，精神馬上委縮下去了。

九二

「弟妹！我是來查賬的。」有天晚上王伯伯騎著他那輛老爺車，來到我們家裡。雖然他三個兒子每人都有一輛新車，他這輛卻始終不肯換。

「查什麼賬？王大哥。」母親連忙站起來迎接，同時拉了張椅子讓他坐下，姐姐也忙著倒水。

「你給我查查看，大豹替我在這裡拿了多少錢？」

「沒有幾個錢哪，你何必那麼急著算呢？」

「不！弟妹！」他一把抓住母親的手腕搖搖，神態極為激動的說：「親兄弟，明算賬，該多少就多少，一點都不能馬虎。」一面伸手朝褲兜裡一掏，就掏出一疊厚厚的鈔票：「你看我今天帶了多少錢出來？就是為了還賬哪。該誰的，欠誰的，都一起還清。」

他把鈔票往桌子上一放，屁股在椅子上抬了抬。好像上面有刺，扎的他坐不穩，很快又站起來。突然他一擠眼，一顆好大的淚珠從眼角迸出來。

接著又是一聲心都碎了的長嘆：

「作孽呀！作孽呀！」

「你怎麼了？王大哥。」

王伯伯那聲嘆息拖得很長，母親的話都沒把它打斷。這時他一吁氣，那聲嘆又咻咻的湧出來。他把兩肘往桌上猛一撞，人就倒了似的蹋在桌面上。半天他才兩手支撐著身體直起腰，反過手背抹掉眼角的淚痕說：

「本來這件事情，弟妹。我不想說出來。『家醜不可外揚』，我認了就算了！可是氣呀！不講出來我就不舒服。再說你也不是外人，告訴你也沒有關係。大豹那個雜種，他到你這裡來拿錢，都是打著我的旗號吧？你王大哥是個輕易向人家伸手的人嗎？都是那雜種背著我，到處招搖撞騙哪。東借三百、西借兩百，祇要能借到的地方；沒有一處不借的，弄得到處是饑荒。」

「這是真的？大豹怎麼會這樣子？」

「這還會是假的，我是他的老子，還會冤枉他？所以我今天好好把他修理一頓，鎖他在家裡，不准出門。又帶了一大筆錢，到處給他還債。你說，弟妹！這是不是作孽？生了這種兒子，有什麼用處？快把你的賬給我算算，該多少錢？我一起還給你。」

「算了！王大哥。要是大豹闖了這個禍，我這裡就算了。大豹花我的錢，也不是花不得。」母親連忙安撫王伯伯，怕他再想不開。

「你這什麼話？弟妹，你怕王大哥還不起啊？這裡有的是錢哪！」他把擱在桌上的鈔票，猛拍一下，讓母親看。

母親也曉得王伯伯的脾氣，不讓他還，一定不肯。也沒細算，隨便說了個數目。

王伯伯把錢數給母親，氣也平下來。

「弟妹，你幫我想個法子，怎麼管管這雜種。」

母親沉吟著，一時也沒有好主意。

「我是這樣打算哪！弟妹。」王伯伯見母親不講話，便把他的想法說出來：「本來大豹還想考大學，考他媽的屁呀！現在大學那樣鬆鬆搭搭的，還能管好他？別越管越壞了。我想把他送到軍校去，等他考取了，我就去找他那個頭，要他給我好好管。不聽話就揍，揍死就算了！反正這種兒子，多一個不多，少一個不少。」

「那不跟徵麟走一條路啦！」

「怎麼？徵麟也要考軍校？」

「誰曉得他，還早哩。」可是母親又戳了下坐在一旁的弟弟笑道：「他呀！從小就是個『兵迷』。」

九三

秀朗路在不聲不響中繁榮起來，繁榮得卻很慢。附近住的人多了，早點的生意也跟著好起來。因應需要，我們也做各種改善。最大的一項工程，是在磨盤上裝了一具馬達、電門一開，便飛快的轉起來，比人工不知快多少倍。在磨盤頂上，又設計一個漏斗；豆子裝進漏斗裡，就可以自動進入磨眼，不必再用人工撥。這樣倒好了我跟弟弟，早晨用不著再起得那麼早。

母親賣早點的生意，祇是每天賣一個上午。中午睡個午覺，下午便沒事了。因此她對我跟弟弟的功課，也漸漸釘緊起來，時時刻刻跟在背後嘮叨。

說良心話，我們家裡讀書最用功的人，是姐姐。雖然她的工作也很忙，還得管許多雜七雜八煩人的事；但她得空就摸一本書看，功課也一直未落到別人後面。我跟弟弟卻從來沒把功課放在心上，在來臺灣頭幾年，家道艱難，全家人都在為生活掙扎。我們賣冰棒回來，或洗過碗筷之後，母親也不忍心把我們往書本上逼，於是我們的功課或好或壞，她也管不了那麼多。如今早晨磨豆漿改用馬達，我跟弟弟對家計就絲毫沒有負擔了，讀書便成了我們最重要的事情；祇要把書讀好，就算盡了應盡的職分。尤其姐姐行將師範畢業，職業也不愁，母親不必替她耽憂受怕。那麼我跟弟弟，就別想在她面前偷一點懶。

固然我跟弟弟都十分貪玩，小學時代，不過像點卯一般，上了學就算，讀不讀到書，母親不問，我們也不會認真，到了中學後，拿我來說，就比較知道上進了。我的性格也頗能自律，懂得什麼時候可以玩，什麼時候應該拚。弟弟就不同了，論資質，他是我們姐弟中天賦最好的一個。聰明到任何問題在腦子裡一打轉，就可以到豁然貫通的地步。祇是缺乏常性，因而在學校的成績，總是暴起暴落。那是他逞強好勝，老想高人一等。用起功來也能夠下狠勁的硬拚，缺點是太容易驕傲，如果他這個月考了第一名，下個月保險不及格。原因是他的這一傲，毛病就出來了，就覺得沒什麼了不起，把書本擱到脖子後，放心大膽的玩；母親也休想管住他。

那時候講沒有用，罵也沒有用。

要看弟弟的成績好壞，他的嘴巴就是一個晴雨表，最靈不過。如果那天他嘟著嘴回家，吃飯的時候，又一逕低著頭，連句話都不講。吃過之後，就自顧自的跑到房裡用功了，這一天準是考試考的不好，才會那麼急。這時候你千萬別惹他，他會像條瘋狗般，誰的話要稍為刺到他，就會對誰張牙舞爪的狂吠。

有一次姐姐開玩笑的說：

「怎麼？又吃鴨蛋了？」

一個飯碗馬上飛過去，差一點使她腦袋開花。

那個月就瞧他的吧，放了學絕不會到別處玩，馬上回家。在車上便把書本打開，一路讀進門，再一路讀到書桌上，別的什麼都不顧。早晨也是一樣，從起床開始，書就不離手，一路讀著去搭車。星期天更不用講，一步都不會出門。我跟姐姐聽收音機，也得把音量放到最低，避免吵了他。有一次我們不小心把音量開大一點，他跑過來朝收音機就是一腳，把它踢啞了。

母親常常感慨的說：

「這孩子！還不如他永遠考不到第一名，就會永遠那麼用功，就永遠不用替他操心了。要考了第一名，就什麼毛病都考出來了。」

不過弟弟能用功讀書，母親總是十分開心。這時候弟弟也最能出花樣，一會要吃餃子，一會要吃餛飩、一會要吃酒釀雞蛋，一會要吃湯圓。這時母親也最捨得花錢，她會買一大堆糖果餅干之類，放在弟弟桌子上，讓他一面讀書一面吃。餃子、餛飩，她也會不怕辛苦，三更半夜做給他吃。祇是酒釀跟湯圓，她卻不會做；這種江南餐點，在大陸北方是不大流行的。而秀朗路又不是一條熱鬧的街道，沒有那類店舖，祇有在大街上才能買到。這買的差使便落到我身上，騎著單車，帶著一個大罐子，老遠去買好幾份回來，大家一道吃。母親卻從來都不吃，說她吃不慣；她是真的吃不慣？還是捨不得吃？我們也不理會，會把那些東西一下子吃光。她在旁邊看著我們吃，臉上同樣洋溢著快樂表情。

這樣過個十天半月，待弟弟的情緒，慢慢穩下來。姐姐便逗他，其實也是激他：

「你這個蛋仙哪，蛋孵得怎麼樣了？別越孵越多，把我們家裡弄成一個蛋窩。」

「這個月考，我考個第一名給你看。」

「不能吹啊，蛋會吹炸的。」

「不信你就等著看。」

「真有把握嗎？」

「當然有了！」

「好吧！我們就打個賭。」姐姐故意笑笑說：「你要考了第一名，我就輸你一包巧克力。」

「我要考不到第一名，也輸你一包巧克力。」

於是弟弟更拚日拚夜的用功了，他在這場打賭中，絕對不能讓自己輸；那多沒有面子。相反的，姐姐卻願意輸，希望輸。當然最輸的，還是母親，因為那包巧克力錢，一定從她口袋掏出來；她也心甘情願出這個錢。

祇要見弟弟回家時，兩隻腳橫著左右跨，身體也螃蟹似的隨著左右擺，神氣的昂著頭。一路走著，嘴裡還哼哼呀呀唱著流行歌曲。這就是他最得意的形象，那麼他這個月的月考成績，不用問，一定好。

他進門第一件事，便是向母親伸手。

「拿錢來吧，媽媽。」

「拿錢做什麼？」

「獎勵啊！」

「獎勵什麼？」

「那還要問嗎？第一名！」

「成績單沒寄來，你怎麼曉得？」

「我給你打保票了！媽媽。錯不了。考的分數我已經算得清清楚楚，錯了你揍我。」

但打發弟弟，卻不是十塊八塊錢，就可以打發過去。他是一個窮大方的人物，考了第一名，對他來說是最風光不過的事情，一定會大請客。

母親沒話講，祇有照給。

至於我的讀書成績，雖沒糟到不及格的程度，卻始終是平平的。同時我即使拿出渾身解數，仍不會得到第一名。因此我也不想把成績拚得多高，祇要保持一定的水準就好。偶而能擠進前五名，母親同樣會給我獎勵。但都是母親給多少，就拿多少，從來不會爭。

有一次，母親跟王伯伯談我倆時，說過下面一段話：

「這兩個孩子，就像『龜兔競走』似的。徵龍雖笨一點，他慢慢的走，也可以走得到。小麟聰明歸聰明，卻最使我操心。像那個兔子，光跑的快有什麼用？牠不跑還不是趕不上烏龜。還有他的鬼心眼，也不知那裡那麼多，將來不曉得出息個什麼樣子。」

九四

母親來臺灣第一次出門旅行，是在姐姐師範畢業那年的春天，她建議母親帶全家去陽明山一次，大夥兒出去看看花、散散心。那意見居然為母親接受；在這以前，她雖有幾次勸母親出去走走，到青山綠水中調劑調劑呆板的生活，母親始終捨不得花錢。

這對母親來說，也實在難得，當年在中華路時，她就整天窩在那個冬涼夏暖的竹棚裡，連最近的新公園跟植物園，一年之中都不會去一次。來到秀朗路，她就更少出門了，臺北對她，好像有幾百里似的，她最大的娛樂，就是偶而看一場電影；但問她永和有幾家電影院，她卻弄不清楚。因為她認為做生意就要有常性，不可以為了出去玩，就隨便停業；到這兒吃早點的人，多數都是老主顧，每天早晨都按時上門；保持常性，才能籠絡住他們。要是三日打漁，兩日曬網的做法，老使人家撲個空，誰還來吃你的？所以我們早點的生意打開張那天起，除了每年過年休息幾天外；其他的時間，不論碰到什麼情形，都不曾中斷過。

事實也僅苦了母親一個人，對我們卻毫無影響。那是我們從小學開始，學校就有很多郊遊旅行的活動，由老師帶著出去玩；雖是自由參加，母親每次都鼓勵我們去。現在年齡大了，就更喜歡往外跑，假日的時候，幾個同學一湊，就是一大群，嘻嘻哈哈到處轉。幾年過去，把臺北附近的風景名勝，全部逛遍。

要出去玩，母親就想到王伯伯一家人。他們老兩口也跟母親一樣，一年到頭辛辛苦苦，根本沒時間玩。母親便著我跟弟弟去講，王伯伯也慨然的答應。

「看花呀！好哇。」

「王伯伯也喜歡花啊？」弟弟調皮的問了一句。

「鮮花就是大姑娘，誰不喜歡大姑娘？」王伯伯笑哈哈的說，樣子有點老天真。

時間就訂在那個星期天的上午，可是那天早晨母親仍把客人最多那段時間忙過了，才收拾出門。原本講好了什麼東西都由我們準備，母親並拿錢給姐姐去辦，她也確實花了一番心思籌劃。那知我們到王伯伯家裡集合時，他們也弄了一大堆吃的東西。

那是在一個大鋁鍋裡，裝了大半鍋滷菜，有滷蛋、滷雞腿、滷豆腐乾之類；另外還有好幾塊大鍋盔，把一個袋子塞得鼓鼓的。這一比，姐姐弄的東西就不夠氣派；她準備的食物雖也有滷味，多數都是零碎小巧的玩意。因此到了午餐時候，王伯伯家的東西也最暢銷。

王大虎也回來參加這次旅行，那一大堆滷味，就落到他身上。王大豹提著一袋橘子，王大樹則是一大桶水，陣勢倒也浩浩蕩蕩。

王大樹走在路上仍不忘看書，母親笑著說：

「大樹，你怎麼這樣用功，回來再看也不晚哪？」

「碗哪？我哥哥帶了好幾個。」他的頭也不抬。

「趙嬸嬸講你回來讀也不晚。」嬌嬌推他一把。

「帶那麼多碗幹什麼？」

九五

那天我們的旅行玩得很愉快，那綠色的山崗在春風溫柔的吹拂中，綴成一山姹紫嫣紅。母親是在那個小房子裡悶壞了，現在到了山上，看到那滿山的綠、滿山的花、滿山那種青郁輕爽的芬芳，就禁不住開心的笑了。從我們下車時起，她見到每一朵花，每一條綠枝都看了又看，摸了又撫，嘴裡還唸唸有詞的講一些別人聽不清的話。那神態，好像見到一個睽隔很久的朋友，對它絮絮叨叨訴說離情別愫。

母親是愛花的，我們在青島家裡的院內，種植了很多花木。她喜歡給它澆水，喜歡對著花朵仰望；難道她又在回憶那美好的時光？我見她眼角有瑩瑩的淚痕。

王大豹把他那一大袋橘子交給我提，因為他借來一架照相機，忙著給大家拍照。

天氣很好，長空一碧，祇有點點白雲在高空自由自在的飄浮，被太陽照成一種透明的意態。熠熠的陽光從大空輕柔的撒下來，在玫瑰和杜鵑的瓣上爆起一層豔。紅綻枝頭的櫻花，也被春風搖出一副瀟灑。人在暖暖的陽光中，好像軟了、融了、酥了、化了。身上每一個毛孔都被暖得舒張開，暖透了身體的每一個部位。

母親坐在後山公園的草地上，浴著驕陽，頭上的白髮，照得歷歷可數。她沉靜的說：

「這太陽曬得真舒服。」

「我們以前怎麼不曉得來玩呀？弟妹。」王伯伯仰著身體躺在地上，太陽曬得他睜不開眼，半閉半張著：「我要是早知道這兒這麼好，早就邀你們來玩了。以後我們每年都出來逛一次，看看這些花；這些孩子也像小狗一樣，得給他們放放風，才會長得壯。」

「過去我那裡有心情出來逛呀！」母親感慨的吐了一口氣：「我以為這一輩子就那麼苦下去了，祇要有口飯吃就好，那裡還會想到有今天？」

「嗨！」王伯伯一湧身體坐起來，並把手一揚：「玩得好好的，怎麼又說這種話？我跟你講過多少次？不用愁！總是有路走的。你看現在不是好了嗎？徵鳳馬上就要當老師了，大虎也要出師了。我說我們這些老牛，拉了這麼多年犁，好歹也算沒有白苦。」

說著王伯伯又把話頭一轉，嗓門也提高：

「這樣的，弟妹。有件事我本來要去找你談，就在這裡跟你說也好。大虎出師以後，我想開一個麵包店；我已經在信義路相了一幢房子，買下來跟開張的費用，大概要十萬塊。你知道我一個人，不是拿不出這個錢，就沒錢週轉了。我想還是我們兩家合夥開好了，也不必什麼四六啊！三七啊！我是個大老粗，算也算不清楚那種賬；還是一半一半的好，分什麼都是「二一添作五」。祇是你在我這裡的股，上次你做生意時拿走一點，所餘也不多了。轉了這幾年，也不過兩萬塊的樣子；你還得拿出三萬多塊才成。」

「大虎真的行嗎？」母親謹慎的問。

「當然要請個師傅幫忙，叫大虎跟著歷練歷練。你不曉得呀！弟妹。現在西點麵包的生意，賺大錢。這個股你可一定要入，我知道你有錢。」

「對你王大哥，我也不說假話。」母親笑道：「三萬塊我可以拿得出，多了我也拿不出來。」

「怎麼！光你那個地皮，就是一塊黃金哪！聽說一坪值好幾百塊了！五百坪就是二三十萬哪。」

「那塊地再值錢，我也不會賣。」

「是啊！不能賣！土生金，有土斯有財。」王伯伯不停的點頭說：「我們今天在這裡說了就算，等我們正式開張的時候，再找人給立個字據。」

「立什麼字據啊！我不信任你？還是你不信任我？」

「這是規矩，有個白紙黑字，才牢靠。」

山上的人很多，歡笑像波浪般四面八方湧來。大家逗嬌嬌唱歌，如今嬌嬌已經長得很高，也漂亮，並且曉得害羞，怎麼也不肯開口。倒是王伯伯的興致特別高，竟揚著大嗓門沒腔沒調的高歌起來：

三國戰將勇，

首提趙子龍。

長板坡前……

他那句衹唱一半，再怎麼哼，也哼不下去，便哈哈一笑的結束，我們仍然猛鼓掌。

可是這一開頭，原來那些不好意思開口的人，也一個個忍不住唱起來。一時什麼怪腔怪調都出現，唱出一片嘻嘻哈哈的笑聲。

九六

姐姐師範畢業，分發在臺北市一所國校任教。她平時都穿制服，跟我們嘻嘻哈哈的打鬧，也看不出比我們大多少。如今她換上洋裝，又燙了頭髮，就現出一副大小姐模樣。

母親見姐姐長大成人，一則亦喜。一則亦憂。她喜的倒不是從此可以減輕很多負擔，而是姐姐有了職業，能夠獨立。因為母親的希望我們長大，是覺得人總要長大的，而長大本身又是一種成熟。就像一株樹，自然挺得直、站得穩；葉盛枝茂。看到它高峻挺拔與迎風展舞的姿態，心頭便油然泛起一種喜悅。她悲的是兒女一旦長大，翅膀就變硬，接著而來的便是飛。

姐姐燙頭髮那天，母親一逕望著她說：

「想想日子過的真快呀，徵鳳。一轉眼你就當老師了；那不再一轉眼，你就飛走了。想到你將來不曉得飛到什麼地方，反不如你不長大好。」

「我飛到那裡去啊？媽媽。」姐姐笑道。

「我那裡曉得，你飛到那裡去？」母親也笑了：「反正你總有地方去，我想留也留不住。」她接著又是一聲喟然：「我這幾天想過了，等你們一個個長大，一個個結婚，再一個個飛走了。那時就剩下我這個孤寡的老太婆，處處都討人嫌，祇有在這裡守著這個破攤子了。」

「你怎麼這樣想呢？怎麼會呢？我是不會離開你的。」姐姐在她面前坐下，溫婉的看著母親。她那頭新燙的頭髮，蓬成一副翩翩欲飛的形狀。

接著她又壓了一下揚起的前額，又看看母親說：「我是這樣想，媽媽，等我上班後，你就不要再賣豆漿了。每天都起得那麼早，太苦了！」

「那你叫我做什麼？」

「你享享清福，不好嗎？」

「這個店怎麼能不開，那麼多街坊鄰居早晨都到這裡吃早點；你叫他們到那裡吃去？我生來就是個勞碌命，這樣賣賣早點，也算有件事情做。可是我每天下午，還是閑得不知怎麼辦才好；要叫我整天都閑著，那不難過死了？再說你教書那點薪水，總共能有多少錢？你知道？我們家裡現在的開銷有多大？徵麟每天一伸手，就是十塊八塊。」

「小弟幹嘛要用那麼多錢？你少給他兩個不成嗎？」

「少給他？那不吵死了？我也懶得跟他吵。我是覺得你們小時候也夠苦的了。如今生活雖然不富裕，日子還算過得去，何必剋得那麼緊。」

「你也太寵小弟了，你自己那麼省，一個錢都不捨得花，卻讓小弟那樣胡花亂花。你不能太慣他，像他那種人，要管得越緊越好。」

母親把臉輕輕一側，眼神就靜得好像什麼都不看。又好像看得很遠很遠，停在縹緲無際的地方。事實她的目光祇落在天花板的一角，那裡由於好久沒有清掃，結了一個蜘蛛網，現在那個蜘蛛網遠遠看起來，像已結得十分完好，蜘蛛卻仍孜孜不倦的繼續編結。

夏日的驕陽穿過街邊的木麻黃，把一縷疏影撒在屋裡的地上，撒成一片灼灼閃動的光。那星星點點的光，又從地面綽綽約約的飛起來，照著四壁一閃一閃的幌動。使屋裡凝著一層淡淡漠漠的幽靜。

母親臉上有一種朦朧而平靜的表情。

蟬裂帛的叫著。

母親咂咂嘴說：

「你叫我怎麼講好呢？你們一個個都大了，我的話也不聽；難道還叫我去打他不成？」

姐姐沒接腔，連動都不動。她頭上那叢蓬得很高的髮鬈，突然輕輕顫了一下。有風嗎？這悶熱的夏日下午，紋風都不動，這風是從她心頭颳起的。

有輛汽車從街上駛過，那蟬停了一下。驟然又響了起來，像用盡氣力嘶鳴。

「這知了怎麼這種叫法？」母親像不在意的說。她見姐姐仍不搭腔，停了一晌又說：

「所以我有時候想：你們都能像小時候那般，不要長大多好，不就什麼心都不用操了？可是在你們小時候，我又天天盼望你們早早長大；覺得你們長大了，就可以省點心。如今你們一天一天大起來，我該沒有心事吧？可是還要為你們瞎操心，可見什麼事情沒有兩全的。因此我有時想開了，就懶得管，隨你們自己去吧；是好是壞，都是你們自己的事情。我這個做媽媽的，別說還不能跟你們一輩子；就算能跟，也是討人厭。」

「媽媽，你太寂寞了，才會這般胡思亂想。」姐姐的目光在母親臉上緩緩移動一下，又停住。

「嗨！」也算是對姐姐的回答。

「你可以去看看王伯伯他們，或是去看場電影消遣消遣，不要老悶在家裡，心情就會好得多。再說時代也在進步，社會福利也會慢慢建立起來。我們祇要讀好書，能有工作，就可以自立。所以你也不必太省了，想玩玩，就出去玩；想吃點什麼，就去吃它。」

母親沒作聲。

屋裡又靜下來。

蟬仍在窗外嘶鳴。

姐姐站起來，在地上徜徉了幾步，停在梳粧檯的鏡子前，用手撥著髮，照了又照。驀地她一轉身，腰一扭，便閃出一個優美的姿態。姐姐是美麗的，她的身材更美；細細高高的體型，在舉止間，款動得儀態萬千。最近聽說有男生追她，會嗎？她才剛剛畢業呢。看她這副嬌俏的模樣，可能不是空穴來風。莫非母親也耳有所聞？才會說這種話，興起這種感慨。

姐姐掉轉身對母親說：

「我陪你去看場電影吧？」

「你沒有事嗎？」

「我有什麼事？」

「你還是辦你的事去吧！」

我不願再聽他們的談話，回到自己屋裡讀書；我覺得母親房間的空氣太壓人。弟弟不在家，放了暑假，他就沒在家裡好好呆過一天。每天一吃過飯，就溜得不見影子。雖然他明年就要考高中，全家人都在為他的升學關心，他自己卻絲毫不放在心上。母親起先還釘釘他，後來見釘不住，也就隨他去。

母親仍在房裡跟姐姐唧唧喳喳個不停。她們是在講什麼，隔著牆壁聽不真切。蟬聲又裂帛般響起來。

九七

幾乎在姐姐畢業的同時，王大虎也出師了。那種做西點麵包的技術，要是別人學，有兩年的光景就可摸到門路，他卻整整花了人家一倍的時光。在這三年多的時間裡，他是一板一眼的認真學，因此到了出師時，手藝便學得十分地道。但那個麵包店，倒籌備了一段相當長的時日；那是王伯伯耽心王大虎不能獨當一面，想請個師傅讓他跟著歷練；偏偏一時請不到合適的人選。這樣一拖，便到那年年底才開張，取名「曉耕麵包店」。是王伯伯親自求李先生給取的，表示勤勞經營的意思。但據我了解，買房子連各種開辦費，十萬塊錢已經不夠用；何況那時節房地產漲得很兇，母親在三萬元之外，又拿了點錢給王伯伯。

開張的日期選在星期天，母親一大早便要我們趕去幫忙照應。姐姐那天也穿上她生平的第一件旗袍，打扮得儀態萬方。到了信義路，我們老遠就看到那個明晃晃的金字大招牌，迎著朝陽，閃著耀眼的光。那也是王伯伯請李先生給題的；王伯伯這個人，別看他自己的生活克勤克儉，面子上的事情，倒十分講究；像那個招牌，擺出的姿態，就是一副大模大樣的氣派。並且那三間低低矮矮的小門面房，已經裝潢得煥然一新，門兩邊各有一個大玻璃櫥窗，裡面堆簇陳列著各式各樣的西點。屋裡也有幾個玻璃櫥跟貨架子，同樣擺滿各種點心跟麵包之類。中央放著兩張長條桌，鋪著白檯布，用盤子裝了很多小西點放在上面，準備招待來賓。另外有十幾個花籃零零落落放在門口。

王伯伯跟王伯母已經早一步到達。王伯伯穿著他那套祇有過年，或出門做客時才穿的西裝，兩腿大開的方方正正坐在一張椅子上。可是那套西裝又太大，在他身上就像龍袍一般。王伯母穿了件新旗袍，緊緊勒在身上，猶在七抓八拿的幫王大虎整理東西。

母親一進門，就笑著對王伯伯。

「恭禧你啊！王大哥。」

「你恭禧我啊！弟妹。」王伯伯站起來把母親往屋裡讓著說：「那我也該恭禧你才是。你先嚐嚐看？大虎做的西點味道還對吧？」他把一盤小西點端到母親面前，抓起一把就往母親手裡塞。

這時王伯母已轉回身，見到姐姐便一把拉住她。

「徵鳳，你今天打扮得這麼漂亮啊！」她上下不停的打量著姐姐：「這麼小的年紀就當老師，真了不起。我說大虎最不中用，連個學校都考不上。」

「我覺得大虎哥有這樣的本事，比讀書都好。」

「你不會瞧不起他嗎？」

「那裡會呢，伯母。」姐姐連忙笑著說：「大虎哥那麼好的人，誰會瞧不起他？」

「是啊！」王伯母臉上的笑容一層一層往外爆，她的臉又胖，眼便被笑容擠得看不見：「大虎這孩子，笨是笨一點，心地倒蠻好，沒有別人那些花心眼。我常常對他說：你要爭氣啊，大虎。人家徵鳳都當老師了，你可要有點出息，別叫徵鳳瞧不起。」

「我這個老師比大虎哥差遠了。大虎哥學的是一門技術，我不過是哄小孩子玩罷了。」

母親要我去幫王大虎整理貨架子。這天王大虎也特地修飾一番，穿了套白色衣褲，襯衫的領子上，還打了個黑色蝴蝶結。他的個子已經長得跟王伯伯一般高，也那麼壯，方方的大臉上，凝著層凝脂般透明的光。

「你做這個蛋糕真不錯呀，大虎。」母親拿著一塊點心對他說：「味道很正，在街上買的一般蛋糕，比你做的這種，味道差遠了。」

「你誇獎了，趙嬸嬸。」王大虎的臉紅了，手好像也沒處放，緊緊抓著衣襟；但在滿臉的紅光中，也透著幾分自得的神態：「我也不曉得做的好不好吃，是我師傅教我怎麼做，我就照著怎麼做呢。」

「你看不會砸招牌吧？弟妹。」王伯伯哈哈笑道。

「你放心！王大哥，好的很呢！」

突然姐姐紅著臉走過來，對母親說她要回家。還沒等母親問清原因，一個聲音竟在旁邊炸開。

「敬禮！」母親面前挺直的站了一個穿軍服的青年，衣領兩邊那兩枚領章，一邊是「陸軍官校」四個字，一邊是「學生」兩個字。正用標準的姿勢向母親敬禮。

母親愣了，愣得話都說不出來。

「你……你……」

「趙嬸嬸，你不認識我了？」手順著往外一翻，那青年順手把軍帽摘下來，才露出真面目。

「哦！你是大豹啊！」

「我的敬禮還標準吧？趙嬸嬸。」

「你怎麼變得這麼黑？我差一點認不出來。」

「讀軍校苦啊！趙嬸嬸。整天出操、上課、打野外，沒一點閑時候，怎麼能不黑？」王大豹笑著說，兩手同時眉飛色揚的比劃著。

「可是你比過去更壯了。」

「打的呀！」王大豹把大嘴一咧。

「軍隊上不是不准打人嗎？」母親臉上一驚。

「不是用拳頭打的啊！」王大豹又一笑，揚起手拍拍胸脯，擺出一副不在乎的勁：「要是用拳頭打就好了，像我這種體格，挨個十拳八拳，那不像吃冰淇淋一般痛快？他們是要把我這塊頑石鍊成鐵，再把鐵鍊成鋼，再把鋼鍊成精鋼。像這種鍊法，那不慘哪？逼得你吃飯拉屎都緊張。就像打鐵的一樣，不停的用鐵錘往你身上搥，非把你打成材不可，怎麼會不壯？」

於是他把胸脯又一挺，向我招招手：

「徵龍！過來打幾拳試試看，讓趙嬸嬸瞧瞧。我這塊頑石是不是已經鍊成鋼了？」

弟弟來到店裡，什麼事也不管，跟嬌嬌每人弄了一大把點心，到一邊磨去了。反正他倆到一起，就有講不完的話，連一聲狗叫，都會成為最有趣的新聞或話題。到王大豹出現時，他才走過來；這時便搶先了一步，走到王大豹面前，當胸就狠狠搗了兩拳。

王大豹果然幌都沒幌，卻低頭看看弟弟笑道：

「是你呀！麟老哥。再打！再打！把你吃奶的勁也拿出來打！看我會不會動一下？」接著弟弟的拳頭落得越快，他的胸脯挺得越高：「打呀！用力！把拳頭握緊了！噯喲！你幹什麼？你是給我搔癢啊？」

弟弟撲哧一笑，也不打了。

王大豹卻大拇指猛一挑，自賣自誇的講：

「這是真本領！硬功夫！不是吹的。麟老哥！你曉得我為什麼會站得這麼穩？你打都打不動？這是我立正姿勢站的好，不信你試試看？」弟弟果然照葫蘆畫瓢，也立正站起來。可是被王大豹一拳，就打得倒退好幾步：「不行吧！差遠了！我這個立正姿勢，標準的很哪！出基本教練的時候，都是找我做示範。我把兩腿一繃緊，丹田的氣往上一提，再把胸脯一挺，就穩得像泰山一樣。可以頂天立地，就是天塌下來，我也撐得起來。」

突然王大豹收起八面威風的姿態，笑著拍拍弟弟說：

「你也要快呀，麟老哥。」

「快什麼？」弟弟仰臉問。

「快到軍校來呀，我等你。」

「你等他呀！還早哩。」母親在一旁說：「他今天夏天才考高中，要考還得三年以後。」

「我的天哪！」王大豹怪叫一聲：「那不把我的鬍子都等白了？我以為我們可以差不多的時間畢業，再一起當司令官，那麼打仗的時候，就可以併肩作戰。要再隔個四、五年，將來祇有聽我的指揮了。說不定我當上司令官的時候，你還不過是個小軍長或小師長什麼的，對我講話就得規規矩矩立正站好，一口一聲『報告司令官』。哼！那時候哇！」王大豹神氣的用手摸摸嘴，要笑不笑的裝模作樣說：「我就要檢查檢查你的立正姿勢標不標準，敬禮的姿勢正不正確；要差一點，就罰你兩腿半分彎。」

母親有感的輕輕嘆了一聲：

「看徵麟整天的祇知道玩的樣子，一點不肯用功，今年能不能考取高中，還不一定呢。」

「我考不取高中啊！媽媽。」弟弟把手裡的幾塊小西點，一起塞到嘴裡。神氣的叫道：「你不要把人看扁了好不好？我考建中給你看看！」

「你考建中啊！做夢吧！」

「我今天就回去用功，一定考取它。」弟弟當著那麼多人的面，大言不慚的叫得好響。

「我們就這樣講定了。」王大豹推波逐瀾的激道：「牛皮不是吹的，泰山不是堆的。爭口氣，麟老哥！拿出決心來，考個建中給趙嬸嬸看看。你要是能考取建中；我就買一串大鞭炮給你放。再拿著建中的招牌去投考軍校，響噹噹的，誰不另眼相看。」

「我要考不取，就是一條小狗。」

「小狗不成，要變成一匹小馬。讓我騎著圍著你們後面那塊空地轉一個圈。那麼我就可以……」王大豹揚手做揮舞鞭子狀：「我手裡拿著小皮鞭，心裡真得意，唏哩嘩啦嘩啦啦，我摔了一身泥。」

「好！小馬就小馬。那你光買鞭炮放也不成，還要請客看電影，我要一天看三場！」

「一言為定。」

「勾勾手指頭。」

九八

姐姐雖講回家，當客人漸漸多起來時，她仍在那兒幫忙招待。那些客人多數都是以前中華路的老鄰居，如今雖然星散了，各奔前程。由於各人的際遇不同，大家的境況也有極大差異。像李先生現在開了一個貿易公司跟一個紡織廠，生意越做越大。他開著自用轎車來坐了一會兒，並送了一個匾額，說了幾句吉利話，便匆匆走了；倒把他太太跟女兒留下來與大家閒話家常。李小姐原就比我們大很多，在我們上小學時，她已經在讀高中。如今早已大學畢業，在一所中學裡教書。人長得不算漂亮，卻很文靜，絲毫沒有那種千金小姐的嬌氣。

出我們意料之外的，是會在這裡看到周伯伯夫婦跟他那兩個女兒。時間變得真快，幾年前那兩個周姐姐，都跟姐姐一樣，都是些毛茸茸的醜小鴨。如今竟出挑得玉人似的，一個比一個漂亮。

我們對王伯伯邀周伯伯全家參加開張慶典，十分感到奇怪。我們曉得周伯伯當初在中華路那段時間，最瞧不起的人，就是王伯伯。

他曾背後這樣諷刺過王伯伯：

「你們看那個山東老王，整天傻乎乎的，像條牛一般的苦，賣饅頭總共能賺多少錢？」

由於饅頭店是王伯伯跟我們兩家合夥開的，這話聽到母親耳朵裡，也覺得很刺耳。於是母親對周伯伯也很不諒解，不過母親不是一個喜歡多嘴的人，並沒把話傳到王伯伯那邊。

而王伯伯最瞧不起的人，也是那種不事生計的人。也曾背後講過周伯伯：

「讓他去燒包吧！這般時候還那麼挑肥揀瘦。看他那幾個臭錢，能神氣多少時候。」

王伯伯口敞、沒有遮攔；又天生一副大嗓門，叫得滿天響。這話難免傳進周伯伯耳朵，兩人的誤會就越深。幸好周伯伯沒有多久，便把那間竹棚，讓給申先生開九如包子店，全家搬到臨沂街。

王伯伯對周伯伯夫婦仍熱情的招待。搬椅子，拉板凳的讓坐，又拿點心給他們吃。人事滄桑太大了，幾年前的恩怨，早已經被時間沖淡，祇有那份同甘共苦的情分依舊。所以大夥兒一陣哈哈，多麼厚的冰霜也在笑聲中融解。這情形看在嬌嬌眼裡，就很氣。她悄悄對母親說：

「趙嬸嬸，我說周伯伯他們最不要臉了。他們跑來幹什麼?還老吃個不停，那要吃多少？」

「不可以說這樣的話，嬌嬌。」母親笑道。嬌嬌現在半大不小，正是那種恩怨分明的年齡：「人家是來給我們賀喜的，東西多的是，吃點怕什麼？」

「可是我不喜歡周伯伯他們吃。」

「為什麼別人吃可以？他們吃你就不高興？」

「因為他老找我爸爸借錢，借了又不還。還要借。」嬌嬌說得很快，一副義正辭嚴的樣子。

「你爸爸借給他嗎？我怎麼沒聽說過？」

「誰借錢，我爸爸不借？」嬌嬌的語調憤憤然：「我說我爸爸最傻不過了，辛辛苦苦賺幾個錢，人家講兩句好話，就恨不得把心都掏出來。有一次我媽媽說了句不要亂借錢給人家的話，他就兇我媽媽，嚇得我媽媽再也不敢講了。聽說周伯伯過去還罵過我爸爸，還有臉來借錢？」

嬌嬌說到這裡，轉過頭向站在旁邊兩位周姐姐，飛快的溜一眼，又轉回頭來對母親說：

「我說趙嬸嬸，周伯伯找我爸爸借錢，他們也不是真的有什麼要緊用處，還不是借去胡花亂花。你看兩個周姐姐穿的衣服，比誰都時髦？」

「不要再亂講了，嬌嬌。」母親笑著拍拍她：「大人的事情，小孩子不要管。」

「我要管！」嬌嬌執拗的說：「我不能讓周伯伯把我們的錢都騙光了！聽說大周姐姐還要到麵包店裡當會計，像他們這種吃法，不把店裡的東西都吃光了？我要是跟我爸爸講，他就會聽。你知道嗎？趙嬸嬸，我爸爸最聽我的話。」

「講講你彈鋼琴的事吧？嬌嬌。」母親把話題岔開：「你現在彈得怎麼樣了？」

「我們老師說，到暑假時候還要給我們開個演奏會呢，你一定要來呀？趙嬸嬸。小哥哥還說要給我送一個最大的花籃。」談到鋼琴，嬌嬌就把那些不快忘掉。

「我一定去參加。」母親連忙說。

「趙太太，好久不見了。」申先生一手捏著塊蛋糕，一手端著杯茶走到母親面前。

「你有郭先生的消息嗎？申先生。」

「祇有聽別人說，也不可靠，聽說他在當船員。」

「他媽的！老郭那個王八蛋！可把我害慘了！」王伯伯聽到談老郭，也湊過來，對他的氣好像仍沒消：「你看！你看！」手指著一個正在吃點心的小孩：「老田的兒子都這麼大了！他要那時候跟阿秋結婚，現在孩子不也老高了？他那麼一個大男人，還有點出息沒有？就那麼溜了！你講？老申！他要是在這裡，大家都是老朋友，是會缺他吃的？還是會缺他穿的？」

「人各有志啊！老王，不要相強。」

「他害我不要緊哪！還害人家阿秋在那裡窮等。他媽的！我要見到他，不好好給他一頓拳頭，我就不姓王！」王伯伯又揎拳擄袖，馬上要揍人似的。

九九

「媽媽，你看王伯母今天講那個話，好氣人哪！」姐姐一回到家裡，滿臉不高興的對母親說。

「王伯母講什麼？」母親倒是很穩。

「她說呀！」姐姐轉轉頭，怕有人在旁邊偷聽一般，然後話就像噴泉似的衝出來：「要我幫王大虎好好開這個店；大虎老實，沒計算，會被人欺負。有了我，她就放心了。這什麼話嘛！我又不會嫁給王大虎，幹嘛對我說那種話？我算他什麼人？」

姐姐說完，母親一時倒發起怔來。

她沉思一會才慢條斯理的說：

「照說大虎確實是個好孩子，那個女人嫁給他，真是一輩子的福氣，他決不會做出歪七劣八的事情。再說你們的年紀也配，就是學問差一點，其實也差不到那裡；何況做麵包也是一門很好的技術，將來……」

「媽媽，你怎麼也說這種話？」姐姐驀地尖著嗓子叫了一聲，把母親的話半途打斷。

「我沒說什麼呀？我祇是比較比較。」

「那意思還不明白！」

「你看這孩子！」母親倒禁不住笑了：「我剛說了不過兩句，你就叫得這麼響？」可是她的語調又馬上轉變成感嘆：「我跟你講，徵鳳。對你們的事，我老早就沒想到要管。這年頭兒女的事情，父母也管不了。要管好了，功勞也輪不到你身上；要管壞了，就都是你的錯。祇是這當口，要找個合適的人也不容易，本省人吧？我們是一個都不認識，連根線都扯不上。外省人吧？大多數都是飄飄蕩蕩，沒有一點底，也叫人不放心。」

「你急什麼呀？我還小呢。不要說了好不好！把人都煩死了！」姐姐厲聲的叫道。

母親趕緊止住聲。

母親不講，姐姐自己反而忍不住。過了一會，她兀自氣得嘴巴噘得高高的說：

「你不論怎麼說，媽媽。我都不會喜歡王大虎。他好人是好人，可是怎麼會那個笨法？連句話都不會講。你沒見他今天那個樣子啊？人家誰要誇獎兩句，他的臉就紅得像關公。」

「那我們就得先商量個辦法。」母親望望姐姐邊想著說：「萬一王伯伯那邊著人來提親，該怎麼說？王伯伯對我們那麼大的恩情，叫我真難回答。」

「王伯伯對我們有恩情，就拿我去報答啊？」姐姐積在心頭的氣，一時很難消除。母親的話稍為刺到她，她就會叫個不停。

「你平靜點不好嗎？徵鳳。」

「我平靜？你不曉得我今天有多氣？」

「好好！我不說了。」母親站起來走到堂屋裡，去忙第二天賣早點的事情，祇聽她在悉悉索索倒水泡豆子，悉悉索索的醱麵。從房間照出去那道黃燈光，跟堂屋那道昏昏的燈光交會一起，就照出一片朦朧；母親就在那片朦朧中，東摸西摸個不停。她也不是真的有什麼要緊事情，祇在鍋灶前後來回轉。

姐姐站起來走到房間門口。

「就說我不願意！不就得了？」

母親正拿著一大疊碗，往牆邊碗櫥頂上擱。她為什麼要把那些碗擱到那樣高的地方，我們也不明白。本來那些碗，都是早晨賣早點裝豆漿用的，一向洗過後，都放在靠牆的一張桌子上，誰也不會再去動它。突然母親的身體猛一幌，祇聽嘩啦一聲，連人帶碗摔到地上。

我們一齊跑過去。

「怎麼了?媽媽。」姐姐連忙扶起母親。

「沒有什麼，祇是手被碗碴子割了一下。」

「你幹麼要把那些碗擱到那高頭?」

「我覺得擱在桌上不順眼，擱在高頭才好些。」

一〇〇

中華路的違章建築拆除問題，在羅斯福路打通並拓寬之後，就開始在報端喧騰。由於茲事體大，大家叫儘管叫，一時卻無法定案。那是在這兒居住的人數太多，藉以維生的，幾近萬人。如何安置他們及解決他們的生活，都必須詳加考量，做妥善處置。

同時那些攤棚拆除，市容如何整頓，也需要詳細規劃才成。因為那時節社會安定、民生樂利，臺北市的各種建設，也就步調加速，目光放遠。對於道路的闢建，漸漸有了整體的計劃。整頓中華路就產生兩個方案：一個是就地改建商場，容納原有的住戶，這樣做的好處，是不必為安置的問題煞費周章。另一個是將住戶全部遷移他處，拓成一條寬闊的馬路。這樣做也有它的難題，不但覓地遷移不易，同時住戶也不願遷居。那因他們在中華路，祇要做做小生意，勤快一點，食衣之資就不用愁。如果把那麼多的一群人，遷到一個偏僻地腳，叫他們吃什麼?穿什麼?一時叫苦的也有，陳情的也有，使當局十分困擾。這兩個方案就像鐘擺似的，一會兒擺過來，一會兒擺過去，始終無法一下子定下來。

並且這一擺，也擺得人心惶惶，一則亦喜，一則亦憂。當擺到原地整建商場時，大家便喜上眉梢，那地段也頓時身價百倍，一些投機的人，便會千方百計前來，高價頂取場地權利。要是擺到另一邊，情況也隨之改變，不但住戶愁眉苦臉，也不會有人來問東問西。

王伯伯那個一根腸子通到底的性格，怎麼受得了這種折騰，又騎著老爺車來找母親商量。

「還是你好，弟妹，早早把那個攤棚頂出去，什麼麻煩都沒有。如今在這裡做個小生意，不也挺好嗎？不像我們現在，像被耍猴子似的，一會兒這樣，一會兒那樣。弄得大家心驚膽跳，連生意都做不下去。」

「中華路的違章建築，好像一定要拆。」母親平靜的說，雖然我們已經搬開那兒，但由於住過的關係，就有一種感情連繫，對那裡的情況，隨時都在注意。

「是呀！要拆就拆吧！拿出個主意來。難道我還會躺在地上，賴在那兒不走不成。」

「這不是你一個人的事情，王大哥。」

「就是嘛！人多的事情就難辦。要是我一個人的，早就蹦咚一聲拿腿走了，還受這份氣。你愛給幾個錢，就給幾個錢，不給就算了。要靠政府那幾個錢過活，還不如餓死了好？可是大夥的事情，你想抽腿都不成；他們還要拖著你，向政府陳情什麼的，你說煩不煩？我說一句良心話，弟妹。人要肯幹哪！遍地都是黃金，那裡都會開出金礦來。要是光想歪點子，不肯腳踏實地去幹。政府就是把中華路給了你，還是會把它糟蹋光了。」

「『船到橋頭自然直』，你不理它不就成了？」母親見王伯伯的樣子，忍不住笑道。

「我何嘗不想那樣做，叫我在那裡住，我就住；不叫我在那裡住，我就搬。給錢，我拿著；不給，我也不會硬要。我這麼一個人，還怕會餓著？可是你不曉得啊！弟妹。有些無聊的傢伙，煩都把你煩死了。一聽說那裡要改建商場了，就說好說歹，要你讓給他，幾萬塊錢他都出。一聽說要遷走，就夾著狗尾巴，跑的比誰都快。」

「你也不用氣這些。」母親笑著勸道：「不論什麼事情，有好處大家都想沾；要沾不到，還不是溜得遠遠的。」

王伯伯突然態度十分慎重的對母親說：「我想早早把它處理掉，你看如何？弟妹。」

「我看你還是等等看。」

「我受不了那個折騰啊！」

母親不言語了，然而停了一會說：

「如果有人出好價錢，處理了也好，免得操心。何況信義路那邊又有生意，到那邊去照料也是一樣。」

果然沒有多久，王伯伯便把家搬到信義路。在曉耕麵包店後身買了一幢房子。

一〇一

曉耕麵包店雖然是我們跟王伯伯兩家合夥開的，母親對店裡的營業情形卻從不過問，全由王伯伯做主。她也禁止我們去那兒玩。怕我們到了那兒，難免要吃東西。她不願由於我們是股東，就去亂吃亂拿，使王伯伯為難，落個沾小便宜的名聲。

不過母親的話對我跟姐姐還有效，並且我倆也極自愛，為了避嫌疑，就更少去了。事實，那時候我倆的時間也很緊湊。姐姐每天教書，下課以後，也有她自己的事情。而我高中的功課也夠重，放學回家，就得忙著溫習功課，根本沒空亂跑。可是對弟弟卻缺乏約束力，他喜歡跟嬌嬌一道磨，又貪吃、貪玩。有時放了學，連家都不回，就往王伯伯家裡跑，一直磨到八九點鐘才回來。

那時候周伯伯的大女兒已經到店裡當會計。她的名字叫周玲玲，年齡雖較姐姐大不了幾歲；但跟姐姐比起來，她長得雖不比姐姐漂亮，卻會打扮，穿著也時髦，又能說善道。特別是流行歌曲唱得很棒，大家都說她多才多藝。

可是有天晚上弟弟氣嘟嘟的跑回來。

「媽媽！」他一見母親就叫道：「你看我在麵包店吃塊蛋糕，王伯伯都不講話，周姐姐還要不高興。」

「跟你講過多少次了。」母親恨恨的說：「不要跑去亂吃東西，怎麼一點記性都沒有？」

「周姐姐也沒資格講話呀！」

「她是會計，怎麼不可以講？」

「我們是股東，她不論管誰，也不能管到我們！」

「胡說！股東就可以亂吃亂拿了？那這個店還怎麼個開法？什麼事情都有個規矩，家有家規，店有店規。店裡每天做出來的東西，都有一定的數。王伯伯是老闆，他可以不管；他讓你們吃了，是他可以做主。周姐姐不過是個會計，你們到那裡亂吃東西，她又做不了主，叫她怎麼向老闆交代？」

「那就該公平才對呀！」

「她又怎麼不公平了？」

「你不曉得呀，她對我那麼兇巴巴的。可是見了嬌嬌，就像狗搖尾巴似的；她要吃什麼，就趕緊拿。不像我動一動，就把眼瞪得鼓鼓的。」

「你少給我胡說。」

「真的嘛！你沒見她看到嬌嬌那個樣子，趕著嬌嬌一句一個妹妹，聽著好噁心哪！不過她不讓我，也沒有關係，嬌嬌會給我；她吃什麼東西都會分給我一半。」弟弟洋洋得意的把頭側顧一下。

「我再說一句，徵麟！你給我好好聽著！」母親見弟弟沒理她的話，又鄭重警告說：「你要是再跑到那裡亂吃東西，看我不打斷你的腿？」

弟弟舌頭一伸，咧咧嘴笑了。

一〇二

好像從來到臺灣那年就定下例子，我們每年大年初一這天，全家人都要到王伯伯家裡拜年，中午再在那裡吃一頓豐富的午餐才離開。這年姐姐由於心頭憋扭，就怎麼也不肯去。母親勸了一句，也遭到一頓搶白：

「你叫我去？要是王伯母當面替王大虎求親，你怎麼辦？你答應還是不答應？我知道當著王伯母的面，你也不好意思一口回絕。說不定被人家三講兩講，就糊里糊塗答應了。可是叫我嫁王大虎，還不如殺了我！」

「我不會那麼糊塗，連你都不問。」

「所以了！我如果不去，你還可以往我身上推。要是我也在那裡，叫我怎麼個講法？」

母親沒再講話，祇輕輕喟然一聲。

王伯伯信義路那棟房子，雖然是一幢舊房子，卻十分寬暢；過年的時候，又特地粉刷一番，買了一套新家具，就顯得煥然一新。可是王伯母見我們那一行人中缺了姐姐，覺得很意外，便十分奇怪的問母親。沒等母親開口，嬌嬌竟搶先回答：

「我曉得大姐姐今天為什麼沒來，因為她有了男朋友，陪男朋友出去玩了。」

「你大姐姐那裡來的男朋友哇？」母親笑道。

「趙嬸嬸不曉得啊？可是我曉得。」

「你怎麼曉得的？嬌嬌。」王伯母也問。

「是小哥哥告訴我的。」嬌嬌說著向弟弟看一眼：「對不對？小哥哥。大姐姐有了男朋友，你還幫他們送過情書？她男朋友還請你吃糖！」

「真的？」母親浮起一臉驚訝。這對她來說，是件極大的新聞：「你們怎麼都那麼清楚？我怎麼一點風聲都沒有聽到？」她雖半信半疑，仍禁不住感到惆悵。女兒交了男朋友，怎麼不對她說一聲？

王伯伯卻哈哈一笑：「徵鳳交了男朋友，有什麼好奇怪的？弟妹，『女大不中留』嘛！交個男朋友也是正理。我勸你也不必為這件事情操心，這年頭做父母的，操也是白操心，他們也不會聽你的。你給她選的，就是有一萬個好處；反不如她自己選那個，沒有一點好處的好。我再說一句使你放心的話，我看徵鳳那孩子，也不是那種瘋瘋癲癲的人。她選的人，也錯不到那裡去。」

「徵鳳怎麼就有了男朋友呢？」王伯母喟然的說：「我那天還跟她講過，大虎這孩子一點心機都沒有，難得徵鳳那麼精，讀的書又多。要是他們兩人在一起，她能幫幫大虎，就再好都沒有了。」

「你呀！」王伯伯用手點著他太太叱道：「我跟你說過多少次了，不要做這個夢！你偏不聽？你看他兩人配嗎？徵鳳那麼嬌嬌滴滴，整天打扮得花朵似的；大虎那麼笨裡笨氣，那裡像一對？所以這件事你不要管，他們要是有緣分，不管也會成；要是沒緣分，管也沒有用。到頭來弄了一臉灰，何苦呢？」

「那玲玲呢？」

「更不成。」

「可是大虎已經不小了！」

「多大了？才二十出頭。你想抱孫子是不是？我跟你講過多少次，你想給兒子做牛做馬，有得你做的。」

「二十多歲還不該結婚哪？」王伯母也有點惱：「對孩子你左一個不要管，右一個不要管，可是也得看看是個什麼樣的孩子呀？要是大豹，我才不會去瞎操心。大虎這麼老實，你不給他操心？他自己到那裡找去？何況玲玲也不是我們去求他們，是周家找人來跟我們提。人家那麼漂亮的女孩子都願意嫁給我們，你倒端起來了？」

「玲玲是誰？大嫂。」母親插了一句。

「就是周先生的大女兒啊。」

「哦！她不是在店裡當會計嗎？」母親立刻明白過來說：「蠻好嘛，人也漂亮，也伶俐。」

「就是嘛！那麼漂亮的女孩到那裡去找？還是周先生親自找人跟我們提。都是你王大哥那個倔脾氣，這也不好，那也不好。人家玲玲不嫌大虎笨，他倒嫌起玲玲來了。你說玲玲那一點配不上大虎？」

「噯呀！」王伯伯煩惱的啐了王伯母一口：「你說個話也顛三倒四，我多回說過玲玲配不上大虎？是大虎配不上玲玲。你想想看？像玲玲那麼精靈的女孩子，大虎要跟她在一起，那不把大虎當猴子耍了？再說玲玲那麼愛打扮，會花錢。我們這點家當，養不起啊！所以我覺得給大虎找，一定要找個厚道一點的女孩子才合適。」

「我說一句話好不好？王大哥。」母親望著王伯伯笑道：「女孩子結了婚，不論她怎麼個精靈法，也祇是對外面精靈，絕不會精靈到自己先生身上。」

「是嘛！你王大哥就那麼窮操心。」

「好了！好了！我不管了。你愛怎麼辦就怎麼辦。將來大虎吃了虧，可別怨我！」

王伯伯說完便氣嘟嘟的走開。這時王伯母又把周家怎麼著人來提親，以及周玲玲對王大虎怎麼個好法，也告訴了母親，母親也極口贊成這門親事。

那天的午餐照樣是大條的魚，大塊的肉，擺了滿滿一大桌。王伯伯氣了一會兒便過去了，高高興興吆喊著我們吃喝，倒是王大虎被講得十分靦腆，一直紅著臉。午餐過後略坐一會，母親便帶我們回家；她心裡仍牽掛著姐姐交男朋友的事，在路上便問弟弟：

「徵麟，姐姐的男朋友你見過了？」

「沒有啊，姐姐有男朋友嗎？」弟弟反問母親。

「你這話是什麼意思啊？徵麟。」母親一怔：「你既然連姐姐有沒有男朋友都不曉得？怎麼會告訴嬌嬌姐姐有男朋友了？還說給他們送過情書？」

「那是我騙嬌嬌的。」

「這種話怎麼可以亂講。」

「你聽我說嘛！王伯母不是要給王大虎娶姐姐嗎？可是姐姐又不願意。那麼我告訴嬌嬌，姐姐有了男朋友，嬌嬌就會說給她媽媽聽，他們不就死心了？」

「你呀！徵麟。一肚子猴。」

一〇三

王大虎跟周玲玲的訂婚儀式，僅母親一人去參加，那是王伯伯拉母親做男方介紹人。據母親說，王伯伯送女方的聘禮也算十分體面了，並且都是些實用的東西，包括各種衣料以及金銀首飾。但女方仍不滿意，他們雖然不好意思直接表示出來，言談中卻刺刺癢癢使人難過。為此母親也十分不高興，大家逃難來臺灣，固然是窮了；但也不能過分小家子氣。鬧出雙方親家爭聘禮的笑話。

不過母親對周玲玲的漂亮，倒讚不絕口。說她小時候模樣也不怎麼起眼，瘦瘦的像隻醜小鴨。那知幾年光景，竟出挑成一隻金鳳凰。王大虎能討到她，真是傻人有傻福。祇是跟周玲玲的聰明伶俐一比，就越顯得笨拙。

弟弟初中畢業的成績還不壞。這下他又神起來，把考高中的事情擱到脖子後，整天東玩西玩，根本不把功課放在心上。進建中當然變成夢想。

放榜的時候，王大豹正好放假在家。他興沖沖的帶著串鞭砲來了，捉狹的對弟弟笑道：

「儘管你沒考取建中，麟老哥。我們的鞭砲還照放，電影也照請，馬當然也照騎。」

「好嘛！騎就騎。」弟弟把嘴嘟得好高。

「好！英雄！說話算話。」王大豹一挑大拇指。

「看吧！叫你用功，你不肯用功。」姐姐也在一旁說風涼話：「現在要人家當馬騎？」

「要你管！」弟弟沒好氣的吼道。

「這樣的，麟老哥。」王大豹仍調笑道：「你要是孬種了？我們就不騎馬。你就變做烏龜，在地上爬三圈；我還是照請你看電影不誤。」

「我為什麼孬種？我說話就算話！」

「好好！什麼時候騎呢？」

「等一會。」弟弟大聲叫道。

「對！等一會。現在太陽太毒，騎馬也不舒服。等一會涼快了，騎起來才夠意思。」於是王大豹又幌著手，顛著屁股唱道：『我手裡拿著小皮鞭，心裡真得意』。但我們可要先說明白呀！麟老哥。你可不能整我的冤枉！把我『稀里嘩啦嘩啦啦，摔了一身泥』。」

「噯呀！你們鬧什麼呀。」姐姐見他們說得那麼活靈活現，對弟弟輸給王大豹當馬騎，也於心不忍。出來打圓場說：「算了！算了！別再開玩笑了！騎什麼馬呀？我請你們吃館子看電影去。」

「你講什麼話，就你有幾個臭錢。」弟弟氣得像一條瘋狗，誰講話就對誰狂吠。

「我看就讓徵鳳請客算了？」王大豹笑著說：「這個大熱天騎馬，你受得了，我還受不了呢！」

「不要！」一副又臭又硬的樣子。

大家見弟弟那副老羞成怒的樣子，便不去惹他，把話題轉到別的上面。弟弟兀自在生氣，嘟著嘴不跟任何人講話，過了一會兒，獨自跑到房間裡關起門來，大家也就沒當做一回事；反正我們曉得，他氣也不會氣多久，就自消自滅。可是到王大豹要走時，推開門看看，弟弟不在房裡；他什麼時候溜出去的？誰也沒留意。王大豹便要我們轉告弟弟，騎馬的事他自動棄權，電影照請。要他明天自行去王伯伯家裡報到，影片也由他選。

到了晚餐時分，依然不見弟弟回家，大家仍沒放在心上。對弟弟那種廁所的石頭般性格，我們是十分了解，他對輸給王大豹當馬騎，嘴巴雖硬的不得了，決無一點反悔模樣；事實千方百計的想賴。這一出去不回來，準是想賴；躲過這天，他就有理由講了。他可以說回來讓王大豹騎的時候，王大豹已經走了；那麼不騎，是王大豹自己放棄權利，怨不得他，過了那天，當然就不算數。同時他本來就像個浪子一般；整天東蕩西蕩到處跑，吃飯時，經常不準時回家。如今升學考試已經考過，好歹也考上一個學校，更可以放心大膽的玩了。所以母親祇給他留了飯菜，也沒關心他到底去了那裡。

直到晚上十點鐘還不見弟弟的蹤影，母親才著了急。弟弟任性歸任性，晚上也不敢回家太晚；通常在九點左右，一定會回來。如果再晚了，事前都會跟母親講一聲。現在他連講都沒講，竟這麼晚不見影子，就顯得不尋常。

可是急也乾急，他出去時沒講一句話，誰也不曉得他去了那兒？唯一可能呆很久的地方，就是王伯伯家。但沒弄清楚情況，母親又不願大張旗鼓的到王伯伯家找。王伯伯的年齡也大了，事情也煩，何必讓他為這種事情傷腦筋。同時話又說回來，如果弟弟是在那兒跟嬌嬌窮磨，我們這般大驚小怪的去找，也顯得過分。

唯一的辦法，祇有耐心的等候。

母親表面雖很平靜，但內心的焦躁，卻從動作上顯露出來。她幾乎一分鐘都坐不住，剛坐下又站起來，不停的門內門外走。聽到一點聲音，就探頭往外看。

她也會站在門口，眼巴巴的向街上眺望好久。

「他會到那裡呢？這麼晚還不回來？」她不祇一次這樣低低的說，雖是自言自語，又像在問我們。

「他還不是在外面亂跑！」姐姐有時會答上一句。

「他不會出事吧？」

「不會的，媽媽。」姐姐安慰母親：「我想他一定是在那兒玩昏了頭，忘記了時間。」

姐姐儘管這般安慰母親，她對弟弟反常的情形，同樣感到憂慮。她在屋裡也呆不住了，拖著我向車站的路上迎出去好遠一段。當時的永和，秀朗路是一條偏僻的街道，建築物很少，也很少有路燈，兩側都是田野和林木。夜裡十幾點鐘，走在中間，黑黝黝的一片昏暗。雖然遠處有星星點點的燈光，照得明亮輝煌；可是在映過田野跟林木時，卻變成一片暗影幢幢的朦朧，什麼也看不清楚。祇在溝渠與草莽間，有陣陣蟲聲與蛙鳴。

一〇四

姐姐邊走著，也邊問我：「你猜弟弟會到那裡？徵龍？他不會跑的不見了吧？」

我同樣答不出一個所以然。

「王伯伯！王伯伯！」熬到夜裡十二點，母親再也忍不住了。也不管去王伯伯處，會引起多大的震撼，帶著我雇了輛三輪車，逕奔信義路。

其時王伯伯已經就寢，聽到母親這般時候來敲門，就曉得有急事，急忙爬起來問究竟。弟弟果然不在那兒，當天連去都沒去過。他約略問了一下前因後果，便把王大豹也喊起來。一見面問都不問，劈頭就是兩拳。

「他媽的！你又給我惹禍？我把你送到軍校，還管不好你？還回來給我惹是生非！」

王大豹被打得倒退一步，愣在那兒說：

「我怎麼又惹禍了？」

「我問你？你把徵麟給嚇到那裡去了？你騎馬！騎你媽的狗臭屁！他那麼個小孩子，禁得住你嚇？」

「他是打賭打輸了，我才跟他開這個玩笑，其實我也不會真把他拿來當馬騎。」

「你還講！你還講！」王伯伯又揚揚拳頭。

王大豹不說了。

王伯伯又接著說：

「這得趕快找啊！弟妹。不能等，他要被大豹這個王八蛋一嚇唬，跳了河或怎麼了！那可不得了！」

「會那樣嗎？」母親聽王伯伯一講，更緊張。

「怎麼不會?」王伯伯十分認真的說:「小孩子的膽量小,被大豹一嚇,就嚇破了膽!」

「那到那裡找呢?」母親的方寸已亂。

「我想應該先報警。」

「報警有用嗎?」

「不管有沒有用,先報了再說。」

「我幫你去找,趙嬸嬸。」王大豹說。

「你有地方找嗎?」母親問。

「雖然沒地方找,但我相信,他絕不會去跳河,也不會去尋死。如果真是怕我騎他的馬,可能是到什麼地方躲起來。最可能的,就是他同學家裡。」

「我不知道他的同學都住在那裡呀。」

「他初中畢業不是有同學錄嗎?在那上面查,就可以查到;他的同學我也認識好幾個。」

於是王大豹穿好衣服,騎上單車,同我們一道回到永和;在經過店街村派出所時,還進去報了案。回到家裡把弟弟初中畢業同學錄找出來,對著照片,一個一個查。他那幾個要好的同學,都曾到過我們家裡,也都跟我一起玩過,看到照片,就可以認出來。

我們抄了十幾個他可能去的住址,由我跟王大豹連夜跑去問,母親用充滿希望的目光看著我們走開。但我倆從半夜跑到天亮,都沒打聽到一點消息。

母親也一夜沒闔眼,當她聽到我們的報告時,失望的差一點暈過去,幸好姐姐及時把她扶住。但就在這一夜間,她不知消瘦了多少?兩個腮幫子像刀削般凹下去,眼睛也深深的陷在眼眶裡,像掉在黑暗的深坑。她的臉色也變得好灰;而那種灰,又不是表面的灰;而是從裡面泛出來的。透在憔悴的肌肉上,僵得肌肉像死了似的。

「老天!你可要保佑他呀!不要叫他受什麼災難啊!我這輩子可沒做過什麼虧心事啊!」母親不停喃喃唸著,聲音就像哭的一般。

第二天又動員了更多的人出去找，那簡直是一種地毯式的搜索，對每一條線索都不放過。由於他喜歡游泳，我也曾跑到碧潭或臺北所有的游泳池去打聽，都問不出絲毫頭緒。至於他的同學，所有的人都異口同聲，沒見過他的行蹤。

他到底那裡去了？我們怎麼想，都想不出一個正確的找尋方向。他身上又沒多少錢，怎麼生活呢？

我們也想到軍隊，莫非他到軍中去了？他從小就是一個小「兵迷」，夢寐以求想穿軍服。可是如今的兵制已經上了軌道，不是說當兵就可以入伍的。

母親是最可憐不過，她整整一天都沒吃下飯去。大家雖勸她安心，弟弟那麼大的一個人，決不會丟掉；祇不過出去流浪幾天，等錢花光了，自然就會回來。但這些話，對母親毫無用處，母子連心，那種出自骨肉情深的關懷，豈是幾句空泛的言語能夠疏導得開的？她耽心弟弟被人拐走，又耽心他發生什麼意外。不知什麼人出的餿主意，要母親去廟裡求神問卜；事實那時節，母親是一點主張都拿不出，人家說什麼，她就聽什麼。於是就去一個寺院拈香拜佛，然後抽籤問訊。照她畢恭畢敬跪在蓮台前面，那種虔誠樣子，似應感動佛心，為人解厄解困。

籤上有四句話，都是些含糊籠統的詞句。但在下面有幾行小字，說走失的人口一定會找到，並且不會太遠，是在東方。這一來母親有了主意，要我們向東方找去。然而我家東邊，全是一片荒涼的田野；那季節第二期稻作已經長得很高，觸目盡是綠波盪漾的景致。在林木掩映處，雖疏落的有幾戶人家，卻都是一些蜿蜒小徑，沒有一條寬敞的道路可以通。有的地方，甚至祇藉田埂做為對外的交通。從這片田野再過去，便是波濤滾滾的新店溪，隔河與臺北市的公館相望。

在這種地方怎麼個找法，那遍地茂盛的稻作，把什麼全掩在裡面。而河邊則是一帶竹林，是農民種植的筍田。那密密麻麻的綠竹，看都看不清。

我們雖不信那一套，但在處處找尋無著情形下，祇有姑妄一試。可是我同姐姐跟王大豹三人，在這帶田野裡搜尋了一整天，仍然影蹤全無。而三人在水田中串來串去的奔走，每人都一身泥濘。

幾天過去，我們失望了，也灰心了。因為弟弟所有老師、同學、朋友；以及他經常去玩的處所，能找的全都找遍，再也想不出可找的地方。

母親還不死心，依然到處求神問卜；但問來問去，都是些含混之詞。大概這就是迷信的惑人之處，祂決不給人一個清晰明確的概念；因為觀念一清晰明確，就失去迷惑人的力量。她的身體很快衰弱下去，變得癡癡傻傻，又神經兮兮，面對著飯菜，竟不知道去吃。我們把飯菜弄到她碗裡，也吃不了幾口，便放下筷子。她的心智，對別的事物似已完全停頓，祇集中在弟弟一人身上。嘴裡不停的唸唸有詞，她講些什麼，誰也聽不清楚。

偶然有聲音從外面傳來，她就會驀地一驚。

「徵龍，快開門。弟弟回來了。」

我開門看看，那有弟弟的影子，不過是一個路人經過門前。有時連半個人影都沒有，不知是什麼東西弄出一點聲音，她就會緊張一番。

我告訴母親不是弟弟時，她便失望的看看我。

「不是他啊？我聽著像他啊！」然後她那灰色的眼球，又呆呆的瞪向遠處，一轉都不轉。

一〇五

「趙太太在家嗎？」有人在敲門。

「誰呀？」我在屋裡問道。

「我是孫維勤，我送徵麟回來。」

「徵麟！」我驚喜的大聲叫起來：「媽媽！弟弟回來了！是孫維勤叔叔送回來的。」

我說著就奔著去開門。門開處，便見孫維勤一身軍服站在門口，弟弟緊跟在他身後。他那副狼狽樣子，簡直像剛從窯洞裡鑽出來。那張又瘦又黑的臉，不知幾天沒洗了，抹得東一塊灰，西一塊垢；眼睛的睫毛上，還糊了一大堆眼屎。特別是他那微翹的鼻尖上，不偏不歪的沾了一團黑灰；那麼黑，那麼顯，又那麼圓；竟變得有點俏了，好似唱京戲的小丑一般。身上的衣服，也髒得五七八糟。褲管上爛了好幾個洞。

「徵麟在那裡？在那裡？」

母親也很快的奔出來，她見到孫維勤，也沒顧得跟他打招呼。好像身體猛往前一躍，就撲到弟弟面前，把他緊緊抱在懷裡。就在這時候，祇聽母親噢的一聲，見她兩腿一軟，順著弟弟的臂腕倒了下去。

此刻姐姐也到了門口，她驚叫著奔過去。

「媽媽！媽媽！你怎麼了？」

「媽媽！」我也發覺事態嚴重。

「趙太太。」孫維勤也叫道。

「媽媽！」

「媽媽！」

「趙太太！」

大家一陣亂叫，母親卻一點反應都沒有，她側著身體曲扭在地上，已經人事不省。口吐白沫，眼睛半開半闔著，傻愣愣的僵著不動。

姐姐在孫維勤的幫助下，叫了一輛三輪車，把母親送到醫院急救。由於家裡一時現款不多，我便騎車去王伯伯處借錢。王伯伯先還祇關心弟弟回來沒有，一聽說回來了，便張口罵道：「這個狗養的！他還曉得回來呀！我非好好捶他一頓不可！」等聽到母親送在醫院急救，需要錢用。他便慌得什麼都不顧了，打開麵包店的錢櫃，把裡面所有的錢，三抓兩抓，一齊抓到口袋裡。雖然周玲玲在旁邊瞪著眼直看，他也不理，然後拖著我就往外走。

「老天！千萬可不能叫她怎麼樣啊！丟下你們這幾個半大不小的孩子，怎麼辦哪？」他一面嘟嘟囔囔的嚷道。

「王伯伯，我媽媽會沒有救嗎？」我惶惶的問。

「怎麼會沒有救？」他拍拍我，安慰的說：「一定有救，我們花多少錢都要救她。」

「要花很多錢吧！」

「別怕！徵龍。有王伯伯在這裡給你們做主，你就別怕。不論怎麼樣，都是救人要緊。唉！」他說著長嘆一聲：「你媽媽這些年來，也太苦太累啦。自己又捨不得吃，捨不得穿，我早就耽心她會倒下去。如今被徵麟這小王八羔子一鬧，到底出事了。我說徵龍！你們將來可要好好孝順你媽媽呀！她把你們家弄到這個樣子，不容易呀！那都是一滴血一滴汗，把你們拉拔起來的。」

我祇有趕緊答應著。

到了醫院裡，便見母親躺在病床上，雖有極微弱的呼吸，眼睛仍那麼傻愣愣的不會轉動。弟弟也曉得闖了大禍，直挺挺的跪在病床旁邊，嘴裡不停的喊著：「媽媽！媽媽！」姐姐站在一旁直抹淚，依然沒揩乾淨，有一綹淚痕順著臉腮汩汩滾下來。有一個醫生站在病床邊，臉上一片冷漠，好像對病人的生死無動於衷。

王伯伯一到病床前就問：

「怎麼樣了？好一點沒有？」

「還沒醒過來呢，王伯伯。」姐姐急忙回答，她見到王伯伯，淚流得更快了。

王伯伯一聽這話，便猛一轉身對那醫生說：

「喂！大夫！你們趕緊想辦法給病人治病啊。」

醫生卻冷漠的搖搖頭。

「怎麼？沒辦法治了？」他抓住醫生猛搖了搖。

「治是有辦法治，但是藥太貴了。」

「他媽的！你們是醫生？還是殺人的劊子手？」王伯伯突然冒火了，把那個醫生一拽一推，就推出去好遠。接著指著他吼道：「能治為什麼不趕緊治？還擱這兒不理。我問你，到底是人值錢？還是藥值錢？他媽的！你們給治好病，還瞎了你們的錢不成？」

「這是我們院裡的規定，先生。」醫生急忙辯解。

「規定！屁的規定！誰規定你們沒有錢就不治病。他媽的！你們趕緊給我想辦法治，要晚了一步，我就先揍了你再說。」王伯伯說著向前湊了兩步。

但他火歸火，同時把口袋那一大堆鈔票往外一掏，朝病床角上猛猛一放的說：

「要錢？好嘛！這些錢夠不夠？」

那亂七八糟一堆堆，就像一個小山般。並且都是十元的大票子，少說也有七八千塊。他見醫生還在猶豫，又一伸手從口袋掏出個皮夾子，打開拿出一張存款單。

「這夠了吧？」同時他激動的情緒也穩下來：「幫幫忙，大夫。救人要緊，錢要是還不夠？再想辦法，你們先給她治著再說。要是你還不放心，我叫他們回去，把房契地契拿來押在你這裡。我跟你說，大夫。祇要你們能把人救過來，多少錢我都不在乎，絕不會欠你們一分錢。」

母親終算被救過來，我們見她長長的喘了一口氣，睜開眼睛，才把懸空的心，放了下來；但仍躺在病床上注射葡萄糖。王伯伯見母親沒事，便安慰她安心靜養，什麼事都不用操心，一切有他做主。然後把火頭轉到弟弟身上，祇見他一步跨到弟弟面前，把手揚了揚，就要打下去似的。結果卻沒打，用食指點點弟弟的腦袋說：

「徵麟！要照我那個氣法，真想打你兩耳光子，才能消我這口氣；可是你媽媽又在生病，我也懶得打你。你小時候，人小，不懂事，惹禍倒罷了。現在大了，還整天不學好，如今禍惹大了吧？我問你？你媽媽要有個三長兩短？你怎麼辦？你簡直畜牲不如！好了！這件事情就算過去了，以後可要好好學好啊！」

現在弟弟是乖的很，王伯伯說一句，他就答應一句。他要敢辯一個字，吃不了就得兜著。

王伯伯接著又嘆了一聲：

「這幾天嬌嬌還在那裡替你窮焦急呢。我說養兒育女都是作孽啊，都是欠你們的債！」

一〇六

母親在醫院裡住了兩個多月，才康復出院。在這段時間，我們姐弟三人，除了教書的或上學的時間外，餘下的空閑，都是到醫院裡陪母親，對其他的事情不問不聞。現在我們才真正明白過來，母親才是我們最偉大的庇護者；失掉了她，我們就會毫無遮擋的暴露在社會的驚濤駭浪中。就拿母親住院這段時間來說，我們的生活就完全失去常軌。生意停止了，零用錢也不會伸手就來。放學回家，也不像過去那般，放下書包就有熱湯熱茶等著你。如今一進門，都是冷冷清清的，看不到母親的笑顏，聽不到關切的慈音。不管怎麼累，都得自己動手弄飯菜。而我們姐弟三人，又是天底下倒數第一號的蹩腳廚師；弄出來的飯菜，不但半生不熟，也把整個廚房弄得烏煙瘴氣。

幸好母親的伙食沒受我們的影響，那是王伯伯不放心我們弄的東西。除了早餐，他每天兩次，在家裡弄好飯菜，騎著他那輛老爺車，吱吱呀呀送到醫院裡，風雨不誤。為此，母親十分過意不去，一再婉辭，但都辭不掉。王伯伯會把眼睛一瞪說：

「弟妹！你說這話就見外了，我們的關係不同啊！你生病，我不照應你，誰照應你？靠那幾個小子，沒有用的，他們餓都會把你餓死了！這年頭啊！不能靠兒女呀！他們長大了，就一腳把你踢開了。」

「是啊，他們做的那個飯，簡直不能吃。」

「對嘛！你想那幾個小子，能做什麼好東西？別把你的身體給弄壞了。你想吃什麼？弟妹，儘管告訴我。別不好意思開口，我給你去弄。」

「那太麻煩了，王大哥。」

「噯呀！又說這種話，那有什麼麻煩？病人哪！就要吃點自己喜歡吃的，才會把身體保養好。快說說看，想吃什麼？我也跟你大嫂講過，弟妹這個病，就是平日太省了；你可得做點好東西給她吃，才能養起來。那你還怕什麼？還有什麼不好意思講？」

母親被逼得沒法子，便隨口說：

「我也沒有什麼特別喜歡吃的東西。」

「那今天晚上就給你弄碗豬肝湯帶來好了，多加一點醋和胡椒粉。吃著酸溜溜的，開胃！」

母親祇有答應著，但又鄭重的對王伯伯說：「這樣的，王大哥。我這些時候，麻煩你也不少，又是湯，又是菜。你自己記著，該多少錢，出院後我一總算給你。」

「啊！弟妹！你你……怎麼跟我說這種話？你王大哥連這點錢都出不起嗎？」王伯伯急了，他一急就把整個臉脹得通紅，嘴也結巴起來。

「不是這樣子的，你整天這樣辛辛苦苦跑來跑去，我就感謝不盡；那能再讓你花錢。」

王伯伯卻把脖子一梗道：「你把你王大哥當做什麼樣的人？弟妹。你以為你王大哥會把一文錢，看得比磨盤還大？你王大哥不是那種人哪！你王大哥窮歸窮，卻不會為幾個小錢，跟人家扣來扣去的算。你別再說了！祇安心的養病就好！要再講這種話，就是把我當做外人，不夠那個情分，那我以後就不管了。」

經王伯伯這一講，母親便沒話講了。

他見母親不說話，又接下去說：

「再說吧！弟妹。人哪，都應該互相照應才是。拿我來講，萬一有這麼一天，你還不是會這樣照應我？還有我每天騎著單車到醫院來跑跑，也算是運動。自從不做饅頭生意，胖多啦！人家說胖不是福呢？」

「是嘛！現在世界變得我們越來越不懂了。」母親也笑道：「從前胖是福，有兒有女是福；如今胖也不是福啦，有兒有女也不是福。」

雖然王伯伯這份盛情，是毫無條件的，母親卻老牽掛在心上，整天都唸，怎樣才能報答。連姐姐也被這種熱心所感動。

她偷偷的對母親說：

「你現在叫我嫁王大虎，我還真會嫁他呢！」

「為什麼？」

「王伯伯對我們太好嘛，再說王大虎的人不壞。雖然笨點，卻也老實可靠。」

「傻ㄚ頭！」母親一戳她的額笑道：「這時候還說這種話，人家王大虎都快要結婚了；要是人家聽到一個女孩子講這種話，不把大牙都笑掉了？」

「我說王大虎跟周姐姐結婚，一定會吵架。」弟弟插口說，他回來以後，話已經沒從前多了。

「你又曉得了！」母親啐道。

「周姐姐會欺負他嘛！」

「你少給我說這種話！你管人家吵不吵架？你鬧了這件事還不夠啊？還在這裡說嘴？」

弟弟不作聲了。

弟弟也真的變了。他這次離家出走，在幾天之間遭遇無數折磨，磨得他成長了許多，如同徹頭徹尾換了一個人。也乖了，並且不再像過去那般狂，曉得任何事情都不像想象的那麼容易。於是真的認真的發奮用功；他對於讀書，本來就有一股子不服輸的拚勁。經過這次打擊，不敢再鬆懈，整天孜孜不倦的抱著書本。並也不到外面亂跑了，即使到醫院裡來看母親，也手不釋卷，學業成績總是名列前茅。

一〇七

孫維勤也經常來醫院探望母親，他是一個禮貌十分週到的人，每次來時，都帶點水果點心什麼。有一次，兩人又談到我們在青島時那位劉老師，他對母親說：

「她真來臺灣了，還是在教書。」

「真的？你見到她了？」母親驚訝的說。

「見過一次面。」

「那就好，能見了面就好。分開這麼多年了，還能夠再碰到一起，那就是有緣。」

「她已經結婚了！」孫維勤的聲音有點黯然。

「結婚？」母親又是一驚。

「都有兩個孩子了。」孫維勤在黯然中又有無限神傷。可是他感慨的說：「其實也不怨她，別說大家還沒訂婚，就算訂了，年頭這麼亂，說不定一個天南，一個地北，誰也不敢保證再見面。再說她一個女孩子，孤孤單單跑到臺灣來，無依無靠，叫她怎麼辦？」

「說的也是。」母親嘆道：「她還好吧？」

「生活還不錯，她先生也是個小學教員，兩口子都教書，生活雖不富裕，日子倒還過得去。其實呀，趙太太。我聽到她的消息時候，儘管還不曉得她已經結婚，卻也沒想到恢復過去的感情，祇希望她平平安安就好。」

「是嘛！人都是有感情的。」母親興起一股感嘆：「就是分開了，還是希望大家都好。那你現在呢？有沒有再交女朋友？」

「我現在那裡有時間交，我一面還在讀書。其實，我目前也不想結婚，養不起呀。」

「你讀什麼書？」

「在上大學。」

母親抬抬眼，仔細向孫維勤打量打量，沉思一下慢慢的說：「你要是真沒有女朋友，我倒可以給你介紹一位小姐，不過成不成，我可不敢保呀。」

「那當然囉，這種事誰敢打保票。」

「那我就把這個小姐先講給你聽；她是我們從前一個鄰居的女兒，現在臺北市一個中學裡教書。人長得不算漂亮，卻文文靜靜，很有教養，樸樸實實，一點不浮華；是持家過日子再好不過的女孩子。前兩天她媽媽來看我的病，提到她；說已經廿三、四了，一直找不到合適的對象，叫我也給她留意。現在聽說你沒有女朋友，才想起來，覺得你們還合適。人家也沒有什麼條件，也不在乎有錢沒錢，祇要人好，老實可靠就成。」

「照你這麼說，趙太太，我看算了。」

「你怎麼打起退堂鼓來了？」

「我覺得照你說的那個條件，我配不上她。現在大學畢業的女孩子，眼睛都長在頭頂上，那裡會看上我？」

「你也不能這樣說呀，孫先生。婚姻的事，都是一個緣分，所謂『有緣千里來相會，無緣對面不相逢』。你先別說配不配上她，祇說一句你願不願意見見面。要有意，就等我出了院以後，去問問女方，再安排個時間一道談談。然後你們自己去交往，要有緣，你們就成了；要沒緣，就算了。這種事也勉強不得。」

「見見面是可以，我想也是白見。」

「你怎麼曉得？」

「無緣嘛！」孫維勤爽快的說。

「也說不定你們會一見鍾情，馬上吃你們的喜酒。」

「不可能。」孫維勤又朗笑一聲：「你想我跟那位小姐怎會有緣分？緣分是怎麼來的？也不是真有一個『月下老人』用紅線把兩人的腳綁在一起，跑都跑不掉。不過是兩個人的身分啦、性格啦、學問啦、嗜好啦、興趣啦、財富啦等等等。都配合的差不多，才會有緣分。要是兩人沒有一樣合適，到那裡去找緣分？」

「噯呀！你們這些年輕人，交個女朋友，都費這麼大的勁。不管了，先安排你們見見面再說。成就成，不成就算了！」接著母親又鼓舞孫維勤一句：「你要能拿出當初追他們劉老師的精神，就一定成功。」

「好吧！」

一〇八

母親出院後，才聽說周玲玲已經辭掉曉耕麵包店的會計職務；為的是未婚夫妻整天在一起工作，不方便。周伯伯便要她暫時回家休息一段時間，待年底結婚後，就可以名正言順在店裡工作。同時周伯伯那當兒也時來運轉，他搬開中華路時，曾買了兩幢房子，一幢自己住，一幢拿租金維持生活。現在那個地段地皮暴漲，一下子漲到一百倍以上，使他發了筆橫財。既用不著周玲玲賺錢貼補家用，又何必沒過門，就整天呆在男方家裡。

這理由也很充分，其實也難怪周玲玲不願呆在店裡，那是有幾個捉狹鬼，專門尋她跟王大虎的開心。徵麟、王大豹都是令她頭痛的人物；他們調侃她做老虎娘子，也叫她虎嫂；虎嫂一走音，就變成「狐騷」。有時會氣得她臉紅脖子粗，咬牙切齒的追著打他們，但又追不上。因為她是個服飾最講究的女孩子，不論何時何刻，腳上都穿著三寸高跟鞋、耳環、戒指、手鐲，戴得金碧輝煌。一跑起來就花枝亂顫，渾身叮叮噹噹響。

接替周玲玲職務的女孩子，叫做阿珠，是一個鄉下姑娘，剛剛高商畢業；後來我們才曉得，就是阿秋的妹妹。阿秋在王伯伯家工作好幾年，賺的錢自己一個不捨得花，全部拿回家供弟弟妹妹讀書；王伯伯才誇獎她好，一心想給老郭撮合一段美滿姻緣。無奈老郭不爭氣，辜負了阿秋的一片情，三年過去了，仍無蹤影。如今阿珠畢業了，阿秋也回到鄉下；氣得王伯伯大罵老郭渾賬王八蛋。罵也是空罵，老郭也聽不到。

阿珠的性情跟周玲玲完全相反，她從不搽胭脂抹粉，也不髮型天天變，更沒那麼多華麗的衣服。祇每天梳洗得乾乾淨淨，穿一些樸素素淨的衣服，她也很少出門，當然就不會亂花錢。得閑的時候，不是看看書，就是掃掃地、擦擦櫥櫃跟貨架子；把店裡那些櫥櫥櫃櫃，都擦得明光水滑般閃亮。她對王大虎也十分尊敬，說什麼，聽什麼，不輕易表示意見。不像周玲玲自恃未婚妻的特殊身分，老在一旁出餿主意，硬逼著王大虎聽。至於王伯伯就更沒有話講，未來的兒媳婦講的，他能說什麼。心裡即使有一萬個不願意，也祇能打個哈哈，把心頭的不快，用笑聲化解。

母親給孫維勤介紹的女朋友，原來是李世屏先生的女兒。他們見面的情形我們雖不清楚，那陣子孫維勤卻往我們家跑得最勤，幾乎每個星期都來一趟。祇是來也匆匆，去也匆匆，坐不了一會兒。可是神情倒很愉快，笑口常開，一副春風得意的樣子。

來一次母親總是問他一次：

「怎麼樣了？」

「早哩！早哩！」他也總是這樣回答。

有天嬌嬌來我們家裡告訴我們，說晚上王伯伯請我們全家到歌廳聽歌，吃過晚飯到他家集合，然後一起前往。這是從來沒有的事情，王伯伯怎麼心血來潮？對聽歌發生興趣。問嬌嬌她也不清楚，猜也猜不出個所以然。雖然心頭一直納悶，但王伯伯請客，卻不好意思不去。

我們準時到了王伯伯家，母親便迫不及待的問：

「王大哥，你今天怎麼想聽歌了？」

「你不曉得呀，弟妹。你侄媳婦今天晚上在水晶宮歌廳登台呢！」王伯母卻搶先回答，她那胖得兩腮往下堆的臉上，盪著一臉得意的笑容。

「誰？」母親仍未完全聽明白。

「就是玲玲啊！」王伯母一仰臉說。

「哦！」母親先是一怔，顯然這消息使她十分意外：「你說大虎未來的媳婦呀？她怎麼會上台唱歌呢？」

「你生病的時候，她不是辭掉會計嗎？從那時候起，就去學歌了，已經學了兩三個月了。人家說她唱的還不壞，就邀她登台演唱一下試試看；要是唱的好，就可以聘她做歌星。今天是她第一天登台演唱，所以要大家都去捧場，你王大哥還送她一個好大的花籃呢。我跟你說，弟妹，等會玲玲唱的時候，我們要多鼓掌。人家說唱歌，不管唱的好不好；祇要有人捧，鼓掌鼓的多，就是好的。」

「為什麼不早告訴我，我也送一個花籃！」

「現在還不晚，媽媽。」姐姐連忙說：「我們等會兒出去的時候，經過花店時，就請他們送一個。」

「那好哇！弟妹。」王伯母樂得眉開眼笑：「人家說登台的時候花籃越多，才越光彩。」

「你送什麼花籃啊？弟妹。」從我們進門，王伯伯就一直沒開口，這時他猛然迸出了一聲慨嘆：「不要送！有什麼好送的？糟蹋東西！」

但王伯母馬上接口說：「你看你王大哥，弟妹。聽到玲玲要出去唱歌，就氣成這樣子，看誰都不順眼。如今女孩子唱歌的多著哩，就他窮緊張！」

「玲玲怎麼想到出去唱歌？」母親關心的問。

「風氣嘛！」王伯母毫不在意的回答：「如今的女孩子誰不想當歌星？祇要唱好了，又有錢，又有名。何況玲玲的歌，本來就唱得不錯。」

王伯母這話也說得對。那當口，一陣風的流行歌唱這一行，歌聽到處是，歌星滿天飛。祇要長得漂亮一點的女孩子，再會哼幾句流行歌曲，能在台上扭一扭；不管唱的好壞，星字馬上飛到她身上。這能怨那些純潔少女嗎？時代的潮流推著她，在滾滾的洪流中浮沉。

「大虎沒講什麼嗎？」母親又問。

「他講什麼？有什麼話好講？」

「玲玲總是他的未婚妻，總得他願意才成。」

「他有什麼不願意，他求之不得呢！」

「你少說兩句好不好？煩死了！」王伯伯猛從椅子上站起來，朝著他太太大聲的吼。

「我又怎麼了？」王伯母對丈夫是有點悚懼。

「糊塗！」王伯伯唾了一口。

王伯母不講了，嘟著嘴生悶氣。

王伯伯卻向母親跨了一步，沉聲的說：

「弟妹！我說準了吧？」他把兩手一攤一張比劃道：「當初我就說這門親事不成，你大嫂偏不信，她就看上人家女孩子漂亮。也不管自己的兒子是塊什麼材料，能不能配，就趕著結這門親事。如今怎麼樣？上當了吧？」

「也不能那樣說呀，王大哥。女孩子唱唱歌，也不見得就是一件壞事。」母親幫他們打圓場，但是我卻看得出來，母親好像也不贊成周玲玲出去唱歌。

「我不是說唱歌的女孩子就是壞呀！弟妹。我是說我們這個家庭，不是養歌星的家庭啊！你說我們家裡弄個歌星來，是捧著她好？還是抬著她好？就算能捧能抬，也不一定有用哇？兒子不成啊！兒子太老實了！一個歌星會老老實實跟著個木頭般的先生過日子嗎？做夢啊！再說玲玲這個孩子吧？太浮了！本來這些話我都不願說，已經給大虎訂下這門親事，還說什麼？好在你也不是外人，說了你也不會傳出去。她在店裡，賬目就沒弄對過一次，錢愛怎麼花，就怎麼花。我看在眼裡，祇有忍著，從來沒說過一句話。別說她還是一個沒過門的媳婦，就算是過了門？我這個做公公的，總不能整天跟在媳婦後面挑毛病啊？或是跟著她的屁股嘀咕。這像話嗎？我不是那種人哪！可是這個店的股東也不祇我一個人，還有你一半呢！她把賬弄得不明不白，叫我將來怎麼跟你算法？」他一口氣吼下來，也有點喘。

「何必那麼計較呢？他們要花，就讓他們花吧，就算我的錢，他們也花得著。」

「且不管花得著花不著！」王伯伯又比劃起來：「就算花得著好了？他們用了多少，我總得給你個數啊！不能跟你打糊塗賬，那不是存心坑人嗎？所以阿珠來了，我就告訴她，賬目一定得給我弄明白。」

「對著弟妹，你說這些做什麼？」王伯母又開口了。

「你給我住口好不好？等我把話說完。」

王伯伯對王伯母兇過後，又轉身對母親說：

「我跟你說，弟妹。我一聽說玲玲又要登台演唱，又要去香港，我就炸了！我不怨媳婦的名堂多，她有這個本事嘛！能幹，我有什麼話講？我祇怨兒子不中用，不該攀這門親事，弄得我在這裡替他耽驚受怕。難道孩子們大了，他們的事就真不用管了嗎？說歸說呀！那一個父母能做得出來。話再說回來，大虎生來就是那種料，能規規矩矩做個生意，你還能要他怎樣？難道要他像大豹過去那樣……大豹現在是被軍校管好了，不闖禍了！他過去那一天不打架？那一天沒有人找上門？煩都煩死了！」

「是呀！」母親點點頭：「我聽到玲玲要出去唱歌，也吃了一驚。像我們這種人家，沒有那麼好的環境，討個媳婦是不能太浮華了；我們養不起。」

「對嘛！你說像大虎那樣的人？跟玲玲結了婚，會有好日子過？殺了我也不信。如果是別的事，我認了就算了。這件事叫我怎麼辦？一點辦法都沒有！要能退婚，給大虎退掉也好，可是我王百富能做出那種事嗎？」

「那你去不去聽？」王伯母問。

「去呀！怎麼不去？把弟妹他們都叫了來，要是再不去，那不是耍人家的猴子呀？」

一行人前呼後擁的出發了，可是在這行列中，竟缺了一個最重要的人物，就是王大虎。照說那天這個場合，他怎麼也得前去撐撐場面，方能顯出他的重要性。可是打我們到王伯伯家裡，就始終沒見他的影子。他到那裡去了？據王伯母告訴我們，他是由於店裡太忙，抽不出時間前往。他真會那麼忙嗎？衡情論理，他不論怎麼個忙法，抽出兩三個鐘頭的時間，都不是問題。

一〇九

水晶宮歌廳的地點在西門町，場地不大，設備也不夠華麗；聽眾倒還不少，幾乎座無虛席，在那個電視尚未在國內興起的年代，是歌廳生意的黃金時代。人們花有限的幾個票價，到裡面吃一杯茶。於是喝了、看了、聽了，時間也消磨過去。不論節目好壞，也都值得。

在歌廳的門口，雁翅般排列著兩大排花籃，起碼有七八十個之多，都是祝賀周玲玲登台的。那氣派比曉耕麵包店開張時，不知要大多少倍？紅紅的花朵，映在明亮的燈影裡，爆起一片艷艷的光。在光的照射中，彷彿看到一個美麗少女的錦繡前程，似花朵般冉冉開放；然後縹縹緲緲的向上升騰；升騰到一個……

周伯伯全家到得比我們早，周玲玲像蜻蜓點水般出來打個轉，便忙她自己的去了。但就那一幌間，便可以見她這晚打扮的艷，的俏、的媚。

話題自然集中到周玲玲身上，七嘴八舌亂嚷一陣。誇她人長得漂亮、誇她歌唱得好。

周伯母更興奮的對王伯伯說：

「所以玲玲唱歌的時候，我們就要猛鼓掌，猛喊好！你曉得嗎？親家公。祇要一起哄，就容易走紅；要是在臺灣唱出名，就可以到香港，到菲律賓，到西貢或新加坡這些地方去演唱，錢就賺得沒姥姥。」

「玲玲這麼個年輕的女孩子，可以自己一個人，到那些地方嗎？」王伯母竟也耽心了。

「當然我陪她去了。人家那些有名的電影明星或紅歌星，出門的時候，都是媽媽陪著她。」周伯母說到得意的時候，禁不住眉飛色揚。

「可是他們馬上就要結婚啊！」

「我看玲玲要能走紅，就得再拖兩年。」

「那怎麼行，我們什麼都準備好了。」

「你聽我說嘛！親家母。」周伯母拉拉王伯母：「女孩子要出名、要走紅，就要在沒結婚的時候；結了婚就不值錢了，就沒人捧她了！你想想：他們還年輕，再過兩年結婚也不晚；那時候玲玲唱紅了，嫁過去，你就是某某紅歌星的婆婆，那多有面子？」

經周伯母一說，王伯母也樂了。

周玲玲不是第一個出場的人。但她出場時，報幕小姐卻為她做了一番特別介紹：說她是一個最有希望的青春玉女歌星。後面又加了兩句我們聽不懂的洋涇濱。

接著把臂向外一伸說：

「歡迎青春玉女周玲玲小姐演唱！」

一陣嘩啦啦的熱烈掌聲響起了。

接著一團熊熊烈焰，從後台燃過來，周玲玲穿了件大紅綴金片片的晚禮服，紅色高跟鞋，到了舞台上。那張化粧得很濃的臉，罩在雪亮的燈弧裡，爆著一片紅通通的光。在腳步移動時，身上那些金片片也跟著幌個不停，於是又映出一片金色的光芒。

她向台下一鞠躬，便開始演唱。

她一共唱了三首歌，在唱的時候，並且載歌載舞。她本來就有一副非常苗條的身材，此刻更顯出體態的美；當舞到熱烈處，好像有一股風，在隨著她的身體旋，頭髮飄起來，晚禮服的裙腳也飛得高高的。

大家都猛鼓掌，一聲一聲的叫好。

也有一聲聲的怪腔怪調，尖得刺耳。

我當然也熱烈的亂鼓亂喊，我怎會不捧她呢？王大虎跟我那麼好，她是他未來的老婆。

弟弟卻吹出聲尖銳的口哨。

氣得母親打他一巴掌，他卻一瞪眼說：

「你怎麼打我呢？媽媽。」

「誰叫你在這裡吹口哨？」

「我這是捧周姐姐的場啊！」

「你捧場做這種怪樣子，多難聽？」

「我要讓周姐姐曉得，我在給她叫好。因為大家都鼓掌，我如果也鼓掌，她也分辨不出來。我這麼一吹口哨，聲音跟別人不同，她就會注意到。」

「算你有理。」

再接下去，又有一位女歌星出場。可是周玲玲連裝都沒換，就從側門走出來，一直走到我們面前。一大堆讚美又落到她身上。

這時祇見她笑得更媚！

更艷！

更嬌！

那姿態，就像被讚美的波浪，湧得她手舞足蹈的飄起來。於是她一彎腰，就在她母親臉上親了一下，接著便是她父親、妹妹；然後挨次向母親跟王伯母等人親過來。她嘴上的唇膏塗得很厚，每親過一個人，那人臉上就留下一個紅紅的大印子。我跟弟弟也接受她一吻，最後便輪到王伯伯。

王伯伯何曾見過那樣的陣仗兒，他的個性又保守固執；怎麼會讓周玲玲親到。他起先是左躲右躲的閃避，見避不開，便用力的往後仰。周玲玲大概也在尋她未來公公的開心，他越躲，她就越不放鬆。那個歌廳裡的椅子，並不是那種成排連在一起的，而是一張張的分開。祇聽嘩啦一聲，王伯伯跌了個四腳朝天。

周玲玲還是把他吻到了。

一一〇

「大虎他們那樁婚姻，怎麼成呢！」那天晚上聽歌回來，母親連著幾天都在唸。可是她唸來唸去，也想不出一個好主意，徒然把自己弄得神經兮兮。

「你替別人操那些心幹什麼？媽媽。」姐姐被母親唸得煩起來，在一邊懊惱的笑她。

「你王伯伯家的事，我怎麼能不操心呢？」

「到底是別人家的事呀，你操心又有什麼用？」

「你不能那樣講呀！徵鳳。把王伯伯家的事情，就擱到脖子後去。我卻覺得王伯伯家的事情，就跟我們家的一樣；你看看過去我們家裡有了事情，王伯伯那回撒手不管過？我是說大虎那樣好的孩子，要討個媳婦回來，天天不順心，吵吵鬧鬧的，不是害了他？再說那樁婚事的媒人還是我，我能不愁嗎？」

「你說怎麼辦吧？」

「嗨！真是難辦！」

母親又是一聲嘆息。

那知母親這邊為他們憂慮得唉聲嘆氣，王伯伯那邊卻傳出喜訊，說王大虎跟周玲玲要在年前完婚。時間訂在十二月二十五號行憲紀念日的晚上。但過了沒幾天，女方又要求改時間；那是行憲紀念日一過，接著就是陽曆年，對娛樂界來說，那幾天假期是個大撈一筆的機會。周玲玲既然走上這條路，當然不會放過這個好時機。王伯伯雖然不願意，見女方那樣堅持，也無可奈何；總不能兩親家為了這點小事，雙方撕破臉。於是又原則上決定，一定在陰曆年前，給小兩口完成這樁喜事。中國人的風俗：「有錢沒錢，討個媳婦過年」。不過這件事對王伯伯倒不怎樣急；最急的還是王伯母，她早就想抱孫子了；同時給兒子討一個漂亮的歌星媳婦，對她也風光。

這時母親又發起愁來，是由於王大虎的婚禮馬上就到了，她還沒想出送什麼禮物合適。

「媽媽！你是怎麼了？」姐姐笑著說：「愁！什麼都愁！連送個禮都要愁？有什麼好愁的？」

「我怎麼不愁，這可不是一個普通的禮呀？」

「你要是覺得對王伯伯的大恩大德無法報答，就送他們幾萬塊錢好了。再不然就把我們這塊空地，割一半送他們；少說也值個三萬五萬。」

「你這個丫頭怎麼了？話這般衝？」母親也笑道：「才做了幾年事，賺了幾個錢，就整天錢錢錢！這件事要是送幾個錢就算了，事情就簡單了。我倒不是捨不得錢，你王伯伯家現在又不缺錢，前幾天還來跟我商量，要到中山北路開分店；我們送錢給他們做什麼？不是反倒生分了？好像我們兩家的交情，祇是在錢的分上，那多沒意思。我是覺得，這是他們頭一個兒子結婚，送他們的禮物，不但要比別人貴重；更要有意思才成。」

「照我說呀！媽媽，你也別那樣急！」

「怎麼不急呢？說到轉眼就到了。」

「我看哪！他們結不結成婚還有問題。」姐姐突然冷笑了一聲，說得十分鄭重：「何必這麼窮緊張。」

「什麼？」母親被姐姐的話弄得一愣，過了一晌便又笑道：「你一個女孩子家，怎麼亂講話？你什麼話不好講？咒人家結婚的事！現在兩家張羅得什麼都差不多了，就差入洞房罷了。」

「不信你看吧！」

一一

其實姐姐雖把母親講得將信將疑，她還是不能接受姐姐那個說法。結婚是人生的大事，又不是兒戲；那裡有事情都籌備好了的，說變就變的；除非是不重視婚姻那種人，才會做得出來。

事實上，王大虎跟周玲玲的婚姻有問題，我們姐弟三人都曉得，祇是不願雷鼓齊鳴般告訴母親而已。這可以分做兩方面說：一方面是如今時代的輪子，向前滾得太快，上一代跟下一代之間，由於年齡的差距，中間便橫著一條像霧一般的線，把兩代間遮得朦朦朧朧。於是當上一代發現，時代巨輪的速度，到達驚心動魄的地步時，他們那一代的人，在它的衝擊下，稍一不慎，就會摔跤。便好心好意用他們的行為模式，拋出一條繩索，讓下一代以這條繩索為準，攀援前進。他們卻沒想到，時代的浪頭來得太急太猛，沖得年輕的一代，光攀援上一代拋給的準繩，已經無法適應他們那一代的生活方式；何況那條繩索，還太舊太老，隨時都會斷，必須去攀援那條隨著潮流而來的新繩索才成。但這種繩索，如果跟舊的準繩相去很遠，便不易獲得上一代的認同。因而年輕一代為了避免不必要的煩惱與嘮叨，對於會傷害兩代感情的事件，便採取緩衝的方式。當然這種做法有好有壞，好處是下一代的煩惱，由他們自己承受，不用上一代替他們耽驚受怕；壞處是雙方的意見不能完全溝通時，兩代間的隔閡會更深，那層霧也會變得更濃。

我們不願把王大虎跟周玲玲間的一切告訴母親，雖不是跟母親有什麼隔閡，是怕引起她的感傷；並以這個例子為準，訓誡嘮叨我們一頓。

另一方面，是因為母親對王伯伯家的事情，太過於關心。如果聽到王大虎的婚姻有麻煩，一定會愁得連覺都睡不著。因此我們便不肯戳破她在表面上看到或聽到的一切。那些事情在還沒揭掉那層光滑的外衣前，在她眼裡依然是美的。尤其王伯母那個世界，本來就是純美的；她在王大虎跟周玲玲訂婚後，便樂得整天笑口常開，祇等新媳婦進門帶給她風光。母親的消息又都是從王伯母那兒得來的，自然也是一片春花似錦的說法。

至於我們怎會對王大虎的婚姻那樣清楚？由於我們三姐弟跟王家四兄妹間，親密的程度如同胞手足。大家許多不願向長一輩吐露的心聲，卻會互相通消息；所以小一輩的一些小秘密，祇有我們小一輩知道。就拿周玲玲登台獻唱那晚，王大虎沒有來捧場說吧！王伯伯跟母親等人祇知道他有事離不開，我們後來卻曉得，他那晚屁事都沒有，祇是不願去捧場而已。而是一個人跑到路邊小攤上喝悶酒；他本來就是一個酒量不大的人，那天竟喝了一瓶紅標米酒，弄得酩酊大醉。並且以後連著幾天，都藉酒澆愁，每喝必醉。以致精神很快就委靡下來，整天長呼短嘆，連生意都沒心情照應。

他究竟不是一個自甘墮落的人，在他的背後好像有一股巨大的力量，推著他不停的前進，向高處攀登。所以過了個把月，他又恢復正常，整天從早忙到晚；又要擴大門面，又要到中山北路設立分店，對其他的事情一概不問不聞。雖然那時節連結婚日期都決定了，王伯伯又是個好面子的人；心頭憋氣歸憋氣，表面上還是要做得十分體面，給兒子訂西裝，為他們的新房添置家具，張羅得有聲有色。但王大虎卻沒有絲毫喜悅跟興奮；好像他已經麻木，雖知道那是一個苦果，卻沒有力量推開它；到它來時，祇有忍著痛苦把它吞下去似的。

周玲玲方面，她的歌唱生涯，卻沒有由於即將結婚而暫停；名氣卻像衝天的燄火般，一下子就竄起來；並且愈竄愈高，爆出一片五色繽紛的紅彩。這也是娛樂界的怪現象，那年頭的娛樂界，不論你的技藝如何，祇要人長得漂亮，就是最佳的本錢；就不怕沒有孝子孝孫給你捧場。周玲玲就憑那一張臉蛋兒，便一天紅似一天。因此每天報紙的廣告欄，會有好幾個歌廳出現她的名字；並把她捧成什麼「青春玉女」或「甜蜜歌后」等肉麻頭銜；她也真在那種虛榮中麻醉了。

一個在娛樂界出了名的女孩子，新聞價值自然就高。報紙娛樂版上，也經常出現周玲玲的新聞；而伴在她身邊的，又都是些什麼小生、什麼影帝、什麼小開之類人物。並為了加強新聞效果，更添油加醋的說得不倫不類。雖然這種新聞對報紙來說，不過是一種噱頭，不一定真有其事；但對當事人來說，心頭總是會起疙瘩的。不過我們碰到這類消息，都儘量避免在王大虎面前談；我們不講他就不曉得嗎？他店裡也訂有報紙，他也不是沒長眼睛。

這件事卻惱了一個莽張飛，那就是王大豹。他回臺北渡假時，糾集了我跟王大樹以及徵麟，要去找周玲玲理論。那知王大樹不肯去，他有板有眼的說：

「去理論什麼呀，那是盤死棋啊！」

「什麼死棋不死棋！走！走！我們一定要找周玲玲好好理論理論；她跟大哥馬上就結婚了，還在外面那麼風風雨雨幹什麼？還把大哥當人不當人？」王大豹見王大樹不肯走，便用手推他。王大豹經過長期的軍事訓練，長得更高更壯；把王大樹一推，就是一個踉蹌。

「死棋就是像下圍棋似的，那塊棋做不出兩個眼，全部是廢棋。」王大樹站住了又說。

「為什麼會是死棋呢？你說給我們聽聽。」王大豹再推王大樹時，我急忙拉住他問。

「公式不對嘛！」王大樹仍一本正經的說。

「你看這個書獃子！獃到什麼程度？這種事情還有公式！」王大豹又好氣又好笑的指著王大樹說。

「怎麼沒有公式，什麼事情都有公式，結婚也有婚姻公式；要把公式弄錯了，就結不成婚。就像數學似的，要是公式不對，根本算不出結果。」

「去你的！」王大豹又把王大樹推了一下。

一一二

「弟妹！弟妹！開門哪！」

「王大哥嗎？快！徵麟！去給王伯伯開門。」

「弟妹！我們又來麻煩你了。」

「有事情嗎？王大哥。」

「我們是來找你評理的。」

「評什麼理?」

母親那句話剛說完,弟弟便把大門打開了;祇見門開處,從外面進來四個人,是王伯伯跟王伯母,周伯伯跟周伯母。母親一見,便連忙搬椅子拉沙發招呼他們坐下;並要姐姐燒水泡茶。那知王伯伯連坐都不肯坐,就大聲吼道:

「你別忙了!弟妹,我們祇是來找你評理,把話講完了,馬上就走的,沒有時間多坐。」

「你別急嘛!先坐下喝杯茶再說,周先生跟周太太到這裡更是稀客,怎麼能不坐坐就走。」母親忙拉王伯伯坐下,她察顏觀色,就知道兩親家有了糾紛。

「你知道嗎?弟妹,大虎跟玲玲結婚的日期又要改了。」王伯伯剛坐下,立刻又站起來。

「怎麼又要改,不是改過一次嗎?」

「你問老周啊,是老周的意思。」

「是這樣的,趙太太。」周伯伯沒開口,周伯母卻先搶過話頭:「玲玲那孩子最近在歌唱界,一天紅似一天,你是知道的;其實不論怎麼紅,她跟大虎訂婚,就是王家的人;多大的光榮,也是他們王家的。本來嘛!他們的結婚時間早已經定了,什麼東西也準備得差不多,親戚朋友也都曉得了,就不該改。偏偏這時候香港跟新加坡方面,都來信邀她前去演唱;這是個難得的好機會,玲玲要是在東南亞一帶演唱出名,就是國際紅星了,對他們王家更加光彩了。但是錯過這個機會,就不容易再得到;所以我才跟親家公親家母商量,把他們的婚期再往後延幾天;等玲玲從東南亞演唱回來,再舉行也不遲。那知親家公親家母硬是不同意,才找你評理。你當初是他們的媒人,過去大家又都是鄰居;你說玲玲放棄這個機會,是不是太可惜了?反正他們的婚期,再延;也不會延多久。」

這一來,倒使母親為難了,她想了一下說:

「既然這樣,那為什麼不先結婚?結了婚再去也是一樣,反正結婚的時間已經定了。」

「那就不同了!趙太太。」

「怎麼不同?我覺得那樣更好。婚也結了,東南亞也去了,可說是兩全其美。」

「你知道那樣玲玲就不是小姐身份了。」

「反正人家是聽玲玲唱的歌，還管她結不結婚？」

「才不哩！趙太太。人家要曉得玲玲結過婚，身價馬上就跌下來，連捧場的人都沒有。」

「為什麼？」母親發愣的望著周伯母，她的性格保守，又很少關心歌唱界的各種怪現象；那裡知道歌星一結婚，就大減價那種情況。

「以前還是女孩子嘛！」

母親也不是糊塗人，經周伯母輕輕一點，自然明白過來；一時反而變得沒話講了。

這時王伯母開腔了，她拍拍周伯母的臂說：

「親家母！你聽我說！我早就說過，大虎能討玲玲那樣的歌星做太太，是他的福氣。可是還要改結婚的時間，我怎麼都不同意；大虎已經那樣大了，我也早想抱孫子。你們剛才說玲玲到東南亞的飛機票跟所有的費用；祇要他們結了婚，我還能不給玲玲出嗎？」

「噯喲！親家母！難道你不希望你的媳婦出名嗎？」周伯母也親熱的一拍王伯母。

「我怎麼會不喜歡呢？」

「那就該先讓她到東南亞去一趟啊！要玲玲變成了國際紅星，你想你這個做婆婆的，有多光彩？」

我們以為王伯母被周伯母這一拍，就會樂昏了頭。

王伯母卻沒昏頭，她堅持己見的說：

「不！不！親家母！一定要先結婚。」

「是啊！孩子們結了婚，就什麼都好說。」王伯伯喝了一口姐姐泡來的茶，因為水太燙，又馬上吐出來說：「那時候玲玲要去東南亞演唱，她是我的媳婦，我能不管嗎？多少費用我都會替她出。可是不結婚不成！像這樣把時間改來改去，是耍我王百富的猴子呢？還是我王百富耍親戚朋友的猴了？我丟不起這個人嘛！」

「你也別那樣拗，親家公。」周伯母神氣的把眉毛一揚：「玲玲到香港新加坡的幾個機票錢跟盤費，你就心痛的捨不得；其實玲玲要唱成國際紅星，她一個人演唱的收入，養你們全家人都用不完。」

「你跟我講這種話呀！親家母。你把我王百富當做什麼人？」王伯伯像炸了一般，跳起來指著周伯母吼道：「我王百富窮得沒有飯吃的時候，就是去跳海，也不會靠兒媳婦養活，又喊又叫擺腰扭屁股的賺錢吃飯。走！走！」他拉起王伯母就往外走：「別談了！沒有什麼好談的！他們小一輩子的事情，我們不要管了！要管也管不了！他們要結就結，不結就拉倒，操那個心幹什麼？」

我們沒想到王伯伯會發那麼大的火，母親追在後面一直往後拉，都沒有拉回來。

見王伯伯夫婦走遠了，母親祇有自己回來面對這個燙手山芋。

只聽她嘆息的說：

「這是怎麼說的，氣就那麼大！」

「是嘛！趙太太。剛才你是見到了，王先生怎麼那樣不通情理？我們不過跟他們商量商量，他就拗著個牛脾氣不轉彎。像這樣的親戚，玲玲就是嫁過去，將來也是有麻煩，還不如早早退婚算了。」

「快別那樣說！周太太。大家都是要面子的人家，怎麼可以輕易說退婚？他王伯伯就是那個牛脾氣，有時是暴躁一點，心眼卻是最好不過的；你儘管放心，玲玲嫁過去決不會受一點委曲。我想這樣好了，你們兩親家既然講不到一道，就看他們小兩口的意思吧。他們要結或是不結，由他們自己決定；你們就不要管他們了。」

「祇有那樣了，我看玲玲，一定要先去東南亞一趟才好。」

結果王大虎跟玲玲退了婚。那是在雙方找母親評理鬧翻之後，又僵持了幾天，女方便提議解除婚約。王伯伯對這件事，表現了「不癡不聾，不作家翁」的風度，要王大虎自己決定；王大虎便毫不考慮接受女方的提議。那對王大虎反而更好，更可以全心全力經營他的生意。中山北路的分店很快就開張了。

一一三

中華路的違章建築改建，經過很長一段時間的醞釀與籌劃，終於成為事實；決定在原地改建一列商場，容納原有的住戶。那樁工程是在民國四十九年夏天開始的，在當時的臺北市，是一件極大的工程。經過一年多的時光，在五十年的暮春季節，才建築完成。

照說那時中華路的一切，對我們已無任何瓜葛。可是人就是這樣子，不管是有情或無情，只要跟一個地方沾上一點邊，就會在心靈上產生聯繫；何況我們還在那兒哭與笑過。因而對那個所在的感情，就特別深。所以從改建那天開始，我們便朝夕盼望能早日看到它的新面貌。因此中華商場建後開幕那天，我們姐弟三人特地由永和趕去看光景；但見那一列八幢新建的三層樓房，按忠孝仁愛信義和平的順序，由北向南沿著鐵路排列成弧形。嶄新的色調跟寬闊平坦的大街，在四月灼灼的陽光下，映著藍天，呈現著一種充滿希望的風貌。

一大群一大群看熱鬧的人，擁擠街頭；前呼後擁的爬上樓梯，挨層參觀流連。

成串的鞭砲在街頭響著。

彩帶在屋簷下飛舞。

人們的笑聲叫聲，匯成一片歡笑。

「徵鳳！你們也來了？」突然一個暴雷般的聲音，在我們的耳畔響起來。我們一聽那嗓門，就知道是王伯伯。猛抬頭看去，見他神采飛揚站在一棟二樓的陽台上，用手摩挲著水泥做成的牆壁，好像在想什麼。他焉能不想呢？大家剛來臺灣時候，這兒是什麼景況，一片荒蕪！一片蒿萊！經大家胼手胝足，搭成一個一個竹棚；雖然聊遮風雨，卻是大夥賴以維生的地方。許多人便那樣勤勤墾墾，由愁雲慘霧的逃難生活，創造出一個風光明媚的世界。現在它又由一片破爛的違章建築，變成那般漂亮巍峨的商場；怎不令在那兒居住過的人，興起無限感慨。

姐姐便連忙跟他招呼道：

「王伯伯也來了。」

「怎麼會不來呢？應該來看看。」

「是嘛！我媽媽本來也要來的；可是早晨生意忙，她一時走不開，才沒有出來。」

「真不容易呀！徵鳳。我怎麼也沒想到，當初那麼亂的地方；如今一改建，就變得這樣好。」王伯伯帶著我們一面參觀，一面指指劃劃的說。

「哈哈！老王、徵鳳，你們是約好來的？」申先生不知什麼時候。走到我們身旁，笑容可掬的說。

「在這裡碰到的。」王伯伯跟申先生握握手。

「你們今天是應該來玩玩。」

「真是大手筆啊！老申。」

「誰講不是？」申先生樂得兩手直動：「建得這麼整齊美觀，都是鈔票堆起來的！」

「你分在什麼地方呢？」

「離老地方不遠。」

「不遠又在那裡？過去的樣子，我一點都認不出來了。」

「就到我店裡坐坐吧，便知道是那兒了。」

「準備什麼時候開張？」

「今天就開啊！跟商場同一天開幕，日子都不用選。」申先生拉著王伯伯往前走著說：「你們先到我那裡喝杯茶歇一會，中午就留下來吃個便飯。」

「那我請客，給你賀一賀。」

「開張當然我請客。」

「申伯伯，你們現在還要不要人洗碗筷，我再來給你們洗好嗎？」弟弟笑嘻嘻的對申伯伯說。

「孩子，你開申伯伯什麼玩笑？」申先生笑著摸摸弟弟的頭：「你們現在好了！不會再愁吃穿了！還會來給我洗碗筷？看時間多快，轉眼就這樣高了，馬上高中畢業了吧？還記得嗎？那年冬天在這裡洗碗筷的時候，被雨一淋，就蹲在地上偷偷哭。」

弟弟一陣尷尬，很快的低下頭。

王伯伯卻又一聲哈哈說：

「變！怎麼能不變！想想我們來的時候，臺北市是一個什麼形景？現在又是一個什麼形景？當初你想到過嗎？這裡會蓋這樣漂亮的商場？像徵鳳！當初是那樣一個乾乾瘦瘦的小姑娘，如今出挑得像一隻鳳凰；還有我那個小嬌嬌，現在真變得又嬌又嫩，整天就知道買新衣服。剛才跟她媽媽出來時，還說一道來這裡看光景；那知轉眼就不見影子，不知又把她媽媽拖到那裡花錢去了？」

「哦！王伯母跟嬌嬌也來了。」姐姐問王伯伯。

「你也該有男朋友了吧？徵鳳。」申先生沒等王伯伯回答姐姐，便笑著看看姐姐說。

「哈哈！早有了！」王伯伯爽朗笑著代替回答。

「結婚時候，別忘了請申伯伯吃喜酒啊！」

「我們走了，申伯伯。」

姐姐的臉紅了。

一一四

到了申先生的店裡，他便招呼我們坐下，又忙著給我們倒茶倒水；弟弟卻不知什麼時候溜跑了。我跟姐姐都沒在意，曉得他是聽王伯伯說嬌嬌來了，跑去找嬌嬌去了。我們喝著茶，一面打量申先生這個新店，在中華商場改建後，又以一種新姿態出現；不像過去，由於房子是竹棚，一切因陋就簡，能將就的便將就。現在他們把整個屋子，都粉刷得清潔溜溜，桌椅也全部換成新品；進門一看，便使人有種整潔清爽的感受。

我跟姐姐都覺得，既然來到這裡，就應該到過去住的地方看看。可是我們起身往外走的時候，申先生卻攔住我們不放，怕我們不回來吃他那餐飯。

「你讓他們出去吧！老申。」王伯伯講話了。

「他們一走，就不會回來了。」

「放心！我給你打保票，說他們會回來，就一定會回來。你想他們到了這裡，不到他們那個地方看看，怎麼會舒服？你不讓他們去，不是要他們在這裡慪氣嗎？要說他們會　走了之，他們還沒有那個膽量；有我老王在這裡，他們臨走不來打個招呼，那不是討罵挨嗎？」接著王伯伯又一揚聲笑道：「你倆聽到嗎？申伯伯已經準備了好酒好菜，等你們回來吃，把我留在這裡做押；你們要不回來吃這餐飯，他就把我殺了，包肉包子賣。」

我們走出去，沿著騎樓慢慢往前走。已經有很多店舖開始營業，裡面掛著花花綠綠的衣服，跟各式各樣的日常用品。人潮穿梭般在那兒購買；一家唱片行，把他們的音樂放得震天般響。我倆很快就找到故居的地址。雖然房子改建了，周圍的環境卻變得很少。特別是商場背後那條鐵路，在別人眼裡，也許跟別處是同樣的鐵軌、枕木；同樣的柵欄、路基、石渣。但在我們眼裡卻不同；我們在這裡住得太久了，一天不知要看多少次；某些別人無法辨認的特徵，祇要我們打眼一看，馬上便會認出來。那是一種歲月的痕跡，感情的痕跡，辛酸的痕跡；以及我們童年偶而發出的一聲珍貴歡笑。所以我們站在那兒，一時禁不住感慨萬千；好像過去的種種切切，就是昨天的事情；但在這剎那的一隙，人生的步子，不知向前跨了多少步？時代也在這種無聲的腳步中，不停的向前滾動。在臺北市的各處，我們看到一間一間的木屋拆掉，一幢一幢平地連雲的華廈升起；一條一條窄巷，拓成寬廣平直的馬路。昔日灰黯的市容，綻出一片歡笑的容顏。

我看著看著，在朦朦朧朧中，彷彿又回到過去一般。我看到母親在風雨瀟瀟中，生爐子那副景象；也看到我們在暴風雨中掙扎；更看到兩個面黃肌瘦的孩子，佝僂在鋁盆旁邊吃力的洗碗筷。又好像聽到弟弟喊「餃子二十」那種怪腔怪調，以及聲聲在空際迴盪的——

呷冰！

呷冰！

我們回到申先生那兒不久，王伯母跟嬌嬌也來了。我們算得沒錯，弟弟果然是找她們去了，現在他像王伯母的跟班似的，替她們大包小包抱回來一大堆。

王伯伯一見，又吼起來了。

「你們不是跟我來看中華商場嗎？怎麼一來就跑的不見影子？原來又去亂買東西！」

「我們也給爸爸買件睡袍呀！」嬌嬌笑著說。

「這時買什麼睡袍？」

「留著冬天穿哪！」

「曖喲！我的女兒！你們是有錢沒處花了？買那種沒用的東西。」不過王伯伯吼歸吼，見女兒給他買東西，臉上一直湧著笑浪。

「你穿穿看吧！爸爸！好漂亮啊！」

「曖呀！囉唆！」

可是嬌嬌把睡袍拿出來，硬往他身上穿。他就什麼話都講不出來，祇有乖乖的穿上。

一一五

王大豹軍校畢業那年，也是弟弟進入軍校的一年。他依恃聰明的個性仍然未改；雖然高中聯考時，受的打擊，使他著實發奮了一陣子；久了，又故態復萌。本來他入軍校，校方是要保送的；那情形如果倒給別人，是求之不得的事。他不！他硬是要特別，一定要自已報考。幸好他臨時又拚了一陣子，才沒名落孫山。

他去南部報到的頭天晚上，王伯伯請吃飯，我們全家都去了。王伯伯跟他對飲一杯酒後，拍著他說：

「我們王家跟你們趙家，不曉得是出了兩條龍，還是出了兩條蟲？就是你跟大豹。你們兩人哪！聰明是夠聰明了，就是心眼太多，不肯老老實實的做人做事；老喜歡耍花招。大豹在鳳山磨那四年多，我冷眼打量著，已經好多了，不像先前那般浮躁；我想再到軍隊上磨幾年，就沒有問題了！現在就剩你了！你到鳳山可要好好學啊！不要讓你媽媽操心。還有嬌嬌，你也不能使她失望，你知道我就那麼一個寶貝女兒呀！」

王伯伯這番話，不但把弟弟講得尷尬的難為情；也把他女兒講得滿臉通紅。

「你放心！王伯伯，我一定會好好學。」

「那才是個好孩子。」

「我到軍校以後，一定考個第一名給王伯伯看。」

「你看！你看！」王伯伯用手指朝弟弟點著說：「說著！說著！你又來了！你這個不實在的毛病，幾時才能改？還不曉得能不能考第一名，就先吹起來。再說將來做人做事，有沒有出息，也不是考第一名，就一定會比別人好。」

「那我用功讀書總成吧？」

「嗯！這還差不多。喏！這一千塊錢給你，拿去做個零花錢。」王伯伯一掏腰包，掏出一疊鈔票。

「不要了！王伯伯。我到了鳳山，軍方也有薪餉，儘夠花了；再說我媽媽也給我兩千塊錢。」

「胡說！王伯伯給的，還敢說不要。」

弟弟祇有接過去。

王伯伯接著又笑道：

「我還要再講一句，徵麟。你剛才講的話，嬌嬌全部聽到了，一定要照著去做啊！不然害了我不要緊；要害了嬌嬌，我可要跟你算賬。」

「爸爸是不是喝醉了？」嬌嬌紅著臉，把小嘴一嘟。

「哈哈哈哈……」

到了第二天，我們全家人都到臺北火車站給弟弟送行。王伯伯夫婦也帶著嬌嬌來了，嬌嬌還特地送了弟弟一個大花環，並親自給他套到脖子上。然後兩人握著手，默默的相對了大半天，都沒把手分開。

可是弟弟上車的時候，母親竟哭了。她怕軍校的生活太緊張、太苦；耽心弟弟受不了那個苦。

這一來，我跟姐姐也鼻子酸酸的。

這時火車開動了。那是一列專供軍校入伍學生搭乘的專車，許多來送行的家長跟親友，都揮手跟他們的子弟告別；我們也向弟弟不停的揮手。火車越開越快了，弟弟就那樣去南部，奔向他的理想。可是家裡少了他一個人，就冷清多了，母親便一天價唸著要去南部看弟弟。那知過了沒有幾天，王大豹又來向母親辭行；那是他軍校畢業後，在一個部隊呆了沒多久，又調往金門服務。

「你幾時走？大豹。」媽媽一聽，就馬上問。

「預定下禮拜一去高雄，還要在那裡等船。」

「那就禮拜天到我家裡吃飯。」

「趙嬸嬸要我來，那是非來不可？」王大豹笑著對母親說，他變得越來越直爽。

「那還用說嘛！你要不來，那不把趙嬸嬸氣死了！其實我也不會做什麼，也沒有好東西給你吃。我知道你喜歡吃餃子，就包餃子給你吃好了。你來的時候，要有要好的女孩子，也可以一起帶來，大家一起包著吃。」

「我那裡有要好的女孩子呀，趙嬸嬸。」

「你過去不是很多嗎？」

「趙嬸嬸怎麼那壺不開提那壺？那已經過去了；現在我不會再去搞那種無聊的事了！」

「你說這話就不對了！大豹。你現在已經是一個軍官了，交個女朋友，也不算不正當的事。你真變好了！大豹！我早就跟你爸爸講過，你不是壞胚子，祇是少年氣盛，脾氣躁一點；要好好教導教導，一定會有出息。現在到底被我說中了，你爸爸那天還直誇你。」

「我爸爸的脾氣就是那樣子，要犯一點小錯，就會罵得體無完膚；要有一點好處，也會直張揚。」

「你要真沒有女朋友，等趙嬸嬸給你相一個；一定會漂漂亮亮、溫溫柔柔的。」

「趙嬸嬸開我什麼玩笑？我那裡養得起一個女人哪！」

「怎麼養不起，你家裡又不是沒有錢。」

「要爸爸拿錢給我養老婆啊？才不要哩！」

「你這孩子怎麼一變，就變得那樣有志氣？」母親樂得一直笑：「你聽我說，大豹。就算你不要家裡拿錢給你養家，你當軍官的薪水雖然不多，如果娶一個性格好，又不亂花錢的女孩子，兩個人做事，有兩份收入；組織一個小家庭，生活還是過得去。」

「不要！不要！我不要人家跟我受罪。」不論母親怎麼說，王大豹卻一個勁兒搖頭。

「好吧！那以後再講吧！」母親無奈的說。

「趙嬸嬸，我走了。」

「星期天一定要來啊！我等會再打個電話給你爸爸媽媽講，還有嬌嬌，大家一起來。大虎要是真的生意忙，抽不出時間來，也就不勉強他。」

「趙嬸嬸的命令，我還敢不服從嗎！」

一一六

母親雖一再說要去鳳山看弟弟，卻始終未能成行。一方面是母親賣早點的生意不能中斷。本來那樁生意，在母親住院期間，便自然的停止了；我們覺得那樣停了也好，家裡現在既然不急那個錢用，何必讓母親那般辛苦。那知道母親出院不久，又收拾收拾開張了。不過生意卻不像先前那般好；因為在我們歇業那段時間，離我家不遠的地方，也開了一家豆漿店，顧客全部被拉走。同時母親還得為弟弟的學業操心，無法把全部精神，放到生意上面。現在就不同了，我早已順利的進入一所大學；弟弟又遠在南部，難得回家一次；姐姐除了教書，也有她自己的事。母親的日子就過得既平靜，也無聊。便又打起精神，把生意做好；於是舊日那些老主顧，又漸漸回到我們店裡。因而時間久了，她那種夙興夜寐的忙碌，竟成了她生活中的重要部分，填補了心靈的空虛與寂寞。精神有了寄託，便不覺得時間難以打發。幸好弟弟也能深體母心，知道母親辛勞，每個禮拜都有信寄回來，報告他的學業狀況。那對母親是一種很大的安慰，祇要弟弟在外平平安安，學業上沒有問題；她就不會日夜不安的牽腸掛懷。

另一方面，也有許多瑣碎事情，使她無法分身。最重要的，是在那一年中，連著傳來兩件喜訊，一件是王大虎跟阿珠訂婚的消息。母親聽到後，也十分替王大虎高興

「這才好！才配！」母親從聽到消息，就一直不住口的唸叨：「我早就說過，誰能嫁大虎那樣的好孩子，就是誰的福氣；誰要能娶到阿珠那樣的女孩子，也是誰的福氣。像她跟玲玲那樁婚事，我也不是說玲玲那個女孩子怎樣，祇

是性情太不合了，怎麼會好？所以早退了早好！就是兩人勉強湊合一起，也不會有好日子過。」

「你說大虎跟阿珠他倆配嗎？弟妹。」王伯伯對給王大虎娶到阿株那樣的媳婦，心裡也高興。

「再好沒有了，王大哥。」

「這個媒人又要你做了。」

「又要我做媒呀？想到上次給大虎跟玲玲作媒，弄得灰頭土臉的，現在都覺得不好意思。」

「媽媽怎麼還提周玲玲？還有什麼好提的？」姐姐在一旁提醒母親，她怕王伯伯聽了會不高興。

「你放心吧！徵鳳，你王伯伯不會不通情理的。你說是不是？大虎跟玲玲也不是兩個壞孩子，祇是跟大虎太不對了。我說結婚哪！就像配對一樣，要配對了，就比什麼都好；要是配不對，就是饑荒。要說好，鳳凰是不是最好不過的鳥；如果一個呆頭鵝，討到一隻鳳凰，會有好日子過嗎？那才怪哩！一個那麼漂亮、會飛、會叫；一個祇會伸著長脖子，用沙啞的嗓子吼，那種夫妻能久嗎？你不要以為我的話好笑，徵鳳，就在那裡搗著嘴笑。我的話不是沒有道理的。你的年齡也不小了，說不定今年明年，就會找到合適的男朋友；也要配對了才成。」

「王伯伯說來說去，又說到人家身上。」

「哈哈！」王伯伯笑起來：「我差一點把徵鳳這丫頭忘了呢！我說弟妹，徵鳳這個媒人，我一定要做；我要好好賺他們一杯喜酒吃。」

「那還用講嘛！王大哥。」

第二件喜事，是孫維勤跟李小姐的婚事。他們經母親介紹後，又交往了一段時間，發現意趣很合得來，愛得蜜裡調糖一般。便決定締結鴛盟，也來找母親做他們的介紹人。樂得母親笑道：

「又是找我做介紹人，我不變成媒婆了？」

一一七

我陪母親到鳳山去看弟弟，是在一個春暖花開的星期天。那天姐姐在家裡留守，並照料生意。母親帶著我跟嬌嬌一同前往。我們是在頭天搭夜車南下的，除了給母親訂了一張臥鋪票，我跟嬌嬌便在座位上熬了一夜。到達高雄時，正好天亮。三人下車後，就在車站附近用了早餐，然後僱了輛計程車，直駛鳳山。

由於我已經事前跟弟弟在信中連絡好，我們到達官校的大門口時，他已經在那兒等候接待。但見他跟母親一見面，同時叫了一聲：

「媽媽！」

「徵麟！」

兩人就緊緊抱到一起了。

母親的淚，也簌簌滴到弟弟身上。

母子兩人擁抱一陣後，弟弟才回身對嬌嬌傻笑的說：

「嬌嬌，你怎麼也來了？」

「陪趙嬸嬸來看你呀！」嬌嬌把大眼睛一轉。

「徵麟，你這話就不對了。」我開玩笑說：「怎麼可以說『嬌嬌，你怎麼也來了？』照你的意思，好像人家不應該來看你似的。你說對不對？嬌嬌。」

「我才不是那個意思哩，我是沒想到嬌嬌會來。」

「那為什麼不說：嬌嬌，我好想你啊！你知道人家嬌嬌為了來看你，這幾天覺都沒睡好。自從我把要來看你的消息告訴她，半夜三更都打電話問，好像我們會不帶她；其實我們怎麼會不帶她，是她自己太緊張了。」

「你亂講！趙大哥！才沒有哩！」嬌嬌啐道。

「你敢說沒三更半夜打電話呀？嬌嬌。」

「噯喲！趙大哥！你今天怎麼了？你平日好像什麼話都不講，今天怎麼變得油腔滑調！」

「我太高興了！」

會客的手續很簡單，不過拿我們的身分證，象徵性的登記一下就好了。接著弟弟便帶我們走進校園，同時一面在母親身邊慢慢走著，一面指指點點介紹校內的各項設施。母親一見那些廣大油綠的草坪，平直光潔的馬路，高大茂盛的樹木，便打心裡喜歡。禁不住讚美說。

「這地方看在眼裡就使人舒服。」

「舒服？」弟弟瀟灑的揮了一下手：「你還沒看到緊張的呢！媽媽。要流起汗來，也夠人受的。」

「怕流汗，你跑到這裡做什麼？」

「我沒講怕呀？不信你看看！憑我這副體格，還會怕流那一點點汗嗎？」弟弟說著把身子在母親面前一橫，就挺直的站起來，巍峨得像一座小山。

說到弟弟的身體，本來是瘦瘦矮矮的，直到初中時候還是老樣子。所以大家才說他是心眼太多，永遠長不高。那知在高中那年，卻一下子冒起來，像竹竿似的，又細又長，就是不長肉；風一颳就倒了一般。所以在他考取軍校後，母親怕他的身子太單薄，受不了那個苦；便在報到前那段時間，拚命的給他補，什麼雞湯、肉湯、豬肝、豬腳，一個勁的往他肚子裡塞；那東西到了他胃裡，絲毫沒發生效果，祇是竹竿比以前更高了。自從來到軍校後，照說軍校的伙食再好，也比不上母親熬的那些雞湯肉湯有營養；但被軍事生活一磨一鍊，竹竿開始放粗了；先是腿上胳膊上長肉；過了不久，那些肌肉變硬，變得有稜角。

「你這副體格要被王伯伯見到，一定很樂；他就喜歡體格壯的人。」母親樂得笑逐顏開。

「對了！不講到我爸爸，我還忘了，這個給你！」嬌嬌突然打開皮包，拿出一個信封塞給弟弟：「本來爸爸也要來，因為臨時有事情，離不開，所以沒有來；才叫我把這個東西帶來給你。」

「是什麼東西？」弟弟要拆信封看。

「不准拆信封，等我們走了再看。」

「不會是錢吧？如果是錢，我就不收。」嬌嬌不准弟弟看，他就用手在信封外面捏；卻捏不出個所以然。

「我也不曉得，反正叫你收，你就收著吧！爸爸又不是外人，他拿出來了，難道給他退回去？」

然後弟弟又帶我們去參觀他的寢室，特地讓我們看他的內務。據說國軍的軍事教育，就是先從內務規則開始教起的，外形的整潔，達到精神心靈的一致。不知弟弟的內務是平時就那樣整齊，還是由於我們今天來看他，才特別下了一番工夫；祇見那床棉被，疊得方方正正，四周的稜角像刀切得一般齊；軍毯也舖得水抹的一般平。嬌嬌看在眼裡，忍不住直笑，說他怎麼那樣有耐性，把棉被疊成那樣子。過去在家裡，他那個床舖根本不能看，連豬窩都不如。

從寢室出來，弟弟又帶著我們去參觀他們的教室、實驗室、圖書館。中午由母親請客，在福利餐廳吃飯。飯後又到操場，在那些大草坪上流連。當大家坐到一株大樹下休息的時候，弟弟便笑著對母親道：

「媽媽，你們今天來的不湊巧，什麼都沒看到，要在平時來，說不定還會看到我們的訓練呢！」

「那些看到就看到，看不到也罷。我祇是來這裡看看你，現在已經看到你了；又見你們吃的那麼好，住的那麼好，環境又那麼可愛，我就放心了。」

「那我表演給你們看好了。」

「你表演什麼？」

「在草地上打個滾給你們看哪！」

「胡說什麼！嬌嬌在這裡，也不怕她笑你。」

「嬌嬌才不會笑哩，她說她什麼都會聽我的。」

「你亂講什麼呀！」嬌嬌嬌嗔的啐道：「是你說什麼都聽我的！」

母親跟我都笑起來。

一一八

在回程的路上，母親才從嬌嬌口裡套出來，她帶給弟弟那個信封裡裝的什麼東西，原來是一尊可以帶在身上的玉雕小佛像，據說帶在身上可以保佑平安。是我們來鳳山前，王伯伯親自到街上選購的；本來他要自己帶來，後來因事離不開，才叫嬌嬌帶給徵麟。

「王伯伯也那樣迷信哪！」我奇怪的說。

「那不是迷信，是他對徵麟太關心，日夜掛著他；弄一個小玉佛送給他，他心裡就會平安多了。」還是母親心細，明瞭做家長的苦心。

日子又靜下來，大家又過著秩序井然的生活。

在寂靜中，我們家裡卻漾起股動盪。

那是姐姐的婚事引起的。

說到姐姐的婚事，也是一樁惱人的事。本來她師範畢業後，就不斷有男生追求她。那時候她因為自己還很年輕，便沒把那件事放在心上；那知這樣一蹉跎，幾年就過去了；現在雖然姐姐仍不急，卻慌了一個人，那就是母親。無奈婚姻是大事，想找個完全合適的人，很不容易。儘管舊日的追求者，有的知難而退；有的還在繼續努力；新的競爭者，又接踵而至。並且關心她的親友同學，也不斷幫她介紹；可是在那樣多的人選中，姐姐始終挑不出一個令她滿意的金蘋果。母親便急得不停的在她耳邊唸；把姐姐唸煩了，就一個人躲在房內生悶氣。

就在這時候，有一個男生闖入姐姐的心坎。那是經王大虎太太阿珠介紹的一位中學教員，名叫陳雍南，是阿珠的同鄉，家住在臺中的鄉下。他為人很本分，跟姐姐的性格也合得來，母親也喜歡他那種厚實誠樸。因而他來臺北時，總會打個電話給姐姐，約她出去聊天；或到家裡看看母親，跟老人家話話家常。然而兩人的感情，卻沒有顯著的進展。照說那該怨姐姐考慮的太多，既然發現了一個可以託付終身的金蘋果，就應早早攫到手才是，免得被別人搶走。但那樣怨也不見得正確，女孩子對婚姻的態度原就慎重；發現問題怎能不詳思熟慮。再是姐姐發覺選擇陳雍南，橫在她面前有兩個問題，使她猶豫不決。一個是陳雍南的家庭問題；因為陳家是個大家庭，她能不能融入那個大家庭，自己都不知道。因她在自己家裡，過去雖然家道艱難，缺吃、缺穿、缺用；但在精神方面，卻不苦悶，依然是母親心目中的小公主，凡事讓她三分，寵的不得了。而嫁了陳雍南，照他們家庭的情形看，絕不會讓他倆自組小家庭；同時姐姐也不願一嫁過去，就公然亮起反抗的旗幟，硬把陳雍南從那個家庭裡拖出來。把人家好好的一個家，弄得雞犬不寧。那麼她在這個家中，就變成一個邁著小腳走路的小媳婦；上有公婆，下有叔伯姑嫂，都要好好應付才成。

另外一個原因，是她不放心母親。這些年來，不管我們生活苦的時候，還是在景況好轉的情形下，她都是母親的一隻有力的臂；母親凡事都跟她商量。她如果跟陳雍南結了婚，勢必去中部居住，對家中難免有一份牽掛，會使她受不了。雖然我已經長大了，弟弟也馬上軍校畢業，應該能為母親分愁解憂才是；她卻怕我們粗心大意，不僅不能替母親分憂，還得母親為我們操心。

為這個緣故，母親也一再勸姐姐，要是看準了，就早早決定；免得懸在空中盪，始終不安心。也別把她當做一回事，她又不是七老八十，還可以自己照料自己。同時我跟弟弟年齡也不小，說不定那天，就有新人進門。

嘎的一聲煞車聲，一輛計程車在門口停住了。車門開處，王伯伯的高大身軀，就出現在我們面前，緊跟他後面的是阿珠；再後面的是陳雍南；他手上還提著兩盒水果。

母親見狀，連忙迎上去招呼。陳雍南見到母親，也一疊聲的趕著叫伯母。姐姐雖然瞥他一眼，卻沒做任何表情，就給他們沖茶去了。

等他們坐下後，王伯伯又站起來，對阿珠跟陳雍南說：

「你們在這裡坐一下，我跟他們到後面有話講。」

接著把兩手抬起來揮動了幾下，像老母雞趕小雞似的，把我們全部趕進後面房間裡。

他一進門就對母親說：

「我的來意你明白嗎？弟妹。」

「我怎麼會不明白？」母親點下頭。

「你知道嗎？那小子昨晚到我家拜佛了。」

「拜什麼佛？」

「他把我當做救苦救難的觀世音菩薩，要我給他救苦救難啊！我看那小子心眼還不壞，人也不賴，樣子也可憐；才不得不幫他來走一趟。可是！弟妹，我們關起門來說亮話，不怕被別人聽到；我們可像一家人，徵鳳也像我的女兒一樣；胳膊彎子沒有往外扳的，先替別人講話。我看讓徵鳳先講講，他們認識已經不是一天了，對人家到底有沒有意思；我們再商量商量怎麼決定。」

「我不曉得呀！王伯伯。」姐姐困惑的說。

「你不曉得。怎麼把人家折磨得魂都沒有了？」

「那是他自己要那樣。」

「我的女兒！你倒推得乾淨！好像和尚不打鐘，鐘就自己會響一般。我告訴你，徵鳳。你要沒意思，就早早對人家講，叫人家死了那條心。別也像時下那些半吊子的女孩子，老把人家不上不下的吊在那裡。」

「我不會的，王伯伯。」

「那就是有意思了。」

「我的問題媽媽都曉得，你問媽媽好了。」

「你倒會推。」王伯伯笑起來。

於是母親便把姐姐的兩項困擾告訴王伯伯。

王伯伯聽過後，又是一陣哈哈大笑。

「我剛才不是說過了嗎！徵鳳。我們像一家人，胳膊彎子祇有往裡扳，不會往外扳。要是不把那小子打聽清楚了，我還會跑來嗎？聽阿珠說：他們家裡在當地，也是大戶人家；不會在一個新媳婦進了門，便把她像小毛驢般套到磨盤上，日夜不停的讓她推磨。」

「王伯伯形容的也太過分了，怎麼把好好一個人，比做小毛驢？」姐姐抗議的笑道。

「事實就是那樣子，好了！你先別插嘴，我的話還沒講完。至於你不放心你媽媽，固然是你的一份孝心，但對你媽媽來講，你為了她，把那樣好的機會放棄了，她心裡會好受嗎？何況她剛才還說過，她自己能照應自己，不用你操心。我再說句不中聽的話，你嫁到臺中去，就嫌離家太遠；就算你嫁在臺北好了，你就能保證一輩子住在臺北嗎？如果有一天你先生要出國，或到很遠的地方，你怎麼辦？跟他分開嗎？我看還是會跟著他走。可見世界上的事情，沒有十全十美的，就在人為。你說臺中遠嗎？現在交通這樣方便，有事情或打個電話；或坐著車子到臺北來一趟，不用半天就到了。你要是還不放心，在你們結婚時，我送你倆一輛小轎車，你好開著來臺北。」

「王伯伯別開我的玩笑了！我要真嫁給陳雍南，我倆都教書，那裡養得起小汽車。」
「我們不要把話扯的太遠了。你說一句真心話，徵鳳？你對那小子到底有沒有意思？不好就拉倒。」
「他的人是不壞，可是……」
「別可是了！我跟你講，徵鳳，別挑的太苛；要仔細選起來，沒有一個蘋果沒有疤。中國有一句俗話，美招天妒；可見老天爺都沒有十全十美的事情。所以我們人，不但找不到十全十美的事；就算找到了，也不見得是一件好事；因為老天爺都會嫉妒你。」
「那王伯伯說該怎麼辦？」
「我說沒有用啊，還是看你媽媽跟你的意思。」
「那我就聽王伯伯跟媽媽的意思了。」
「哈哈！這不是解決了嘛！」

一一九

這就是緣。
姐姐跟陳雍南就那樣緣訂三生。
母親對姐姐這樁婚事雖十分贊成。可是到了他們訂婚前夕，她又耽心起來；怕姐姐在家裡任性慣了，到了一個大家庭，不能適應那種人口眾多的壓力。
因此再三的告誡跟叮囑她：
「我早就說過了，徵鳳。你跟你弟弟們的事，誰的我都不會管。可是這是終身大事，你一定要好好考慮周全了才行。要是訂過婚，是不能反悔的。」
「我都考慮過了，媽媽。」
「那就好，但有一些事情，媽媽還是不能不預先告訴你。雍南家裡是一個大戶人家，你是知道的；那就什麼事情都有一定的規矩。你嫁過去，可不能像在家裡一樣；一定要好好孝敬公婆，對小姑小叔也要和和氣氣；對做飯洗衣服那些事情，更要勤快一點，才是做媳婦的道理。你在那個家裡才能過得愉快，不會被人瞧不起。」

「這個你不用耽心，媽媽。那些我都不怕，我在家裡也不是沒做過那種事情。再說我做人家的媳婦，也不會像在自己家裡一樣。我耽心的是叫我下田插秧什麼，我從來沒做過那種事情，也不會做。」

「不會的，雍南家裡也不種田。」

「他們要真要我做。」姐姐自我解嘲的笑道「那也沒有法子，誰叫我做了人家的媳婦。」

「你要那樣想，我就放心了。」

姐姐的訂婚十分隆重，在臺北一家大飯店舉行，一切由男方安排；席開五桌，取五福臨門的意思，由陳雍南的父母親自主持。由於他們對這件事的重視，除了由臺中來了一大堆人，並邀臺北的至親好友觀禮。至於女方的客人就比較簡單，王伯伯全家、李先生夫婦、孫維勤夫婦、申先生；雖然弟弟也千里迢迢，從南部請假回來參加，總共加起來，也不過十幾位親友。

王伯伯是當然的女方介紹人，在宴會還沒開始時，跟陳雍南父母坐在一起聊天。

祇聽他哈哈一聲用大嗓門說：

「我說親家公！親家母！祇要他們小兩口真心真意的相愛，做家長的又同意，就最好不過了。至於聘禮，我替趙家弟妹說一句公道的話：他們在青島時也是大戶人家，如今來到臺灣，家風還是不會變的。她嫁女兒，又不是賣女兒，不會想發一筆大財；倒是陪嫁方面，會弄得體體面面。至於你們陳家，更是大家大戶，娶媳婦又不是買人口；用不著大把大把鈔票的花。所以這件事就照你們的意思辦，女方不會有意見，錯不了禮數就好。不知你們以為我說的對不對？」

「王先生講的是，我們就照你的吩咐就是了。」陳雍南的父母連忙一疊聲的答應著。

當筵席開始後，在一片歡笑中，姐姐跟陳雍南戀愛期間許多內幕；也在笑聲中揭發出來。原來陳雍南的父母，曾經堅決不同意他兒子，討一個生活習慣完全不同的女孩子做媳婦。他們以為外省的女孩子，都是一些女嬌娃；如果把一個女嬌娃弄到家裡，整天像少奶奶般侍候她；豈不變成一個燙手的山芋，捧不起，也放不下。

他們在訂婚不久，接著就舉行婚禮。姐姐在嫁到陳家後，一點苦都沒吃。公婆對她好的不得了，像對自己的女兒一般。事實姐姐也自己爭氣，用勤快跟規矩的言行，博得公婆跟姑嫂叔伯的敬重。

一二〇

我跟王大樹在同一年大學畢業，同一年服兵役，同一年退伍。但他的成績好，在沒畢業前就申請到美國一所著名大學的獎學金，退伍之後馬上就去美國留學。現在已經獲得博士學位，並娶妻生子，是一位極負盛名的數學專家，每年都會回國探親跟講學；可是他在國外住了那麼久，性格絲毫都沒變；儘管站在講台上，講得頭頭是道，回到了台下，仍不會依恃自己學者的身分，高談闊論，木訥樸拙的更加可愛。

我畢業後，就一直在一個交通單位服務。雖然王大虎三番兩次，邀我幫他照料生意，我都沒答應。並在一個偶然的機會認識朱敏，她的家在南部，一個人在臺北做事；因而有些事情，需要我幫她照料。在交往了一段時間，發覺彼此性情還合得來，有一次看電影時，我竟情不自禁的握緊她的手。她沒有把手抽回去，祇抬頭看看我，我也看了她一眼；我們的事就那樣一看而定了。

王大豹也結婚了，娶了一個十分漂亮的女娃，是靠他那種緊迫釘人的精神追到的。他的生活也很安定，除了到金門服務那段時間外，一直呆在北部一個軍事單位。遇到假期，總是回臺北家中盤桓。

弟弟卻成了流浪的一匹狼，他打軍校畢業後，就東飄西蕩，去過金門，並到美國讀了兩年書；回國後又派到馬祖服務。可是一轉眼，他又調回母校任教。但那種好動的性格，不習慣單調刻板的教學生涯，幹了不久，又自動請調回戰鬥部隊。

照說他也應該結婚了，母親整天為這件事操心。可是他自己卻毫不在意，被母親逼急了，便嘻皮笑臉的拿『大丈夫何患無妻』的謬論來責塞；使母親拿他沒有辦法。

還有嬌嬌，也同樣像謎一般，叫人無法猜測出她的意向。她是長大了，出挑得十分漂亮，在一所學校教書，早出晚歸，規規矩矩的；連電影都很少看。不過漂亮的女孩子，背後難免拖一大群男生；可是她對那些人，不論條件是好是壞，一概不甩。那麼她在等什麼？是等徵麟嗎？本來這兩個從小就在一起磨得分不開的人。大家都認為是毫無問題的一對。那知兩人在一場誤會之後，彼此就避不見面，怎麼拉都沒有用。兩人既然無緣，就該各走各的陽關道才是。他們又把感情的門關得鐵緊，誰也敲不開。

為了這件事，王伯伯曾十分感慨的對母親說：

「弟妹！有些事情真是想不到啊！當初我本來想要你家一個女孩子；可是徵鳳考取師範，大虎卻連高中都沒有考取，我就知道不成了。那就把我的女孩子給你吧，照以前看，是什麼毛病都不會出；那知兩人一驢起來，誰的話都不聽。嗨！真是作孽呀！孩子小的時候，千盼，萬盼，盼他們早早長大；以為長大就好了。沒料他們長大了，一句話都不肯聽你的。可是我有句話一定要對你說，弟妹。不論這兩個小子的事情，將來是怎樣個結果，我們兩家的關係，還是要像過去一樣啊！」

「那是自然，王大哥。」母親連忙答道。

「說良心話，弟妹。我們出來這麼多年沒挨餓，還吃得飽穿得暖，也算天保佑啊！」

「我也說一句公平的話，王大哥，那都是你的功勞。」

「你講那樣的話，弟妹，不是打我的嘴巴嗎？」

「你說我講的錯了嗎？王大哥。就看你們家裡的大虎、大豹、大樹，那一個不那樣有出息？也許這應了中國的一句俗語：『吃得苦中苦，方為人上人』。他們能有今天，還不是當初你跟大嫂辛辛苦苦，替他們打下的根基；才使他們平平安安的，風吹不著，雨打不著的長大。」

「也許人就是這樣子，弟妹。哈哈……」

其實照我的看法，弟弟跟嬌嬌的事情，大家也不必替他們操心。兩人如果誠心要斷，早就像風箏般，被風一颳，就飄得無影無蹤。現在兩人祇是心頭都憋著一股子勁，互相標著，誰也不肯先向對方低頭。所以講也沒有用，拉也拉不到一起。有天等他們那股驢勁過去了，用不著大家敲鑼打鼓，他們自己就會把冰封的感情，化做風光明媚的春天。

最快樂的人，還是王伯母。她比過去更胖，也比過去更忙，因為整天環繞她身邊的，有三個孫女跟兩個孫子，把她弄得團團轉。儘管王伯伯老講她，何必那般辛苦的給兒孫做牛馬？省下點精神休息休息不好嗎？她卻不管那一套，覺得人就得忙，精神才有寄託；即使給小孩子揩屎把尿，也是一種快樂。

一二

說阿珠有幫夫運，真是一點不假。王大虎跟她結婚後，事業就像雨後春筍般，挺直的往上竄。他先在北部成立一個食品廠，然後又在南部、中部，設立許多關係企業。為了員工差勤食宿方便，並在臺中設了一個招待所。在這個龐大的企業中，我們雖佔了一半股份，母親卻從不讓我們插手公司的事情。她相信王大虎，讓他放手做。不過王大虎也從不打馬虎眼，會定期把整個公司的財務跟營運狀況列一張表，親自送給母親過目。母親那裡會去看；再說她對那些會計制度，根本就弄不清楚。

所以她總是隨手放到一邊，拍著王大虎說：

「你真能幹呀！大虎。這都是你的功勞啊！」

但這一拍，又把王大虎拍成一張大紅臉。

倒是設在臺中的招待所，卻成了我們經常落腳的地方。母親跟王伯母結伴去臺中時，曾在那兒住過一次。招待所的職員，一聽說兩位老太太要來住，簡直就像太上皇蒞臨似的，馬上慌了手腳，把兩位老人家的住所清掃的一塵不染。從她們進門時起，就在一旁站班侍候；連兩人咳嗽一聲，都連忙打躬作揖的問候。

這一來，倒把兩位老人家弄得十分不自在。她們過去一直都過苦日子；如今雖苦出頭來，依然保持著過去那種純樸節儉的生活習慣，何曾見過那般陣仗兒！所以她們住進招待所後，下面的人倒還穩得住，她倆卻弄得事事縛手縛腳的不知怎麼好，連咳嗽都不敢大聲咳出來；唯恐驚動所裡的職員，招來一場令她們不知所措的問候。因而到了第二天，再也不敢住下去，趕緊溜到鄉下去找姐姐。

她們受過那次罪，爾後再去臺中時，便怎麼也不肯去招待所住了。祇悄悄的自來自去。

母親原是一位很容易滿足的人，現在她雖然已經不愁吃穿，對那個早點店，依然經營毫不馬虎。姐姐已經有了兩個小孩，一男一女，都長得活潑可愛。她為了幫母親排遣寂寞，總是隔一段時間，便把兩個孩子送來跟外婆住幾天。家中多了兩個小搗蛋，母親當然更忙；但那種忙跟王伯母帶孫子那種忙是同樣的情形，也是一種樂趣。可是那兩個在鄉下長大的孩子，國語跟閩南語都會講。偏偏母親在臺灣住了那麼久，卻沒學會多少閩南話，祇「呷崩」跟「剃頭」那種口頭語略略懂幾句；其他一概「莫宰羊」。而那兩個小搗蛋在跟外婆講著國語時，會不知不覺蹦出兩句閩南話；就會把母親弄得一楞一楞，在一旁乾瞪眼。

絕的是，母親現在衣服上也有一個大口袋。兩個小搗蛋要鬧著買東西的時候，她二話不說，便伸手掏她的大口袋。把兩個小搗蛋打發得心滿意足。我見到這種情形，便想到過去奶奶怎樣打發我們。便笑著對母親說：

「媽媽，你變得像奶奶一模一樣了。」

母親一怔也笑起來：「我怎麼沒想到這一層呢。」接著又看我一眼，轉轉眼睛。

「我不這樣子，叫我怎麼做。」

我沒有話好講。還有王伯母，雖然她手裡是一個大皮包。但它的作用跟媽媽這個大口袋，又有什麼兩樣？一時暗想道：這就是愛嗎？人類能一代一代的傳下去，靠的就是這股力量嗎？

那麼母親對目前的生活，就應該毫無遺憾才是。可是她仍然有心事，依舊牽掛許表舅跟老郭兩人，不知他們在外面混得怎樣。因為在她的世界裡，她希望所有認識的人，都能生活得好好的。

她有一天憂心忡忡的對我說：

「你許表舅到底那裡去了？怎麼連個消息都沒有？難道他真會生我的氣？不肯進這個門了。你有空也出去設法打聽打聽，看能不能找到他。」

「你還牽掛他做什麼？他還有臉再來呀。」

「我不准你講那種話，他是你的長輩；一個人怎麼可以背後批評自己的長輩！人都有做錯事的時候，祇要知過能改，就不是一個壞人。我想你許表舅一定會把那些毛病改掉；要是他現在還那麼落魄，我一定要好好幫他。」

母親這樣講，我便沒有話說，祇有到處打聽許表舅的行蹤。無奈怎樣打聽，都得不到一個確實消息，有人說他犯了重大案件，被關在監獄裡；有人說他去了香港，也有人說他已經革面洗心，在南部做小生意。

「你們這裡有一位趙太太嗎？」一天下午，有輛貨運小卡車在我們門前停住，司機下來問道。

「我就是！」母親連忙答道。

「那就請你蓋個章，好嗎？」司機拿出一張表格。

「蓋什麼章啊？那是什麼？」母親望著司機問。

「這是張送貨單，有人在梨山託運了兩箱水果，叫我送到府上。現在水果就在車上，你在這張送貨單上蓋過章，我就給你搬下來。」

「有人從梨山託運水果給我們？不會吧！我們沒有朋友在梨山呀！」母親雖感奇怪，卻把私章找出來。

「不會錯的！趙太太。你看上面的地址跟姓氏，都寫得清清楚楚。」司機把送貨單蓋過章後，撕下一聯給了母親，就去車上搬水果。當母親接過送貨單後，我也湊上去幫她看。祇見上面清清楚楚寫著我家的住址，託運人的地址卻沒寫，祇劃了一個大圈圈，中間寫了一個「郭」字。

「郭！……大概是老郭呀！媽媽。」我咀嚼著那個字思索了一會，突然恍然大悟的叫道。

「對呀！對呀！一定是他！我說呀！那裡會有姓郭的人送水果給我們。可是他怎麼會去梨山呢？又那裡來的水果呢？是自己種的？還是特地買了送我們？再說他要在梨山，為什麼連個地址都不寫？」

「也許在水果裡面。」

這時司機已經把兩箱水果幫我們搬到豆漿店的地上，我們便迫不及待的把兩個紙箱打開。嘿！兩個箱內全部是特選的上等金冠蘋果，綠瑩瑩的顏色映著晶光。在一個紙箱裡面，果然放著一封信。母親打開信看去，內容大意是這樣的：他自從離開我們家，一時走投無路，恰好，那時闢建橫貫公路的工程，剛剛開始；由於他也是榮民，便投身這個工程行列。待工程完工後，政府便把他們安置在梨山一帶，輔導他們經營果園。現在他有兩甲多果園，全部種植蘋果，在兩三年前已經開始收成；但因剛結果時候，果型還不夠好，就沒送我們。從今年起，他的果樹開始進入生產旺期，才特地選了兩箱上等蘋果託運給我們。同時告訴母親，他已經結了婚，有了兩個小孩，生活得無憂無慮；又要我們跟王伯伯全家，一定到梨山去玩。

母親見老郭信中講的那種情形，牽掛他的那顆懸空的心也落實了，笑逐顏開的說：

「我說嘛！人祇要肯吃苦，總有出頭露面的一天。」

「兩甲果園要全部有收成，一年的收入，真是不得了！媽媽。有上百萬的數字，看樣子我們真要去好好吃他幾頓才是。」我替老郭算了算笑道。

「你別那樣老饕得沒見過世面一般。」

「那不過是個形容詞，媽媽怎麼就當做真的？我的意思是，我們也該到梨山去玩玩才是。」

「我們是應該去看看老郭了，也順便去看看梨山是什麼樣子。你打個電話跟王伯伯商量商量，要去就我們兩家一道。」

我把電話撥通後，剛跟王伯伯提到老郭，他就氣得直跳腳。原來他們也收到老郭兩箱蘋果，可是他仍不能忘懷阿秋那碼子事，罵老郭害人家一輩子。他卻忘記阿秋已經結了婚，也有了孩子。

一二二

弟弟又調到前方去，當他返臺探親，住了一個禮拜再度返防時，我開車送他到火車站搭車。兩人下了汽車走到車站的時候，出我意料之外的，見嬌嬌站在大門口等他。我為了使他倆多有一點廝磨機會，便跟嬌嬌打個招呼避開。

那知嬌嬌這一送，不但送到月台上，並且送到車廂裡面。直到月台上的鈴聲響了，列車開始緩緩駛動，她才匆匆的跳下車，猶站在那兒對飛駛的列車直揮手。

「怎麼送得那樣久啊？」我到出口處等嬌嬌出來時說。

「趙大哥，還沒走啊？」

「在這兒等送你回家呀，那知等了那麼久，還不見你。你們到底有多少話？怎麼像講不完似的？」

「還不是隨便聊聊。」

「我看你對我的稱呼也該改改了！嬌嬌。」

「怎麼個改法呢？」她望望我問。

「應該去掉上面那個『趙』字，祇叫大哥。」

「為什麼要把『趙』字去掉？」

「因為快要成為一家人了，要還把姓加在稱呼上，我不變成外人了？你說是不是？」

「才不哩！」她嬌笑著啐道。

「好吧！你要說不！那就不吧！那就上車吧！我送你回家。」我忍著笑，開始拿誑語詐她：「我本來準備在你送徵麟上車後，還要跟你去辦一件要緊的事。你現在既然那樣說，就沒有辦的必要了。」

「你有什麼要緊的事情？跟我去辦？」嬌嬌信以為真的望著我，把黑眼珠轉了轉。

「不是我有什麼要緊事情，是徵麟臨走時託我的。他要我今天上午陪你到街上買一只鑽戒，你選什麼樣的，就買什麼樣的。所以我今天一早就跟好幾個銀樓連絡過，凡是有二克拉以上鑽戒的銀樓，都約好時間去看。現在照你的說法，原來是那個小傻蛋自作多情；那還看什麼？不過也把我弄得灰頭灰臉，怎麼向那幾家銀樓交代。」

「沒有哇！我們沒說要買鑽戒，祇說買一個普普通通的就好了。我要個鑽戒幹什麼？不過一塊石頭。要叫爸爸曉得花那麼多錢，罵死了。再說徵麟也沒那麼多錢。」嬌嬌講得一本正經

「當然媽媽拿錢給他了，並且你也放心，祇要媽媽拿出錢來，王伯伯就不會罵。」

「才不會哩！媽媽也不曉得。」

「我曉得了，媽媽還愁不曉得？」我哈哈一聲笑起來：「你知道這叫什麼？嬌嬌。」

「叫什麼？」她還沒會過意來。

「這叫『不打自招』！」

「啊！你騙我！你好壞呀！趙大哥。」嬌嬌揚起兩個小拳頭，嬌嗔的向我身上直搗。

「好吧！打吧！現在可以多打兩下。祇要將來給大哥倒水倒茶的時候，勤快一點就好。不然的話，我就對媽媽說：你小兒媳婦要給你洗腳了，你怎麼辦？洗是不洗？」

這一來，她的拳頭落得更急了，口裡還嚷著：「死大哥，爛大哥，死死爛爛的臭……我就是給媽媽洗腳，也不給你倒茶。」接著眼睛又一轉，捉狹的說：

「可是我會買一個算盤，送給大嫂。」

到了王伯伯的家門口，嬌嬌仍似笑非笑的嘟著嘴，裝著生氣的樣子跑進屋子裡。那知她剛跨進門檻，自己就忍不住笑了，噗哧一聲，逃得無影無蹤。我沒進去看王伯伯跟王伯母，掉轉車頭逕向辦公室駛去。我一路駛著一路想：看樣子，現在就是不想把這兩頭驢栓到一個槽上，也不成了。

等把這兩頭驢栓好了，母親就會是世界上最快樂的人了。

我突然把車子駛快。

前面的路好闊啊！

世界好美啊！

釀文學113　PG0602

那個年代的台北中華路
——喬木長篇小說

作　　者　喬　木
責任編輯　林千惠
圖文排版　蔡瑋中、陳姿廷
封面設計　陳佩蓉

出版策劃　釀出版
製作發行　秀威資訊科技股份有限公司
114 台北市內湖區瑞光路76巷65號1樓
電話：+886-2-2796-3638　傳真：+886-2-2796-1377
服務信箱：service@showwe.com.tw
http://www.showwe.com.tw
郵政劃撥　19563868　戶名：秀威資訊科技股份有限公司
展售門市　國家書店【松江門市】
104 台北市中山區松江路209號1樓
電話：+886-2-2518-0207　傳真：+886-2-2518-0778
網路訂購　秀威網路書店：http://www.bodbooks.com.tw
國家網路書店：http://www.govbooks.com.tw
法律顧問　毛國樑　律師
總 經 銷　創智文化有限公司
236 新北市土城區忠承路89號6樓
電話：+886-2-2268-3489　傳真：+886-2-2269-6560
博訊書網：http://www.booknews.com.tw

出版日期　2012年9月　BOD一版
定　　價　400元

國家圖書館出版品預行編目

那個年代的台北中華路:喬木長篇小說 / 喬木著. -- 一版.
-- 臺北市：釀出版, 2012.09
面； 公分. --（語言文學類；PG0602）
BOD版
ISBN 978-986-5976-64-4（平裝）

857.7 101016859

讀者回函卡

感謝您購買本書，為提升服務品質，請填妥以下資料，將讀者回函卡直接寄回或傳真本公司，收到您的寶貴意見後，我們會收藏記錄及檢討，謝謝！如您需要了解本公司最新出版書目、購書優惠或企劃活動，歡迎您上網查詢或下載相關資料：http:// www.showwe.com.tw

您購買的書名：______________________________

出生日期：________年________月________日

學歷：□高中(含)以下　□大專　□研究所(含)以上

職業：□製造業　□金融業　□資訊業　□軍警　□傳播業　□自由業

□服務業　□公務員　□教職　□學生　□家管　□其它_____

購書地點：□網路書店　□實體書店　□書展　□郵購　□贈閱　□其他

您從何得知本書的消息？

□網路書店　□實體書店　□網路搜尋　□電子報　□書訊　□雜誌

□傳播媒體　□親友推薦　□網站推薦　□部落格　□其他________

您對本書的評價：(請填代號　1.非常滿意　2.滿意　3.尚可　4.再改進)

封面設計____　版面編排____　內容____　文／譯筆____　價格____

讀完書後您覺得：

□很有收穫　□有收穫　□收穫不多　□沒收穫

對我們的建議：______________________________

____

____

____

請貼
郵票

11466
台北市內湖區瑞光路 76 巷 65 號 1 樓
秀威資訊科技股份有限公司 收
BOD 數位出版事業部

....

（請沿線對折寄回，謝謝！）

姓　名：________________　年齡：________　性別：□女　□男

郵遞區號：□□□□□

地　址：____

聯絡電話：(日)____________________(夜)____________________

E-mail：____